KRÜGER

Sharon Short

Mein kleines Stück Alaska

Roman

Aus dem Amerikanischen von
Helga Augustin

KRÜGER

Erschienen bei FISCHER Krüger

Die amerikanische Originalausgabe erschien unter dem Titel
›My One Square Inch of Alaska‹ bei Plume, New York.

Satz: Pinkuin Satz und Datentechnik, Berlin
Druck und Bindung: CPI books GmbH, Leck
Printed in Germany
ISBN 978-3-8105-1946-7

Für David, die Liebe meines Lebens

1. Kapitel

Später würde MayJune einmal sagen, dass die kleinen Entscheidungen, denen man kaum Beachtung schenkt, die großen Veränderungen im Leben bewirken.

Solche Bemerkungen machte sie öfter – schlicht, erstaunlich und treffend zugleich.

Aber damals, als ich Mamas Kleider in den nach Mottenkugeln riechenden Koffern fand, kannte ich MayJune natürlich noch nicht. Damals, als ich meine erste kleine Entscheidung traf: Anstatt die Koffer einfach wieder zu schließen und meine Entdeckung zu vergessen, zählte ich die Stücke darin.

Achtunddreißig.

Kleider, Röcke, Blusen und Hosen, aber hauptsächlich Kleider – schicke Kleider für Nachmittagstees und Partys, sogar Bühnenkostüme mit Federn und Pailletten. Jedenfalls nichts für ein Leben in Groverton.

Mamas Hochzeitskleid aus weißem Satin mit Spitze und Perlmuttknöpfen füllte allein schon einen ganzen Koffer.

Zudem gab es noch Hüte und Schuhe und ein paar Handtaschen, aber die zählte ich nicht.

Ich fand Mamas Kleider, als ich zehn Jahre alt war, im Oktober 1946. Es war mein erster Gang in den verbotenen Keller gewesen, die Arme voller Einmachgläser mit grünen Bohnen, Mais und Tomaten. Alles Erntegeschenke von Nachbarinnen, die sich noch immer Gemüsegärten hielten, obwohl der Krieg vorbei war, und es als ihre Aufgabe betrachteten, sich um uns zu sorgen.

Aus Angst, auszurutschen und die Gläser fallen zu lassen, sah ich bei jedem Schritt über die Arme hinweg auf die verschlissenen mattblauen Stufen, stets Mamas Warnung im Ohr, dass es dort unten zu dunkel und zu schmutzig sei für Will und mich. Als ich dann auf der wackligen untersten Stufe das Gleichgewicht verlor, sah ich in der Schrecksekunde zwischen beinahe fallen und nicht fallen die Koffer an der Wand stehen, in der dunklen Ecke hinter der Singer-Nähmaschine.

Ich fiel nicht.

Mit zittrigen Händen öffnete ich den größten Koffer zuerst. Die Mutter, die wir gekannt hatten, trug nur dröge Hauskleider oder Morgenmäntel, hin und wieder Hosen aus Jeansstoff mit einer weiten Bluse darüber oder ein schlichtes Kleid.

Nie auch nur ansatzweise etwas mit Federn oder Glitzer.

Aber es mussten Mamas Sachen sein. Der Duft von Rosen und Jasmin, der sich mit dem Geruch von Mottenkugeln vermischte, gehörte eindeutig zu ihr. Ich nahm ein Bündel Kleider, hielt sie mir vors Gesicht und sog ihren Duft tief ein, als könnte ich Mama dadurch zurückbringen.

Wo Mama die Kleider wohl gekauft hatte? Ganz bestimmt nicht bei Miss Bettina. Sie wohnte zwar in der Elmwood Street im Haus neben uns und war Mamas beste Freundin gewesen, mit einem eigenen Bekleidungsgeschäft in der Innenstadt von Groverton, aber die Kleider dort waren alle aus dunklem Stoff und bieder. Und diese hier waren, bis auf das weiße Hochzeitskleid, alle farbig: azurblau, scharlachrot, smaragdgrün, orangerot, mit tiefem Ausschnitt, Seitenschlitz und manche sogar rückenfrei.

Ich legte Mamas Kleider zurück in die Koffer, machte mich auf die Suche nach Babs Wickham, meiner besten Freundin, und forderte sie auf, mit mir zu kommen. Ich zeigte ihr meinen Fund – bis auf das Hochzeitskleid –, eine wahre Schatztruhe für Verkleidungsspiele.

Aber Babs hielt Verkleidungsspiele für Kinderkram und flüsterte, sie hätte von ihrer Mutter etwas wirklich Tolles mitgehen lassen, einen Red-Red-Lippenstift von Max Factor. Wir standen kichernd vor dem Spiegel meiner Frisierkommode und versicherten uns gegenseitig, mit diesen roten Lippen nun endlich erwachsen zu sein.

Und als Erwachsene wusste ich instinktiv, dass man Daddy besser nicht wegen der Sachen in den Koffern fragen sollte, weil das nämlich vermintes Gelände war. Also habe ich Mamas mysteriöse Kleider nie erwähnt und sie mir nie wieder angesehen. Aber vergessen konnte ich sie auch nicht, sieben Jahre lang, bis ich schließlich heimlich anfing, sie nach und nach zu eigenen Kreationen umzuarbeiten.

Keine große Entscheidung, dachte ich.

* * *

September 1953, der vierte Tag meines letzten Jahrs auf der Highschool und Wills fünftes Schuljahr. An jenem Morgen war ich so sehr in das Entwerfen eines Kleides vertieft – ärmellos, schlanke Form, genau richtig für den alten gelb bedruckten Stoff von Mama –, dass ich nicht merkte, wie der Toast verbrannte und die Uhr am Ofen tickte, bis mein kleiner Bruder Will versuchte, es mir mit vollem Mund zu sagen und mir stattdessen eine Ladung Cornflakes ins Ohr spuckte.

Ich wollte ihn gerade wegen seiner mangelhaften Tischmanieren anpfeifen, doch er sah mit den weit aufgerissenen blauen Augen und den vollen Backen so komisch aus, dass ich lachen musste. Leise, natürlich. Daddys Schlafzimmer lag direkt neben der Küche.

Will schluckte schließlich die Cornflakes runter und sagte: »Dein Toast verbrennt gerade.«

Ich sprang vom Küchenstuhl auf und rannte zum Toaster, schob den feststeckenden Brotheber hoch. Der Geruch von verbranntem Toast drehte mir den Magen um. Ich hasste den beißenden Gestank und das Geräusch, wenn man das Verbrannte abkratzte, zog aber trotzdem die klemmende Schublade mit dem Besteckkasten auf, bei der man immer zweimal ruckeln musste, nahm ein Messer heraus und kratzte den Toast damit ab.

»Donna?«

Ich sah hinüber zu Will. Er war ein bisschen blass um die Nase. Zu viel Cornflakes. Ein herzhaftes Frühstück mit Eiern oder Wurst wäre besser. Und unverbrannter Toast. Noch mehr Schuldgefühle … *Ich sollte mich mehr um Will kümmern.*

»Du brauchst keinen verbrannten Toast zu essen«, sagte er ruhig.

So deutlich hatte er mir noch nie zu verstehen gegeben, dass ich etwas von seinen Cornflakes essen durfte. Er sammelte die Schachteldeckel, um sie an die Sunshine Bakery Company zu schicken und so seinen kühnsten Traum erfüllt zu bekommen: Die urkundliche Übertragung eines fünf Quadratzentimeter großen Stücks Land im Alaska-Territorium. Damit rührte Marvel – die Cornflakes-Marke – die Werbetrommel für die neue Fernsehserie *Sergeant Striker im wilden Alaska* und, natürlich, für ihr Produkt. Kinder, die den Schachteldeckeln noch einen zweihundertfünfzig Worte langen Aufsatz beilegten, hatten zudem die Chance, auf einem Foto zusammen mit dem Schauspieler, der Sergeant Striker spielte, auf der Marvel-Schachtel abgebildet zu werden. Phantastisch. Jedenfalls besser als ein Blasrohr oder anderes Plastikspielzeug.

Will hatte einen Grundsatz: Er wollte sich die Besitzurkunde wirklich verdienen, und dafür musste er den Inhalt von allen zehn Schachteln essen, ohne auch nur einen Krümel in der Box oder der Müslischüssel zurückzulassen. Jemanden um Hilfe zu bitten war in seinen Augen Schummelei und nicht besser als das, was der verzogene Howard Baker von gegenüber gemacht hatte, nämlich so lange rumzujammern, bis ihm seine Mutter die zehn Schachteln auf einmal kaufte und den Inhalt dann wegwarf. Daddy und ich hätten von seinen Cornflakes essen dürfen, aber nur, wenn wir fragten. Und das taten wir nicht.

Doch auch ich hatte meine Grundsätze, nämlich unser Haushaltsgeld nicht für die überteuerten Marvel-Cornflakes auszugeben. Will musste sie sich von dem Geld kaufen, das er durchs Zeitungsaustragen verdiente.

Ich kratzte weiter meinen Toast ab. »Mit Traubenmarmelade kann man den noch essen.«

»Ich dachte, die Traubenmarmelade wär alle«, sagte Will und schob sich einen weiteren Löffel Cornflakes in den Mund.

Das stimmte. Es gab bei uns weder Traubenmarmelade noch Makkaroni oder Apfelmus, und das seit einer Woche. Ich hatte den Einkauf im Lebensmittelladen immer wieder aufgeschoben, weil das Kleid, das ich heute Morgen trug, unbedingt fertig werden musste. Denn nach der Schule stellte ich mich für einen Job vor, von dem ich niemandem erzählt hatte, nicht einmal Babs, meiner – immer noch – besten Freundin.

Zwei Jobs hatte ich schon, und alle in Groverton wussten davon: In Miss Bettinas Boutique machte ich Änderungen an Kleidungsstücken, und in Dot's Corner Café arbeitete ich als Serviererin. Aber mit diesen Jobs unterstützte ich meine Familie, denn Grandma Dot, Daddys Mutter, meinte, ich erinnere sie zu sehr an Mama, und gab meinen ganzen Lohn und das offizielle Trinkgeld meinem Vater. »Deine Mutter konnte nicht mit Geld umgehen«, sagte sie immer (als ob Daddy es könnte), um dann schnell »Gott-hab-sie-selig« hinterherzuschieben, verschmolzen zu einem Wort, als könnte man damit alle bösen Kommentare entschuldigen.

Von dem heimlich einbehaltenen Trinkgeld, plus ein kleines bisschen von den Näharbeiten, hatte ich insgesamt dreiundachtzig Dollar und 12 Cent gespart. Aber das war nicht annähernd genug, um meinen endgültigen Abschied von Groverton, Ohio, nach dem Schulabschluss zu finanzieren. Ich hatte weder Babs noch Will von diesem Plan erzählt. Babs hätte mich einfach ausgelacht: »Ach, Donna, du träumst mal wieder!« Und Will hätte mich mit seinen großen blauen Augen ängstlich angesehen, aber ich redete mir ein, dass er schnell groß werden und nächstes Jahr mit Daddy klarkommen würde.

Ich nahm meinen abgekratzten Toast und setzte mich zu Will an den Tisch. Mit Blick auf den Toast sagte ich ruhig: »Jetzt erzähl mir noch einmal, was du heute Nachmittag machst.«

»Du kannst mich nach dem Unterricht nicht nach Hause bringen, weil du für ein Schulprojekt in der Bibliothek arbeiten musst. Deshalb gehe ich schnurstracks heim. Auf keinen Fall mit Tony zu Weaver's Drugstore.« Wills Mundwinkel sackten nach unten. Er liebte die Weaver's-Säfte mit der schwimmenden Eiscremekugel drin. »Kein Rumtrödeln, einfach direkt nach Hause gehen und rennen, wenn Howard und seine Bande hinter mir herkommen, weil ich sonst wirklich Ärger kriege, wenn ich mich wieder prügele« – er äffte meine Stimme nach, so dass ich wie Großmutter klang –, »und im Kühlschrank ist Hackbraten zum Abendessen, und –«

»Pssst«, zischte ich, weil Will zum Schluss ein bisschen zu laut geworden war. Wir hatten einen ganzen Morsecode aus Blicken und Lauten, wenn es um Daddy ging. Manchmal stand er morgens auf und frühstückte mit uns, war so freundlich und umgänglich, wie er konnte. An anderen Tagen, nach einer langen Nacht, war er wütend oder, schlimmer noch, mürrisch und bedrückt, wenn wir ihn aufweckten.

Ich hob meine linke Augenbraue, um Will zu verstehen zu geben, dass heute so ein Morgen war.

Aber dann sah Will so bekümmert aus, dass ich seinen Arm tätschelte. »Ist schon gut«, flüsterte ich, Worte, die ich zu sagen gelernt hatte, auch wenn es nicht stimmte.

Ich biss in den Toast, betrachtete meinen Entwurf. Wenn der Halsausschnitt ein klein wenig tiefer wäre …

Will rückte wieder ein bisschen näher zu mir hin und sagte erneut mit vollem Mund: »Warum kann ich dich nicht einfach nach der Schule treffen und mit dir in die Bibliothek gehen?« Diesmal spürte ich feuchte kleine Tropfen auf der Wange.

Ich ließ den Bleistift auf den Tisch fallen und schlug den Skizzenblock zu. »Weil du mich dann die ganze Zeit nur nervst, so wie jetzt auch.« Ich legte meinen Toast auf die Cornflakes-Schachtel, ging zur Spüle und wischte mir wieder das Gesicht ab. »Ist dir klar, dass dein Bauch von innen verkleistern kann, wenn du weiter so viel von dem Zeug isst?«

Anstatt einen fürchterlichen Schrecken zu bekommen, schluckte Will und lachte – aber dann läutete im Wohnzimmer das Telefon. Zwei kurze schrille Töne und ein langes Trillern, unser Klingelton der Gemeinschaftsleitung unserer Straße. Will und ich starrten uns an. Mein Magen verkrampfte sich, doch vor dem nächsten langen Trillern war ich schon im Wohnzimmer und hatte abgenommen, flüsterte atemlos: »Lane.« Ich starrte auf die Tür von Daddys Zimmer, fragte mich, ob er etwas mitgekriegt hatte.

»Warum flüsterst du denn?« Es war Babs. Sie klang ausgelassen und überdreht, ein sicheres Zeichen, dass sie schon ein paar Dexamyl ihrer Mom intus hatte. »Oh, verstehe, es ist spätnachts für den alten Herrn, ja?«

Babs fröhliche Mitleidsbekundung ließ mich innerlich zusammenzucken. Es machte mir nichts aus, dass Miss Bettina es mitbekam, sie wusste sowieso, was bei uns los war. Aber ich konnte nicht riskieren, dass Mrs Baker oder andere Nachbarn es erfuhren, falls sie in der Gemeinschaftsleitung mithörten.

»Babs, was gibt's?«

»Sonderprojektzeit!«

Das war ihr Codewort, dass sie das Auto ihrer Familie benutzen konnte, wahrscheinlich weil ihre Mama mit ihrer Tante nach Lexington in Kentucky gereist war, um die kränkelnde Mutter der beiden zu besuchen. Babs' Daddy, Herausgeber der *Groverton Daily News*, ging zu Fuß ins Büro und verbrachte dort viel Zeit. Der Code bedeutete ebenfalls, dass sie mit mir die Schule schwänzen wollte. Wir würden einfach »Unpässlichkeit wegen Besuchs der Roten Tante« als Ausrede benutzen, um nicht wegen unentschuldigten Fehlens nachsitzen zu müssen. Selbst ein noch so verschleierter Hinweis auf die Menstruation machte Rektor Stodgill verlegen.

Mein Herz hüpfte freudig. Es würde nicht schwer sein, Babs zu einer Fahrt zu Rike's Department Store in Dayton zu überreden, und plötzlich wollte ich unbedingt die neueste Herbstkollektion sehen: Seidenkleider, Tweedröcke und Jacken mit Samtbesatz, Pelz- und Filzhüte, Lederhandschuhe mit Spitzenbündchen, Schuhe mit hohen Blockabsätzen … ich liebte Miss Bettina und ihre Boutique, aber Rike's war etwas Besonderes …

Doch dann sah ich hinab auf mein eigenes Kleid. Ich musste ja zu meinem geheimen Vorstellungsgespräch.

»Tut mir leid, Babs«, sagte ich leise. »Ich habe ein … ich muss heute Nachmittag was für die Schule tun. Der nächste Test in Algebra macht mir Bauchschmerzen. So ab vier sitze ich in der Bibliothek und lerne, danach muss ich bei Grandma arbeiten.« Babs war nicht in meiner – oder irgendeiner – Mathematikklasse. Ich gehörte zu den wenigen Mädchen, die darauf bestanden hatten, Algebra anstatt Hauswirtschaftslehre zu belegen. Mir gefiel Mathe, wohingegen Mrs Irvines miserable Anleitungen, wie ein Ärmel eingesetzt oder ein Reißverschluss eingenäht werde, mir regelrecht wehtaten.

Babs kicherte. »Seit wann musst du denn für gute Noten lernen? Hör zu, ich verspreche, dass unser Sonderprojekt rechtzeitig fertig ist, damit du dich um dein … Schulprojekt kümmern kannst.« Babs kicherte wieder, und jetzt war ich ganz sicher, dass sie sich über die Dexamyl ihrer Mom hergemacht hatte. In dem Zustand fuhr ich wirklich nur ungern mit ihr, doch dann dachte ich an all die Kleider bei Rike's …

Das war der Moment, in dem ich die nächste kleine Entscheidung traf, von der Art, die MayJune als »im Rückblick lebensverändernd« bezeichnen würde. Ich sagte: »Also gut, dann arbeiten wir zusammen an unserem, äh, Geschichtsprojekt.« »Zieh was Entzückendes an, okay?« Ich sah auf mein Kleid. Ich wollte nicht entzückend aussehen, ich hatte genug von entzückenden Kleidern. Ich hoffte, etwas Schickes, Gewagtes ... und Wundervolles kreiert zu haben. »Ich habe eine ganz besondere Überraschung für dich!«, fügte sie hinzu.

Noch bevor ich protestieren konnte, hatte sie aufgelegt. »Ganz besondere Überraschung« hieß wahrscheinlich, dass sie mir etwas kaufen wollte. Aber ich hatte Probleme mit Babs' Mildtätigkeiten und beschloss, fünfzig Cent von meinen Flucht-Ersparnissen zu nehmen, um mir bei Rike's an der Sandwichtheke ein Mittagessen kaufen zu können.

Ich legte auf und eilte zurück in die Küche. Will blätterte gerade durch meinen Skizzenblock, den ich ihm entriss, doch er grinste verschmitzt. »Bist du in Mr Cahill verknallt? Tony behauptet das von seiner Schwester.«

Ich wandte mich von Will ab, hoffte, dass er mein knallrotes Rektor-Stodgill-Gesicht nicht gesehen hatte. »Nein«, blaffte ich ihn an. »Mr Cahills Kunstunterricht ist ein Witz. Wir zeichnen nichts als Kugeln, Kegel und Würfel ...«

In dem Moment fiel mein Blick auf die Uhr am Herd. Sieben Uhr fünfzehn. Babs erwartete mich an der Ecke Watershed und Sixth, und zwar vor Unterrichtsbeginn um acht. Sie hatte keine Geduld und würde auch ohne mich fahren, wenn ich nicht pünktlich war.

»Du hast ausgefallene Kleider gezeichnet, aber ohne Menschen drin. Warum? Hey, wird das vielleicht ein Comic über unsichtbare Leute? Vielleicht sind sie unsichtbar, weil Außerirdische sie ausgeknipst haben, wie eine Lampe ...«

Will wollte nicht gehen, bevor er alle seine Cornflakes gegessen hatte, und so legte ich meinen Skizzenblock zurück auf den Tisch.

»Will, du hast recht, ich kann den Toast nicht ohne Traubenmarmelade essen.« Lächelnd nahm ich den verbrannten Toast von der Schachtel, ging zur Anrichte und legte ihn neben den launischen Toaster. Dann holte ich mir eine der noch nicht angeschlagenen blauen Keramikschüsseln von Fiesta, setzte mich an den Tisch und schüttete die restlichen Cornflakes rein, inklusive der pulverisierten Krümel am Boden.

Dann sah ich Will in die großen Augen und sagte: »Nicht mehr viel drin. Und wir haben kaum noch Milch.« Ich zeigte auf seine Schüssel. »Darf ich?«

Er antwortete mit einem feierlichen Nicken. Ich goss die restliche Milch von Wills Schüssel in meine, führte den Löffel zum Mund. Es roch wie feuchte Pappe, schlimmer als mein verbrannter Toast. Aber Will beobachtete mich genau, und so schluckte ich das Zeug schließlich runter.

Die Cornflakes schmeckten nach … nichts. Oder vielleicht nichts mit einer Spur Mais. Doch während ich kaute und kaute, schien mein Mund immer voller zu werden. *Kein Wunder, dass das Zeug Mirakel-Flakes heißt*, dachte ich, und: *Die Schüssel krieg ich niemals leer.*

»Wie findest du sie?«, fragte Will erwartungsvoll.

Ich hätte mein übliches *ganz okay* murmeln können, doch traf stattdessen meine nächste kleine Entscheidung. Ich sagte: »Will, das war Babs, die gerade angerufen hat. Sie will mich noch vor der Schule treffen … wegen dem Schulprojekt.«

Will sah mich mürrisch an, ungläubig.

Ich drückte auf die Tube. »Also ich hab's ein bisschen eilig und sowieso keinen Hunger. Wir könnten doch die Abkürzung über Stedmans Schrottplatz nehmen und den Rest hier dem Hund geben, den du so magst.«

Will starrte mich voller Entsetzen an; dass er Babs nicht sehr mochte, war plötzlich vergessen.

Ich lächelte. »Das verstößt doch bestimmt nicht gegen deinen Grundsatz.«

»Du hast gedroht, wenn ich noch mal dahin gehe, würdest du Dad nicht davon abhalten, mir eine Tracht Prügel zu geben«, sagte er.

Ich kämpfte gegen meine Scham an. Damit hatte ich wirklich gedroht, nachdem Mr Stedman das letzte Mal hier gewesen war, um sich darüber zu beschweren, dass Will den Hund fütterte. Aber Stedmans Schrottplatz lag direkt an der Abkürzung zu der Straße, wo ich Babs treffen sollte, unten am Fluss nahe der Papierfabrik Groverton Pulp & Paper. Will könnte einfach die Sixth Street entlanggehen, weiter auf der Plum Street und wäre pünktlich in der Schule.

Ich sah weg. »Beeil dich! Hol deine Schultasche, bevor ich's mir anders überlege!« Ich schüttete die restlichen Cornflakes in die Marvel-Schachtel, riss sorgfältig den Deckel ab und hielt sie Will hin. Er nahm sie verwundert entgegen, als hätte ich ihm gerade die Besitzurkunde von ganz Alaska ausgehändigt.

Will brüllte: »Trusty, wir können drauf vertrauen, dass der Fall gelöst ist!« Das war der kitschige letzte Satz, den Sergeant Striker am Ende jeder Folge seinem Hund zurief.

Er schlug sich erschrocken die Hände vor den Mund und sah mich an, ein *Entschuldigung*! in den Augen. Wir erstarrten, doch in Daddys Zimmer blieb alles ruhig – kein Aufschreien in unruhigem Schlaf, wie sonst so oft nach einem nächtlichen Saufgelage.

Will lief mit dem Schachteldeckel in der Hand von der Küche durchs Wohnzimmer zur Treppe hinauf ins winzige Obergeschoss des kleinen Cape-Cod-Hauses, wo unsere beiden Zimmer lagen.

Ich warf den verbrannten Toast in die Marvel-Schachtel, wusch schnell das Geschirr und wischte die Ablage und den Tisch ab. Ich hörte Will die Treppe runterkommen – die dritte Stufe von unten knarrte immer –, als mir noch etwas einfiel.

Ich lief auf dem überdachten Weg zur Garage, zog an der Schnur der nackten Glühbirne, ging zur Gefriertruhe und holte ein Huhn heraus. Es war Freitag, bis zum Essen am Sonntagabend würde es im Kühlschrank aufgetaut sein. Ich sah schon vor mir, wie Grandma in dem Huhn rumstocherte und sagte: *Was für ein Luxus, eine Garage UND einen Kühlschrank UND eine Gefriertruhe*.

Ganz in der Nähe hörte ich winzige Pfoten über den Boden huschen und drehte mich gerade noch rechtzeitig um, um die Maus unter dem Auto verschwinden zu sehen.

Mamas Auto.

Jedes Mal wenn ich zur Gefriertruhe ging, versuchte ich, den Wagen zu ignorieren, ein 1946 Ford Kabrio, das Faltverdeck noch immer offen. Über das Armaturenbrett und die Sitze war eine alte Tischdecke mit verblasster roter Borte, mattgelben Enten, Lämmern, Farmhäusern und Blumen gebreitet. Als wären wir das letzte Mal, als der Wagen in der Garage geparkt wurde, von einem ausgedehnten Picknick zurückgekommen und hätten – zu glücklich und erschöpft, um die Sachen gleich wegzuräumen – die damals noch helle Tischdecke einfach über die Sitze geworfen, in einem Moment unbekümmerter Leichtigkeit. Schaut alle her! Die perfekte Familie, die nach dem perfekten Familienpicknick keineswegs perfekt Ordnung macht. Was für ein Spaß!

Aber solche Erinnerungen hatte ich nicht, nicht einmal welche, die so verblasst waren wie das Tischtuch. Bestenfalls – und auch nur, wenn ich mich wirklich konzentrierte – konnte ich vage und so nebelhaft, dass es die einst bunten Enten und Lämmer betrüben würde, ein paar Eindrücke von ein oder zwei Fahrten im Wagen heraufbeschwören. Wobei ich nicht einmal sicher war, dass es sich um wirkliche Erinnerungen handelte. Ich schüttelte den Kopf. Keine Zeit zum Nicht-Erinnern.

Trippelgeräusche. Die Maus war unter dem Auto hervorgekommen und saß direkt vor meinen Füßen. Ich packte den Strohbesen neben der Tür und schlug nach ihr, versetzte sie in einen Schockzustand. Als ich gerade noch einmal zuschlagen wollte, sah ich ihr Zittern, öffnete stattdessen die Tür und scheuchte sie mit dem Besen hinaus. Sie brauchte eine Sekunde, um sich wieder zu fangen, und rannte dann in unseren zugewucherten Garten hinterm Haus. *Recht hast du, kleine Maus. Renn weg von hier … Weit weg …*

Als ich schließlich die jetzt durchgeweichte Schachtel Marvel-Cornflakes auf Armlänge von mir weghielt und in die andere Hand meine Schultasche nahm, ging ich davon aus, dass Will schon auf der vorderen Veranda auf mich wartete. Doch er war nicht da.

Dann fiel mein Blick auf die Bücher unten an der Treppe. Seine dreckigen Schuhabsätze. Seine langen Beine in der Hose, die ich extra aus dem Katalog von Montgomery Ward bestellt hatte und die er hasste, weil sie zu groß war und ich ihm gesagt hatte, er würde reinwachsen. Seine Arme waren merkwürdig vom Körper weggedreht, und sein Kopf lag so, dass ich das Gesicht nicht sehen konnte.

2. Kapitel

Ich stürzte zu Will hinunter, fiel neben ihm auf die Knie und untersuchte ihn. Er hatte keine einzige Schramme oder Beule, doch er war bewusstlos.

Wir brauchten Hilfe. Ich überlegte, zu Daddy ins Haus zu gehen … aber dann sah ich seinen Wagen am Bordstein stehen, die Schnauze in die verkehrte Richtung und das Vorderrad der Fahrerseite auf unserem Rasen.

Gegenüber auf der anderen Straßenseite standen die Bakers in ihrer Einfahrt und waren im Begriff, in ihr Auto zu steigen, doch alle drei hatten ihr Vorhaben aufgeschoben, um uns anzustarren. Ich sah hinüber zu Miss Bettinas Haus. *Komm raus, komm raus*, versuchte ich sie durch Willenskraft herauszubeschwören, aber ihre Tür blieb verschlossen.

Doch dann hustete Will. Seine Lider flatterten. Er starrte zu mir hoch, blicklos zuerst, dann erkannte er mich und krächzte: »Meine Güte, kannst du aufhören zu schreien?«

Da merkte ich, dass ich die ganze Zeit seinen Namen geschrien hatte, verstummte und nahm ihn in die Arme. Er versuchte, mich wegzustoßen, doch ich ließ ihn nicht los, und schließlich bildeten wir ein einziges Knäuel.

»Was ist passiert?«

»Ich muss gestolpert sein.«

Beinahe hätte ich ihm geglaubt. Ich fasste ihn am Kinn,

drehte sein Gesicht zu mir und legte ihm die Hand auf die Stirn. »Hast du Fieber? Muskelschwäche?«

Er schlug nach meiner Hand. »O Mann, Donna, ich hab kein Polio.« Er verdrehte die Augen.

Aber 1952, also letztes Jahr, waren viele Kinder in Stackville, dem Viertel um die Papierfabrik, und in Tangy Town auf der anderen Seite des Flusses an Kinderlähmung erkrankt oder gar gestorben, sogar drei in unserem Teil von Groverton. Wir hatten die Berichte gehört, wenn Daddy zum Abendessen zu Hause war und im Wohnzimmer die Nachrichten im Fernseher liefen. Er war natürlich nur an den neuesten Meldungen über seinen Helden, Senator Joe McCarthy, interessiert und dessen Jagd auf Kommunisten – Rote, wie Daddy sie nannte.

Ich nahm die Hand von Wills Stirn. Er fühlte sich nicht fiebrig an, sondern kalt und feucht.

»Gut, du hast kein Polio. Und du bist auch nicht die Treppe runtergefallen. Was ist passiert?«

Plötzlich grinste Will verschmitzt und drückte sich die Hand auf den Bauch: »O Mann, genau wie du gesagt hast – zu viele Cornflakes. Mein Bauch ist verkleistert!« Er schob mich weg, rollte über den Boden, brüllte: »Oh, die Höllenqualen! Warum habe ich nur nicht auf dich gehört! Jetzt kleben meine Eingeweide im Bauch zusammen –«

»Ist alles in Ordnung?«

Ich sah auf. Mrs Baker stand über uns gebeugt da. Sie trug ein schwarzes Kleid und Handschuhe und hielt eine Kasserolle in der Hand, war also auf dem Weg zur Groverton First Church of God, um dort das Essen für einen Leichenschmaus zu arrangieren.

Manche Leute behaupten, dass es keine dummen Fragen gibt, doch die war's wirklich. Natürlich war hier nicht alles in Ordnung, und das kleine verkniffene Lächeln in Mrs Bakers plumpem Gesicht verriet, dass sie das wusste.

Ich stand auf und strich meinen Rock glatt. Ich verabscheute ihr Grinsen. Mr Baker, immer noch Vertriebsleiter bei Groverton Pulp & Paper, während Daddy, der einmal sein Vorgesetzter war, kaum seinen Job bei ACE Hardware halten konnte, schüttelte den Kopf und stieg in den perfekt geparkten Wagen. Und Howard beobachtete das Ganze von der Einfahrt aus; sein selbstgefälliges Grinsen stand dem seiner Mutter in nichts nach.

Ich konzentrierte mich auf den runden Kragen von Mrs Bakers schlichtem, formlosem, zu engem schwarzen Kleid. Der Kragen war furchtbar matronenhaft; mit einer Paspel – vielleicht goldrutengelb als Kontrast – hätte er viel besser ausgesehen als mit diesem Spitzenbesatz.

»Will hat ein bisschen Bauchschmerzen. Ich glaube, wir bleiben heute zu Hause und rufen Dr. Emory an.«

Sie machte ein paar Schritte zurück, die Kasserolle vor sich haltend, als könnte die sie vor der schlimmen Krankheit schützen, die die Lanes womöglich verbreiteten. »Es ist hoffentlich nichts Ansteckendes.«

»Ich glaube, er hat einfach zu viele Cornflakes gegessen«, erwiderte ich.

»Also meinem Howard würde ich nie erlauben, so was zu essen. Das hat zu wenig Nährstoffe.«

Sicher, Sie kaufen die Schachteln und werfen den Inhalt weg, damit Ihr kleiner Balg seine Besitzurkunde eines Stücks von Alaska ohne –

»Was? Nein! Ich kann nicht zu Hause bleiben!« Will sprang auf und sah mich mit Panik in den Augen an.

»Nun, Will …«, begann ich.

»Guten Morgen, Mrs Baker.« Ich dankte Gott für Miss

Bettina. In ihrem freundlichen, blauweißkariertem Kleid und der unechten Perlenkette war sie der Hoffnungsschimmer in der Finsternis, die von Mrs Baker ausging.

Miss Bettina blickte mich an. »Was ist passiert?« Sie war klug genug, nicht tiefer zu bohren.

»Will hat Bauchschmerzen, das ist alles, aber um sicherzugehen« – das Bild von Will vor Augen, wie er reglos auf dem ungepflegten Rasen lag, tat mir im Herzen weh – »rufe ich Dr. Emory an und –«

»Nein!«, schrie Will.

Alle blickten ihn an. Auf der anderen Straßenseite hupte Mr Baker. Howard grinste.

»Nein, mir geht's gut, und ich muss in die Schule, weil, weil –«

Er hielt inne, und ich sah, wie sich die Panik in seinem Gesicht in Zufriedenheit verwandelte. Was stets bedeutete, dass er eine hinterlistige Idee hatte. Er grinste und sagte: »Ich muss in die Schule wegen dem Projekt für die Wissenschaftsmesse, an dem ich arbeite.«

Ich sah ihn mit hochgezogener Augenbraue an. Der Junge stahl mir meine Ausrede.

»Was? Die Wissenschaftsmesse ist erst im Frühling«, sagte Mrs Baker.

»Das weiß ich, aber ich arbeite schon vor ... wegen der Extrapunkte.« Er sah nach hinten auf die Veranda. Ich folgte seinem Blick und stellte fest, dass ich in der Panik alles fallen gelassen hatte und der Inhalt meiner Tasche über die Treppe verstreut lag, die Marvel-Schachtel jedoch aufrecht auf der mittleren Stufe stand, mit der pampigen Masse aus Toast und Milch und Cornflakes darin.

Will sprang die Treppe hoch, packte Marvel-Schachtel, Schulranzen und Brotdose. »Ich ... teste gerade die Osmose verschiedener Flüssigkeiten in halbdurchlässigen Behältern wie … wie Milch in Marvel-Schachteln.«

Er rannte los, die Elmwood Street entlang und dann in die Maple Road Richtung Schrottplatz, nahm also die Abkürzung zur Waterhouse und Sixth Street, die ich im Sinn gehabt hatte. *Vielleicht komme ich trotz allem noch rechtzeitig zu Babs.*

Doch zuerst musste ich Will einholen und den Anblick verarbeiten, wie er noch Minuten zuvor bewegungslos und ohne zu reagieren auf dem Boden gelegen hatte.

Mrs Baker sagte: »Nun, ich bin froh, dass ich helfen konnte.« Sie sah mich eindringlich an. »Deine Großmutter wird sich freuen, das zu erfahren.«

»Ja, vielen Dank, Mrs Baker«, sagte ich. Sie drehte sich um und stampfte über die Straße zurück zu ihrer perfekten Familie.

Ich steckte alles zurück in meine Schultasche und wollte Will gerade hinterherlaufen, als Miss Bettina mir die Hand auf den Arm legte. »Donna.«

Meine Augen brannten, und ich wollte sie umarmen, mich drücken lassen, ihr sagen, wie sehr ich mich danach sehnte, von Groverton wegzukommen, und sie fragen, ob sie jemals auch so empfunden hatte … doch dann löste sich ihr Blick von mir und wanderte hinter mich.

Ich drehte mich um. Daddy. Er stand auf der Veranda, starrte uns an, offensichtlich konfus. Er trug noch dieselben Hosen wie gestern, und ein fleckiges Unterhemd. Groll stieg in mir hoch. Ich musste das Unterhemd irgendwie sauber kriegen.

Dann sah ich den Blick in Miss Bettinas Augen. Sie hatte es nie gesagt, aber ich wusste es. Aus irgendeinem Grund war sie in meinen Daddy verliebt.

»Porter.« Sein Name kam wie ein Seufzer aus ihrem Mund.

Sie ging zu ihm hin, und die Bakers fuhren ab.

Ich lief die Elmwood Street entlang bis zur Straßenecke. Dann bog ich ab und rannte Richtung Schrottplatz, weg von allen, hin zu Will.

3. Kapitel

Ich rannte, bis ich Stackville erreichte, atmete japsend eine Menge faulig stinkende Luft ein, was von dem Holz herrührte, das bei der Papierherstellung zu Brei verkocht wurde. Ich hielt mir die Hand vor Mund und Nase, um den Brechreiz in Schach zu halten, lief und lief, bis ich schließlich Will erblickte.

Er kniete am Stacheldrahtzaun um Stedmans Schrottplatz. Die Erleichterung, ihn gefunden zu haben, wich kurz dem Verdruss über mein Kleid, das unter den Achseln an mir klebte, und meine kunstvollen Haarwellen, die kaum noch zu erkennen waren: insgesamt eine feuchte Katastrophe. Aus der Traum vom frischen, perfekten Aussehen für den Trip mit Babs und das geheime Vorstellungsgespräch.

Doch mein Ärger machte so schnell, wie er gekommen war, erneuter Panik Platz.

Will sah okay aus, äußerlich. Ich beobachtete, wie er an der üblichen Schrottplatzkollektion aus Reifen, Autoteilen und zerbeulten Eisschränken – ausrangiert, als Hausfrauen Kühlschränke und Gefriertruhen bekamen – vorbei auf das leere Ende einer Kette starrte, die an der Anhängerkupplung eines alten tränenförmigen Wohnwagens befestigt war, dessen offene Tür an einer Angel baumelte. Während er laut mit dem leeren Kettenende redete, wirkte Will so angeschlagen wie die Wohnwagentür.

Vom Schrottplatz aus war Groverton Pulp & Paper zwar nicht zu sehen, aber durch den Gestank und die endlosen weißen Rauchwolken aus den Schloten allgegenwärtig. Obwohl es hier im Viertel mit den schmalen, dicht zusammenstehenden Häusern ruhig war, schien mir die Atmosphäre an diesem Morgen ziemlich angespannt, zumindest redete ich mir das ein; im Diner hatte ich ein Gespräch über einen möglichen Streik mitgehört. Ein Hoffnungsschauer durchfuhr mich bei der Vorstellung, dass dadurch oder überhaupt durch irgendetwas ein bisschen Abwechslung nach Groverton kommen könnte.

Die einzige Anwohnerin in Sicht war eine alte Frau, die auf der vorderen Veranda ihres gepflegten Holzhauses saß, gegenüber dem Schrottplatz. Sie schälte vornübergebeugt Äpfel, den knöchellangen Rock zwischen die Knie gespannt, um die langen Apfelschalenkringel aufzufangen. Ihre Hände bewegten sich wie von selbst, und sie sah auch nicht hin, sondern zu uns hinüber, amüsiert über den Anblick von Kindern, die nicht hier in ihr Viertel gehörten.

Will intonierte mit lauter, unerschütterlicher Stimme, so wie Pastor Stebbins in Großmutters Kirche: »Heute Abend also werden Sergeant Striker und *sein* Trusty zum ersten Mal im Fernsehen gesendet! Glaubst du, sie fangen einen Räuber oder einen Kidnapper? Ich glaube … einen Kidnapper. Es ist schon lange her, dass die Urenkelin des alten Goldgräbers gegen Lösegeld freigelassen wurde. Also, Trusty …«

Will bestand darauf, den namenlosen Hund vom Schrottplatz Trusty zu nennen, weil er ein Husky war, genau wie Trusty von *Sergeant Striker im wilden Alaska*. Er schüttelte die Marvel-Schachtel, und Milch tropfte auf den Boden.

»Ich wünschte, du könntest die Sendung mit mir sehen, aber Dad mag keine Hunde«, sagte er, als wäre das unser größtes Problem zu Hause. »Aber weißt du was? Seit heute Morgen fehlen mir nur noch drei Schachteldeckel! Bald hab ich sie alle zusammen und schicke sie ein und kriege die Besitzurkunde für mein eigenes Stück Land in Alaska, und dann gehen wir beide hin und gucken es uns an –«

»Will!« Ich ging zu ihm hin und legte ihm sanft die Hand auf den Arm. Bis jetzt waren wir beide noch nicht weiter aus Groverton rausgekommen als bis nach Dayton. »Lass dem Hund einfach die Cornflakes da –«

Er riss seinen Arm los, rief noch lauter: »Wusstest du, dass Alaska eine Blume hat, obwohl es kein Staat ist? Das Vergissmeinnicht. Schon seit 1917! Wusstest du …«

Er sah immer noch viel zu bleich aus, und sein Geplauder mit dem nichtexistierenden Hund machte mir Angst. Ich umfasste seine Schultern und drehte ihn zu mir herum. »Hör auf damit! Ich finde, wir sollten wieder nach Hause gehen und Dr. Emory doch anrufen, damit er dich untersucht –«

Will funkelte mich wütend an, den vertrauten Vorwurf in den blauen Augen: *Du nimmst alles zu ernst!* »Mir geht's gut.«

»Will, ich bin sicher, der Hund wird die Cornflakes fressen, wenn wir ihm einfach die Schachtel hinstellen. Lass uns nach Hause gehen und Dr. Emory anrufen –«

Er schüttelte meine Hände ab. »Nein. Ich füttere Trusty. Und dann gehe ich zur Schule.«

»Was? Sonst ist dir keine Ausrede zu dumm, um nicht in die Schule zu müssen.«

»Ich mag Dr. Emory nicht. Ich hab einfach Wachstumsschmerzen, wie Grandma sagt.«

Aha, endlich fiel bei mir der Groschen. Wenn Will krank zu Hause blieb und ich wegen meines »Sonderprojekts«

nach der Schule nicht heimkam, würde Daddy Großmutter anrufen, die den Fernseher als »eines von Porters Luxusgeschenken für Rita« bezeichnete, genau wie das Haus und den Kühlschrank und die Gefriertruhe und die Möbel und das Auto und alles andere, das Daddy unserer Mutter 1946 gekauft hatte, bevor sie krank wurde, bevor sie wegging, bevor er sich verlor und dann seine Arbeit.

Ich betrachtete Will genau.

»Also gut, dann komm«, sagte ich. »Wir sind noch früh genug dran, damit ich, ähm, zur Schulbibliothek gehen kann.«

»Geh du schon vor. Ich gehe erst, wenn Trusty herausgekommen ist.«

»Vielleicht weiß die alte Dame von gegenüber, was mit Trusty passiert ist.«

»Sie heißt MayJune«, sagte Will. »Sie wohnt in Tangy Town.« Tangy Town war eine kleine Ansammlung dicht beieinander stehender Häuser und Geschäfte auf der anderen Seite des Flusses, stromabwärts und im Windkanal der Papierfabrik – in den Augen der Einwohner von Groverton eine noch weniger attraktive Adresse als Stackville. Dort wohnte niemand, der nicht bettelarm oder schwarz war (allerdings nannte damals, 1953, jeder die Schwarzen nur *Neger*). Die Kinder aus Tangy Town, die alle den sauren Gestank der Fabrik in den Kleidern trugen, gingen in unsere Schule und brachen sie meist in der siebten oder achten Klasse ab.

Mama war auch dort aufgewachsen. Aber wir hatten das Viertel nie besucht und auch nichts von Mamas Leben dort erfahren. Wir wussten nur, dass sie, wie Daddy, ein Einzelkind war, dass ihre Eltern schon tot waren, als sie heirateten, und dass Grandma fand, sie hätte mehr Glück gehabt als ein vierblättriges Kleeblatt, als sie Daddy kennenlernte und seine Frau wurde.

»Manchmal passt MayJune auf ihre Enkel dort auf«, sagte Will.

Will machte sich auf zu dem Loch im Stacheldrahtzaun, und mir wurde klar, dass er sich durchzwängen und Trusty auf dem Schrottplatz suchen wollte. *Und wenn Trusty wirklich irgendwo ist*, dachte ich, *angerannt kommt und Will angreift? Und wenn Mr Stedman mit seiner Flinte rauskommt?* Ich packte Will am Arm. Er versuchte, sich loszureißen, doch ich schlang die Arme um ihn. »Will, es ist jetzt bestimmt schon Viertel vor acht. Wenn du zur Schule gehen willst –«

»Lass mich los! Ich muss Trusty finden!«, schrie er. Und dann, ganz plötzlich, hörte er auf zu schreien und sich zu wehren und wurde so schlaff in meinen Armen, dass ich dachte, er wäre wieder in Ohnmacht gefallen. Doch dann sah ich den Hund aus dem Wohnwagen humpeln, ein Trusty, der sicher nichts gemein hatte mit dem Hund, den die Fans von *Sergeant Striker* sich vorstellten.

Dieser Trusty ging langsam mit gesenktem Kopf zu dem Loch im Zaun. Sein rechtes Ohr war halb eingerissen, die Wunde blutverkrustet. Sein Rücken war voller Striemen; ich erkannte die Spuren einer Gürtelschnalle. Von seinem Nacken hing ein Stück Kette, doch das Halsband dazu sah ich nicht, es war in dem verfilzten, räudigen Fell verschwunden.

Will fiel vor dem Loch im Zaun auf die Knie, streckte den Arm durch, tätschelte den Hund und sagte: »Trusty, mach dir keine Sorgen. Wir gehen nach Alaska, dahin zurück, wo du hingehörst. Ich werde meine fünf Quadratzentimeter kriegen, und dann mehr und mehr, und du und ich, wir werden dort leben.« Der Hund drückte seine Schnauze in Wills Hand.

Ich packte Will bei den Schultern. Obwohl ich wusste, dass der Hund ihn nicht verstehen konnte, war ich stellvertretend wütend für Trusty. Ich schrie: »Will, hör sofort auf!« Er machte Versprechungen, die er nicht halten konnte.

Will ignorierte mich. Er nahm die durchgeweichte Schachtel, schob sie durch den Zaun, drehte sie um und schüttete den verbrannten Toast und die Cornflakes auf den Boden. Trusty verschlang einen Teil davon schon im Fallen, dann schnappte er sich die Schachtel und fraß auch die.

Als der Hund fertig war, sah er mich an. Ich starrte in seine wässrigen, eisblauen Augen. Groverton in Ohio war ein Ort für Beagle, deutsche Schäferhunde und Promenadenmischungen, nicht für einen Husky, der wie ein Wolf aussah.

Der Hund tat mir so leid, dass ich den Arm nach ihm ausstreckte. Ich wollte das Halsband aufmachen, das Fell darunter glätten, doch beim ersten Zucken meiner Hand ging er auf mich zu, und Speichel spritzte aus dem zähnefletschenden Maul. Als ich mit hämmerndem Herzen zurückstolperte, machte er das Maul wie zum Bellen auf, doch kein Ton kam heraus. Er war stumm.

Ich schrie Will an, er solle weggehen vom Zaun, streckte den Arm nach ihm aus, doch bevor ich ihn erreichte, spürte ich eine Hand auf meinem Rücken.

»Herzchen, wenn der Hund wirklich da durchkommen und dich beißen wollte oder aus irgendeinem anderen Grund da rauswollte, würde er sich durchs Loch zwängen, auch wenn ihm das noch so wehtäte. Mr Stedman schlägt den armen Hund, weil er aufgehört hat zu bellen«, sagte die alte Frau.

Ich sah an dem Schrott vorbei zu dem heruntergekommenen Haus, das sowohl Mr Stedmans Geschäftssitz als auch sein Zuhause war.

»Keine Sorge, er ist nicht da. Ich bin schon ein paar Tage bei meiner Tochter und den Kleinen. Meine Mary hat sich den Rücken ausgerenkt und kann sich kaum bewegen, da bin ich mit meinen Breiumschlägen hergekommen, und ich hab ihn letzte Nacht weggehen sehen, aber bis jetzt ist er nicht zurückgekommen.«

Der Hund – Trusty – hatte inzwischen auch den letzten Krümel aufgefressen und schob nun die Schnauze, so weit er sich traute, durchs Zaunloch, schnüffelte an Will. Wollte er mehr Futter? O nein. Jetzt wo sein Hunger gestillt war, blickte Trusty zu meinem Bruder hoch, die eisigen Augen plötzlich sanft und zutiefst besorgt. Ich bildete mir das sicher nur ein, aber es fühlte sich so wirklich an, so greifbar wie die Spannung, die in der Luft dieses Viertels lag.

»Oh«, sagte ich. »Danke, dass Sie uns das sagen. Ich bin Donna Lane. Schön, Sie kennenzulernen, Mrs –« Ich hielt ihr meine Hand hin.

Die alte Frau drückte sie viel fester, als ich ihr das angesichts der dünnen, knorpeligen Hand zugetraut hätte. »Nennen Sie mich einfach MayJune. Einen anderen Namen brauche ich nicht. Will hat mir schon viel von Ihnen erzählt.«

Ich sah Will an, der den Kopf des wilden Hundes kraulte. Ich war also nicht die Einzige mit Geheimnissen. Will schien Trusty und vermutlich auch MayJune schon öfter besucht zu haben. Oft genug, dass das verletzte, wilde Tier ihm vertraute und ihn gern hatte. Und um sich mit der Dame mit dem seltsamen Namen anzufreunden und ihr von mir zu erzählen.

Ich sah sie noch einmal an. MayJune trug verschlissene Kleider, die nicht zusammenpassten: eine alte rosa geblümte

Bluse, einen rotblaukarierten Rock, eine grüne Strickjacke mit ausgefransten Bündchen, die bis zu den knorrigen Ellbogen hochgeschoben waren. Um den Kopf hatte sie ein braunes Tuch gebunden, unter dem hier und da borstige graue Haare hervorsahen. Ihre kartoffelbraune Haut war schlaff und faltig.

Ich spürte, wie meine Lippen schmal wurden und sah betreten weg. Ich betrachtete MayJune bestimmt genauso geringschätzig, wie Mrs Baker mich betrachtete.

Sie legte mir die Hand auf den Arm, und ihr Duft – irgendwelche Kräuter, aber genau konnte ich es nicht sagen, vielleicht Salbei mit einem Hauch Zimt – hatte etwas Versöhnliches, wie auch ihr fast zahnloses Lächeln beruhigend wirkte. Und anstatt meinen Arm wegzuziehen, sah ich sie an.

»Ja, der Hund könnte rauskommen«, sagte sie, »aber manche Viecher sind so an ihre Gefangenschaft gewöhnt und rennen auch dann nicht weg, wenn sie die Gelegenheit dazu haben. Sie sind dazu abgerichtet, zu bleiben, auch wenn die Umstände noch so schlimm sind.«

Die Wehmut in ihrer alten, brüchigen Stimme sagte mir, dass ihre Beobachtung nicht auf den Hund beschränkt war.

Sie ließ meinen Arm los und ging zu Will, reichte ihm Apfelschalenkringel. Während die katholische Kirche von St. Thomas acht Uhr schlug, sah ich zu, wie Will die Apfelschalen eine nach der anderen Trusty hinhielt, der sie vorsichtig ins Maul nahm.

4. Kapitel

Am Ende hatte Babs doch auf mich gewartet, aber nicht im Auto ihres Vaters, und auch nicht allein.

Sie saß auf der Rückbank von Jimmy Dentons kirschrotem Chevrolet, grinste und kicherte und gestikulierte – *Komm schon, steig ein* –, während Hank Coleman, ihr Freund, versuchte, sie runterzuziehen.

Jimmy hatte die rechte Hand lässig am Lenkrad, den linken Ellbogen auf das heruntergelassene Fenster gestützt und in der linken Hand eine Zigarette. Er starrte mit schicksalsergebenem Ausdruck von Langeweile geradeaus, als hätte er weder mich an der Ecke gesehen noch Babs und Hank auf dem Rücksitz bemerkt.

Wieder so ein Moment der kleinen Entscheidungen.

Der Fahrer im Auto hinter ihm hupte. Jimmy zog lässig an seiner Zigarette, dann sah er mich lang und fest an: *Entscheide dich. Kommst du nun mit oder nicht?*

Und ich entschied mich, in Jimmys Wagen einzusteigen.

Er schoss vom Stoppschild los, als könnte er es plötzlich nicht erwarten, so schnell wie möglich aus Groverton wegzukommen, als ob er so wie Babs und Hank und ich schon sein ganzes Leben hier lebte und nicht erst seit ein paar Wochen.

Ich starrte verlegen geradeaus, während Jimmy am Radio herumdrehend Richtung Westen fuhr und die Häuser der

Stadt schnell von Maisfeldern abgelöst wurden. Babs schaffte es kurz, sich Hank so weit vom Hals zu halten, um mir zu sagen, dass ihre Mutter und ihre Tante sich gestritten hatten und zu Hause geblieben waren, dass aber Jimmy sich bereiterklärt hatte, zu fahren, und war das nicht eine *ganz besondere Überraschung … wir vier, fast wie ein Doppelrendezvous.*

Am liebsten hätte ich Babs angeschrien – was hatte sie sich nur dabei gedacht?

Dann schüttelte ich den Kopf über meine eigene Dummheit. Hank war Star-Quarterback der Highschool-Oberstufe, und Jimmy Denton war der einzige Sohn von Roger Denton, dem neuen Geschäftsführer von Groverton Pulp & Paper. Das reichte aus, um in Groverton alles zu entschuldigen.

Ich warf Jimmy einen verstohlenen Blick zu, als er seine Zigarette ausdrückte und dann mit dem Finger den Kragen seines dunkelorangen Rollkragenpullovers lockerte, als wäre ihm zu warm, obwohl der Wind durch das heruntergedrehte Fenster hereinblies. *Ich mache ihn nervös*, dachte ich.

Ich war es gewöhnt, von den Leuten ein bisschen bemitleidet zu werden. *Arme Donna Lane*, spürte ich sogar die anderen Jugendlichen denken, *muss für ihren kleinen Bruder die Mom sein, und dann noch ihr Daddy, so traurig …*

Auf der State Route 35 geriet Jimmys Chevy in eine tiefe Spurrille, das Handschuhfach klappte auf und knallte mir voll ans Knie. Heraus purzelten eine Taschenlampe, ein Luftdruckmesser und ein Autoatlas für die USA, Kanada und Mexiko.

»Ist dir was passiert? Tut mir leid, dass ich die Spurrille nicht rechtzeitig gesehen hab.«

Babs und Hank knutschten auf der Rückbank zur Musik aus dem Autoradio, wo die Four Aces gerade »Just squeeze me« schmachteten, und ich brauchte einen Moment, um zu merken, dass Jimmy mit mir redete. Ich sah ihn an. Er wirkte ehrlich besorgt.

»Mir geht's gut, danke.« Ich räumte alles bis auf den Autoatlas zurück ins Handschuhfach.

»Du bist so still«, sagte Jimmy über den Wind und das Radio hinweg. »Machst du dir Sorgen wegen des Schuleschwänzens?«

Ich wollte nicht sagen: *Nein, das haben Babs und ich inzwischen zu einer Kunstform entwickelt*, sondern blätterte durch die Seiten mit den Eselsohren und bemerkte, dass es am anderen Ende der Stadt an dieser Straße auch eine Tankstelle gab. Da aber Jimmy gleichzeitig anfing zu reden, verstummten wir beide.

Im Autoradio sang Perry Como jetzt »Don't Let the Stars Get in Your Eyes«. *Das ist für uns beide, Babs*, dachte ich.

»Tut mir leid, sprich nur weiter.« Jimmy sagte das so nett, dass ich, obwohl immer noch sauer auf Babs, weil sie Hank und Jimmy an unserem gemeinsamen Tag teilhaben ließ, innerlich ganz warm und milde gestimmt wurde. Vielleicht hatte ich doch vorschnell über ihn geurteilt.

Oder du bist einfach nur blöd und hinterm Geld her wie deine Mutter.

Ich verjagte Grandmas Stimme aus meinem Kopf, stotterte aber trotzdem, als ich wiederholte: »N-nun … es gibt eine Sterry Motor Oil im Osten von Groverton, auf der State Route 35, falls du einen neuen Straßenatlas brauchst.«

Bescheuert. Warum war mir nichts Klügeres eingefallen?

Doch Jimmy lachte unbefangen, kein bisschen spöttisch. »Wahrscheinlich brauche ich wirklich einen neuen. Den hab ich so ziemlich ruiniert, als ich beim Umzug hierher quer durchs Land gefahren bin.«

Ich wandte mich auf meinem Sitz Jimmy zu. Er hatte das so beiläufig gesagt, als würden siebzehnjährige Jungen tagtäglich von Kalifornien nach Ohio fahren. »Du meinst, als du quer durchs Land mit deinen Eltern gefahren bist.«

»Nein, ich bin gefahren, allein. Meine Eltern wollten mein Auto in Kalifornien verkaufen. Es sei zu umständlich, damit umzuziehen, wir könnten hier einfach ein neues kaufen.« Genau. Als könnte man ein Auto genauso einfach kaufen wie ein Dutzend Eier im Lebensmittelladen.

»Aber ich hab irgendwie eine Schwäche für den Wagen entwickelt. Gute Erinnerungen.«

Zum Beispiel?, wollte ich fragen. Fummeln auf der Rückbank? Die Küste hoch- und runterfahren, oder durch die Stadt? Bei der Vorstellung von all diesen Freiheiten kribbelte meine Haut.

»Und dann hab ich eines Morgens einfach ein paar Sachen in den Kofferraum gepackt und bin losgefahren, bevor sie wach waren.«

Ich starrte den gepflegten, lächelnden Autoschlosser auf dem Atlasdeckel an und überlegte, die Seiten mit den umgeknickten Ecken rechts oben aufzuschlagen, um nachzusehen, ob Jimmy vielleicht Routen markiert hatte.

»... aber ich kann verstehen, wenn du so etwas beängstigend findest«, sagte Jimmy gerade. »Für ein Mädchen ist das sicher anders, so quer durchs Land fahren. Gefährlich.«

Plötzlich war ich wütend. *Also doch ein Wichtigtuer!*

»Das ist lächerlich, natürlich kann ein Mädchen quer durchs Land fahren. Im Zweiten Weltkrieg sind Pilotinnen geflogen –«

»Transportflugzeuge. Keine Kampfflugzeuge.«

»Das war nicht ihre Entscheidung. Der Punkt ist doch der, dass, wenn Frauen Flugzeuge fliegen können, eine Autofahrt quer durchs Land ein Kinderspiel ist.«

»Sie kann überhaupt nicht fahren«, vermeldete Babs schwer atmend von der Rückbank. Ich fragte mich, wie sie es geschafft hatte, unser Gespräch mitzuhören. »Obwohl sie ein Auto hat«, fügte sie hinzu, bevor Hank mit dem Küssen weitermachte.

»Du hast ein Auto, aber du kannst nicht fahren und denkst, quer durchs Land zu fahren wär einfach«, bemerkte Jimmy mit ausdrucksloser Stimme.

So wie er es sagte, klang es absurd. Ich erwiderte: »Natürlich könnte ich durchs Land fahren, wenn ich ein Auto hätte, was ich aber nicht hab.« Ich spürte einen Anflug von Gewissensbissen. Noch vor kurzem hatte ich darüber nachgedacht, dass Will und ich noch nie weiter als Dayton gekommen waren und wie lächerlich Will sich machte, einem Hund zu erzählen, sie würden zusammen nach Alaska gehen. Doch ich redete weiter. »Babs meint das Kabrio, das mein Dad sozusagen in der Garage aufbewahrt.«

»Deine Familie hat ein Kabrio, das nur in der Garage rumsteht?« Aus Jimmys Mund klang das noch lächerlicher als Wills *Alaskareise mit wildem Hund*-Phantasie.

Und deshalb wollte ich zurückschlagen, ihn kleinmachen. »Mein Daddy hat ihn meiner Mama gekauft, ungefähr ein Jahr, bevor sie krank wurde. Richtig krank – Krebs. Sie war in einer Klinik in Florida. Daddy sagte, dort hätten sie neue Behandlungsmethoden, um ihr zu helfen, aber sie ist trotzdem gestorben. Das ist sieben Jahre her. Daddy hat's noch nicht überwunden, deshalb bleibt alles so, wie es vor ihrem Tod war. Quasi ein Schrein für sie. Einschließlich dem Kabrio.«

Und wer benimmt sich jetzt total bescheuert?, dachte ich und wünschte, ich könnte meine Tränendrüsenstory zurücknehmen. Zur Strafe würde ich mir ein paar höfliche Mitleidsfloskeln anhören müssen.

Doch Jimmy sagte: »Die Reifen sind jetzt bestimmt platt.«

Eine geradezu euphorische Erleichterung überkam mich bei seinem Witz, und etwas in mir löste sich, begann aufzubrechen, wie ein Schmetterling aus seinem Kokon. Ich sah ihn an, als auch er mir gerade einen Blick zuwarf, und merkte, dass er wieder nervös wurde.

Plötzlich geriet Jimmys Wagen ins Schlingern, kam von der Straße ab und fuhr auf die spitzen Stummel eines umgepflügten Maisfelds zu. Während meine Bücher aus der Tasche zu meinen Füßen flogen, fing Babs an zu schreien, Hank zu fluchen, und ich dachte: *Wir rasen direkt ins Feld.* Aber dann brachte Jimmy den Wagen schlitternd zum Stehen, schnell, aber sanft, wie beim Gleiten über Eis, und ich grinste ihn an. Von dem kribbeligen, leichten Gefühl erneut beflügelt, hätte ich am liebsten gesagt: *Mach das noch einmal!*

Doch Babs schrie immer noch, und ich drehte mich zu ihr um. Ihr Lippenstift zog sich purpurrot über die linke Wange, doch ihre Frisur unter dem Kopftuch war noch intakt. Hank hob die Hand, um Babs eine runterzuhauen, damit sie aufhörte zu schreien. Doch Jimmy packte Hanks Arm. »Beruhig dich«, sagte er.

Wer ist dieser Junge?, fragte ich mich.

Er sah mich an und sagte: »Jetzt fährst du. Kann ja nicht so schwer sein – Frauen fliegen ständig Flugzeuge, stimmt's? Und das ist eine gerade, ebene Straße. Leichter geht's nicht. Ich bring's dir bei.« Er ließ den Motor zweimal aufheulen, sah mich mit großen Augen an: »Vertraust du mir?«

Er hob lächelnd die Augenbrauen, flirtend, nicht länger

nervös, aber sein Blick war so herausfordernd, dass ich wegsehen musste, zu dem umgepflügten Feld.

»Du gibst meinem Atlas gerade den Rest«, sagte er. Ich sah hinunter, hielt das Buch mit beiden Händen so fest umklammert, dass meine Knöchel ganz weiß waren.

Ich wandte mich ihm zu. »Ich weiß dein Angebot wirklich zu schätzen.« Er wirkte amüsiert, doch ich redete weiter, noch gestelzter. »Allerdings müssen Babs und ich unbedingt zu Rike's Department Store –«

Er drehte das Radio aus, gerade als Patti Page »That Doggie in the Window« sang (sie hatte garantiert noch nie einen Hund wie Trusty gesehen), und beugte sich zu mir vor. Ich atmete seinen Duft ein, Aftershave und Seife, natürlich, aber noch etwas anderes, Tieferes … etwas leicht Moschusartiges, ihm ganz und gar Eigenes. Ich lief puterrot an, als er mich angrinste und leise sagte: »Ach, komm schon. Ich bin ein guter Lehrer. Du willst doch fahren lernen, sonst hättest du das alles nicht erzählt –«

»Donna soll fahren?«, rief Babs von der Rückbank. »Fahr uns nach Dayton, Donna! Nein … nicht Dayton. Ich will nach Paris! Fahr uns nach Paris, Donna!«

»Da liegt der Ozean dazwischen, du –«, begann Hank.

»Hank«, warnte Jimmy.

»Ich fahre nicht«, sagte ich. »Paris ist gestrichen.«

Babs rutschte auf der Rückbank nach vorn und schob ihren Kopf zwischen mich und Jimmy, der sich zurück in seinen Sitz lehnte. »Aber warum denn? Donna hat doch immer gesagt, sie will Modedesignerin werden und in Paris leben! Wusstest du das, Jimmy?«

»Babs, hör auf damit. Wir fahren nach Dayton. Einkaufen, weißt du noch?« Ich warf Jimmy einen flehentlichen Blick zu: *Lass bitte einfach den Motor an!*

Doch er zuckte die Achseln und lächelte. »Ich will mehr über dich und Paris hören.«

»Sie will dorthin, um Mode zu studieren, und ich gehe mit, um Mode zu kaufen.«

»Wie das Kleid, das sie anhat? Was soll das sein?«, fragte Hank höhnisch.

Ich starrte zum Fenster hinaus. Ich mochte Hank nicht, doch seine Bemerkung trieb mir Tränen in die Augen. Immerhin kannte ich ihn und Babs schon mein ganzes Leben lang, und ich erinnerte mich an Zeiten in unserer Kindheit, als er noch nicht so ein Blödmann war.

Aber das Kleid, das ich heute trug, war wirklich ungewöhnlich: ein Etui-Kleid mit angeschnittenen kurzen Ärmeln, dunkelgrau, durchzogen von einer kobaltblauen Welle, eine Farbe, die für mich nur aus der tiefsten Tiefe des Meeres kommen konnte (nicht dass ich jemals am Meer gewesen war) und am Saum bei meinem linken Knie begann, sich hoch um die Taille legte und auf dem Rücken an der linken Schulter endete. Als ich es aus zwei von Mamas alten Röcken zusammengenäht hatte, fand ich es phantastisch, doch plötzlich wusste ich, dass alle anderen in der Schule genau wie Hank reagiert hätten.

»Es ist tatsächlich ungewöhnlich«, sagte Jimmy ruhig. »Aber wunderschön.«

Dann legte er seine Hand auf meine. Die Berührung war sanft und leicht, und ein Hitzeschwall kroch meinen Arm hinauf, lockerte die Haut – na ja, nicht wörtlich, aber so fühlte es sich an, nur weil er die Hand auf meine gelegt hatte.

»Babs will seit der dritten Klasse nach Paris, als wir etwas über die Stadt gelesen haben«, sagte ich, machte den Augenblick kaputt. »Ihr Lieblingsparfüm: *Ein Abend in Paris.* Ihr

Lieblingsfilm: *Ein Amerikaner in Paris*. Das ist genauso verrückt, wie wenn mein Bruder darüber redet, nach Alaska zu gehen.«

Jimmy hob die Augenbraue, nickte beeindruckt. »Nach Alaska … gut. Ich glaube, dein Bruder gefällt mir.«

»Er ist zehn Jahre alt und doof, was kann der schon wissen? Dafür sollte Babs wissen, dass wir niemals nach Paris kommen werden –«

»Tausch den Platz mit mir.« Jimmy sah mich an, wich meinem Blick nicht aus, und mir wurde klar, dass er es ernst meinte. Er wollte, dass ich fahren lernte. Er wollte derjenige sein, der es mir beibrachte.

Plötzlich – ja! Ich wollte fahren lernen. Und weder nach Dayton oder Paris oder irgendwo anders hingehen. Ich wollte nur noch das Lenkrad in meinen Händen spüren, mehr als Jimmys Hand auf meiner, und nickte.

Keine Minute später saß ich auf dem Fahrersitz, tippte zweimal aufs Gas und ließ den Motor aufheulen, wie Jimmy kurz zuvor. Ich grinste. Einfach lächerlich, wie gut sich das anfühlte. Ich trat einfach mit dem Fuß auf die Pedale, und der Motor heulte auf, ganz wie ich das wollte. Auch Jimmy grinste, als er sich auf den Beifahrersitz schob.

Doch Hank sprang schreiend aus dem Wagen: »Bist du wahnsinnig? Du kannst ihr nicht das Fahren beibringen. Ich komme mit der verrückten Frau jedenfalls nicht mit, lasst den Unfug –«

»Dann lauf zurück in die Stadt«, sagte Jimmy ruhig.

Ich mochte die Vorstellung, ohne Hank loszufahren, aber dann setzte er sich neben Babs auf die Rückbank. Im Rückspiegel sah ich, wie sie sich wieder an seine Schulter schmiegte. Hank blickte finster drein, rückte aber nicht von ihr ab, und Babs grinste ihn an wie ein geprügeltes Hündchen, das dankbar war, von seinem Meister wieder aufgenommen worden zu sein.

Das Bild von Trusty, dem realen Gegenstück, ging mir durch den Kopf, und mich schauderte. Aber dann sagte Jimmy: »Okay, versichere dich, dass die Straße frei ist, und dann leg vorsichtig den Gang ein.«

Ich sah im Rückspiegel an Babs und Hank vorbei auf die Straße, dann nach vorn. Die Straße schien in beiden Richtungen endlos zu sein. Wir waren allein, in der Mitte von Nirgendwo, und auf einmal wollte ich nach Irgendwo, ganz egal, wo das war.

Während Jimmy mich anleitete, lenkte ich den Wagen vom Seitenstreifen behutsam auf die Straße, wo ich ein bisschen fester aufs Gas trat und wir langsam und ruckelnd weiterfuhren.

»Mach ich das wirklich?« Ich umklammerte das Lenkrad, fühlte, wie mir der Magen nach unten rutschte, als die Straße auf einmal unter uns wegglitt. »O mein Gott! Ich mach's wirklich! Ich fahre das Auto –«

»Es ist okay, wenn du schneller bist als die Feldmäuse«, sagte Jimmy, ein Lachen in der Stimme.

Ich trat ein bisschen fester aufs Gaspedal. Der Wagen wurde schneller, die Straße glitt schneller vorbei, und ich spürte ein Prickeln, etwa so, wie sich meine Hand bei Jimmys Berührung angefühlt hatte, das meine Arme hinaufschoss zu den Achselhöhlen, und etwas in mir sagte *Fahr-fahr-fahr-fahr-einfach!* Und ich trat noch ein bisschen fester aufs Gaspedal. »Vielleicht solltest du jetzt etwas langsamer werden, nur ein bisschen«, sagte Jimmy.

Aber ich konnte nicht. Das *Fahr-fahr-fahr-fahr-einfach!* pulsierte in meinem Kopf, und ich konnte mich diesem Befehl nicht widersetzen.

Plötzlich, hinter einer leichten Kurve, war ein Traktor vor uns, der schnell größer wurde, als wir uns ihm näherten.

»Donna, fahr langsamer, okay? Du musst eine ganze Ecke langsamer fahren, um den Traktor zu überholen.«

Ich tastete nach der Kupplung und dem Schalthebel und dann nach der Bremse. In letzter Sekunde schaltete Jimmy den Gang runter, und ich trat auf die Kupplung, auf die Bremse. Wir wurden langsamer, und als die großen Hinterreifen des Traktors schon greifbar nahe waren, scherte ich nach links aus und fuhr vorbei.

Aber auf der Gegenfahrbahn kam jetzt ein Wagen direkt auf uns zu. Babs schrie, Hank fluchte, Jimmy brüllte Befehle.

Und ich ignorierte sie alle, schlitterte zwischen dem Traktor und dem entgegenkommenden Auto hindurch, riss das Lenkrad zu weit rum, holperte auf dem Rand des Straßengrabens entlang, wodurch wir kurz abhoben, streifte einen Maschendrahtzaun und landete schließlich mit Jimmys Wagen vor dem Traktor, wechselte irgendwie den Gang und fuhr völlig korrekt weiter die Straße entlang.

Als ich wieder aufnahmefähig war, drangen Babs' Schreie in mein Ohr, Hanks Flüche und Jimmys Worte.

Aber auch das flüchtige Hochgefühl des Fliegens war noch da, und etwas in mir stieg auf und brach heraus.

Lachen.

Endlich.

Und ich lachte und lachte und lachte.

5. Kapitel

Im August 1953 erschien ein paar Wochen vor Labor Day eine Anzeige in der Groverton Daily News: *Gesucht wird junge Frau zwischen 20 und 30, die für den Künstler Nate Cahill zweimal wöchentlich Modell steht, 1–2 Stunden, 2 Dollar/Sitzung, in der 325 Plum Street, Telefon 21983.*

Die Anzeige hatte in Groverton einen Skandal ausgelöst, der sogar das Donnergrollen eines nahenden Streiks in der Papierfabrik in den Hintergrund drängte. In Dot's Corner Café erzählte Grandma jedem, der ihr zuhörte, dass der neue Kunstlehrer entlassen werden sollte, bevor er Grovertons Jugendliche verderben konnte, und warum brauchte man in der Highschool überhaupt Kunstunterricht, wo es jahrelang auch ohne gegangen war.

Babs erzählte mir, dass Mr Cahills Anzeige ein echtes Problem für ihren Daddy war. Die Leute riefen bei der Zeitung und sogar bei ihnen zu Hause an (vermutlich gehörte Grandma zu den Anruferinnen, aber sicher wusste ich es nicht) und beschwerten sich wegen der empörenden Zweideutigkeit der Anzeige. Ich weiß noch, dass ich Babs fragte, ob die ganze Aufregung vielleicht etwas mit den Äußerungen von Senator McCarthy über Künstler zu tun hatte. Aber Babs hatte nur die Augen verdreht und gemeint, wenn ich die Romane, die sie mir als Anschauungsmaterial über das wirkliche Leben geliehen hatte, jemals gelesen hätte, dann wüsste ich auch, dass Künstler manchmal von Modellen verlangten, nackt zu posieren. Jedenfalls hatte Babs' Vater den Leiter der Anzeigenannahme angeschrien, er solle gefälligst die Anzeigen lesen, bevor er sie in der Zeitung abdruckte, und zwei Tage nach dem ersten Erscheinen wieder rausgenommen. Aber da hatte ich sie schon gelesen und beschlossen, heimlich darauf zu antworten. Ich ging davon aus, dass sich sonst niemand meldete und ich gute Chancen auf den Job hatte, auch wenn ich jünger war als in der Anzeige beschrieben.

Die zwei Dollar pro Sitzung wollte ich unbedingt. Mit vier Dollar die Woche würde ich bei Schulabschluss genug Geld haben, um weit wegzugehen, und wenn Will dann alt genug wäre, würde ich ihn zu mir holen.

Als Babs, Jimmy, Hank und ich an dem Tag gegen vier Uhr nachmittags in Groverton zurück waren, ließ ich mich von Jimmy an der Bibliothek absetzen. Ich sagte, ich müsse etwas recherchieren, wartete kurz und ging dann durch die Hintertür wieder hinaus, lief im Nieselregen durch die Passage zur Ridgeview Road zu einem Haus, das ein Stück weiter unten in der gleichen Straße wie das meiner Großmutter lag – deshalb der Umweg durch die Passage. Das Haus hatte einmal Mrs Bentley gehört, die aber letztes Frühjahr gestorben war. Ihr Sohn hatte beschlossen, es lieber zu vermieten als zu verkaufen, und deshalb wohnte Mr Cahill jetzt dort.

Unter dem Vordach der hinteren Veranda machte ich mich kurz zurecht. Ich holte eine Schleife aus der Tasche, band meine Haare zu einem Pferdschwanz zusammen, atmete einmal tief durch und klopfte hinten an die Küchentür.

Eine verrückt aussehende Version von Mr Cahill öffnete.

Seine Haare standen wie Stacheln vom Kopf, als würde er

ständig mit der Hand durchfahren. Er war barfuß, in Jeans und in einem Unterhemd voller Farbkleckse. Ich versuchte, nicht auf seine muskulösen, nackten Arme und Schultern zu starren, oder auf seine Achsel- oder die Brusthaare, die sich oben am Unterhemd kringelten, was mich so anstrengte, dass mein Gesicht puterrot war. Zwischen seinen Lippen hing eine Zigarette, und ein Stück vom Ohr weg hielt er einen Telefonhörer mit einer kreischenden Frauenstimme. Er nahm die Zigarette aus dem Mund. »Julia«, sagte er, dann lauter: »Julia! Ich rufe zurück. Jemand steht vor der Tür.« Mr Cahill legte auf.

»Sie wissen, dass das eine Gemeinschaftsleitung ist«, sagte ich.

Mr Cahill nickte. »Ich schon, aber bei Julia bin ich mir da nicht sicher.« Er sah mich mit zusammengekniffenen Augen an. »Sie sind doch in einer meiner wunderbaren Kunstklassen, stimmt's?« Dann schnellten seine Augenbrauen hoch. »Aber ja! Sie sind die, die Kleider entwirft!«

Mein Gesicht glühte noch mehr. »Das haben Sie bemerkt?«

Er zog an seiner Zigarette. »Sie zeichnen Entwürfe, ein anderer in Ihrer Klasse zeichnet Autos« – das war vermutlich Hank –, »und der Rest der Klasse kritzelt rum. Einer zeichnet wirklich gute Comicfiguren.« Er zuckte die Schultern.

Und warum zeigen Sie uns dann nicht, wie wir uns verbessern können?, dachte ich.

Doch ich war nicht in der Position, einen Lehrer zu kritisieren, und außerdem war ich aus einem bestimmten Grund hier. Mein geheimer Plan.

»Ich bin hier, um mich für den Modell-Job zu bewerben.«

Er sah mich genau an. »Wie heißen Sie noch mal?«

»Donna Lane.« Eine Windbö blies mir Regen in den Rücken und Mr Cahill ins Gesicht.

Mr Cahill stieß einen Seufzer aus. »Kommen Sie kurz rein.«

Als ich in die unordentlichste Küche trat, die ich je gesehen hatte, warf er mir ein dreckiges Geschirrtuch zu, mit dem ich mir aber trotzdem Nacken und Arme abwischte. Er schloss die Tür, zog wieder an seiner Zigarette und musterte mich so eindringlich, dass ich erneut wegsehen musste. Diesmal konzentrierte ich mich auf den Stickrahmen mit der Aufschrift »Trautes Heim, Glück allein«, der neben dem Wandtelefon hing. Ich war sicher, dass er nicht von Mr Cahill stammte, sondern die frühere Bewohnerin, die verstorbene Mrs Bentley, ihn aufgehängt hatte. Zu traurig, dass ihr Sohn ihn nicht mitgenommen hatte.

»Donna, ist Ihnen bewusst, was für einen Skandal meine schlichte kleine Anzeige verursacht hat?«, fragte Mr Cahill. »Diese Stadt ist ja so kleingeistig.«

Und warum sind Sie dann überhaupt hierher gekommen? Es wurde gemunkelt, dass er aus San Francisco war, vielleicht auch New York oder einer wirklich exotischen Stadt wie New Orleans. »Also, arbeiten Sie noch an dem Projekt, für das Sie ein Modell brauchen?«, fragte ich.

Er hob die Augenbrauen. »Ja.«

»Dann bin ich hier, um mich zu bewerben.«

»Sind Sie zwischen zwanzig und dreißig?«

Ich sah ihn finster an, fragte mich, ob er einfach nur spitzfindig war oder damit sagen wollte, ich käme ihm dumm genug vor, um so oft sitzengeblieben zu sein. »Nein. Ich bin … im Januar werde ich achtzehn.«

»Herzlichen Glückwunsch. Aber jetzt ist September, also sind Sie siebzehn, also nein.«

Tränen stiegen in mir hoch, und ich wandte den Blick ab. Ich brauchte den Job. Während ich die Tränen wegblinzelte, erhaschte ich einen Blick auf eine Spüle randvoll mit schmutzigem Geschirr, einen Unterschrank zugemüllt mit Zeitungen, Büchern, Post und noch mehr dreckigem Geschirr, und eine weitere brennende Zigarette auf dem Rand eines Aschenbechers, der von ausgedrückten Stummeln überquoll. Wenigstens überdeckte der Zigarettenqualm ein bisschen den Gestank von verschimmelnden Essensresten.

»Dann könnten Sie mich vielleicht als Haushaltshilfe gebrauchen«, sagte ich. »Wahrscheinlich wäre die Stadt uns beiden dafür dankbar, besonders wenn ich verhindere, dass das Haus wegen der überquellenden Aschenbecher Feuer fängt oder dass Sie mit den Essensresten Ratten anlocken. Und wenn ich in der Zeit, wo ich hier bin, Modell sitzen würde …« Ich imitierte sein Schulterzucken. »Dann müssten Sie mich eben für beides bezahlen.« Inzwischen hingen Mr Cahills Augenbrauen dauerhaft über dem Brillenrand. Ich verschränkte die Arme und sah ihn streng an, so wie Will, wenn ich ihn zurechtwies. »Aber nichts Anrüchiges, wenn ich Modell stehe, und ich ziehe mich auch nicht aus.«

Mr Cahill starrte mich einen Moment lang an, dann prustete er los. Entsetzt senkte ich den Kopf. Ich würde ihm im Kunstunterricht nie wieder in die Augen sehen können.

»Donna, zuallererst möchte ich Ihnen versichern, dass Sie nicht Gefahr laufen, irgendwelche anrüchigen Sachen bei mir zu erleben. Vertrauen Sie mir.« Meine Sicherheit war wohl durch seine Liebe zur kreischenden Julia gewährleistet.

Während ich darüber nachdachte, blickte Mr Cahill auf seine Uhr. »Ist heute Abend nicht irgendein wichtiges Footballspiel? Sollten Sie nicht schon mit allen anderen jungen Leuten auf dem Weg dorthin sein?«

»Ich mache nicht, was andere junge Leute tun. Ich arbeite für meine Großmutter und für Miss Bettina – ich meine Miss Bettina von Miss Bettina's Boutique –, und das Geld kriegt meine Familie.« Ich hielt inne. »Das meiste jedenfalls.« Wieder hielt ich inne, ein bisschen verstört von der mitleidigen Miene auf Mr Cahills Gesicht. Ich hasste Mitleid, und besonders von Mr Cahill, dem interessantesten Menschen, dem ich bis jetzt in meinem Leben begegnet war. Und so straffte ich die Schultern und sagte etwas, was ich noch nie zuvor jemandem gesagt hatte und mir kaum selbst eingestehen konnte. »Aber ich habe Pläne. Nächsten Sommer gehe ich nach New York City und arbeite als Schneiderin, fertige Kostüme an. Deshalb brauche ich noch einen weiteren Job. Nur für mich. Also haben Sie jetzt Verwendung für eine Haushaltshilfe oder ein Modell oder nicht?«

Ich zitterte, als ich mit meiner Ansprache fertig war. Mr Cahill runzelte die Stirn, sah aus, als wollte er etwas sagen, überlegte es sich dann aber anders. Er schüttelte den Kopf, und eine Sekunde lang glaubte ich, meine Chancen für diesen Job vermasselt zu haben. Und dann traf Mr Cahill (der MayJune ganz bestimmt nicht kannte und niemals kennenlernen würde) eine eigene kleine lebensverändernde Entscheidung.

Er fing an, vor sich hin zu brabbeln. »Na ja, ich dachte, ich könnte die Arbeit für die Ausstellung ohne Modell machen, aber vielleicht …« Er schüttelte den Kopf, fuhr sich irgendwie frustriert mit der Hand durch die Haare und umfasste dann plötzlich mein Gesicht mit beiden Händen, drehte meinen Kopf von einer Richtung in die andere.

»Hm. Gute Wangenknochen. Das Kinn ist zu ausgeprägt,

aber damit kann ich arbeiten.« Er ließ mein Gesicht los und trat einen Schritt zurück, musterte mich aber immer noch eingehend. »Also gut«, sagte er schließlich. »Ich denke, das funktioniert. Zweimal die Woche. Drei Dollar. Ein bisschen Hausarbeit …« Er zeigte auf das Chaos in seiner Küche, und mein Herz raste wie die Maus, der ich heute Morgen die Freiheit geschenkt hatte. Dann grinste er. »Und Modell sitzen. Ohne Ausziehen.«

»Oh, ich danke Ihnen, Mr Cahill«, sagte ich, stellte meine Schultasche neben den Küchentisch auf den Boden und lief zum nächstbesten Geschirrstapel.

»Nein, nicht, wir fangen mit dem Modellsitzen an«, sagte er. Und dann klingelte das Telefon.

Er schloss fest die Augen und stöhnte. »Mein Atelier ist oben, erste Tür rechts. Ich komme gleich nach.«

Er drehte mir den Rücken zu, stützte sich mit dem Arm an der Wand ab, legte den Kopf auf den Arm und hob den Hörer ab. »Julia«, sagte er. Es klang nicht glücklich oder wenigstens sehnsüchtig, so wie Miss Bettina, wenn sie Daddys Namen sagte.

Ich ging durch das Ess- und dann durch das Wohnzimmer, in dem nur ein Kartentisch bedeckt mit Papieren standen, zwei Klappstühle, eine verschlissene Couch mit passendem Sessel, die ich als Mrs Bentleys erkannte, eine alte Lampe, ein Bücherregal und ein paar unausgepackte Kartons, vermutlich mit Büchern. Hier war nicht viel zum Saubermachen. Der schwache Geruch von Mrs Bentleys Lakritzbonbons, die sie immer in einem Kristallgefäß aufbewahrte und mir jedes Mal anbot, wenn Grandma mir einen Besuch bei ihr aufgenötigt hatte, umwehte meine Nase. Aber das Kristallgefäß sowie der mit Spitzendeckchen verzierte Beistelltisch und die anderen guten Möbel waren weg.

Wahrscheinlich hatte ihr Sohn alles rausgeräumt, was sich seiner Meinung nach verkaufen ließ.

Oben auf dem Treppenabsatz fand ich das Zimmer, das Mr Cahill als Atelier benutzte.

Vorn im Raum standen die Staffelei und der Hocker, weiter hinten ein Canapé, dessen kunstvoll geschnitztes Kirschholz abgenutzt war, aber dessen Samtbezug immer noch in dunklem Burgunderrot leuchtete. Auch das hatte Mrs Bentleys Sohn wohl für unverkäuflich befunden.

Plötzlich umnebelte der strenge Geruch von Farbe und Terpentin mein Hirn, und mir wurde ganz schwindlig im Kopf. Ich stolperte weiter zum Canapé und ließ mich darauf fallen, wobei ich beinahe einen kleinen Tisch umgestoßen hätte.

Dann bemerkte ich eine weiße Schale mit Obst so groß wie Pflaumen. Solche Früchte hatte ich noch nie im Leben gesehen, trotzdem lief mir auf einmal das Wasser im Mund zusammen. Ich hatte an dem Tag noch nicht viel gegessen, und mir gefiel das Arrangement der hellgrünen und orangefarbenen Früchte in der weißen Schale, ihre glänzende pralle Haut, und ich dachte, dass Stoffe in diesen Farben und mit diesem Glanz bestimmt toll wären, Satin oder Seide, für ein weich fließendes Kleid. Vielleicht hatte Mr Cahill die ungewöhnlichen Früchte von weither kommen lassen, aus Paris oder einem anderen, noch exotischeren Ort, zum Beispiel Persien … und ich sollte sie besser nicht berühren.

Dann sagte ich mir, dass Mr Cahill sicher nichts dagegen hätte, wenn ich eine der Früchte aß. Ich dachte: *Vielleicht wollte er ja sogar, dass ich davon esse; vielleicht versuchte er, über die kreischende Julia hinwegzukommen, indem er ein Bild malte*: Junge Frau auf Canapé isst exotische persische Frucht. Was viel besser war als ein Bild meines realen Lebens von heute Morgen: *Junge Frau würgt geschmacklose Cornflakes runter, um kleinem Bruder fünf Quadratzentimeter Land in Alaska zu sichern.*

Ich nahm ein Stück Obst in die Hand, schloss die Augen, um mich auf den Genuss zu konzentrieren, und biss gierig hinein. Augenblicklich erfüllte ein bitterer, scharfer Geschmack meinen Mund, ich jaulte und riss meine tränenden Augen auf, suchte verzweifelt einen Behälter, um den beißenden Brei zu entsorgen.

Genau in dem Moment betrat Mr Cahill das Atelier und sagte: »Tut mir leid, das war ein wichtiger Anruf –«

Beim Anblick meines Gesichts hörte er auf zu reden und lachte lauthals. Ich zwang mich, alles runterzuschlucken.

Mr Cahill setzte sich vor seine Staffelei und fing mit großen, schwungvollen Strichen an zu zeichnen, den Blick starr auf mich gerichtet, ohne auch nur einmal aufs Papier zu sehen oder auf den Kohlestift in seiner Hand. Plötzlich fing mein Gesicht an zu brennen, und ich sehnte mich nach einem Glas Wasser, um den beißenden Geschmack runterzuspülen.

»Persimone«, sagte er.

Ich sah mich um. Wollte er, dass ich ihm einen Pastellstift, einen Farbtopf oder einen Bleistift brachte?

»Die Frucht, die Sie gerade zu essen versucht haben.«

Ich blickte hinab auf das Stück Obst. »Persimone ist eine Farbe. Orangerot. Die« – ich zeigte auf die Frucht in meiner Hand – »ist noch fast grün.«

»Sie ist noch nicht reif«, sagte Mr Cahill.

»Das ist mir jetzt klar. Und auch, dass Sie die nicht bei A&P gekauft haben oder beim alten Pleasant Valley Orchard.«

Er zeichnete einfach weiter. Am liebsten hätte ich die

widerlichen grünen Persimonen nach ihm geworfen, wie Baseballbälle.

»Und, wo haben Sie die her?«

»Aus dem Garten hinterm Haus.«

»Ich war schon in Ihrem Garten und hab bloß einen schlichten Ahornbaum gesehen.«

Mr Cahill legte den Kohlestift mit einem deutlichen Knall hin, so wie ich heute Morgen meinen Bleistift, als Will mir ständig Fragen stellte.

»Als ich am hinteren Zaun das Gestrüpp und den Giftsumach rausgerissen hab, hab ich einen kleinen Baum mit grünen Früchten entdeckt«, sagte er. »Zuerst hielt ich sie für Pflaumen, doch dann wurde mir klar, dass die Pflaumenernte eigentlich schon vorbei ist. Und mir ist eingefallen, dass ich solche Früchte schon einmal hatte, in Japan.«

Japan! Vielleicht war er Missionar gewesen. Aber eher nicht, ich konnte mir kaum vorstellen, dass Mr Cahill, so wie Pastor Stebbins jeden Sonntag in Großmutters Kirche, das Evangelium predigte, Sünde und Leid und Schuld und Erlösung. Vielleicht war er als Soldat der Besatzungsarmee in Japan gewesen – allerdings sah er zu jung aus, um während des Krieges dort gewesen zu sein – und hatte eine wunderschöne Frau kennengelernt. Sie wurde seine japanische Braut und nahm für ihr Leben hier den Namen Julia an, doch jetzt war sie unglücklich, ihrem Heimatland entrissen, und sie trennten sich und –

»Eine andere Sorte natürlich«, sagte Mr Cahill. »Amerikanische Persimonen wachsen normalerweise weiter südlich.«

Er erzählte mir nicht, warum er in Japan gewesen war. Vor Enttäuschung wurde ich bockig. »Warum sollte irgendjemand einen Baum pflanzen, der so widerliche Früchte trägt?«

Er wirkte amüsiert. »Für die alten Griechen waren Persimonen die Früchte der Götter.«

Wenn ich noch mehr sage, feuert er mich gleich am ersten Tag. Doch ich konnte nicht an mich halten. »Pastor Stebbins würde sagen, dass es kein Wunder ist, wenn die Frucht bitter schmeckt, weil sie ja von Heiden kommt.«

»Dann scheint Ihr Pastor Stebbins nicht zu wissen, dass sie im reifen Zustand wunderbar orangerot, süß und zart ist. Sie muss nur den ersten Frost überstehen. Ich mache gerade eine Serie Pastelle von Persimonen, bevor sie reif sind und dann wieder auf dem Höhepunkt ihrer Reife. Nur so zum Spaß.«

Die Frage kam wie von selbst aus meinem Mund: »Warum können wir so was wie Persimonen nicht im Unterricht malen? Nur so zum Spaß?«

Mr Cahill sah mich streng an und hob die Hand. »Wenn Sie sich unterhalten wollen«, sagte er, »können wir das tun, wenn ich mit den Skizzen fertig bin. Aber dann über Ihre Entwürfe und was Sie daraus machen können, anstatt anderer Leute Ideen zusammenzunähen.«

Auf einmal stieg Wut in mir hoch. Er hatte keine Ahnung von meinem Leben, oder von dem, was ich wollte. »Das reicht nicht?«

Er stand auf, kam zu mir, nahm den linken angeschnittenen Ärmel zwischen Daumen und Zeigefinger und fuhr über die Saumnaht, wobei er mit den Fingerspitzen meinen Arm berührte. Heiße Röte überzog meine Brust, meinen Hals und mein Gesicht, obwohl ich mit aller Kraft dagegen ankämpfte.

Mr Cahill trat zurück. »Sie wollen Modedesignerin sein«, sagte er.

»Nein, das habe ich nie gesagt, ich habe nur –«

»Doch, das wollen Sie«, sagte er. »Ich erinnere mich jetzt besser an Ihre Entwürfe. Sie sind ziemlich gut. Und das Kleid hier beweist Ihr Talent.«

Er drehte sich um und ging zur Staffelei zurück, setzte sich und fing wieder an zu zeichnen. »Ja«, sagte er bestimmt, »wir werden über Ihr Potential reden. Das wird Teil Ihres Jobs hier sein. Vielleicht während des Saubermachens. Aber nicht, während Sie mir Modell sitzen. Und jetzt drehen Sie den Kopf nach links, legen Sie den rechten Arm auf die Rückenlehne der Chaiselongue. So ist es gut, aber ein bisschen weiter zurück – so, halt. Nicht bewegen. Und nicht reden!«

6. Kapitel

Nachdem ich eine Stunde lang Modell gesessen hatte, war mein Nacken steif und mein Kopf schwer, ich nahm aber trotzdem den Stapel Geschirr in Mr Cahills Spüle in Angriff. Danach bestand er darauf, dass ich ihm meine Entwürfe vorlegte. Er zeigte mir, wie ich mit der Seite meines Stifts breite, weiche Linien ziehen konnte, um einen schwereren Stoff darzustellen, und hauchdünne, zarte Striche für leichtere Stoffe.

Ein paar Minuten nach sechs rannte ich durch die Gasse zum Hintereingang von Dot's Corner Café. Ich hatte gerade meine Arbeitskluft gepackt – einen hässlichen rotweißkarierten Baumwollkittel –, als Grandma durch die Schwingtür zum Gastraum trat. In der Küche wurde es still. Big Terry, der Koch, und Ralph Seward, der Tellerwäscher, hielten mit ihrer Arbeit inne. Selbst die Hamburger schienen leiser zu brutzeln.

»Du bist zu spät. Und was um Himmels willen hast du da an?« Missbilligend starrte Grandma die angeschnittenen Ärmel an, die Mr Cahill gerade bewundert hatte.

»Hauswirtschaftskunde-Projekt«, sagte ich, meine automatische Verteidigung – und eine Lüge.

Ich war noch immer beschwingt von den Maltechniken, die Mr Cahill mir gezeigt hatte, und mein Kopf summte vor Ideen, wie ich meine Entwürfe verbessern konnte. Drei sorgfältig in mein Taschentuch gewickelte Dollar steckten in einer Ecke meiner Schultasche. Die einzige Sorge, die mir wie eine vertraute, dunkle Motte im Kopf kreiste, war, dass ich nach meiner Arbeit bei Mr Cahill keine Gelegenheit mehr gehabt hatte, zu Hause vorbeizugehen und nach Will zu sehen.

Aber es ging ihm bestimmt gut. Jedenfalls schien es mir so nach unserem Besuch bei Trusty und MayJune. Was er wohl von Mr Cahills Vorschlag halten würde, auf die Schule für Modedesign zu gehen? Will – mit seiner verrückten Sehnsucht nach fünf Quadratzentimetern Land in Alaska – würde wahrscheinlich nur mit den Schultern zucken und sagen: *Klar, warum nicht? …*

»Donna, ich habe dich etwas gefragt!«

Ich schreckte aus meinen Tagträumen auf und sah Grandma an. Sie war kleiner als ich, doch selbst in Absatzschuhen hatte ich das Gefühl, sie würde mich haushoch überragen.

»Ja, Ma'am.«

»Warum trägst du so lächerliche Schuhe?«

Ich dachte schnell. »Heute haben wir alle wie echte Models die Sachen vorgeführt, die wir den Sommer über für die Hauswirtschaftsklasse umgearbeitet hatten.« Bei *Models* verkniff ich mir ein Lächeln. Ich hatte definitiv Modell gestanden …

»Zu meiner Zeit haben wir in Hauswirtschaft anständige Sachen gemacht, wie es sich für Damen geziemt.«

Zum Beispiel brave kleine Geschirrtücher? Doch ich wiederholte einfach: »Ja, Ma'am«, und band schnell meinen hässlichen Kittel um. Ich machte mich auf in Richtung Gastraum, wollte so schnell wie möglich aus der Küche raus und weg von Grandma. Doch sie hielt mich am Arm fest.

»Am Ende der Schicht werden deine Fersen so blutrot

sein wie die Schuhe«, sagte sie, ein falsches kleines Lächeln im Gesicht. *Na wenn schon,* dachte ich. *Ich hab schon den ganzen Tag darin durchgestanden* – leuchtend rote Pumps mit Spange und Steg, die Mama gehört hatten und perfekt zu meinem umgearbeiteten Kleid passten –, *bin damit Auto gefahren, hab damit einen Job bei meinem Kunstlehrer gekriegt, der mir helfen wird, endgültig aus Groverton rauszukommen, für immer, und …*

»Ja, Ma'am«, sagte ich, erneut ein Lächeln unterdrückend. Grandma sah in meinem Lächeln immer nur Spott.

»Das sind keine angemessenen Schuhe für dieses Lokal«, zischte sie, begleitet von einem Sprühregen aus Spucke. Big Terry drückte extra fest auf einen Fleischbratling, so dass er lautstark brutzelte. Ralph Seward klapperte in der Spüle mit dem Geschirr. Mit dieser kleinen Geräuschkulisse drückten die beiden – die mir nicht erlaubten, sie mit Mister anzureden – mir wortlos ihr Mitgefühl aus.

»Ich sollte dich nach Hause schicken, deinen Lohn kürzen, deinem Vater erzählen –«

Shirley Wyland, die zweite Kellnerin heute Abend, kam durch die Schwingtür in die Küche geeilt. »Mr und Mrs Leis sind hier«, sagte sie. Shirley war alt genug, um meine Mutter zu sein, hatte aber – natürlich außer Hörweite von Grandma – gesagt, ich solle sie einfach Shirley nennen, weil ich die Arbeit einer erwachsenen Frau mache. Sie nahm zwei Teller mit Pecannusskuchen und zwei Kaffee und eilte gleich wieder hinaus.

Mr und Mrs Leis waren Stammgäste, und Mrs Leis wollte immer von mir bedient werden. *Ich danke Ihnen, Mrs Leis.*

»Sie wollen bestimmt das Tagesgericht«, sagte ich. »Was ist das heute?«

»Scheiße auf Schuhsohle«, murmelte Big Terry. Selbst

gute Köche wie er hatten im Zweiten Weltkrieg in den Armeeküchen Creamed Chipped Beef zubereitet, geschnetzeltes gepökeltes Rindfleisch in Mehlschwitze auf Toast. Und Grandma sorgte dafür, dass er seinen Kriegseinsatz nie vergaß. Sie war eifersüchtig auf Big Terrys Kochkünste, weil ihre Gäste sein Essen genauso sehr mochten wie ihre selbstgebackenen Pies und Kuchen, die herrlich süß und weich und genau das Gegenteil von ihrer Produzentin waren. Sie bestand darauf, das Gericht, das Big Terry am wenigstens mochte, mindestens zweimal im Monat als Tagesgericht zu servieren, nur um ihn zu ärgern. Und er revanchierte sich, indem er diesen ekligen, wohlbekannten Spitznamen benutzte. Trotz des zornigen Blicks von Grandma schenkte ich grinsend zwei Tassen Kaffee für Mr und Mrs Leis ein und brachte sie noch immer grinsend in den Gastraum.

An diesem Freitagabend im September war fast die ganze Stadt beim Footballspiel der Groverton Senior High School, so dass nur ein paar alte Stammgäste im Café saßen. Ich war bei keinem Footballspiel mehr gewesen, seit Grandma vor zwei Jahren beschlossen hatte, dass ich nicht mehr zusammen mit Babs Cheerleader sein konnte, sondern Donnerstag-, Freitag- und Samstagabend arbeiten musste. Es war besser, mich im Auge zu behalten, erklärte sie Daddy.

Ich stellte die zwei Tassen in die Nähe der skurrilen Salz- und Pfefferstreuer – Grandmas Vorstellung von einem Tafelaufsatz –, mit denen Mr Leis gerade spielte: ein Junge und ein Mädchen in Holländertracht, deren Köpfe er dicht zusammenschob und dabei etwas vor sich hin murmelte. Er war über achtzig, aber wenn er mit den Porzellanfiguren spielte, hatte sein Gesicht etwas Jugendliches, Verlorenes.

»Schätzchen, heute Abend siehst du ganz besonders glücklich aus«, sagte Mrs Leis.

Ich lächelte sie an. »Es ist ein interessanter Tag.« Ich zog Notizblock und Bleistift aus der Kitteltasche.

»O ja, interessante Tage sind immer die besten«, sagte Mrs Leis. »Und wo wir gerade von interessant reden – wie geht es Mr Cahill?«

Ich erstarrte. Wusste sie, dass ich bei Mr Cahill zu Hause war? Hatte ein Nachbar mich kommen oder gehen sehen?

Mrs Leis schien verwirrt. »Hast du nicht letzte Woche erzählt, dass du in seiner Kunstklasse bist?« Eine Woge der Erleichterung durchströmte mich. Sie wollte nur plaudern. Trotzdem zitterte meine Hand, als ich schließlich »Tagesgericht 2 ×« auf meinem Bestellblock notierte.

»Ja. Wir lernen zu schattieren.« Meine Stimme bebte leicht, und ich fragte mich, ob Mrs Leis es bemerkte, doch wurde ich von Mr Leis gerettet, der in die Innentasche seines Jacketts griff und das Traktat »Bist du auf dem richtigen Weg der Erlösung oder …« herauszog. Den Rest der Botschaft aus dem Evangelium komplettierten Bilder: Im oberen Teil des Pamphlets lenkte ein Dad frohgemut eine strahlende Mom, Tochter und einen Sohn im holzverkleideten Kombiwagen hinauf zu einer von Engeln bewohnten Wolke, während weiter unten ein bärtiger Mann seine unglückliche Gefährtin, eine dralle Frau mit Schnapsflasche am Mund, in Richtung Flammen fuhr. Mr Leis hinterließ dieses Traktat jedes Mal, zusammen mit fünfunddreißig Cent Trinkgeld.

Mrs Leis wandte sich ihrem Ehemann zu. »Noch nicht, mein Lieber; Donna hat uns gerade erst den Kaffee gebracht. Sie hat noch nicht unsere Bestellung aufgegeben!« Mr Leis war Diakon in Grandmas Kirche. Letzten Sonntag hatte er versucht, die Blumen oben auf Mrs Whitstones Hut zu essen – er hatte die seidenen Rosenknospen für Obst gehalten. Wahrscheinlich Kirschen, hatte ich angenommen, doch jetzt dachte ich – reife Persimonen?

»Ich bin so froh zu hören, dass Mr Cahill seine Sache ordentlich macht«, sagte Mrs Leis an mich gewandt, dann senkte sie die Stimme verschwörerisch. »Weißt du, ich dränge seit Jahren darauf, für die Groverton Senior High einen Kunstlehrer einzustellen.«

Mrs Leis war Mitglied im Schulbeirat, die einzige Frau, die das jemals geschafft hatte. Grandma sagte, sie spiele sich deswegen auf, doch fand in Wirklichkeit wohl eher, dass es sich für eine Frau nicht geziemte, an Sitzungen mit Männern teilzunehmen.

»Was gibt es für die Menschen Wichtigeres als die Kunst?«, sagte Mrs Leis, während sie behutsam Mr Leis' Hände auseinanderzog – er hatte das Salz- und Pfefferstreuer-Pärchen klirrend aneinandergestoßen und in einem Kuss vereint. »Schon die Höhlenmenschen wussten, wie wichtig Kunst ist.« Sie lachte. »Also gut, das Argument sollte ich besser nicht gebrauchen, oder?«

»Stimmt, Ma'am.« Der Hinweis auf die Evolution würde nicht gut ankommen, schon gar nicht, wenn er vom einzigen weiblichen Beiratsmitglied kam. Und obwohl Grandma mich von weitem mit bösen Blicken bedachte, musste ich lächeln. Mir gefiel Mrs Leis' Courage, und ich fragte mich, ob ich auch jemals so mutig sein könnte – oder es vielleicht sogar schon war.

»Glücklicherweise sind die Dentons in die Stadt gezogen.«

Meinem Mund entwich ein lautloses *O nein.* Was hatte denn Jimmys Familie damit zu tun?

Mrs Leis interpretierte meinen alarmierten Ausdruck fälschlich als Neugierde und sagte: »Ich habe Mrs Denton bei einem der langweiligen Mittagessen vom Groverton-Damenclub getroffen. Wir haben uns auf Anhieb wunderbar verstanden. Ihre Liebe zur Kunst kam zur Sprache, und ich wies sie darauf hin, dass es in der Riverdale Senior High schon seit drei Jahren Kunstunterricht gibt.« Riverdale war der größte Football-Rivale unserer Stadt. »Und zu meiner großen Freude sagte sie, aus ihrer Collegezeit kenne sie den perfekten Kunstlehrer für unsere Schule.«

Ich starrte Mrs Leis an. Mrs Denton, Jimmys Mutter, war der Grund, warum Mr Cahill an unserer Schule Kunst unterrichtete? Ich überlegte, wie ich so unverdächtig wie möglich mehr darüber erfahren konnte, doch Mrs Leis hatte schon wieder Mr Leis' Hände ergriffen, der das holländische Paar gerade in einer leidenschaftlichen Position vereinte. Mrs Leis bestellte geistesabwesend zwei Tagesgerichte, was ich schon vorab notiert hatte, plus einen Karamell-Pie für sich selbst und einen mit Kokosnusscreme für Mr Leis. Und noch einen Kaffee. »Wann immer du Zeit hast, Liebes«, fügte sie hinzu.

Auf dem Weg zurück in die Küche blieb ich bei einem von Shirleys Tischen stehen, an dem die Leute gerade gegangen waren, und räumte Teller, Gläser und Besteck ab. Ich fühlte mich edelmütig, den Leis' so viel Zeit geschenkt zu haben – in der Kirche war mir aufgefallen, dass die Leute ihnen zunehmend aus dem Weg gingen, weil Mr Leis immer merkwürdiger wurde –, und weil ich Shirleys Tisch abgeräumt hatte, aber Grandma sah das anders. Als ich mit den Armen voll Geschirr durch die Schwingtür trat, folgte sie mir auf dem Fuß. »Was hast du so lange am Tisch der Leis' rumgestanden?«, meckerte sie mit gesenkter Stimme, damit niemand im Gastraum es hörte. »Und was du da trägst, ist ja kaum der Rede wert!«

Ralph und Big Terry verstummten. Shirley nahm ein Wischtuch und ging raus in den Gastraum, eifriger als sonst, ihren Tisch abzuwischen.

»Du trägst mir die Nase zu hoch, mein Fräulein«, zischte Grandma. »Genau wie deine Mutter.«

Ich sah Grandma an, diese kleine, runde Frau mit den weichen Gesichtszügen und den hochtoupierten Haaren: jedermanns Vorstellung von einer wunderbaren Großmutter, wäre da nicht immer der scharfe, grimmige Zug um ihren Mund. Alle hatten dafür eine Erklärung parat. *Die arme Dot, wenn doch nur ihr fauler Ehemann in der Depression nicht das ganze Familienvermögen durch schlechte Geschäfte verloren hätte, aber ihre Pies und Kuchen und Gerichte sind ja so gut …*

Auf einmal sah ich das anders.

Ich fand sie einfach nur gemein.

Big Terrys Gebrutzel, Ralphs Geschirrgeklapper, das Glockengeläut über der Eingangstür, als ein neuer Gast kam – plötzlich drangen alle diese Töne nur noch gedämpft zu mir durch, abgetrennt von diesem Moment mit Grandma und mir.

»Ich habe nicht viele Erinnerungen an meine Mutter«, sagte ich ruhig, »aber dass sie die Nase nicht hoch getragen hat, weiß ich noch. Und auch, dass sie traurig war. Vielleicht weil du sie immer schlechtgemacht hast.«

Grandmas Hand flog auf mein Gesicht zu, doch anstatt die Backpfeife zu akzeptieren, zuckte ich diesmal zurück. Ich verlor das Gleichgewicht und den Griff um das Geschirr in meinen Händen.

Die Teller segelten klirrend zu Boden, wo sie in der Sekunde vor dem Aufprall auf dem Beton schepperten wie der Nachhall einer Kirchenorgel nach dem letzten Akkord.

Noch während das Geschirr in tausend Stücke zerbrach, machte Grandma einen Satz auf mich zu und wollte mir wieder eine runterhauen, doch ich packte sie bei den Handgelenken, stoppte ihre Hände kurz vor meinem Gesicht.

Überrascht bemerkte ich, wie dünn und zerbrechlich sich ihre Arme anfühlten.

Ihre dürren Finger krümmten sich wie Vogelkrallen, die mein Gesicht zu zerkratzen suchten, selbst als sie noch angstvoll zischte: »Der Herr im Himmel hat deine Mama für ihre Hochnäsigkeit bestraft –«

Shirleys Stimme flötete durch das Bestellfenster: »Ein Gast ist gekommen, der ausdrücklich von Donna Lane bedient zu werden wünscht.«

Augenblicklich dachte ich: *Mr Cahill.* Mein Gesicht lief rot an. Grandmas Augen verengten sich zu Schlitzen. Der Moment meines Triumphes war vorbei.

»*Er* will Donna sehen?«, sagte sie, die kurze Silbe genüsslich betonend. »Sagen Sie *ihm*, das hier ist kein Bordell. Wenn er so was will, muss er nach Tangy Town gehen.«

Obwohl ich noch immer Grandmas Handgelenke umklammert hielt, zuckte mein Kopf zurück, als hätte sie sich losgerissen und mir doch noch eine geknallt. *Tangy Town.*

Der alte Spruch, den ich Will beigebracht hatte, kam mir in den Sinn: *Messerstiche können mich verletzen, Wörter nicht.* Doch ich wusste, das war eine Lüge.

Big Terry sagte: »Dot, jetzt bist du zu weit gegangen«, und Shirley: »Aber es ist Jimmy Denton, der nach Donna gefragt hat.«

Grandmas Finger erschlafften. Ihre Hände wurden ruhig, kraftlos, als hätte ich alles Leben aus ihnen rausgequetscht. Sie blickte mich lang und durchdringend an, als sähe sie mich plötzlich mit anderen Augen. Natürlich musste ich nicht erklären, wer Jimmy Denton war. Jeder in Groverton kannte den Sohn von Roger Denton, dem neuen Geschäftsführer von Groverton Pulp & Paper.

Grandma sagte langsam: »Nun, Donna, dann geh und frag, was der junge Mann wünscht.«

Ich eilte durch die schwingende Küchentür, und da saß Jimmy, der mir erwartungsvoll entgegensah. Doch um ein Haar hätte ich kehrtgemacht, weil ich mich bei dem Wunsch ertappte, es wäre Mr Cahill.

7. Kapitel

Ich ließ mir Zeit auf dem Weg zu Jimmys Nische.

Er wirkte schüchtern und eifrig zugleich, als er fragte: »Was ist das Tagesgericht?«

»Scheiße auf Schuhsohle«, rutschte mir heraus. Sofort schnellte meine Hand vor den Mund, als wollte ich die Worte wieder zurückstopfen, und ich ließ Bestellblock und Bleistift fallen.

Wir lachten schallend, dann bückten wir uns gleichzeitig und stießen mit den Köpfen zusammen und lachten nur noch mehr. Schließlich hob Jimmy beides vom Boden auf und reichte es mir. Ich schnappte nach Luft und sagte: »So nennt unser Koch – ich meine den anderen, nicht Grandma – das Tagesgericht. Geschnetzeltes gepökeltes Rindfleisch in Mehlschwitze auf Toast.«

Jimmy rümpfte die Nase. »Ich glaube, dein Koch hat den richtigen Namen dafür.«

Sein Kommentar ärgerte mich. *Als hättest du jemals geschnetzeltes gepökeltes Rindfleisch in Mehlschwitze auf Toast gegessen. Oder übriggebliebenen Eintopf auf Reis. Oder dich gefragt, wie du aus einem Teller Suppe zwei verwässerte Abendessen machen sollst …*

Ich drückte den Bleistift auf den Block und sagte nur: »Der Koch macht tolle Club-Sandwiches.«

»Das klingt gut. Und Kaffee.«

Er konnte unmöglich das Footballspiel verpassen wollen und wegen Sandwich und Kaffee hier sein. Es ging also um den Kratzer in seinem Auto. Doch ich spielte mit. »Willst du koffeinfreien?«

»Nein, mit Koffein ist besser. Ich werde sowieso die ganze Nacht wach sein und an dich denken.«

Diese schmalzige Tour beantwortete ich mit einem verächtlichen Schnauben. Kränkung blitzte in Jimmys Augen auf, und er rang sich ein selbstbewusstes Lachen ab, als hätte er den Flirtversuch scherzhaft gemeint. Aber er errötete.

Schlagartig wurde mir klar: Jimmy Denton, Sohn des mächtigsten Mannes der Stadt, der mit seinem Wagen quer durchs Land gefahren war, weltgewandt und kultiviert, war ohne den Schutzwall von Hanks Angeberei einfach nur schüchtern und unbeholfen. So ganz anders als der lässige, coole Mr Cahill …

Ich errötete meinerseits, stammelte: »Milch? Zucker?«

»Nein. Einfach nur oft nachschenken.« Er lächelte, ermutigt von meinem Erröten und Gestammel, das er auf sich bezogen hatte. »Ich suche nur nach einem Grund, so lange hier zu bleiben, bis du mit der Arbeit fertig bist.«

»Oh. Dot macht erst um zehn Uhr zu, und dann muss ich noch beim Aufräumen helfen.«

»Kein Problem. Ich würde dich gern nach Hause fahren –« Plötzlich verstummte Jimmy, und sein leicht gerötetes Gesicht lief knallrot an. Grandmas Duftnote umwehte meine Nase: Bratenfett, Scheuerpulver und zu viel Youth-Dew-Parfüm, aufgelegt in dem erfolglosen Versuch, die Küchendüfte zu überdecken, die Teil ihrer Haut geworden waren. Sie war gerade neben mich getreten.

Ich wappnete mich gegen ihre Wut, hatte sicher die eine oder andere Sünde begangen, nur welche genau war mir nicht klar. Dass ich Scheiße auf Schuhsohle gesagt hatte? Zu viel flirtete? Zu wenig flirtete? Doch dann warf ich ihr einen Blick zu und sah verdutzt, dass sie lächelte. »Ich wollte Donna gerade den Rest des Abends freigeben. Sie verdient es – natürlich bei vollem Lohn –, Zeit mit ihren Freunden zu verbringen.« Grandma tätschelte freundlich meinen Unterarm, wobei die dünnen, knotigen Finger obendrauf lagen, der unten in den Arm gebohrte Daumen mir jedoch mitteilte: *Steh gerade! Trag den Namen Lane mit Stolz!* Und eine Reihe anderer Ermahnungen, die sich normalerweise auf meine Kleidung für den sonntäglichen Kirchgang bezogen. »Nun mach schon, Liebes, setz dich zu deinem Freund. Ich sage Shirley, sie soll Jimmy sein Clubsandwich bringen und dir ein Stück Pie.«

Ich wollte keinen Kuchen. Ich wollte nicht auf diese Weise in Jimmys Arme gestoßen werden. *Wenn Will nicht wäre, würde ich jetzt einfach hier rausgehen, raus aus der Stadt, für immer weg aus Groverton, Ohio.*

Bei diesem Gedanken legten sich Schuldgefühle auf mich wie ein schwerer Umhang, und ich sank auf die Bank gegenüber Jimmy. Ich legte den Bestellblock und Bleistift neben Hahn (Pfeffer) und Henne (Salz). *Mr Leis hätte sicher eine Menge Spaß mit denen.* Diese Vorstellung ließ mich lächeln.

Was Jimmy irrtümlich als Ermunterung auffasste und sagte: »Ich hoffe, du wirfst mir nicht vor, dass deine Großmutter mich akzeptiert.«

Ich fand ihn wirklich nett. Doch leicht würde ich es ihm nicht machen. »Ich könnte eventuell darüber hinwegkommen, wenn du tolerieren kannst, dass ich deinen Wagen nicht sofort wie ein professioneller Rennfahrer gehandhabt habe.«

»Ich hab mich wie ein Blödmann aufgeführt, ich weiß.

Deshalb bin ich hier, um mich zu entschuldigen. Ich hatte mir Sorgen gemacht, wie ich meinem Dad den Kratzer erklären kann.«

Die Angst vor einem wütenden Dad verstand ich gut. »Ich hab mich für die Wahrheit entschieden – mehr oder weniger. Ich hab gesagt, der Unfall sei nach der Schule passiert, als ich einem hübschen Mädchen, von dem ich vollkommen hingerissen bin, das Fahren beibringen wollte, und dass ich deshalb Schuld hab an dem Kratzer im Lack.«

Hübsches Mädchen … vollkommen hingerissen … Bei diesen Worten schenkte ich Jimmy ein Lächeln, und es war sogar aufrichtig gemeint.

Doch dann überkam mich wieder Angst, und ich atmete tief ein. »Was hat er gesagt?« Ich hielt die Luft an, wartete auf seine Antwort. *Hoffentlich nicht, dass er meinen Dad anrufen will.*

Jimmy zuckte die Achseln. »Dass ich die Reparatur bezahlen muss.«

Oh. Vielleicht war Jimmy deshalb hergekommen. »Ich kann das bezahlen«, sagte ich mit fester Stimme, obwohl mir die Vorstellung, wie weit mich das zurückwerfen würde, Tränen in die Augen trieb.

Er runzelte die Stirn. »Nein, nein. Du hast ja nichts Schlimmes mit dem Auto gemacht, nur ein paar Kratzer« – er winkte ab, als wäre die Reparatur keine große Sache für ihn; und das war es auch nicht, wie mir klarwurde –, »und selbst wenn … na ja, ich hätte mich nicht so dumm verhalten sollen. Deshalb bin ich hergekommen.«

Er holte eine kleine weiße Schachtel aus seiner Jeansjacke und gab sie mir, gerade, als Shirley auf unsere Nische zusteuerte. Ich ließ sie schnell auf meinem Schoß verschwinden.

Shirley stellte Jimmys Club-Sandwich und meinen Apfelkuchen auf unseren Tisch. Grandma hatte natürlich nicht gefragt, welchen Kuchen ich gern hätte. *Kokosnusscreme wäre mir lieber gewesen*, dachte ich. Ein schlichter Gedanke, und doch erstaunte mich die Tatsache, dass ich eine eigene Meinung haben konnte, die bedeutsam war und von Leuten beachtet werden sollte – selbst Leuten wie Grandma. Verdankte ich das der Gegenwart Jimmys? Oder aber meinem Mut, Mr Cahill zu überreden, mir heimlich einen Job zu geben, oder dass Mr Cahill gesagt hatte, ich hätte Potential? Ich wusste es nicht, aber die Vorstellung gefiel mir.

»Kann ich euch sonst noch etwas bringen?«, fragte Shirley übertrieben höflich. Sie war sauer, weil sie meine Tische mit bedienen musste und Grandma ihr natürlich nicht das Doppelte bezahlen würde.

»Hör mal, morgen übernehme ich einen Teil deiner Schicht –«, begann ich, als Jimmy antwortete: »Nein, danke«, und sie ging weg.

Dann sagte Jimmy: »Ich hoffe, was ich dir gekauft habe, macht mein Verhalten von heute Morgen wieder ein bisschen gut.«

Ich sah ihn an. Hoffnung stand in seinem Gesicht. Er mochte mich … er wollte, dass ich ihn mochte … schlicht und einfach. Doch es war ganz und gar nicht einfach. Wir lernten uns erst seit zehn Minuten ein bisschen näher kennen, und schon war unsere Beziehung – wenn man es überhaupt so nennen konnte – von Grandmas unausgesprochenen Erwartungen belastet, von dem, was seine Eltern vermutlich von mir halten würden, von den Geheimnissen, die ich nicht mit ihm teilen konnte. All das schwirrte mir im Kopf herum. Dazu kam die Tatsache, dass ich nach dem Stück Persimone noch nichts gegessen hatte.

Bei dem Gedanken lief ich erneut rot an. Jimmy schenkte mir ein schüchternes Lächeln, wieder fälschlich ermutigt von meiner Gesichtsfarbe. Ich öffnete den Deckel der schlichten weißen Schachtel und nahm eine herzförmige rosa Flasche mit blauem Verschluss heraus. Auf dem herzförmigen Etikett stand *Blue Waltz Sachet*. Ich fand das Geschenk seltsam intim von jemandem, der so schüchtern war.

»Nachdem du ausgestiegen warst, habe ich Babs gefragt, was ich dir schenken könnte, um mich zu entschuldigen, und sie sagte, du legst diesen Puder gern in die Schublade mit deinen …«

Armer Jimmy. Als ihm die Stimme versagte und er rot anlief, konnte ich geradezu hören, wie Babs sagte: *Nun, Jimmy, sie näht gern kleine Duftsäckchen, die sie mit diesem wunderbaren Puder füllt – das kannst du gleich hier in der Stadt bei Woolworth's kaufen – und legt sie in ihre Unterwäsche-Schublade …* Irgendwie hatte sie es wohl so ernsthaft gesagt, so überzeugend, dass Jimmy nichts Peinliches daran fand, bis er mir das Geschenk schließlich überreichte und sich dabei meine Leibwäsche vorstellte … BHs, Schlüpfer, Strumpfhosen.

Ich legte meine Hand auf Jimmys, eine Geste, die ihn wie mich beruhigen sollte, was bei Will meistens funktionierte. Aber das Prickeln, das mich durchströmte, war alles andere als schwesterlich und verhinderte einen drohenden Lachanfall.

Ich schnappte nach Luft. »Jimmy, das ist wirklich ein hübsches Geschenk. Vielen Dank«, brachte ich mühsam heraus.

Er wirkte erleichtert. »Da bin ich froh.«

Plötzlich verlegen, zog ich meine Hand weg, nahm die Gabel und aß ein Stück Kuchen. Fast hätte ich genussvoll aufgestöhnt und vergessen, dass ich eigentlich Kokosnusscreme bevorzugte, denn der Teigmantel und die Apfelfüllung zergingen mir auf der Zunge. Grandmas süße Pies konnten einen beinahe vergessen lassen, was für ein verbitterter Mensch sie war.

Jimmy zog die kleine Fahne – ein orangefarbenes Papierdreieck an einem Zahnstocher – heraus und biss in sein Club-Sandwich.

Irgendwie vertrieb das stumme, gemeinsame Mahl die Verlegenheit zwischen uns. Wir aßen genüsslich, ohne zu reden, bis von meinem Kuchen nur noch ein paar Krumen übrig waren und von Jimmys Sandwich nur noch die kleine Fahne. Ich nahm sie von seinem Teller, zwirbelte sie zwischen Daumen und Zeigefingern und fing schließlich doch an zu kichern.

»Lassen Sie doch die ganze Klasse daran teilhaben, Miss Lane«, sagte Jimmy, unsere näselnde Englischlehrerin perfekt imitierend.

Mein Kichern schwoll zu einem herzhaften Lachen an, und mir wurde klar, dass ich trotz aller Verlegenheit an dem Tag mit Jimmy mehr gelacht hatte als mit jemand anderem in der ganzen Woche. »Ach, es ist nur – die Fahne hat mich an meinen Bruder erinnert –« Ich brach den Satz ab. *Blöd!* Welcher Junge, der allen Mut zusammengenommen hatte, um einem Mädchen Duftpuder zu schenken, mit dem sie ihre Leibwäsche parfümieren konnte, wollte schon hören, dass sie auf einmal an ihren kleinen Bruder dachte?

Doch Jimmy sagte: »An den, der nach Alaska will?«

Er erinnerte sich daran! Das nahm mich noch mehr für ihn ein. »Ja. Will ist verrückt nach Alaska. Letztes Jahr hat er für den Unterricht sogar ein Diorama von Alaska gemacht statt von Ohio und hat deshalb eine Sechs gekriegt! Und kennst du die Marvel-Werbekampagne, die den Wechsel der

Radioserie *Sergeant Striker im wilden Alaska* zum Fernsehen unterstützt?«

Jimmy schüttelte den Kopf.

»Also, wenn du wie Will zehn Jahre alt wärst, wüsstest du das. Für zehn Schachteldeckel von Marvel-Cornflakes kannst du Eigentümer eines fünf Quadratzentimeter großen Stücks Land in Alaska werden! Das ist ja ganz witzig, aber er hat die verrückte Idee, seinen Grundbesitz eines Tages zu besuchen. Die Sandwichfahne hier« – ich wedelte damit unter Jimmys Nase – »hat genau die richtige Größe für fünf Quadratzentimeter Land; so ein Quatsch sind fünf Quadratzentimeter.«

Jimmy lachte.

Ich nicht. »Das ist nicht lustig!«

Jimmy setzte eine ernste Miene auf, doch seine Lippen zuckten. »Du hast recht. Es ist kein bisschen lustig, mit einer Sandwichzahnstocherfahne sein eigenes Stück Land zu markieren.« Er nahm mir die Fahne ab und steckte sie in die Ecke der Blue-Waltz-Sachet-Schachtel.

Jetzt musste ich doch wieder lachen. Es war wirklich ein lustiges Bild. Und auch Will würde schon bald seinen Traum als das erkennen, was er war, nämlich albern und unrealistisch, was mich hätte trösten sollen. Doch stattdessen war ich plötzlich traurig. Und mutlos.

Ich musste das Thema wechseln, wollte die unbeschwerte Stimmung wiederhaben. Doch da traf mich der schonungslose Geruch von altem Schweiß und Dreck. Ich sah auf. Der Seltsame Freddie stand an unserem Tisch. Ich schnappte nach Luft. In ganz Groverton betrat der Seltsame Freddie kein Geschäft, ohne gleich wieder rausgeschmissen zu werden.

Der Seltsame Freddie beugte sich vor und knallte das,

was von seiner rechten, in schmutzige Flanellstreifen gewickelten Hand noch übrig war, neben Jimmys Teller auf den Tisch, so dass der Kaffee überschwappte. Aus einem Impuls heraus griff ich mir die alberne kleine Sandwichfahne, legte sie in die Schachtel mit der Puderflasche, um sie zu schützen, klappte den Deckel zu und steckte sie in meine Kitteltasche.

Jimmy starrte zuerst irritiert, dann entsetzt auf Freddies rechte Hand, als ihm klarwurde, dass der verdreckte Flanellverband keinen Raum für Finger ließ und sein Arm in einem Stumpf ohne Finger endete.

»Ich hab gehört, du bist der Sohn vom neuen Boss von Pulp & Paper«, sagte der Seltsame Freddie. Er keuchte, als fiele ihm das Sprechen schwer, und mir wurde bewusst, dass ich ihn noch nie richtige Sätze hatte reden hören. Er saß immer nur vor den Geschäften in Grovertons Hauptstraße und brabbelte vor sich hin. Sowohl seine Hand als auch seine Stimme waren übel zugerichtet, aber Letzteres von der mangelnden Kommunikation mit Menschen und nicht von einer Maschine.

»Das stimmt.« Automatisch hob Jimmy die Hand zum Händeschütteln, ließ sie aber schnell wieder sinken. Freddies verkrusteter Mundwinkel zuckte. Jimmy räusperte sich. »Jimmy Denton. Und wer sind Sie?«

»Frederick McDonnell.«

Es war das erste Mal, dass ich Freddies Nachnamen hörte, was dazu führte, dass ich ihn erstmals richtig ansah und nicht an ihm vorbei. Ich versuchte, hinter all dem Dreck und Zittern den Menschen zu erkennen, der der Seltsame Freddie – Frederick McDonnell – einmal gewesen sein mochte, bevor er der einsame Wolf von Groverton wurde. Dabei musste ich an Trusty denken und schämte mich sofort, einen Mann mit einem Hund zu vergleichen.

»Mr McDonnell«, sagte Jimmy gerade, »es ist schön, Sie kennenzulernen. Kann ich Ihnen irgendwie –«

Plötzlich stand Grandma mit einem Holzlöffel in der Hand vor unserem Tisch, als wolle sie Freddie gleich damit auf den Kopf schlagen. »Lass diesen jungen Mann in Ruhe! Es reicht schon, dass ich dir draußen zu essen gebe, aber hier reinzukommen und mein Lokal mit deinem Gestank zu verpesten –«

Grandmas schrilles Gezeter ließ Freddie zurückzucken, und er wollte gerade unseren Tisch verlassen, als Jimmy Grandma anfuhr: »Mrs Lane!« Sie verstummte. Das ganze Restaurant verstummte. Selbst der Seltsame Freddie wirkte schockiert. So wagte niemand mit Grandma zu reden. »Ich unterhalte mich gerade mit Mr McDonnell.« Er wandte sich von Grandma ab – entließ sie sozusagen – und dem Seltsamen … Mr McDonnell zu. »Sir, kann ich irgendetwas für Sie tun?«

Überraschung, aber auch Angst blitzten in Mr McDonnells Gesicht auf. Er war reingekommen, um sich mit dem Sohn vom neuen Boss von Groverton Pulp & Paper anzulegen. Er hatte nicht damit gerechnet, dass ihm Respekt entgegengebracht wurde.

»Sag … sag deinem Daddy einfach, du hast 'nen Mann getroffen, der die Finger und das meiste seiner rechten Hand in 'nem Förderband verlor'n hat, damals '46, nur weil die Geschäftsführung kein Geld für 'n Sicherheitsventil zum Abstellen ausgeben wollte.«

Plötzlich sah er mich mit zusammengekniffenen Augen an. »Wir wollten schon streiken, aber dein Daddy versprach, die Geschäftsführung dazu zu bringen, unsere Forderung zu erfüllen.« Er schüttelte den Kopf. »Aber passiert is nix, Porter Lane hat uns verraten. Nix hat sich geändert.« Daddy hatte sein Versprechen gebrochen, und deshalb hatte der Seltsame Freddie – Mr McDonnell – seine Hand verloren. Sicher hatte sich Daddy damals dem Druck der anderen Abteilungsleiter, nicht mit der Gewerkschaft zu sympathisieren, gebeugt. Bei der Vorstellung drehte sich mir der Magen um. *Mein Daddy … ein Feigling.*

Dann dachte ich: *Neunzehnhundertsechsundvierzig. In dem Jahr war Mama in der Klinik gewesen …*

Vielleicht war Daddys Kummer so groß gewesen, dass er sein Versprechen vergessen hatte. Trotzdem, mein Magen drückte weiter. *War ich etwa anders? Ich unternahm auch nichts dagegen, dass Trusty, der zwar furchteinflößende, aber unschuldige Hund, misshandelt wurde, weil ich nämlich so sehr mit meinen eigenen Problemen beschäftigt war …*

Jimmy sagte gerade: »Ich sag's meinem Dad. Ich bin sicher, er wird Probleme mit der Sicherheit zur obersten Priorität machen.«

Mr McDonnell nickte langsam. »Wenn nicht, kommt's zum Streik.« Er beugte sich vor und sagte, wobei sein saurer Atem meinem Magen noch mehr zusetzte: »Es heißt, Gewerkschaftsgruppe 83 überlegt, Schwarze aufzunehmen.« Die Gewerkschaftsgruppe 83 war eine von mehreren Ortsgruppen der United Paperworkers International Union, deren Mitglieder hauptsächlich Hausmeister und Putzleute waren – 1953 die einzigen Jobs, die an Schwarze in der Papierfabrik vergeben wurden. Plötzlich verstand ich … Wenn die streikwilligen weißen Mitglieder der Gewerkschaftsgruppe 83 genug neue Mitglieder und so die erforderliche Stimmenmehrheit für einen Streik bekämen, wären sie bei einem Zusammenschluss mit den beiden anderen Gewerkschaftsgruppen stark genug, die ganze Papierfabrik lahmzulegen.

Aber warum verriet Mr McDonnell Jimmy das? Glaubte er wirklich, dass seine Warnung reichte, damit Mr Denton Sicherheitsmaßnahmen bewilligte und so einen Streik, der die Arbeiter eine Menge Lohnausfall kosten würde, verhindern konnte? Wollte er ein Held sein? Oder wollte er sich an all denen rächen, die ihm seit dem Unfall aus dem Weg gingen?

Ich schüttelte den Kopf. So oder so, der Seltsame Freddie war bestimmt verrückt. Seine ehemaligen Arbeitskollegen waren sicher wütend auf ihn, wenn sie erfuhren, dass er dem Sohn des Geschäftsführers die Pläne der Gewerkschaftsgruppe verraten hatte.

»Danke, dass Sie mich darüber informiert haben. Darf ich Ihnen als Dank ein Abendessen spendieren?«

Der Seltsame Freddie/Mr McDonnell, der jahrelang mit hängenden Schultern durch die Stadt geschlurft war, straffte sie jetzt, so gut es eben ging. »Nee. Mrs Lane lässt mir immer was zu essen rausbringen«, sagte er und warf mir wieder einen Blick zu, aber diesmal sah ich Dankbarkeit in seinen wässrigen Augen.

Da ging mir ein Licht auf … Daddy musste Grandma gesagt haben, sie solle dem Seltsamen Freddie was zu essen geben, wann immer er vor dem Café auftauchte. *Daddy*.

»Es fängt gerade an zu regnen. Es wäre doch schöner, hier drinnen zu essen.« Jimmy stand auf, griff in die Innentasche seiner Jeansjacke, zog seinen Geldbeutel heraus, nahm einen Fünf-Dollar-Schein und legte ihn auf den Tisch. Dann lächelte er Shirley an, die, zusammen mit allen anderen, der Unterhaltung mit fassungslosem Schweigen gefolgt war, und sagte: »Bitte, räumen Sie doch unseren Tisch ab, und bringen Sie Mr McDonnell, was immer er wünscht. Das Wechselgeld ist für Sie.«

Dann sah Jimmy mich an, offensichtlich in der Erwartung, dass ich ihm folgte.

»Ich, ich muss meine Sachen hinten aus der Küche –«

Ich nahm Bestellblock und Bleistift und eilte durch die Küchentür zu den Spinden. Dort steckte ich beides in die Kitteltasche, wo ich die Schachtel Blue Waltz ertastete, öffnete den Spind, riss meine Schultasche heraus, warf die Schachtel hinein, hing schnell den Kittel auf und lief hinaus, verdrängte den Gedanken, dass das alles nur ein Traum war.

Aber als ich in den Gastraum zurückkam, saß da Mr McDonnell ziemlich aufrecht in der Nische, in der Jimmy und ich gesessen hatten, und gab seine Bestellung auf, als würde er ständig in Dot's Corner Café speisen. Und an der Eingangstür wartete Jimmy auf mich. Alle anderen sahen mich mit nie dagewesener Anerkennung an – alle außer dem Ehepaar Leis, die wohl als Einzige die Unterhaltung zwischen Jimmy und Mr McDonnell nicht mitbekommen hatten.

Draußen vor der Tür standen Jimmy und ich einen Moment lang auf der Hauptstraße von Groverton.

Das Denkmal zum Ersten Weltkrieg – ein kniender Soldat mit Gewehr im Anschlag, als wolle er gleich aus seiner Bronzehaltung ausbrechen und schießen – stand noch immer mitten auf dem Platz. Die bekleideten Schaufensterpuppen schmückten noch immer die Auslagen von Miss Bettinas Boutique. Der rotweißblau-gestreifte Zylinder vor dem Friseurladen drehte sich noch immer, daneben war das Billigwarenhaus Woolworth, in dem Jimmy höchstwahrscheinlich das Blue Waltz Sachet gekauft hatte.

Alles war wie immer, nur vollkommen anders.

Ich lächelte ihn an. »Und jetzt?«

Er lächelte zurück. »Jetzt … bringe ich dir das Autofahren wirklich bei.«

8. Kapitel

Und so fuhr ich los.

Mit Jimmy Denton an meiner Seite, der mir geduldig Anweisungen und Tipps gab.

»Zeig mir Groverton«, sagte Jimmy.

Und das tat ich.

Noch heute, nach vierzehn Jahren, erinnere ich mich genau, wo wir überall hinfuhren: die Hauptstraße hoch und runter, weg von Dot's Corner Café, vorbei an Miss Bettinas Boutique, vorbei an Ace Hardware, wo Daddy arbeitete, vorbei an dem großen viktorianischen Haus, in dem Grandma aufgewachsen war und ihr Vater eine Arztpraxis gehabt hatte, in dem sie noch immer lebte und ihre Verbitterung so sorgsam pflegte wie das Silber, das sie von ihrer Großmutter geerbt hatte; dann weiter zum Stadtrand, zu Cosmic Burger and Shakes, wo ich Jimmys Wagen vorsichtig zur Sprechanlage lenkte, ohne dem Kratzer, den ich bereits verursacht hatte, einen weiteren hinzuzufügen, und wo wir über den Schock in Lisa Kablinskis Gesicht lachten, als sie uns auf Rollschuhen die Schokomilchshakes zum Auto brachte. Am nächsten Morgen wussten alle, dass Donna Lane, anstatt wie sonst freitags in Dot's Corner Café zu arbeiten, mit Jimmy Denton ausgegangen war und sogar sein Auto gefahren hatte! Dann fuhr ich uns aus der Stadt hinaus, vorbei an der Lucky Horseshoe Bar, wo Daddy fast jeden Abend versackte, dem Friedhof von Groverton, wo Mama eigentlich liegen müsste. Ihre Leiche war nie aus Florida nach Hause gebracht worden, weil Daddy gemeint hatte, es wäre leichter gewesen, sie dort zu beerdigen. Als Nächstes kamen wir zur Obstplantage Pleasant Valley Orchard, die nach dem Tod des Besitzers geschlossen worden und deren Parkplatz bei der alten Scheune ein beliebter Ort zum Knutschen war.

Doch zuerst redeten wir nur. Wir redeten auf der Fahrt und auf dem Parkplatz der Obstplantage, redeten und redeten.

Wir fuhren nicht an Mr Cahills Haus vorbei, nicht an Groverton Pulp & Paper, nicht über die Brücke nach Tangy Town. Dahin ganz bestimmt nicht. Nicht zu Jimmys Haus.

Schließlich küssten wir uns. Mein erster Kuss. Ob es auch Jimmys erster war, weiß ich nicht. Wahrscheinlich nicht, aber das war mir egal. Der süße, liebevolle, zarte und lange Kuss machte mich … glücklich. Nichts von alledem, was ich laut *Frenchie* oder *Bonanza Queen* fühlen sollte, den Groschenromanen, die mir Babs zu lesen aufnötigte. Einfach nur glücklich.

Irgendwann machte Jimmy das Radio an und stellte einen Sender ein, der einen Song mit rasantem Beat und klagender Hornsequenz spielte.

»Ist das ein lokaler Sender?«, fragte er, anscheinend überrascht.

»Machst du Witze? Der kommt aus Chicago. Ab und zu kriegt man ihn nachts auch hier rein. Der lokale Radiosender würde so was nie spielen. Das ist Jazz. Grandma sagt, der ist nur was für Farbige.«

»Und was glaubst du?«

Ich war nicht sicher, was ich sagen sollte, welche Antwort er von mir erwartete. So beschloss ich, die Wahrheit zu sagen, zumal ich an dem Tag schon zu viele Unwahrheiten hingenommen hatte.

»Mir gefällt Jazz!«, sagte ich.

Jimmy lächelte. »Da bin ich froh. Mir auch.«

Und so lauschten wir der Musik und küssten uns, bis der alte Parkplatz schließlich so voller Autos war, dass wir uns nicht mehr wohlfühlten. Es war schon fast Mitternacht, als ich zu unserem Haus zurückfuhr, wobei mir der Kopf schwirrte wegen der vielen Dinge, die seit heute Morgen passiert waren, was mir eine Ewigkeit her schien.

Je näher wir 230 Elmwood Street kamen, desto heftiger klopfte mein Herz. Es war dunkel, so dass Jimmy nicht genau sehen konnte, wie heruntergekommen unser Haus im Vergleich zu allen anderen hier aussah. Aber es war auch spät, viel später, als ich normalerweise freitags von der Arbeit nach Hause kam.

Ich betete, *bitte … lass das Verandalicht aus sein, das Wohnzimmer dunkel, nur ein Lichtschein in Wills Zimmer, der unter der Bettdecke seine Comics liest …*

Doch Dads Auto stand in der Einfahrt. Das Verandalicht brannte. Das Wohnzimmer war hell erleuchtet. Wills Schlafzimmer war dunkel. Und am Straßenrand parkte ein klappriger Pick-up mit der verblassten Aufschrift an der Seite: Stedmans Schrottplatz.

Mir drehte sich der Magen um. O Gott. Ich musste reingehen, Will würde …

»Danke, Jimmy, es war wunderschön«, sagte ich schnell und sprang aus dem Wagen.

»Aber ich sollte dich zur Tür bringen, mich deinem Vater vorstellen«, sagte Jimmy.

»Nicht heute Abend, Jimmy«, sagte ich bestimmt und

warf die Fahrertür zu, ließ ihn, da bin ich mir sicher, verletzt und verwirrt auf dem Beifahrersitz zurück.

Noch bevor ich die oberste Verandastufe erreichte, hörte ich die wütenden Stimmen im Wohnzimmer. Ich blickte kurz zur anderen Straßenseite und sah, wie die Gardine am Panoramafenster der Bakers zurückfiel. Ich eilte ins Wohnzimmer, in dem noch immer die schönen Möbel standen, die Mama so optimistisch ausgewählt hatte: gestreifte Sessel und eine Couch, aufgestellt im perfekten rechten Winkel zu dem Kamin mit dem idyllischen Gemälde und den Kerzen auf dem Sims, ein Teppich mit Rosenmuster.

Daddy und Mr Stedman hörten auf zu schreien und blickten mich an. In ihrer Wut sahen sie sich unglaublich ähnlich: beide keuchend mit offenem Mund, wogendem Bauch über zu engem Gürtel, zu engem Hemd.

Ich war in eine Art groteskes Diorama gestolpert, mit Will in der Mitte auf dem Boden vor der Couch liegend. Ich kniete neben ihm nieder. Er sah zu mir hoch, das Gesicht angstverzerrt. Mit dem Daumen wischte ich seine Tränen fort.

»Alles okay?«, fragte ich leise, fast flüsternd.

Will bewegte kaum die Lippen. »Trusty.«

Nicht um sich selbst hatte er Angst, sondern um den bekloppten, stummen wilden Hund. Ich schloss fest die Augen und vergab meinem kleinen Bruder seine glühende Leidenschaft für hoffnungslose Fälle.

»Der verdammte Junge hat meinen Hund vergiftet!«, schrie Mr Stedman.

Ich straffte die Schultern. »Mr Stedman, woher wollen Sie wissen, dass Ihr Hund vergiftet wurde?«

»Halt dich da raus!«, schrie Daddy. Ich konnte seine Alkoholfahne riechen. Er schwankte leicht, griff nach meinem

Arm, fasste daneben. Es war das erste Mal in drei Tagen, dass er mit mir geredet hatte.

Doch Mr Stedman interessierte sich jetzt nicht mehr für Daddy, sondern sah mich an, lang, abschätzend und anzüglich. »Was sonst bringt einen Hund zum Würgen?«

Meine Güte, Mr Stedman – wie wär's mit Flüssigkeiten in alten Autos, oder kaputten Polstern voller Rattenkacke, oder was ein verzweifelter, geprügelter Hund sonst noch so alles frisst, wenn er am Verhungern ist – wie wär's denn damit, Sie gruseliger alter Mann?

Das sagte ich natürlich nicht, sondern: »Ich weiß es nicht, Sir, und es tut mir leid, dass Ihr Hund krank ist. Aber ich bin sicher, dass Will nichts damit zu tun hat. Er liebt Tiere.«

»Der Köter ist kein Schoßhund! Er ist ein Wachhund.« Spucke flog aus Mr Stedmans Mund, als er mich anschrie. »Und ich hab deinen Bruder schon mal gewarnt, aber heute Nachmittag war er wieder da und füttert diesem Bastard irgendein Fleisch, aber dann ist die kleine Ratte weggerannt, bevor ich ihn erwischen konnte.«

Ich brauchte einen Moment, um zu begreifen, dass Mr Stedman mit »kleine Ratte« meinen Bruder meinte, nicht den Hund. Doch ich durfte meine Wut nicht zeigen.

»Ach so, das Fleisch. Also das war meine Schuld. Es war schlecht geworden, und ich hatte meinem Bruder zehn Cent gegeben, damit er es nach der Schule bei Ihnen hinwirft.«

Ich sah Daddy an. »Du musst also mich bestrafen.«

Daddy packte meinen Arm. Als ich zu ihm hinstolperte, sah ich Mr Stedmans Gesichtsausdruck. Er lächelte. Mir wurde übel – ihm gefiel es, dabei zuzusehen, wie ich Prügel bezog.

»Geh in dein Zimmer«, sagte ich zu Will. Das sollte er nicht mitbekommen. Und meine Schmerzensschreie musste ich einfach dämpfen – genau wie Trusty –, denn die sollte er auch nicht hören.

Will war bleich wie nie zuvor, bleicher, als ich es je für möglich gehalten hätte. »Nein, Donna«, sagte er, »du darfst nicht geschlagen werden, genauso wenig wie Trusty. Er ist wunderschön und stark und sollte in Alaska sein und … Er wird einfach nicht gut behandelt und kriegt zu wenig zu fressen.«

Mr Stedman schnauzte ihn an: »Du hast dem nichtsnutzigen Köter einen Namen gegeben? Er muss nichts weiter machen als bellen, um so Schwachköpfe wie dich fernzuhalten, und vor ein paar Wochen hat er einfach damit aufgehört. Ich sollte ihn einschläfern lassen –«

Will sprang auf und machte einen Satz auf Mr Stedman zu, um auf ihn einzuhämmern. Doch noch bevor er den ersten Treffer landen konnte, hatte Mr Stedman den Arm ausgestreckt und seine große Hand auf Wills Kopf gelegt. Anstatt wütend zu sein, lachte er plötzlich über den lächerlichen Versuch meines kleinen Bruders, ihn mit wild fuchtelnden Armen zu treffen, über Wills Geschrei: »Nein! Nein! Sie dürfen Trusty nicht töten, das dürfen Sie nicht. Er bellt nicht, weil Sie ihn schlagen, und er hat Hunger! Nein, nein!«

Daddy ließ meinen Arm los, schob mich beiseite und torkelte auf Will zu. Ich sprang zwischen die Männer und zog Will weg von Mr Stedman, so dass der Schlag, den Daddy für Will bestimmt hatte, in meinem Gesicht landete.

Eine Sekunde lang wurde es still und dunkel im Zimmer, doch dann hörte ich meinen Namen: »Donna!«

Es war Jimmy. Er stand im Eingang zwischen Tür und Wohnzimmer, meine Schultasche in der Hand, und starrte entsetzt auf die irre Szene vor seinen Augen.

»Donna«, sagte er wieder.

Ich spürte das Blut, das mir aus der Nase lief, spürte Wills Gesicht, das heftig schluchzend an meine Brust bummerte, spürte meine Arme, die sich um ihn legten. Doch ich war wie betäubt vor Scham, dass Jimmy uns – mich – in diesem Zustand sah.

Daddy starrte verwirrt auf das Blut, das aus meiner Nase auf Mamas abgeändertes Kleid tropfte, auf das Kleid selbst, als käme es ihm irgendwie bekannt vor. Und dann sah er Jimmy an. »Und wer zum Teufel bist du?«

»Jimmy Denton«, sagte er, als sei allein der Name schon eine Herausforderung.

In Daddys und Mr Stedmans Gesicht blitzte Erkennen auf. Selbst in ihrer Wut wussten beide genau, wer Jimmy Denton war und welche Bedeutung er hatte.

Doch Jimmy sah die Blitze nicht. Er sah mich an. Sein Gesicht spiegelte alle möglichen Gefühle – Wut wegen meiner blutigen Nase, Sorge um mein Wohlbefinden.

Aber kein Mitleid. Gott sei Dank, kein Mitleid.

Er sprach weiter: »Und ich bin hier, um Donna ihre Schultasche zu bringen. Sie hat sie in meinem Wagen vergessen. Nach unserem Rendezvous.« Ich konnte den Gedanken nicht zügeln – *Das war ein Rendezvous!* –, und auch nicht das freudige Kribbeln darüber, dass er es so genannt hatte. Er stellte meine Schultasche auf den Stuhl an der Tür. »Ich dachte, ich sollte sie zurückbringen. Und mich ihrem Vater vorstellen.«

Plötzlich riss Will sich von mir los, lief zu Jimmy und stammelte: »Du musst was machen! Sie werden Donna schlagen! Und Trusty töten!«

Jimmy ging in die Hocke, umfasste Wills Schultern. »Hi, hallo, du musst Will sein. Donna hat mir schon viel von dir erzählt. Aber wer ist Trusty?«

»Mr Stedmans Hund –«

»Der Hund hat keinen Namen –«, begann Mr Stedman.

»Mit oder ohne Namen«, schnitt Jimmy Mr Stedman barsch das Wort ab, »niemand wird einen Hund töten, Will, und niemand wird Donna schlagen.«

Eine bedeutsame Pause trat ein, als fiele gerade stillschweigend eine wichtige Entscheidung.

Und dann kam plötzlich alles in Bewegung. Mr Stedman murmelte gute Nacht und eilte zur Tür hinaus, Daddy schlurfte hinter ihm her, aber nur, um wieder seinen Platz auf der vorderen Veranda einzunehmen. Will lief nach oben. Jimmy holte sein Taschentuch heraus und hielt es sanft an meine Nase, dann zog er mich an sich, und nach einer Weile flüsterte er: »Bist du wirklich okay?«

Natürlich war ich okay, ich hatte solche Szenen schon öfter erlebt. Aber ich genoss Jimmys Arme um mich und wartete eine Sekunde, bevor ich nickte und meinen Kopf an seine Brust legte.

Noch lange, nachdem Jimmy gegangen war, hielt ich mir das Taschentuch unter die Nase, stand allein und zitternd in der Mitte unseres Wohnzimmers und wusste, dass Will und Trusty und ich gerettet worden waren. Fürs Erste. Wusste, dass ich erleichtert sein sollte.

* * *

Schließlich nahm ich meine Schultasche und ging die Treppe hinauf, bemühte mich, die dritte Stufe von unten nicht knarren zu lassen, doch wie immer vergebens. Ich wollte einfach nur noch ins Bett und nicht über diesen langen, verrückten Tag nachdenken, doch als ich an Wills Zimmer vorbeikam, hörte ich ihn meinen Namen rufen.

Ich machte die Tür auf und ging hinein. In seinem Zimmer herrschte wie immer Chaos: Regale voller Bücher und halb fertig gebastelter Auto- und Schiffsmodellen sowie diverser Sammlungen, wenn man die Haufen aus Steinen, Federn und Stöcken als Sammlung bezeichnen konnte.

Er saß im Schneidersitz auf dem Bett, seine Handgelenke und Fußknöchel staken aus dem zu kleinen Schlafanzug heraus. Auf seinem Schoß hielt er das Alaska-Territorium-Diorama, das ihm ein Ungenügend eingebracht hatte. Die Note war ihm egal gewesen, aber die Worte seines Lehrers hatten ihm Tränen in die Augen getrieben: dass er ein dummer Junge sei, zu glauben, dass das Territorium jemals ein Staat werden könnte.

Ich setzte mich auf die Bettkante. »Hast du dir die Zähne geputzt?«

Will nickte.

»Lügner«, sagte ich barscher als beabsichtigt.

Sein Gesicht verknitterte leicht. »Donna, es tut mir leid, dass ich Trusty das Fleisch gegeben hab. Ich … er hat mir einfach so leidgetan. Ich schwöre, ich hätte nie gedacht, dass Mr Stedman es merkt.«

»Schon gut«, sagte ich. Und wer war jetzt der Lügner? Aber Will sah immer noch so klein und bleich aus, immer noch verängstigt, wahrscheinlich von der furchtbaren Szene, die wir gerade erlebt hatten.

Er grinste. »Es ist wirklich okay, ja? Wegen Jimmy. Ich verspreche, ich werd mich nicht darüber lustig machen, dass du einen Freund hast«, sagte er, wobei er das *Freund* trällerte und noch breiter grinste. »Jimmy hat alles in Ordnung gebracht! Mr Stedman wird Trusty nicht töten, und Daddy wird keinen von uns verprügeln. Guck mal, das hab ich gemacht!«

Will streckte den Arm aus, in der Hand einen plumpen kleinen Hund aus Papier und Leim, die spitzen Ohren so groß wie der ganze Rest.

»Trusty«, sagte er und gab mir den Hund. »Ich wette, Jimmy könnte sogar einen Weg finden, wie man Trusty nach Alaska bekommt.«

Ich starrte auf das Diorama, die braunen Papierberge, den weißen Watteschnee und den Aluminiumsee, der Eis darstellen sollte, und die kleinen Tannenzapfen, grün angemalt und rund um den See aufgeklebt, den Biberdamm aus Zahnstochern. Und dann sah ich auf die winzige Trustyskulptur in meiner Hand. Einen Moment lang überkam mich die Versuchung, meine Hand über Trusty zu schließen, die Hundeskulptur zu zerquetschen, das Diorama auf den Boden zu werfen und ebenfalls zu zerstören. Ich wollte nicht, dass dieses Gewicht – Jimmys Gegenwart mache alles wieder gut – meine Beziehung mit Jimmy beschwerte, was immer das für eine Beziehung gerade war oder in der Zukunft sein würde. Ich wollte nicht, dass er uns rettete, so wie er den Seltsamen Freddie gerettet und in Frederick McDonnell verwandelt hatte. Ich wollte Jimmy nur für mich allein.

Als ich meine Finger langsam um den albernen kleinen Papier-Trusty schloss, wurde mir klar, dass es da noch etwas anderes gab.

Menschen gingen weg.

Mama war weggegangen. Mama war gestorben.

Nächstes Jahr wollte ich unbedingt von hier weggehen, wenn Will hoffentlich groß genug war, sich selbst gegen Daddy zu wehren. Vielleicht würde auch Miss Bettina ihn zu sich nehmen.

Und was, wenn Jimmy in der Zwischenzeit plötzlich zu dem Schluss käme, dass er das nette Mädchen mit der nicht standesgemäßen Familie lieber doch nicht zur Freundin wollte?

Nach Mamas Tod war Daddy zusammengebrochen, und seither hielt ich unsere Familie, so gut es ging, zusammen. Was mir offensichtlich nicht besonders gut gelang, sonst hätte Jimmy vorhin nicht eingreifen müssen. Aber was würde passieren, wenn er mich verließ und alles sogar noch schlimmer würde als vorher? Ich konnte mir nicht vorstellen, die Kraft aufzubringen, uns wieder alle zusammenzuhalten. Nicht noch einmal.

Ich spürte, dass Will mich ansah, und löste meinen Blick von dem Papier-Trusty. Seine großen blauen Augen … er wusste immer, dass ich ihnen nicht widerstehen konnte.

Ich öffnete die Hand und stellte Trusty auf die andere Seite vom See, gegenüber dem Zahnstocherbiberdamm. Um den Bibern auch eine kleine Chance zu lassen.

»Ist das gut so?«, fragte ich.

Will nickte strahlend.

Ich trug das Diorama zurück zum Bücherregal und stellte es neben das Glas mit Zikaden. Dann setzte ich mich auf sein Bett, zog ihn zu mir, und er schmiegte sich bereitwillig an mich. Ich fragte mich, wie lange er noch gern mit seiner großen Schwester kuscheln würde – immerhin war er zehn –, und sagte: »Konntest du heute Abend *Sergeant Striker* gucken?«

Ich spürte sein Nicken an meiner Brust.

»Nun, ich nicht«, sagte ich. »Dann erzähl mir, was passiert ist.«

»Also, zuerst war da dieser Bergarbeiter«, flüsterte er aufgeregt, »und er fand Gold, aber er wollte nicht, dass die anderen Bergarbeiter das merken …«

Und er redete und redete, erzählte mir detailliert die

Handlung der Serie, die sich durch den Wechsel vom Radio zum Fernsehen kaum verändert hatte. Bald wurde seine Zunge schwer und schwerer, und nur mit Mühe brachte er den kitschigen letzten Satz hervor: »Trusty, wir können drauf vertrauen, dass der Fall gelöst ist!« Dann schlief er sofort ein, sein Atem langsam, sanft und gleichmäßig.

9. Kapitel

Am nächsten Morgen war Daddys Auto weg, und ich konnte so laut mit den Töpfen, Pfannen, Löffeln und Pfannenwendern klappern, wie ich wollte. Es war Samstag, und ich nahm mir Zeit, Will ein anständiges Frühstück zu machen: Eierpfannkuchen mit Speck, und stellte sogar das Küchenradio an, sang die Hits im Radio mit und musste lachen, als Will verschlafen und brummig in die Küche gestolpert kam, weil ihn mein Krach geweckt hatte. Er wurde noch brummiger, als ich ihm das Frühstück vorsetzte. Etwas Nahrhafteres als Cornflakes. Aber er strahlte, als ich sagte, er könne auch noch Cornflakes essen – wenn der Teller mit den Pfannkuchen leer war. Und dann tanzten wir zu Pee Wee Kings Schnulze »Slow Poke« durch die Küche. Er kam mir völlig okay vor, ganz normal, voller Leben, mit rosa Wangen und frecher Miene, und ich dachte, dass sein gestriger Ohnmachtsanfall bloß eine einmalige Sache gewesen war.

Wir machten uns nicht allzu viele Gedanken darüber, wo Daddy hingefahren sein könnte.

Als Will und ich gerade das Frühstücksgeschirr spülten, klingelte das Telefon. Es war Jimmy, der fragte, ob ich heute Abend mit ihm, Babs und Hank ins Autokino an der Route 42 fahren und das Double Feature *Ein Herz und eine Krone* und *Zwölf Uhr mittags* ansehen wolle. Ich zögerte, weil ich eigentlich arbeiten musste, doch Jimmy fügte schnell hinzu, dass er das mit meiner Grandma und meinem Daddy besprochen hätte und es in Ordnung ginge. Wann hatte er das gemacht? Letzte Nacht?

Doch ich beschloss, es einfach zu akzeptieren. Ich sagte zu, und dieses Mal hoffte ich sogar, dass das ganze Viertel uns in der Gemeinschaftsleitung belauschte. Besonders Mrs Baker von gegenüber.

Sobald ich aufgelegt hatte, rief ich Miss Bettina in ihrem Kleiderladen an und fragte, ob sie heute Abend bei sich zu Hause auf Will aufpassen könnte, falls Daddy nicht da war, weil ich ausgehen wolle. Oder vielleicht auch dann, wenn er zu Hause war. Sie sagte ja, was mich total erleichterte.

Für mein erstes offizielles Rendezvous mit Jimmy lieh Babs mir einen ihrer Lippenstifte von Ayer, Roulette-Rot. Als Hank Babs an dem Abend dumm nannte, weil sie Popcorn verschüttet hatte, fuhr Jimmy ihn an. Danach war Hank nett zu Babs. Und Babs sagte, ich könne ihren Roulette-Rot-Lippenstift behalten.

Nach diesem ersten Rendezvous führte mich Jimmy fast jeden Abend aus, ins Autokino, ins Cosmic Burger, zum Parkplatz vom Pleasant Valley Orchard, und manchmal sogar in Dot's Corner Café. Grandma wirkte immer ganz stolz, wenn wir kamen. Ab und zu sahen wir Frederick McDonnell auf einem Stuhl sitzen und Kaffee trinken.

Irgendwie verstand es sich von selbst, dass ich nicht mehr im Café arbeiten musste. Grandma zahlte meinen Lohn weiter an Daddy, für die Haushaltsausgaben. Wenn ich mit ihr in die Kirche ging, strahlte sie stolz. Einmal hörte ich, wie eine ihrer Freundinnen – die Blauen Haare, wie Will sie nannte – Grandma fragte, ob Jimmy ein Kirchgänger sei. Grandma bedachte sie mit einem genervten Ist-doch-egal-Blick und antwortete: »Er ist Presbyterianer, und das ist gut genug.«

Wie alle anderen Lehrer in der Schule wusste auch Mr Cahill, dass Jimmy und ich miteinander gingen, doch während jene mir plötzlich mit Achtung und Respekt begegneten, behandelte er mich wie zuvor. Wir setzten unser professionelles Arrangement ohne große Erklärung fort, obwohl er sicher wusste, dass meine neuen Kleider von mir selbst geschneidert und nicht in Miss Bettinas Boutique extra bestellt waren, wie ich es meinen mich neuerdings bewundernden Schulkameradinnen erzählte.

Am darauffolgenden Samstag beeilte ich mich, das Abendessen für Daddy und Will auf den Tisch zu bekommen – Thunfisch-Nudel-Auflauf, knusprig garniert mit salzigen Crackern, wie Will es mochte. Miss Bettina sollte wieder herüberkommen, um auf ihn aufzupassen, und ich würde nichts essen, weil Jimmy eine besondere Überraschung für mich angekündigt hatte. Babs hatte mir einen kleinen Flakon ihres Parfüms »Ein Abend in Paris« geliehen, das ich kurz vor Jimmys Eintreffen auflegen wollte. Auch meine Garderobe hatte ich mit Bedacht gewählt: ein Twinset, einen schlichten schwarzen Rock, umgearbeitet aus einem von Mamas Röcken, und einen schwarzen Ledergürtel mit einer kühnen Bronzeschnalle, die ich in einem ihrer Koffer gefunden hatte.

Der Gürtel war ziemlich einzigartig, und ich befürchtete, dass Daddy ihn wiedererkennen würde. Doch er saß am Küchentisch, las den Leitartikel der *Groverton Daily News* und murmelte verärgert vor sich hin, was bedeutete, dass der Kommentator zu den wenigen gehörte, die Senator McCarthys Ansichten nicht teilten. Will war mindestens genauso vertieft in seinen Roy-Rogers-Comic. Daddys und Wills Köpfe waren in die gleiche Richtung geneigt, im gleichen Winkel, die Lippen geschürzt und die Augenbrauen gekräuselt.

Ich löffelte Auflauf auf Wills Teller. Sofort fing er an, die Erbsen beiseitezuschieben.

»Will, die musst du auch essen!«

»Ich hab nicht viel Hunger«, sagte er und schob die Thunfischbröckchen von den Nudeln und Erbsen weg. Bald würde er drei Inseln auf seinem Teller haben – Erbsen, Nudeln, Thunfisch, in einem See aus Pilzsuppe und Milch.

»Du musst etwas essen. Das Frühstück hast du auch kaum ange–«

»Weil's Arme Ritter gab«, sagte Will, als wäre es ein Affront gewesen.

»Also du kannst nicht jeden Tag Cornflakes haben –«

Plötzlich schlug Daddy so fest auf den Tisch, dass ich einen Satz machte und die Portion Auflauf, die ich gerade auf seinen Teller löffeln wollte, zurück in die Auflaufform fiel. Ich dachte, er wär nur wegen unserem Gezanke genervt, doch er knurrte: »Dieses rote Kommunistenpack! Dieser Nate Cahill! Wer ist das überhaupt?«

Es wurde ganz still in unserer Küche, nur noch das Ticken der Uhr über dem Herd, die Zinken von Wills Gabel, mit der er die Erbsen aufzuspießen versuchte, und das leise Rascheln der Zeitung in Daddys zitternden Händen waren zu hören. Seine Hände wurden immer ganz zittrig, wenn die Zeitspanne zwischen den Drinks zu groß war.

»Hier steht, er ist Kunstlehrer an der Senior High – ausgerechnet Kunst!« Er starrte mich wütend an. »Du hast dieses rote Pack in der Schule?«

Ich hätte lügen können. Daddy hatte keine Ahnung, in welche Klasse ich ging. Ich war mir nicht einmal sicher, ob er wusste, dass das mein letztes Schuljahr war.

Doch so langweilig ich Mr Cahill als Lehrer auch fand, so groß war plötzlich meine Wut über seine Verunglimpfung als Künstler, und ich sagte: »Ja, Dad, ich habe Mr Cahill im Kunstunterricht.« Das stimmte. »Er ist ein guter Lehrer.« Das stimmte nicht.

Will starrte mich mit großen Augen und angehaltenem Atem an. Ich warf einen Blick auf die Uhr. Jimmy würde in etwa zehn Minuten hier sein.

Daddy hielt mir die Zeitung unter die Nase. »Bringt er euch so einen Müll in der Schule bei?«

Ich nahm die Zeitung, überflog den Artikel, der ihn so wütend gemacht hatte. Mir wurde schnell klar, dass er nicht der Einzige in Groverton sein würde, der so reagierte. Die wahren Verräter unseres Landes, schrieb Mr Cahill, seien nicht die Kommunisten, sondern jene, die wie Senator McCarthy Künstler, Musiker und Schriftsteller verfolgten. Eine wirklich freie Gesellschaft, erklärte er, würde sich vor keiner künstlerischen Arbeit fürchten, egal wie verblüffend oder hassenswert oder wunderbar die Ideen waren.

Ich sah Daddy an. »Nein, im Unterricht diskutiert Mr Cahill diese Ideen nicht.« Mit klopfendem Herzen sprach ich weiter. »Aber in Sozialkunde haben wir gelernt, dass Senator McCarthy den Taft-Hartley Act unterstützt hat.« Besagtes Gesetz, mit dem der Arbeiterschaft das Streiken erschwert wurde, war 1947 beschlossen worden. Es war das Jahr, in dem Mama starb. Das Jahr, in dem der Seltsame Freddie seine Hand verlor, nachdem Daddy versprochen hatte, für mehr Sicherheitsmaßnahmen in der Papierfabrik zu sorgen. »Dann stimmst du doch vermutlich nicht mit allem überein, was Senator McCarthy sagt. Ich meine, der Seltsame Freddie hat Jimmy erzählt, dass du wegen der Sicherheitsmaßnahmen in der Fabrik mit ihm der gleichen Meinung warst. Damals, 1946. Vermutlich hattest du keine Gelegenheit, dich dafür einzusetzen, wie du es ihm versprochen hattest.«

Ich schluckte schwer, ging dieses Risiko nur ein, weil ich wusste, dass Jimmy bald hier sein würde. Und ich wusste ebenfalls, dass ich grausam war, Daddy auf diese Weise für seine Schwächen zu bestrafen. Die Farbe wich aus seinem Gesicht, und plötzlich sah er viel älter aus, als er mit seinen fünfzig Jahren war. »Ich habe das gegenüber Mr McDonnell wiedergutgemacht, so gut ich konnte«, sagte er leise.

Als Daddy Freddies richtigen Namen aussprach, so wie Jimmy, stiegen mir sofort Tränen der Reue in die Augen. Ich öffnete den Mund, wollte mich entschuldigen, aber da klopfte es an die Hintertür. Jimmy, dachte ich – hoffte ich –, obwohl er sonst immer zur Haustür kam.

Doch als ich aufmachte, stand Miss Bettina davor. »Porter, ich hab dir eingelegte grüne Bohnen gemacht, die du so magst. Ein Glas für jetzt und eins für deinen Schutzbunker.« Gleich nachdem Mama 1946 gestorben war, hatte Daddy in einem seltenen Anfall von Energie den Schutzbunker gebaut, weil er nicht zulassen wollte, dass seinen Kindern etwas passierte, wie er sagte.

»Wir bringen lieber gleich beide Gläser in den Bunker.« Er schlug mit der Hand auf die Zeitung. »Mit Kommunisten wie diesem Kunstlehrer können wir uns auf einen baldigen Angriff gefasst machen.«

»Nun, Porter, ich glaube nicht, dass die Meinung eines Kunstlehrers dazu führt, dass Groverton als Zielscheibe ausgewählt und angegriffen wird.«

Daddy schüttelte den Kopf, stand auf und stolzierte fort.

Will schob seinen Teller weg. »Fertig!«, sagte er. Die Nudelinsel hatte er gegessen, die Erbsen- und Thunfischinseln zermatscht. Er nahm den Comic und verließ den Tisch.

»Will, komm sofort zurück!«, brüllte ich, dann sah ich Miss Bettina an. »Vielleicht können Sie ihn dazu bringen, nachher noch was zu essen. Und noch mal danke, dass Sie auf ihn aufpassen.«

»Tut mir leid, Donna, aber ich kann heute Abend nicht auf Will aufpassen. Normalerweise tu ich das gern, das weißt du, aber ich gehe mit Porter – deinem Dad – zu einem Treffen in meiner Kirche«, sagte Miss Bettina. Sie fuhr den weiten Weg bis nach Dayton, um in die unitarische Kirche zu gehen. Ich war erleichtert; vielleicht konnten sie Will ja mitnehmen. Doch dann sagte Miss Bettina: »Ein AA-Treffen. Anonyme Alkoholiker.«

»Ach, das ist ja wunderbar«, sagte ich. »Aber ich verstehe nicht, warum Sie da mit hingehen müssen. Er kann doch auch selber fahren, wenn er nicht trinkt – nicht dass ihn sein betrunkener Zustand jemals vom Fahren abgehalten hätte.«

Miss Bettina sah mich entgeistert an. Sofort wünschte ich, die hässlichen Worte nie gesagt zu haben, und senkte den Blick. Ich klang hart und böse wie Grandma und hasste mich dafür, doch ich konnte mich auch nicht einfach nur plötzlich für Daddy freuen. *Donnerwetter*, hätte ich am liebsten gesagt, *wie ist er denn darauf gekommen, dass er endlich mit dem Trinken aufhören sollte? All die Jobs, die er nicht halten konnte, die Nächte, die er nicht nach Hause kam, das Geld, das er ausgab, die Depressionen, während denen er Will und mich vernachlässigte. Was war passiert?*

Jimmy.

Aber allein wegen Jimmy würde Daddy niemals von sich aus aufhören wollen, da war ich mir sicher. Doch Jimmys Rolle in meinem Leben beeinflusste das Verhalten der Leute uns gegenüber. Sogar bei Ace Hardware behandelten sie Daddy ein bisschen besser, und Grandma war nicht mehr ganz so verbittert.

Miss Bettina legte ihre Hand sanft auf meine, doch ich

hielt den Blick weiter gesenkt. »Ich muss hingehen«, sagte sie leise. »Ich bin Porters Sponsor. Und wenn irgend möglich, nehme ich auch selbst an jedem Treffen teil.«

Bei diesen Worten blickte ich auf und sah Miss Bettina lange an. Es dauerte eine Weile, bis die Bedeutung ihrer Worte zu mir durchdrang.

Und mir wurde klar, dass sie zwar grundsätzlich für uns da war, aber samstagabends meistens nicht.

Weil sie zu den AA-Treffen ging. Weil sie, wie sie mir gerade mitteilte, Alkoholikerin war.

Alkoholkrank. Damals benutzte noch niemand diese Bezeichnung, genau wie noch niemand *Krebs* sagte. Schon gar nicht, wenn der Krebs die Geschlechtsteile betraf. Der Name der Krankheit wurde allenfalls geflüstert, wenn überhaupt ausgesprochen. Wie der Brustkrebs, an dem meine Mama gestorben war.

Plötzlich, als hätte ich ein Foto vor meinen Augen, erinnerte ich mich daran, wie Miss Bettina mit mir auf der vorderen Veranda ihres Hauses saß und sagte, dass Mama in eine Spezialklinik nach Florida gefahren wäre, um dort ihren Brustkrebs behandeln zu lassen. Später war es nicht unser Daddy gewesen, sondern Miss Bettina, die Will und mir gesagt hatte, dass unsere Mama am Brustkrebs gestorben und in Florida beerdigt worden war.

Alkoholiker. Die Bezeichnung passte auf Daddy, zu seinen Wutausbrüchen, die mit düsteren Momenten der Reue abwechselten. Aber auf Miss Bettina? Die nette, sanfte Miss Bettina, die auf Will aufpasste, wenn ich nicht konnte, die uns Konserven brachte, wann immer sie welche erübrigen konnte, die einfach nur Kleider in ihrem Laden verkaufte und mir manchmal fünfundzwanzig oder sogar fünfzig Cent zusätzlich gab, wenn ich Änderungen für sie machte?

Aber was wusste ich schon von Miss Bettina? Nur, dass sie die beste Freundin meiner Mama gewesen war und, solange ich denken konnte, im Haus neben uns wohnte. Doch ich hatte keine Ahnung, woher sie, eine alleinstehende Frau, Geld für ein Kleidergeschäft hatte, für ein Haus. Warum sie nie geheiratet hatte.

Ich musterte ihr müdes, trauriges Gesicht. Sie versuchte nicht, mich zu täuschen. Sie sagte die Wahrheit.

Es klingelte an der Tür. Ich hörte, wie Will die Treppe heruntergehüpft kam, wie die Eingangstür aufgerissen wurde, und dann kam Will in die Küche gelaufen. »Oh, Donna«, trällerte er. Trotz seines Versprechens letzte Woche machte er sich ständig lustig über Jimmy und mich. »Dein Freund ist da!«

Jimmy erschien gleich hinter Will in der Küche. Er lachte, hob Will hoch und rieb mit den Knöcheln über Wills Kopf. »Ja, das bin ich«, verkündete er. Jimmy und Will waren schnell Freunde geworden, so als wäre Will auch sein kleiner Bruder.

Dann hielt Jimmy, noch immer den in der Luft zappelnden Will an sich gedrückt, inne und starrte Miss Bettina und mich an. »Was ist los?«

»Ich fürchte, ich kann nicht –«, begann Miss Bettina, gerade als ich sagte: »Sie kann nicht auf Will auf–«

Beide brachen wir mitten im Satz ab. »Ich muss jemanden finden, der auf Will aufpasst«, sagte ich.

»Ich kann selber auf mich aufpassen!«, schrie Will, der versuchte, sich aus Jimmys Armen zu winden. »Setz mich ab!«

»Vielleicht könnte Will sich vorstellen, rüber zu Tony –«, begann ich.

Plötzlich würgte Will, und Jimmy stellte ihn schnell auf

den Boden. Wills Gesicht war aschfahl, und mir war klar, dass er sich gleich übergeben würde. Ich lief mit ihm die Treppe hoch ins Bad und hielt seinen Kopf, während er Nudeln in die Kloschüssel erbrach. Dann machte ich ihn sauber und legte die Hand auf seine Stirn. Kein Fieber.

»Tut mir leid«, sagte Will, als ich ihn ins Bett brachte. Auch wenn er kein Fieber hatte, wollte ich, dass er sich ausruhte. »Ich hab's vermasselt.«

»Quatsch«, sagte ich, trotz des Knotens in meinem Hals. »Das wird schon wieder. Du musst einfach nur mehr essen als Nudeln und Cornflakes!«

»Aber ich brauch nur noch drei Schachteldeckel!«, sagte er. »Und der Einsendeschluss dafür ist der dreißigste September, nur noch elf Tage!«

»Sei still«, sagte ich und ging nach unten.

Miss Bettina und Jimmy unterhielten sich in der Küche, verstummten jedoch schuldbewusst, als ich eintrat. Was sollte das denn?

»Ihm geht's gut«, sagte ich. »Weder Fieber noch andere Symptome. Ich glaube, er hat heute zu viel rumgetobt und zu wenig zu Abend gegessen und sich deshalb eine Magenverstimmung geholt.«

»Ich hätte nicht mit ihm raufen sollen.« Jimmy sah traurig aus. »Es tut mir leid. Ich hatte mich wirklich darauf gefreut, dich zu überraschen.«

»Also wenn Will nur eine Magenverstimmung von einem anstrengenden Tag hat, könnt ihr ihn doch einfach mitnehmen«, meinte Miss Bettina. Wir starrten sie beide an. Sie verdrehte die Augen. »Und ja, ich weiß, es ist nicht sehr romantisch, einen zehnjährigen Jungen beim Rendezvous dabeizuhaben, aber ist das nicht immer noch besser, als es ganz ausfallen zu lassen?«

»Ähm … ich komme mit zu euerm Rendezvous?« Will stand in der Küchentür.

»Will, was machst du hier? Du sollst im Bett bleiben –«

»Ich habe Durst«, protestierte er. Der kleine Schlingel. Wenn er Durst hatte, konnte er sich oben im Badezimmer Wasser holen. Er spionierte! Er sah Jimmy an. »Du hast doch nicht vor, im Filmtheater mit meiner Schwester zu knutschen, oder? Könnte sein, dass ich dann wirklich kotze. Auf euch beide drauf.«

Ich war entsetzt. »Will!«

Doch Jimmy lachte. »Ich wollte sie zum Picknick einladen, am Tangy River. Meinst du, das kriegst du hin?«

Will erstrahlte. »Am Tangy River? Da weiß ich den perfekten Angelplatz! Und wenn wir picknicken, könnte ich vielleicht dieses eine Mal das Picknicksortiment erweitern und Cornflakes mitnehmen, sozusagen als Höhepunkt.«

Ich wollte gerade zu allem *Nein nein nein* rufen, als Jimmy sagte: »Das klingt wie eine tolle Idee.«

10. Kapitel

Wir fuhren an den Tangy, zu einem Kliff flussaufwärts. Durch die Bäume konnte man noch den aufsteigenden Rauch aus den Schornsteinen von Groverton Pulp & Paper erkennen, aber der Schwefelgeruch drang nicht bis hierher. Auf dem Kliff roch es nach Wald und Erde. Jimmy musste oft die Straße am Fluss hoch und runter gefahren sein, um diese Stelle zu finden. Ich kannte sie nicht, und ich wohnte schon mein ganzes Leben in Groverton, aber ich hatte auch nie Jimmys Freiheiten besessen.

Beim Picknickvorbereiten durfte ich nicht helfen, doch Will durfte mit anfassen und strotzte deshalb vor Stolz. Ich saß im Wagen und sah zu, wie Jimmy und Will ein klassisch-blauweißgestreiftes Picknicktuch ausbreiteten – nicht mit verblichenen traurigen Enten und Lämmchen wie auf dem Tischtuch auf Mamas altem Wagen. Dann holte Jimmy den Proviantkorb aus dem Kofferraum, und ich flüsterte ihm ins Ohr: »Ich glaube nicht, dass er uns die Möglichkeit gibt, ein bisschen ungestört zu sein.«

Er lächelte. »Das klappt schon, vertrau mir.«

Ich folgte ihm zurück zur Decke, wo Will sich lang ausgestreckt hatte. Ich hätte froh sein sollen, dass es Will besserging, nachdem ihm vom Abendessen übel geworden war, doch ich hätte Jimmy lieber für mich allein gehabt.

Will setzte sich auf, Jimmy ließ sich neben ihm nieder,

und ich setzte mich ihnen gegenüber. »Und, kannst du jetzt wieder was essen?« Jimmy öffnete den Korb. »Ich hab Weintrauben, Oliven, Leberpastete – das ist ein Wurstaufstrich – und frisches, knuspriges Brot.«

Lauter exotische Sachen, dachte ich. Außer den Weintrauben. *Persimonen … also die waren wirklich exotisch …* Ich verdrängte den Gedanken aus meinem Kopf, wollte jetzt nicht an Mr Cahill denken.

Doch ich war neugierig. Dass Jimmy die Lebensmittel nicht bei A&P gekauft hatte, war mir klar, und auf einem Baum in seinem Garten waren sie auch nicht gewachsen. »Wo hast du die Sachen her?«, fragte ich. Will rümpfte die Nase, als Jimmy die Pastete, die mir sehr nach Dosenaufstrich aussah, auf eine Brotscheibe verteilte.

»Das Zeug stinkt!«, sagte Will.

»Will!« Aber es stimmte. Und die Oliven, die schwarz statt grün waren, rochen salzig. Dennoch, Jimmy hatte bestimmt ein Vermögen für das Essen ausgegeben.

Jimmy lachte. »Ich bin zu einem Lebensmittelladen in Cincinnati gefahren.«

Will nahm den Knust und biss hinein, sah umgehend aus, als wollte er ihn gleich wieder ausspucken. Und als würde ihm wieder übel werden.

Er tat mir ein bisschen leid. »Du musst nichts essen, wenn du nicht willst.«

Er wollte in den Korb sehen, doch Jimmy klappte ihn schnell zu. Was hatte er darin versteckt, das Will nicht sehen durfte? »Ich glaube, ich esse Weintrauben und Cornflakes.« Wills Blick wanderte von mir zu Jimmy. »Ihr wollt doch bestimmt auch Cornflakes, oder?«

Er drängelte immer öfter und erinnerte mich ständig daran, dass der 30. September der letzte Einsendetag seiner zehn Schachteldeckel war – der Poststempel galt –, also vier Tage nach seinem elften Geburtstag.

»Natürlich«, sagte Jimmy. Er öffnete den Korb gerade so weit, um seine Hand reinstecken zu können, nahm einen geblümten Porzellanteller heraus und füllte ihn mit einer großen Portion.

Will grinste. »Toll! Ich wette, wir kriegen die Schachtel heute Abend leer. Und dann brauche ich nur noch zwei für meine Besitzurkunde.« Plötzlich blickte er verwirrt drein. »Ich frage mich, wo genau in Alaska meine fünf Quadratzentimeter sein werden. Das steht nämlich nicht auf der Schachtel. Aber auf der Urkunde wird das doch stehen, oder?«

»Natürlich«, sagte Jimmy wieder und legte die Oliven, Weintrauben und das kleine Gefäß mit Pastete auf einen zweiten Teller und das Brot auf das Picknicktuch. Mir wurde klar, dass er nur zwei Teller mitgebracht hatte. »Und dann kannst du auf einer Landkarte nachsehen.«

Will wirkte genervt. »Ich hab keine Karte von Alaska! Und es gibt nicht mal eine in der Bücherei! Ich hab nachgesehen, als ich letztes Jahr mein Diorama gemacht hab. Wir mussten eins von Ohio machen, aber ich wollte lieber eins von Alaska machen, weil ich das interessanter finde, und ich weiß auch, dass es kein Staat ist, noch nicht, aber das kommt noch, obwohl meine dumme Lehrerin sagt, das wird niemals geschehen –«

»Will!« Ich sah ihn warnend an.

Er bedachte mich mit einem trotzigen Blick. »Sie war aber *wirklich* dumm. Sie hat gesagt, Alaska würde niemals ein Staat werden –«

»Das kommt mir auch ein bisschen dumm vor«, sagte Jimmy beiläufig. »Zumal es schon in meinem Atlas ist, bei den Vereinigten Staaten und Kanada.«

Will machte große Augen. »Wirklich?«

Jimmy nickte. »Der Atlas ist in meinem Handschuhfach, wenn du nachschauen willst.« Will sah mich an. »Kann ich?«

»Darf ich«, korrigierte ich ihn und hasste mich umgehend für meinen schulmeisterlichen Ton. »Und ja.«

Will packte seine Schachtel und eine Handvoll Weintrauben, rief uns zu: »Ihr müsst alle Cornflakes essen, sonst zählt es nicht!«, und lief zum Auto.

»Was zählt nicht?«, fragte Jimmy.

»Sein Anspruch auf die Besitzurkunde der fünf Quadratzentimeter in Alaska«, sagte ich. »Sein Grundsatz ist, dass jedes Fitzelchen gegessen werden muss, und er darf nicht um Hilfe bitten. Andere Leute müssen es ihm von sich aus anbieten, wie du es gerade getan hast.«

Jimmy sah stöhnend auf den Teller mit den Cornflakes. »Wir müssen sie irgendwie loswerden, ohne dass er es merkt«, sagte er.

Ich sah ihn an, mochte seinen Vorschlag nicht, schwieg aber. Endlich waren wir allein, mehr oder weniger. Ich sah zu Jimmys Auto. Will saß auf dem Beifahrersitz, den Kopf über den Atlas gebeugt, als wäre da irgendwo ein unvorstellbar wertvoller Schatz eingezeichnet.

»Ich mache mir Sorgen, wie enttäuscht er sein wird, wenn er nicht rechtzeitig alle zehn Schachteldeckel zusammenbekommt. Er schafft ungefähr eine pro Woche, braucht aber noch drei, und er hat nur noch weniger als zwei Wochen Zeit –«

»Du machst dir zu viele Sorgen«, sagte Jimmy. Ich sah ihn an. Er hatte den Picknickkorb aufgemacht und holte eine Flasche und zwei Weingläser heraus.

Jimmy lächelte mich an. »Champagner. Der hilft, dass

du dir weniger Gedanken machst.« Er sah auf die Flasche. »Moët et Chandon. Den mag mein Dad am liebsten.«

Plötzlich kribbelten meine Stirn und meine Oberlippe vor Nervosität. Dad und Miss Bettina waren bei einem AA-Treffen, und ich würde gleich mit Jimmy Champagner trinken. Ich wusste nicht, ob ich ein schlechtes Gewissen haben oder amüsiert sein sollte. *Was fühlst du, Donna?* Das würde Mr Cahill mich fragen. Antwort: *Ich fühle, dass ich den Champagner trinken und sehen will, was als Nächstes passiert …*

»Wird dein Dad nicht merken, dass die Flasche fehlt?«, entschlüpfte es mir.

Jimmy lachte, als er den Korken knallen ließ und den Champagner in die Gläser schenkte. »Er hat eine ganze Menge davon.« Er reichte mir das Glas. Ich nahm einen Schluck. Mir gefiel, wie er auf meiner Zunge und Lippe prickelte. Jimmy rückte näher zu mir heran, küsste meinen Nacken. Ich stöhnte. Dann biss er mich zärtlich, und ich zuckte zusammen.

»Tut mir leid«, sagten wir gleichzeitig.

»Ich bin an der Stelle nur etwas verspannt«, sagte ich.

»Warum?«, fragte er.

Von der unmöglichen Positur, die ich auf Mr Cahills Chaiselongue einnehmen musste … Aber das konnte ich natürlich nicht sagen. Nicht, wenn ich weiterhin wollte, dass Jimmy sich für mich interessierte. Und das wollte ich sogar sehr.

»Von den Näharbeiten für Miss Bettina«, sagte ich mit ein wenig Bauchkneifen wegen der Lüge. »Ich muss mich oft ganz weit vorbeugen, besonders bei den Säumen.«

Jimmy begann, meinen Nacken zu massieren, und ich schnappte nach Luft, weil die Berührung mich wie ein

Schock durchfuhr und mein Nacken wie warme Knete unter seinen Händen war.

»Ich glaube, sie mag mich nicht«, sagte er.

»Und wer macht sich jetzt zu viele Gedanken? Natürlich mag sie dich. Alle mögen dich.« Obwohl sie wirklich ungewöhnlich steif und schweigsam in seiner Gegenwart war, dachte ich. Aber warum sollte Miss Bettina Jimmy nicht mögen?

Doch dann sagte er: »Ich wollte mit dir hierherkommen, weil ich dich etwas fragen möchte. Na ja, es sind eher drei Fragen. Und das wollte ich nicht in Gegenwart von anderen –«

In meinem Lachen schwang Bitterkeit mit. »Das hat mein Bruder dann wohl ordentlich ruiniert.«

»Nein, er ist in den Atlas vertieft und arbeitet wahrscheinlich gerade eine Route nach Alaska aus.«

Ich lachte wieder, aber diesmal ohne Bitterkeit. Ich liebte es, wie oft Jimmy mich zum Lachen brachte, schloss die Augen und stöhnte genüsslich. Seine Berührung liebte ich auch.

»Würdest du nächsten Freitag zum Dinner zu mir nach Hause kommen? Das bedeutet, dass du meine Eltern kennenlernen würdest.«

Ich bekam die Frage in den falschen Hals und richtete mich stocksteif auf. »Ich werde versuchen, mich so zu benehmen, dass du dich nicht allzu sehr für mich schämen musst. Aber ich kann kaum etwas dagegen tun, dass mein Vater in Groverton einmal jemand war und jetzt –«

Jimmy hörte auf, meinen Nacken zu massieren. Er wandte sich mir zu, damit er mich ansehen konnte, und legte die Hand an meine Wange. »Donna, ich schäme mich nicht für dich. Sind alle Lanes so empfindlich?«

»Ja«, sagte ich.

Er lachte. »Ich hoffe nur, dass ich mich für meine Eltern nicht schämen muss.«

Ich sah ihn stirnrunzelnd an. Er hatte die mächtigsten Eltern in der ganzen Stadt.

Jimmy zuckte die Schultern. »Sie können manchmal ein bisschen … anstrengend sein. Aber heißt das, du kommst?«

Am nächsten Samstag war Wills Party zum elften Geburtstag, die ich die Woche über vorbereiten wollte. Aber ich sagte mir, ich könnte sowohl das gelbe Kleid bis zum Dinner am Freitag fertig machen als auch Wills Geburtstagsparty für Samstag vorbereiten, natürlich neben meinen Schulaufgaben und dem Job bei Mr Cahill. Dass ich nicht mehr unter der ständigen Beobachtung von Grandma stand, gab mir das Gefühl, alles tun zu können. Einfach alles.

Und so nickte ich. Er wirkte erleichtert. »Gut. Sie wollen dich kennenlernen, weil sie die nächste Frage kennen. Gehst du mit mir zum Schulball?«

Ich lächelte. »Natürlich.« Dazu brauchte ich ein Kleid und wusste sofort, welches von Mama ich umarbeiten würde, nämlich eines der letzten, die noch übrig waren. Mein Herz überschlug sich fast bei der Vorstellung. *Vielleicht ist es ein Fehler, gerade dieses Kleid zu nehmen … riskant ist es auf jeden Fall.*

Jimmy beugte sich zu mir, und den Mund ganz nah an meinem, sagte er: »Und hier ist meine dritte Frage.« Als er die Hand in seine Tasche steckte, wirkte er plötzlich nervös. Er zog eine zarte Kette heraus, an der sein Schulring hing. »Willst du mein Mädchen sein?«

Natürlich wollte ich. Das war es doch, was ich wollte. Oder? Das wollte doch jedes Mädchen.

»Warum ich? Wo du doch jedes Mädchen haben könntest?«, platzte es aus mir heraus.

»Weil du mich so siehst, wie ich bin. Du stellst mich auf keinen Sockel.« Er lächelte. »Und ich sehe dich so, wie du bist. Dich. Und mir gefällt, was ich sehe.«

Danach sagte ich natürlich ja. Doch als er mir die Kette um den Hals legte und sein Daumen die verspannte Stelle vom Modellstehen für Mr Cahill berührte, regte sich etwas in mir, das keine reine Euphorie war.

Ich wusste nicht, was es war, es fühlte sich an, als würde mir etwas … entgleiten.

Plötzlich erhob sich eine kleine Schar Stare aus den Baumkronen am Flussufer, ihre schwarzen Körper wie flüchtige Punkte vor dem grauen Rauch, der sich in der Ferne über der Papierfabrik erhob. Noch weiter weg pfiff ein Güterzug.

Sei glücklich, sagte ich mir, während ich den wegfliegenden Vögeln nachsah und Jimmy mich an sich zog und küsste. *Jetzt bist du Jimmys Mädchen. Und alles wird gut …*

11. Kapitel

Will schlief über dem Auto-Atlas ein, und als er dann aufwachte, sagte Jimmy, er könne ihn behalten und dass wir alle Cornflakes aufgegessen hätten. Jetzt fehlten Will also nur noch zwei Schachteldeckel, und das machte ihn glücklich. Doch hätte er gewusst, dass wir seine Marvel-Flakes den Vögeln zum Fressen gegeben hatten, wäre das sicher anders gewesen. Während ich den Anblick einer Schar Kanadareiher über dem Fluss toll fand, hatte ich ein schlechtes Gewissen, die Cornflakes wegzuwerfen. Doch Jimmy schien verärgert – *Was soll das schon ausmachen?*, fragte er –, und ich protestierte nicht länger. Schließlich wollte ich den fast perfekten Abend, an dem ich exotische Dinge gegessen hatte, zu viel Champagner getrunken und Jimmys Mädchen geworden war, nicht kaputtmachen.

Vor unserem Haus hob Jimmy Will vorsichtig aus dem Auto und trug ihn den Weg und die Verandatreppe hinauf zur Haustür. Daddys Auto parkte in der Einfahrt, doch im Wohnzimmer war es ruhig. Unter seiner Schlafzimmertür schien Licht durch, aber zu hören war nichts.

Jimmy folgte mir nach oben in Wills Zimmer, wo er ihn behutsam aufs Bett legte. Ich deckte ihn zu, und er stöhnte ein wenig, als ich versuchte, ihm den Schachteldeckel und den Atlas aus der Hand zu nehmen. Jimmy flüsterte: »Lass sie ihm doch«, worauf ich lächeln musste und ihm vergab, dass er sich zuvor so einfach über Wills Grundsatz hinweggesetzt hatte. Auf unserem Weg nach unten knarrte die dritte Stufe, und ich hörte Daddy in seinem Schlafzimmer aufschreien. Wieder ein Albtraum, dachte ich.

Wir traten hinaus auf die Veranda. Jimmy küsste mich und flüsterte in mein Ohr: »Mein Mädchen.« Er grinste, holte eine Zigarette aus seiner Jackentasche und zündete sie an, als er die Stufen hinunter zu seinem Wagen lief. Dann stieg er ein und fuhr davon.

Ich stand da, noch immer ganz schwindlig von dem Kuss und dem Abend und dem Champagner, wollte nicht zurück ins Haus gehen und allein sein. Da fiel mein Blick auf Miss Bettinas Veranda, wo eine hauchdünne Rauchfahne aufstieg. In dem schwachen Licht, das durch das Wohnzimmerfenster fiel, konnte ich eine schmale Gestalt auf der Hollywoodschaukel sitzen sehen. Dann ein orangerotes Glühen, die Spitze einer Zigarette. Daddy? Nein, unmöglich, ich hatte ihn ja gerade in seinem Schlafzimmer gehört und deshalb Jimmy nicht gebeten, mit mir im Haus zu bleiben. Eine Sekunde lang überkam mich ein Prickeln bei dem Gedanken, was wohl passiert wäre, wenn er hätte bleiben können … Ich schüttelte den Kopf. Wollte ich, dass das passierte? Oder war es der Champagner? Ich lief über unseren Rasen – das Gras war zu lang und kitzelte an meinen Knöcheln – und dann über ihren. Vom September war schon über die Hälfte vorbei, und ich zitterte. Im Oktober würde die nächtliche Kälte in den Tag kriechen. Meine Jacke fest um mich schließend, stieg ich die Treppe hinauf.

Ich setzte mich in den Schaukelstuhl gegenüber von Miss Bettina, die noch immer die Zigarette zwischen den Fingern hielt. »Früher habe ich ständig geraucht, jetzt nur noch an den Tagen der Treffen. Da rauchen alle.«

Wie geht es Daddy? Was ist passiert? Was hat er gesagt? Hört er wirklich auf zu trinken, ein für allemal? Diese Fragen schwirrten durch meinen Kopf, doch ich drängte sie zurück, wollte mir keine Gedanken machen.

»Möchtest du Eistee?«, fragte Miss Bettina.

»Nein, danke. Alles okay.«

»Wirklich?«

Meine Hand schnellte sofort zu Jimmys Ring an der feingliedrigen Kette um meinen Hals. Ich wusste, dass sich Miss Bettinas Frage nicht auf meinen Durst bezog. »Mir geht's gut«, sagte ich, einen leicht defensiven Unterton in der Stimme. »Jimmy hat mich gefragt, ob ich zum Schulball mit ihm gehe. Und ob ich seine Eltern kennenlernen und fest mit ihm gehen will. Ich hab ja gesagt, auf alle drei Fragen.«

Miss Bettina schwieg.

»Jimmy ist gut zu mir, und zu Will«, sagte ich. Herrgott nochmal, vor ein paar Minuten hatte er Will sogar hoch ins Haus getragen, das hatte sie doch gesehen!

»Oh«, sagte sie, blies das Wort mit dem Rauch raus und drückte die Zigarette auf der Veranda aus.

»Warum mögen Sie ihn nicht?«, fragte ich.

»Ich mag ihn, Herzchen. Ich denke, er ist ein sehr netter junger Mann.«

»Er glaubt, Sie haben etwas gegen ihn.«

Sie stieß einen Seufzer aus. »Ich möchte nicht, dass er dir wehtut.«

Mädchen auf Chaiselongue, ausgestreckt in anzüglicher Pose, bewegt sich und dreht sich wie immer der Künstler es von ihr verlangt … Ich verdrängte das Bild aus meinem Kopf, dachte: *Wahrscheinlich bin ich es, die ihm wehtun wird.*

»Sei einfach nur … vorsichtig.« Sie hielt inne. »Ich habe einmal eine junge Frau gekannt, die glaubte, dass ihr Leben durch einen jungen Mann besser würde«, sprach sie dann weiter. Ich dachte, sie meinte sich selbst. Oder nicht? Mir fiel wieder ein, wie wenig ich von ihr wusste.

Und dann dachte ich … *Mama.* Vielleicht sprach sie von Mama. Ich befühlte den Stoff meines Rocks, den perfekten Saum, auf den ich so stolz gewesen war, als ich ihn unter der Nadel der Nähmaschine im Keller herauszog. Ich hatte keine Kindheitserinnerungen an das Kleid, aus dem ich ihn geschneidert hatte, oder an irgendeines der anderen Kleidungsstücke in den alten Koffern im Keller. Ich fragte mich, ob sie schön darin ausgesehen hatte, glücklich und unbeschwert gewesen war.

Auf einmal wollte ich von Miss Bettina unbedingt wissen, woran sie sich bei Mama erinnerte, und die Frage platzte einfach aus mir heraus: »Miss Bettina, meinen Sie Mama damit? Dass sie dachte, das Leben würde mit Daddy besser?«

Miss Bettina seufzte wieder. »Tut mir leid, Herzchen, das hätte ich nicht sagen sollen. Jimmy ist ein netter Junge, aber ich möchte einfach, dass du nicht vergisst, wer du bist.«

Schon komisch. Ich wollte vergessen, wer ich war.

»Bitte, Miss Bettina, was können Sie mir von meiner Mama erzählen? Ich meine, bevor sie krank wurde?« Ich starrte in das Dunkel der Elmwood Street, wartete auf eine Antwort.

Nach einer ganzen Weile seufzte sie erneut. »Sei einfach nur vorsichtig, Herzchen«, war alles, was sie schließlich sagte, bevor sie aufstand und ins Haus ging.

* * *

Am nächsten Montag, gegen Ende des Schultages, und der Kunstunterricht war auch schon zur Hälfte um, brannten mir vor lauter Langeweile Tränen in den Augen. Ich war es leid, endlos Kugeln zu schraffieren. Die Uhr im Klassenzimmer tickte laut, Mr Cahill las ein Buch, und die halbe Klasse döste oder gab heimlich Zettel weiter.

Mit einem Ruck riss ich die Seite aus meinem Skizzenblock, knüllte sie zusammen und warf sie auf den Boden. Durch das Rascheln aufgeschreckt, drehten sich die anderen zu mir um und starrten mich an. Lisa Kablinski bedachte mich mit bitterbösen Blicken. Die Nachricht, dass ich Jimmys Ring trug, hatte sich wie ein Lauffeuer verbreitet. Ein paar Reihen vor mir drehte Jimmy sich auf seinem Stuhl um und zwinkerte mir zu. Ich lächelte, dachte: *Das ist für dich, Lisa.*

Ich schlug eine andere Seite in meinem Skizzenblock auf und zeichnete ein Jackett mit passender Hose, eine Variation von Audrey Hepburns Kleidung in *Ein Herz und eine Krone*.

»Gibt es ein Problem, Miss Lane?«

Ich blickte auf. Mr Cahill stand neben meinem Tisch und starrte mich an.

»Hm, nein«, sagte ich.

»Finden Sie das Zeichnen einer Kugel zu schwierig?«

Natürlich nicht.

Als er auf Jimmys Ring an meiner Halskette starrte, lief ich tiefrot an und umschloss ihn blitzschnell mit der Hand. *Jimmys Mädchen*. Mr Cahill hielt offensichtlich genauso wenig davon wie Miss Bettina.

Er starrte mich weiterhin an, wartete auf meine Antwort. Plötzlich wurde mein Nacken ganz steif, wie bei unserer letzten Sitzung, als ich eine unmögliche Pose auf seiner Chaiselongue einnehmen musste. Ich dachte an Jimmys Massage und Küsse bei unserem Picknick, als ich mich wegen des steifen Nackens beschwerte, ohne zu sagen, woher er rührte, und errötete noch schlimmer.

»Es stört sie einfach nur, von einem Roten unterrichtet zu werden«, sagte Hank.

Die ganze Klasse hielt den Atem an. Ich hätte dankbar sein sollen, dass Hank die Aufmerksamkeit auf sich zog, doch ich bekam plötzlich Angst, weil Mr Cahill sein Buch extrem laut zuschlug und Hank ansah.

»Wie darf ich das verstehen, Mr Coleman?«

Die meisten von uns hätten bei Mr Cahills Ton nur leise: »Tut mir leid, Sir«, gemurmelt, nicht so Hank. Er sagte: »Mein alter Herr hat Ihren Artikel gelesen. Er sagt, Sie sind einer von den Roten. Stimmt das?«

Im Raum wurde es mucksmäuschenstill.

»Wir sind hier im Kunstunterricht«, sagte Mr Cahill. »Ich beantworte gern alle Fragen in Bezug auf Kunst.«

Mr Cahills Stimme hatte etwas so Selbstzufriedenes, als wäre er sich vollkommen sicher, dass niemand eine Frage über Kunst stellen würde.

»Ich habe eine Kunstfrage, Mr Cahill.«

»Und wie lautet Ihre Frage, Miss Lane?«

»Warum können wir nicht einmal etwas anderes zeichnen als Kugeln, Kegel und Würfel, Mr Cahill?«

Mr Cahill und ich starrten uns etwas zu lange an, dann blätterte er mit einer Hand durch meinen Skizzenblock mit den Kleiderentwürfen. Mittendrin hielt er inne bei der Zeichnung eines nackten Mädchens auf einer Chaiselongue, das nach einer Schale mit Persimonen griff. Er sah zweimal hin, und dann unverhohlen überrascht zu mir. Mein Gesicht stand in Flammen.

Plötzlich schrillte die Schulsirene. Wir alle wussten, was zu tun war – ducken und unter den Tisch kriechen.

Mr Cahill ging mit den Händen in den Taschen an den Schülern vorbei, als schlendere er auf dem Bürgersteig der Main Street entlang. Ich erhaschte Jimmys verwirrten, fragenden Blick und Hanks wissendes Grinsen, kurz bevor beide unter ihrem Tisch verschwanden. Ich packte schnell meinen Skizzenblock und verkroch mich unter meinem.

Ich konnte mich nicht mehr daran erinnern, die Zeichnung gemacht zu haben. Doch für den Fall, dass sie einen realen Atomangriff überleben sollte, und um zu verhindern, dass ich als das skandalöse Mädchen entlarvt wurde, das ich wirklich war, riss ich die heillose Zeichnung aus meinem Block und knüllte sie fest zusammen. Sobald das hier vorbei war, wollte ich sie wegwerfen.

* * *

Als der Alarm endete, krochen wir alle unter unseren Schultischen hervor. Mr Cahill war aus dem Raum gegangen, Jimmy und Hank waren nirgendwo zu sehen. Ich schob meine Bücher in die Tasche, nahm das zerknüllte Blatt und verließ das Klassenzimmer. Draußen auf dem Korridor kam Jimmy mit besorgter Miene auf mich zu. Hank stand einfach nur da und musterte mich eingehend.

Ich lächelte Jimmy zu, verschwand dann aber schnell in der Mädchentoilette, wo sich niemand aufhielt. Ich warf die Zeichnung in den Eimer für Monatsbinden und stand einen Moment lang zitternd da. *Reiß dich zusammen, Donna.*

Ich ging zum Waschbecken und starrte mich im Spiegel an, schob ein paar Haarsträhnen zurück in den Pferdeschwanz. Die Tür ging auf, und Babs kam herein.

»Alles in Ordnung?«, fragte sie. »Du warst so komisch im Kunstunterricht und bist eben vor Jimmy weggelaufen.«

Ich tat, als inspizierte ich einen Fleck auf meiner linken Augenbraue. »Das war wegen des Alarms, dann sind doch immer alle nervös. Und ich bin hier rein, weil ich, na ja, musste.«

Babs stand hinter mir, und unsere Blicke trafen sich im Spiegel. »Hm, du bist doch schon den ganzen Tag so gereizt«, sagte sie. »Ich hab dir ein bisschen Luft verschafft und Hank und Jimmy gesagt, dass du dich nicht wohl fühlst.« Sie grinste. »Sie haben sich wie zwei verschreckte kleine Jungen davongemacht und gesagt, wir sollen sie im Cosmic Burger treffen.«

Danke, Babs. »Aber du willst nach der Schule bestimmt wieder in die Bibliothek zum Lernen«, sagte sie augenrollend. Eigentlich wollte ich nach der Schule für eine weitere Sitzung zu Mr Cahill gehen, doch ich konnte ihm jetzt nicht gegenübertreten. Nicht wo er gerade die Zeichnung gesehen hatte.

Ich zuckte mit den Schultern. »Ich lasse das Lernen heute wohl ausfallen.« Enttäuschung durchflutete mich bei meinen eigenen Worten.

»Schön für dich!« Babs klang erfreut. »Du verbringst mehr Zeit mit Lernen als alle anderen. Ich will aber trotzdem wissen, was mit dir los ist. Du müsstest doch überglücklich sein! Jimmy ist doch das Beste überhaupt, was dir passieren konnte. Und du musst nicht mal mehr für den alten Drachen arbeiten.«

Ich lachte. Babs wusste, wie ich über meine Grandma dachte.

Natürlich hatte sie recht. Ich war jetzt offiziell Jimmys Mädchen und müsste wirklich überglücklich sein. Ich war fast jeden Abend mit ihm zusammen, kümmerte mich um Will und Daddy, lernte für die Schule, übernahm Änderungsarbeiten für Miss Bettina, stand für Mr Cahill Modell und achtete darauf, dabei nicht erwischt zu werden. Doch offensichtlich war ich so erschöpft, dass ich mich im Halbschlaf selbst gezeichnet hatte, nackt auf Mr Cahills Chaiselongue.

Babs beugte sich zu mir vor. »Ich glaube, ich weiß, was du hast«, flüsterte sie.

Mein Blick wanderte zum Abfalleimer. Selbst Babs, die die schlüpfrigen Geschichten ihrer Romane liebte und es mit Hank schon gemacht hatte (was laut ihrer eigenen Worte nicht annähernd so aufregend gewesen war wie erhofft), würde schlecht über mich denken, wenn sie die Zeichnung sähe.

»Komm schon, mir kannst du es doch sagen«, forderte sie mich auf.

»Ich denke einfach nur viel an Wills Geburtstagsparty«, log ich. »Nächsten Samstag.« Will sollte Freitagnacht bei Tony schlafen, und am nächsten Tag würden sie zusammen zu uns zum Feiern kommen.

Babs verdrehte wieder die Augen. »Also wirklich. Ich glaube dir keine Sekunde, dass du wegen Wills Party so angespannt bist.« Sie hob die Augenbrauen. »Ich weiß, was dir in Wirklichkeit zu schaffen macht.«

Auf einmal fühlte ich mich krank. Wusste sie, dass ich die letzte Woche nach der Schule bei Mr Cahill gewesen war, um sauber zu machen und Modell zu stehen? »Ach ja, und was?«

Sie lachte. »Natürlich dass du Freitagabend Mr und Mrs Denton kennenlernen wirst!«

Ich nickte, froh, Babs in dem Glauben lassen zu können. »Ich – ich mache mir gerade was zum Anziehen.« Ich hatte die letzte Nacht größtenteils im Keller verbracht und Mamas gelbes Kleid umgearbeitet. Dabei war ich so angespannt, dass ich bei jedem Geräusch im Haus dachte, Daddy würde runterkommen und mich erwischen.

Babs griff in ihre Tasche und zog ein Fläschchen Dexamyl heraus. Ich machte große Augen. Sie drückte mir das Fläschchen in die Hand.

»Das sind die Dexamyl von meiner Mom.« Wieder Augenrollen. »Sie hat eine Menge solcher Fläschchen und wird das hier genauso wenig vermissen wie das andere, das ich für mich genommen hab.« Sie kicherte. »Jedenfalls helfen die dir, selbstsicherer zu sein, und munterer.«

In dem Moment trat Lisa Kablinksi aus der hintersten WC-Kabine. Ich fragte mich, wie viel sie mitbekommen hatte. Alles, ihrem Gesichtsausdruck nach zu schließen.

Aber Babs stierte sie herausfordernd an und sagte: »Du hast nichts gehört, stimmt's?«

»Stimmt«, sagte Lisa.

»Red keinen Unsinn, Babs«, sagte ich, »normale Aspirin reichen mir bei Krämpfen.« Ich flitzte Richtung Tür, wobei ich die Hand über den Abfalleimer hielt, als würde ich die Pillen wegwerfen.

Doch ich behielt sie.

* * *

Ich schaffte es durch diese extrem arbeitsreiche Woche, ohne eine der Pillen zu nehmen, dachte aber oft an das Fläschchen in der Kommode unter der Unterwäsche, bei dem Blue Waltz Sachet und dem Geld.

Ich vermisste die Stunden bei Mr Cahill und hasste mich dafür, hasste den verletzten, fragenden Ausdruck in seinen Augen, und dass ich seinem Blick auswich. Und immer geisterte das Bild der Dexamyl-Flasche durch meinen Kopf und der Gedanke daran, dass die Pillen alles viel leichter machen würden.

Ich widerstand. Stattdessen arbeitete ich an meinem gelben Kleid, plante Wills Party und versuchte, mich mit dem Gedanken zu trösten, Jimmys Mädchen zu sein, brüstete mich ein wenig zu viel damit vor den anderen Mädchen, klammerte mich ein wenig zu fest an Jimmys Arm.

Am Mittwochabend kam Grandma in unser Haus, drei Tage vor Wills Party. Daddy war bei einem Mittwochtreffen der AA, Will war oben in seinem Zimmer, und ich saß auf der Couch im Wohnzimmer und studierte zum dritten Mal das Rezept für Schokoladenkuchen II in dem einzigen Kochbuch in unserem Haus, dem *Boston Cooking-School Cook Book*. Das Buch war ein Geschenk an Mama gewesen – »mit vielen herzlichen Glückwünschen zu Ihrem Hochzeitstag« –, stand darin, von Mrs Mary Lou Johnston, der Ehefrau des damaligen Geschäftsführers von Groverton Pulp & Paper. Der braune Einband und die achthundert Seiten waren so neu und unberührt wie damals, als Mama das Geschenk ausgepackt hatte.

Als es klopfte, legte ich das Kochbuch auf den Beistelltisch und ging zur Haustür. Grandma stand davor, übertrieben herausgeputzt in ihrem schwarzen Wollmantel mit passendem Hut. Außerhalb der Kirche, wo wir in der Öffentlichkeit nur Nettigkeiten austauschten, hatte ich sie nicht mehr gesehen, seit Jimmy in Dot's Corner Café gekommen war und mich in sein Leben gezogen hatte. Sie wirkte zu klein, zumindest kleiner, als sie mir in ihrem Café vorgekommen war.

»Ich hab gehört, du bereitest für Will am Samstag eine Geburtstagsparty vor«, sagte Grandma. Ihre Stimme zitterte leicht. Ich konnte nicht anders und musste lächeln. »Ich dachte, du brauchst vielleicht Hilfe. Ich könnte den Kuchen backen –«

»Oh, vielen Dank, aber das ist nicht nötig«, sagte ich. Ihre schmalen Augenbrauen schnellten hoch. Ich hatte das Rezept für den Schokoladenkuchen II sorgfältiger studiert, als ich je für eine Chemie- oder Algebra-Arbeit gelernt hatte, und den Kuchen im Kopf mindestens zwanzigmal gebacken, und jedes Mal war er perfekt geworden. Ich richtete mich kerzengerade auf und blickte auf Grandma hinab. »Ich backe selbst einen Kuchen. Das Rezept hab ich aus Mamas Kochbuch.«

Grandmas Augenbrauen schossen fast bis zu dem grauen Pony auf ihrer Stirn hoch, und ich konnte geradezu sehen, wie sie dachte: *Deine Mama hat in ihrem ganzen Leben kein anständiges Essen zustande gebracht ...*, doch schon im nächsten Moment fiel ihr das Gesicht runter. Ich versagte ihr die Möglichkeit, das eine zu tun, was sie wirklich gut konnte – backen –, und zwar für Wills Geburtstag.

»Sehr schön«, sagte sie, ohne jeden Hohn in der Stimme, nur voller Traurigkeit. »Dann bringe ich etwas anderes mit«, fügte sie hinzu. Ich lehnte mit dem Arm im Türrahmen, versperrte ihr so den Eintritt in unser Zuhause. *Lass uns in Ruhe*, dachte ich. *Lass uns einfach in Ruhe.*

Mit zitternden Händen öffnete sie ihre Handtasche, nahm einen Brief heraus und hielt ihn mir hin. »Mach schon, nimm ihn. Sieh rein.«

Ich nahm den Brief, doch ich sagte: »Will kann ihn am Samstag aufmachen, zusammen mit seinen anderen Geschenken.«

Grandma schüttelte den Kopf, wobei ihr zu großer Hut hin und her wackelte. »Das ist für dich. Mach ihn auf.« Ein wenig von dem Gift in ihrer Stimme war zurück, und ich zögerte, doch dann riss ich den Umschlag auf.

Ich schnappte nach Luft. Zwanzig Dollar. Ein Vermögen.

Ich sah Grandma verwirrt an. Ihr verkniffenes Lächeln spiegelte ein grimmiges Vergnügen, mich aus der Fassung gebracht zu haben. »Ich habe gehört, du gehst mit Jimmy Denton zum Schulball, und gedacht, du könntest ein bisschen was für ein Kleid und Schuhe und so gebrauchen. Ein richtiges Kleid.« Sie musterte die umgearbeiteten Sachen, die ich gerade trug – einen blaugrün-und-rosa karierten Rock und eine weiße Bluse, die ich mit einer farblich passende Borte an Kragen und Manschetten verziert hatte –, und ich fühlte mich plötzlich wie nackt.

Sie wusste es. Sie hatte wahrscheinlich von Anfang an gewusst, dass ich Mamas Kleider umarbeitete. Grandma vergaß oder übersah nie etwas. Und schon gar nicht, wenn es ihren Hass auf Mama betraf.

Meine Hand glitt vom Türrahmen, und ich verschränkte die Arme fest vor meinem Körper, fröstelte plötzlich an diesem feuchtwarmen Abend. Doch Grandma nutzte die Gelegenheit nicht, schnell an mir vorbei ins Haus zu stürmen und Will zu sehen. Sie wartete auch nicht ab, ob ich ihr dankte. Sie drehte sich auf dem Absatz um und stapfte mit ihrem leichten Linksdrall die Verandatreppe hinunter.

Ich schloss die Tür und lief nach oben in mein Zimmer, zog Grandmas zwanzig Dollar aus dem Umschlag und steckte sie zu all dem anderen Geld, das ich schon für nächsten Sommer beiseitegelegt hatte, wenn ich in New York Bühnenkostüme schneidern würde. Seit kurzem kam mein einziges Einkommen von den Änderungsarbeiten für Miss Bettinas Kunden. Ich hatte nicht mehr für Mr Cahill gearbeitet und auch kein Trinkgeld von Dot's Corner Café bekommen, doch die zwanzig Dollar machten selbst ein paar Wochen Arbeitsausfall mehr als wett.

Als ich dann Grandmas Briefumschlag zusammenknüllte und in den Papierkorb warf, beschloss ich, meinen Plan tatsächlich durchzuführen. Bis zu diesem Moment war es nämlich nur eine vage, mir nicht ganz geheure Idee gewesen, die ich zu vergessen versuchte. Doch Grandmas Bemerkung und ihr »Geschenk« hatten diese Idee mit einer verblüffenden Klarheit in einen Entschluss verwandelt: Ich würde aus dem letzten Kleid aus Mamas alten Koffern mein Kleid für den Schulball schneidern.

Mamas Hochzeitskleid.

12. Kapitel

»Um Himmels willen, Jimmy, geht es deiner Freundin nicht gut?«, fragte Mrs Denton.

»Nein, nein, alles okay«, sagte Jimmy. »Das stimmt doch, Donna, oder?«

Ich sah zu Jimmy … den vielen Jimmys …, die mich verzweifelt über den Tisch hinweg anstarrten, nervös an der Krawatte fummelten und wollten, dass ich mich normal benahm. Ich schüttelte den Kopf, um ihn klar zu bekommen, doch mir wurde nur noch schwindliger. Das … und die Dexamyl. An jenem Abend war ich schließlich der Versuchung erlegen, in der Hoffnung, dass sie mich munterer und selbstsicherer machten, so wie Babs versprochen hatte.

Stattdessen war mir nicht nur schwindlig, sondern alles um mich herum kam mir distanziert und seltsam vor.

»Und warum kichert sie dann und starrt mich an und isst nicht und –«

»Julia!«, rügte Mr Denton seine Frau.

Vor lauter Schreck hörte ich auf zu kichern und ließ die Gabel klirrend auf den Teller fallen. *Julia* … der Name von Mr Cahills geheimnisvoller Frau, die in meiner Vorstellung seine lang verlorene Liebe und das Subjekt seines mysteriösen Projektes war, die Frau, als deren Ersatz ich fungierte, wenn ich ermüdende, schwierige Posen auf der Chaiselongue einnahm … oder eingenommen hatte.

Ich schüttelte den Kopf noch einmal, nahm die Gabel und stocherte im Essen herum. »Es tut mir leid«, sagte ich. »Aber das Gemälde hinter Ihnen … es – es ist sehr …« Ich verstummte, wusste nicht, wie ich die dunkelblauen Wirbel auf Schwarz beschreiben sollte.

»Oh, das. Das hat ein Freund vom College gemalt.« Sie sagte es so, als hätte sie das Bild aufgehängt, um ein Loch in der Wand zu überdecken. Doch ihre gefühlvolle Stimme verriet Traurigkeit. Und Wehmut.

Ich sah auf, und unsere Blicke trafen sich. »Mr Cahill?«, sagte ich, ohne zu denken. Mrs Denton erstarrte, die Gabel auf halbem Weg zum Mund wie festgefroren in der Luft. Der Bissen Cordon bleu fiel herunter.

Eine Erinnerung kam mir zu Hilfe, der Versuch meines Unterbewusstseins, mich zu retten. »Mrs Leis ist Stammgast im Diner meiner Großmutter, Dot's Corner Café, und sie hatte mich gefragt, ob ich in die neue Kunstklasse gehe. Ich hab ja gesagt, und sie erzählte, dass Sie sich im Sommer, als Sie gerade hergezogen waren, im Groverton Women's Club kennengelernt hätten und dass sie Ihnen gesagt hätte, dass an unserer Schule auch Kunst unterrichtet werden sollte, und dass Sie sagten, Sie haben einen College-Freund, der als Lehrer perfekt dafür geeignet wäre …«

Schließlich – zum Glück – verstummte ich.

Mrs Denton erschauerte, als würde sie sich zurück ins Leben schütteln, und legte die Gabel mit einem Knall zurück auf den Teller. »Nun, Sie scheinen mitten im Zentrum der Gerüchteküche dieses heimeligen kleinen Ortes zu sein«, sagte sie.

Mr Denton räusperte sich warnend. Mrs Denton ignorierte ihn und sprach weiter. »Sie haben recht, meine Liebe. Das Gemälde ist von meinem« – sie hielt inne und warf Mr Denton einen Seitenblick zu – »von unserem alten College-Freund, Nate Cahill. Und ja, anfangs war er mein Freund.« Sie hielt inne. »Ich habe Kunst studiert.«

Unwillkürlich zuckte mein Gesicht überrascht. Mrs Denton bedachte mich mit einem reumütigen Lächeln. »Ja, Kunst als Hauptfach. Ich wollte nicht Lehrerin oder Krankenschwester werden.« Ihr Blick wanderte von mir zu Jimmy und dann zu ihrem Mann. »Nicht, dass ich irgendwas daraus gemacht hätte. Nate hat natürlich auf Kunstmessen und in Galerien ausgestellt, in San Francisco, Chicago –«

»Nun, Julia, ich finde, du bist da zu bescheiden. Du hast Nate viele Male mit deinen Beziehungen geholfen«, betonte Mr Denton, offensichtlich stolz auf seine Frau, ohne den empörten Blick zu registrieren, mit dem sie ihn bedachte. Er sah mich lächelnd an. »Mrs Denton versucht sich noch immer in Kunst und hat über die Jahre sogar ein paar Club-Wettbewerbe gewonnen.« Er schnitt sich einen Bissen Cordon bleu ab, hielt ihn aufgespießt in der Luft. »Vermutlich macht der Damenclub hier auch einen Wettbewerb oder eine Ausstellung, und falls nicht, könnte Mrs Denton natürlich so etwas organisieren.« Er schob sich das Stück Fleisch in den Mund.

»Also, ja, die Empfehlung von Mr Cahill als Kunstlehrer kam von mir«, sagte Mrs Denton. »Nate war auf der Suche nach einem Ort, wo er sich niederlassen konnte, jedenfalls für eine Weile, um in aller Ruhe an einem besonderen Projekt zu arbeiten, nach dem ausgesprochen hässlichen Ende einer Beziehung –«

»Julia!«, sagte Mr Denton warnend.

»Oh, tut mir leid, Schatz«, sagte sie leichthin. »Habe ich in Gegenwart der Kinder zu viel gesagt?«

»Ich glaube nicht, dass sie das Privatleben ihres Kunstlehrers kennen müssen«, sagte Mr Denton.

»Oder seine politischen Ansichten?«, fragte sie spitz und trank einen Schluck Wein.

»Ich – wir – fanden Mr Cahills Zeitungsartikel … unerfreulich«, erklärte Mr Denton gezwungen lächelnd. »Ich habe ihn gebeten, von solchen Artikeln und Leserbriefen in Zukunft abzusehen, aus Rücksicht auf meine Frau und den Gefallen, den sie ihm getan hat. Und um die Ruhe zu gewährleisten, die er für seine Arbeit gern möchte.«

»Und, Donna, füllt Mr Cahill eure Köpfe mit kommunistischen Ideen?« Mrs Denton sah mich forschend an, und ich fragte mich, wonach sie suchte. Einen Hinweis, dass ich seinen Ideen wohlwollend gegenüberstand? Ich sah sie nun meinerseits forschend an, jedenfalls so lange ich mich traute. Dabei wurde mir klar, dass sie seine Ideen unterstützte und mehr zwischen ihnen war als eine alte Freundschaft aus College-Tagen.

Ich wand mich innerlich unter ihrem Blick und sah an ihr vorbei auf die blauen Wirbel auf schwarzem Hintergrund in Mr Cahills Gemälde. »Nein, nein, zu seinen politischen Ansichten hat er sich nie geäußert«, sagte ich. »Er unterrichtet einfach … Kunst. Formen, Schattierungen.«

»Das ist bei Nate wirklich ungewöhnlich. Normalerweise äußert er sich ausgesprochen … freimütig«, sagte Mrs Denton. »Vielleicht wirkt die Stille der Stadt ja auf ihn ein.« Mr Denton hustete. »Wie dem auch sei, wie finden Sie sein Gemälde, Donna?«

Ich sah es wieder an. Im Speisezimmer der Dentons – mit dem überladen und steif wirkenden viktorianischen Mobiliar, zu dem auch eine Vitrine mit dem kostbaren Geschirr gehörte, von dem wir aßen und das Jimmy zu unserem Picknick mitgebracht hatte – war Mr Cahills Gemälde fehl am Platz.

»Es ist …« *wunderbar, faszinierend, hinreißend, fesselnd* »… interessant.«

Mrs Denton seufzte. Enttäuschung flackerte über ihr Gesicht. Interessant, dachte ich, war das ungefährlichste und am wenigsten interessante Wort, das je erfunden wurde.

Ich blickte auf meinen Teller. Ich hatte kaum etwas gegessen und alles zu einem Gemisch aus Schinken, Hühnchen und Schweizer Käse verrührt. Das Cordon bleu auf Jimmys Teller sah immer noch gut aus. Er hatte es geschafft, vollkommen gerade, gleichmäßige Stücke abzuschneiden, so dass die schneckenförmige Anordnung aus Fleisch und Käse unversehrt geblieben war.

Jimmy hatte mich hierher eingeladen, damit ich seine Eltern kennenlernte, um sie zu beeindrucken. Das hatte ich mit Sicherheit, allerdings anders, als wir uns das alle gewünscht hatten. Andererseits zeugte das Haus von einem Konflikt in der Familie, der schon vor meiner Ankunft existiert hatte. Das Wohnzimmer, in dem man mich empfangen hatte, war mit dem Modernsten ausgestattet, was es derzeit auf dem Möbelmarkt gab: gerade, klare Linien, quadratische Formen, in kühnem Türkis und Limonengrün, was zu diesem herrschaftlichen Haus an der Watershed Avenue, das der damalige Geschäftsführer von Groverton Pulp & Paper 1914 hatte bauen lassen, nicht passte. Mr Denton erzählte, dass er das Haus seines Vorgängers mit Begeisterung gekauft hatte, weil er Vermächtnisse und Historie liebte. Mrs Denton bemerkte, sie wolle mit der Zeit gehen und hätte im Damenclub gehört, dass auf dem Gelände der alten Obstplantage eine neue Siedlung mit hochmodernen Häusern entstehen sollte.

»Würde Soße Ihnen helfen, meine Liebe?«, fragte Mrs Denton unvermittelt.

»Entschuldigung?«, sagte ich in der Hoffnung, sie falsch verstanden zu haben.

»Ich dachte, mit Soße sieht das Essen wahrscheinlich mehr so aus wie das, was Ihre Großmutter in ihrem Diner serviert.« Ihr angedeutetes Lächeln erwischte mich unvorbereitet. »Dot's Corner Café … was für ein putziger Name. Ich habe da natürlich noch nicht gegessen, aber die Nachbarn sagen, für Hausmannskost sei es wirklich gut. Wenn man so etwas mag.«

Plötzlich hatte ich Grandma vor Augen, doch diesmal sah ich die Falten in ihrem Gesicht nicht als Ausdruck von Hass und Boshaftigkeit, sondern von Müdigkeit. Ich sah ihre geschwollenen Füße aus den Schuhen quellen wie aufgegangenen Hefeteig.

Mein Stolz war verletzt, doch ich erwiderte tapfer: »Meine Großmutter hat ihr Leben lang hart dafür gearbeitet, einen Platz in Groverton zu schaffen, den die Menschen hier lieben. Das ist ihr nicht leichtgefallen. Sie war ein Einzelkind und gewöhnt an die schönen Dinge des Lebens. Ihr Vater, Dr. Winthrow, hatte viele Fabrikarbeiter behandelt. Mein Großvater war Bankier, aber in der Wirtschaftskrise hat er alles verloren, und nach seinem Tod« – manche sagen, er hätte den Wagen absichtlich in den Tangy River gelenkt –, »nach seinem Tod hat sie meinen Dad ganz alleine großgezogen und angefangen, Kuchen zu backen und an die Nachbarn zu verkaufen. Das war der Grundstein für ihr Diner. Eine Menge Leute gehen dort sehr gern essen. Der Hackbraten mit der Rindfleischsoße würde vielleicht sogar Ihnen schmecken.«

Ich verstummte, weil meine Stimme zitterte, denn eigentlich wollte ich noch sagen: *Oder die Wurstbrötchen mit Soße, oder die Truthahnsandwiches mit Soße, denn Sie, Mrs Denton, sollten in Soße schwimmen, weil es Ihnen dann vielleicht besserginge, Sie glücklicher wären, netter …* Meine Hände zitterten ebenfalls. Ich würde das Cordon bleu nicht auf die Gabel bekommen, selbst wenn ich es gewollt hätte. Es folgte ein langes Schweigen.

»Ich war schon in Dot's Corner Café«, sagte Jimmy schließlich. »Der Kuchen ist wirklich gut. Und die Schokoladencreme ist die beste, die ich je gegessen habe.«

Mrs Denton seufzte. »Oh, richtig. Hast du da nicht auch den grässlichen, verrückten Mann getroffen?«

»Er hat einen Namen, Mutter«, sagte Jimmy. »Frederick McDonnell.« Er sah seinen Vater an. »Hast du das mit den Sicherheitsmaßnahmen überprüft, von denen ich dir erzählt habe?«

»Natürlich, Junge«, sagte Mr Denton. Jimmy wirkte erfreut. Doch ich dachte: *Er ist einfach nur gönnerhaft*. Dann fügte er hinzu: »Wir sollten alle mal ins Dot's gehen. Es wäre gut, wenn wir uns dort sehen ließen.«

Mrs Denton hob eine Augenbraue. »Wir sollen uns unter die Leute mischen, Roger? Was für eine hübsche Idee. In deiner letzten Position war das allerdings nicht nötig.«

»Das hier ist nicht San Francisco, Julia.« Mr Denton winkte das Hausmädchen, eine schwarze Frau, herein. Sie kam und begann, die Teller abzuräumen. Es war mir unangenehm, so bedient zu werden. Ich blickte die Frau an, doch sie vermied es, mir oder sonst jemandem in die Augen zu sehen.

»Erzählen Sie uns mehr … über Ihre Eltern«, sagte Mrs Denton so beiläufig, als würde sie einen Kommentar über das Wetter abgeben.

»Julia, vielleicht sollten wir das Thema wechseln.«

»Ja? Und über Kunst reden?«, sagte Mrs Denton bissig. »Ich will mehr über die Familie des Mädchens wissen, von dem mein Sohn plötzlich so hingerissen ist!«

Sie lächelte mich wieder an, und mir wurde klar, dass sie natürlich schon eine Menge über meine Familie wusste. Wahrscheinlich kannte sie auch die Geschichte über meine Großmutter, die ich gerade erzählt hatte. Sie hatte Leute in der Stadt gefragt und erfahren, dass Daddy früher einmal eine wichtige Position in der Papierfabrik innehatte, dass meine Mama tot war, dass Daddy fast verrückt geworden war und nur noch aus Mitleid bei Ace Hardware beschäftigt wurde.

Ich merkte, wie ich unter dem Tisch den Rock meines Kleides, das ich extra für diesen Abend gemacht hatte, zerknüllt in den Fäusten hielt. Ich hatte aus zwei von Mamas Satinkleidern – das eine ein helles Grau, das andere zartgelb – etwas Ungewöhnliches, Modernes zusammengeschneidert, etwas Wunderbares, Faszinierendes, Hinreißendes, Fesselndes.

Ich versuchte, mich an Mama zu erinnern, an irgendetwas, das nicht traurig war, wie zum Beispiel ihr Mitsingen der Lieder im Radio, wenn sie in ihrem Schlafzimmer vor der Frisierkommode an ihrem Spiegelbild vorbei auf etwas blickte, das nur sie sehen konnte, oder wenn sie auf der Couch saß und einfach nur vor sich hin starrte, während ich aus ihren Modemagazinen Papierpuppen ausschnitt, oder später, wenn sie versuchte, sich um Baby Will zu kümmern. Doch alles, woran ich denken konnte, waren die Kleider in den Koffern im Keller, Kleider, die ich in große und kleine Stücke geschnitten und neu zusammengesetzt hatte, und plötzlich konnte ich nur noch die einzelnen Stoffstücke sehen, die Farben und Materialien und Muster eines Lebens, das scheinbar nichts mit der Mama zu tun hatte, an die ich mich erinnerte. All das schwirrte mit einem seltsam brummenden Geräusch in meinem Kopf herum, als hätten die Stoffe selbst eine Stimme, die gehört werden wollte.

»Sie liebte Kleider …« Das war meine Stimme, fern, zusammenhanglos.

»Donna … Donna!«

Plötzlich stand Jimmy neben mir, einen Arm um meine Schultern gelegt, damit ich nicht vom Stuhl glitt, und hielt mir ein Glas Wasser an die Lippen, das ich gierig leerte. Der Schleier vor meinen Augen löste sich auf. Ich hatte immer noch ein leichtes Schwindelgefühl von der Anspannung des Abends und der Dexamyl, die ich genommen hatte, doch war nicht mehr einer Ohnmacht nahe. Jimmy sah mich besorgt an. Ich lächelte, gab ihm zu verstehen, dass ich okay war.

»Es tut mir leid«, sagte ich, »ich bin nur etwas … unpässlich.« Mrs Denton hob die Augenbrauen. »Nichts Ansteckendes«, fügte ich schnell hinzu.

»Gott sei Dank«, sagte sie. »Also es gibt noch Nachtisch, vielleicht regt der ja Ihren Appetit an. Es ist Baked Alaska, also Eiscreme umhüllt mit einer Masse aus Baiser –«

»Unser Gast weiß sicher, was das ist«, sagte Mr Denton.

Jimmy und ich sahen uns an und brachen in Lachen aus.

»Wer hätte gedacht, dass Baked Alaska auch eine amüsante Eigenschaft hat«, sagte Mrs Denton. »Du, Roger?«

Jimmy setzte eine ernste Miene auf. »Donnas kleiner Bruder ist total begeistert von Alaska. Es gibt gerade eine Werbekampagne von Marvel-Cornflakes, und er sammelt die Schachteldeckel, um sich damit die Besitzurkunde für fünf Quadratzentimeter Land im Alaska-Territorium zu sichern.«

Mr Dentons Gesicht erstrahlte. »Ach, stimmt, unsere Fabrik produziert sogar die Schachteln für die Sunshine Bakery Company. Das ist die Firma, die die Marvel-Cornflakes herstellt. Eine wirklich tolle Kampagne. Ich kenne Harvey Kincaid seit Jahren –«

»Das weiß Donna sicher alles.« Mrs Denton wirkte gelangweilt. »Sie wohnt schon ihr ganzes Leben hier.«

Genauso wie ich meine Grandma verteidigt hatte, spürte ich plötzlich das Verlangen, meine eintönige kleine Heimatstadt in Schutz zu nehmen. Was an Jimmys Mutter verleitete mich nur dazu, Menschen und Orte zu verteidigen, von denen ich eigentlich so schnell wie möglich wegwollte?

Ich sah Jimmy an. Sein Gesicht war rot vor Scham. In der Schule glaubte jeder, dass er ein goldenes Zuhause hatte. Mir wurde ganz warm ums Herz, dass ich die Wahrheit wissen durfte. In mancher Hinsicht war unser Leben gar nicht so verschieden.

»Jimmy weiß so was nicht«, sagte Mr Denton, »das muss er aber, um nach dem College in der Papierfabrik zu arbeiten.« Ich runzelte die Stirn. Davon hatte Jimmy nichts erzählt, und mir wurde klar, dass wir überhaupt noch nicht von unserer Zukunft gesprochen hatten.

Mr Denton sah Jimmy an, der vor sich auf den Tisch starrte. »Also Harvey Kincaid ist der Geschäftsführer von Sunshine Bakery. Wir haben uns bei unserem ersten Job kennengelernt und seither Kontakt gehalten. Solche Beziehungen sind wichtig. Ich habe mit ihm ein Geschäft für die Herstellung dieser Schachteln ausgehandelt, weil mir klar war, dass wir Hunderttausende davon an Jungen wie Donnas kleinen Bruder verkaufen werden – wie war noch sein Name?«

»Will. Und er will eines Tages nach Alaska reisen und sein Stück Land besichtigen«, platzte es aus mir heraus.

Mr Denton strahlte in dem Glauben, dass ich von der Werbekampagne begeistert war. »Genau! Diese Kampagne spricht Jungen an wie Will, ihre Vorstellungskraft, ihre Abenteuerlust. Alaska! The Last Frontier – die Letzte Grenze!«

13. Kapitel

Als wir aus dem Haus hinaus und die Einfahrt hinunter zu Jimmys Auto eilten, wagte ich nicht zu fragen, ob ich fahren dürfte.

Er fuhr zu unserer Stelle am Tangy River, und wir saßen da, ohne uns zu berühren, ohne uns anzusehen. Wir starrten in die Dunkelheit und auf die noch dunkleren Silhouetten der Bäume, die im Wind wogten. Ich wollte, dass Jimmy mich an sich zog und die große Kluft überbrückte, die der Abend mit seinen Eltern zwischen uns gerissen hatte. Doch er rührte sich nicht, hockte elend zusammengesunken hinter dem Lenkrad.

Und so saßen wir eine Weile da, während der Nieselregen die Windschutzscheibe benetzte und es immer kälter im Wagen wurde, bis ich das Zittern nicht mehr unterdrücken konnte. Erst als er sich vorbeugte und das Handschuhfach öffnete, berührte Jimmy flüchtig mein Knie. Er holte ein flaches silbernes Fläschchen heraus und nahm einen großen Schluck. Als er mir die Flasche hinhielt, schüttelte ich den Kopf. Zwar war mir von den Dexamyl kaum noch schwindlig, doch ich wusste nicht, welche Wirkung der Alkohol zusammen mit der Pille haben würde. Ich lehnte mich auf meinem Sitz zurück, plötzlich so müde, dass ich die Augen zumachte.

Jimmy sagte: »Ich bin nicht wie er«, und zuerst dachte ich,

er meinte damit die Trinkerei meines Daddys, doch dann wurde mir klar, dass er seinen eigenen Vater meinte.

»Ich will nicht Betriebswirtschaft studieren oder zurückkommen und in seiner verdammten Papierfabrik arbeiten.« Seine Stimme war rau, voller kaum kontrolliertem Ärger. Alarmiert öffnete ich die Augen. Er schlug mit der Hand aufs Lenkrad, traf aus Versehen die Hupe. Selbst im Dunkeln sah ich, dass sein Gesicht vor Wut ganz verzerrt war. Er nahm einen weiteren großen Schluck aus seinem Flachmann. In der Ferne hörte ich den erschrockenen heiseren Ruf eines Kanadareihers. Jimmys Hupen hatte seine Ruhe gestört.

Plötzlich stieß ich die Tür auf, ergriff meine Handtasche und lief das nasse Flussufer hinauf zur Straße. In dem eiskalten Regen zitterte ich mehr und mehr. Warum hatte ich keinen Pullover zu meinem Kleid getragen? Ich dachte: *Weil du ein dummes, törichtes Mädchen bist … und du musst nach Hause zu Will … und aufhören zu denken, dass Jimmy dich irgendwie retten wird … und dich darauf konzentrieren, aus Groverton rauszukommen und –*

»Donna, warte! Was machst du denn?«

Ich ging einfach weiter, ignorierte Jimmy. Das Schwindelgefühl im Kopf war zurück, die Nacht wirbelte blau und schwarz um mich herum, genau wie in Mr Cahills Gemälde, doch ich ignorierte auch das und lief noch schneller. Jimmy kam jetzt hinter mir her, näherte sich in Windeseile. Ich fing an zu rennen, doch dann blieb der Absatz von einem meiner Schuhe, graue hochhackige Pumps mit Steg, die so schön zu meinem gelbgrauen Kleid passten, in einer Vertiefung stecken, und ich fiel der Länge nach hin. Sofort drang die Feuchtigkeit des Bodens durch mein Kleid, und ich sah, dass der linke Ärmel eingerissen war.

Tut mir leid, Mama … Ich versuchte mich aufzurappeln,

knickte auf dem matschigen Hang um, und ein stechender Schmerz durchfuhr meinen rechten Knöchel. Und dann stand Jimmy neben mir, zog mich vom Boden hoch an sich und sagte: »He, he!«, was klang wie ein Vogelruf, und dann: »Donna, es tut mir leid, es tut mir leid.«

Ich schmiegte mich an ihn, verschmolz mit ihm, seiner Wärme, und er half mir zurück in den Wagen. Er zog sein Jackett aus und legte es um mich. »Ich bin ein Idiot. Meine Mom hat dich furchtbar behandelt, und ich rede nur von mir, dass ich nicht das machen will, was mein Dad von mir erwartet.«

»Ich ha-hab k-k-keinen sehr g-guten Eindruck ge-gemacht.« Vor lauter Zittern und Schluckauf stotterte ich.

»Du warst ganz in Ordnung. Wunderschön! Wie immer.« Er zog mich fest an sich. »Ist dein Knöchel verletzt?«

Das Pochen war schlimmer geworden. »Nein«, sagte ich.

Jimmy sah mich ungläubig an.

»Also gut. Er tut höllisch weh.«

»Das hab ich mir gedacht.« Er nahm seine Krawatte ab. »Heb deinen Fuß hoch, leg ihn auf mein Knie.« Ich zögerte. »Ich hab sowieso schon Schlamm an der Hose, auf ein bisschen mehr kommt's nicht mehr an.«

Er wickelte behutsam die Krawatte um meinen Knöchel. Ich lehnte meinen Kopf zurück an das kalte Fenster, konzentrierte mich auf das Gefühl, von Jimmy umsorgt zu werden, und trotz des pochenden Schmerzes hinterließ seine Berührung ein Prickeln auf meiner Haut. Er drückte mir den Flachmann in die Hand.

»Das hilft gegen den Schmerz«, sagte er. »Und wärmt dich.«

Ich schraubte die Flasche auf und nahm einen Schluck. Der Alkohol brannte mir in der Kehle, und meine Nase juckte wie kurz vor dem Niesen. Doch nach wenigen Sekunden hatte ich ein wohlig warmes Gefühl im Bauch.

»Was ist das?«, fragte ich.

»Gin«, sagte er.

Ich nahm einen weiteren Schluck, diesmal einen viel größeren, und Jimmy nahm mir den Flachmann weg.

»Halt«, sagte er. »Mach langsam.« Ich drehte den Verschluss auf die Flasche und legte sie zurück ins Handschuhfach. »Es tut mir leid, dass ich dir solche Angst gemacht habe, dass du weggelaufen bist.«

»O Jimmy«, sagte ich, »willst du denn nicht manchmal auch einfach nur weglaufen? Allem entkommen?« *So wie Will nach Alaska?* Nein, so nicht. Will wollte wo hingehen. Ich wollte weglaufen.

»Doch«, sagte Jimmy. Dann lächelte er verlegen. »Na ja, nicht allem.« Er legte die Hand auf meinen Arm, und als er über den Saum meines Ärmels rubbelte und dabei mit den Fingern meine Haut streifte, verspürte ich wieder dieses Prickeln. Er sah auf den Riss an der Schulter. »Kannst du das reparieren?«

»Ja«, sagte ich mit schwerer Zunge, fühlte mich wieder schwindlig, aber diesmal auf angenehme, zerfließende Weise.

»Gut. Ich mag das Kleid. Eigentlich alles, was du schneiderst.«

Ich lächelte träge, murmelte: »Mr Cahill meint, ich sollte Modedesignerin werden.«

»Was?«

Die plötzliche Schärfe in Jimmys Stimme erschreckte mich. »Warum hasst du Mr Cahill so?«, platzte es aus mir heraus.

Jimmys Gesicht wirkte angespannt. »Er ist immer da, zwischen meinen Eltern, auch wenn mein Dad es nicht sehen kann. Mom und Mr Cahill sind miteinander gegangen und waren zusammen in Japan, um Architektur zu studieren. Als sie zurückkamen, waren sie getrennt, und Mom heiratete Dad. Mein ganzes Leben lang hab ich Mom von Nate Cahill erzählen hören.«

Ich nahm seine Worte auf, ließ sie mir durch den Kopf gehen. Dann war Mr Cahill damals in Japan, mit seiner Julia …

»Wann hat er das gesagt? Dass du Modedesignerin werden solltest?«

Ich lief rot an, hoffte inständig, dass die Dunkelheit mich rettete. »Oh, ich … ich hatte mich im Unterricht gelangweilt und angefangen, Kleiderentwürfe zu zeichnen, und da hat er einfach gemeint, ich hätte Talent als Modedesignerin.« Ich rang mir ein heiteres Lachen ab. »Das Kleid hier habe ich aus zwei von Mamas alten Kleidern zusammengenäht.«

Jimmy starrte mich an.

»Sie hatte so viele, und sie umzuarbeiten spart mir eine Menge Geld. In den Koffern nutzen die Kleider niemandem etwas.«

»Wie … schön«, versicherte mir Jimmy. »Ich glaube, das hätte ihr gefallen.«

»Ich war noch nie an Mamas Grab.« Die Worte kamen einfach so aus meinem Mund. Ich runzelte die Stirn. Warum hatte ich das gesagt?

Doch er flüsterte: »Erzähl weiter«, wusste irgendwie, dass ich darüber sprechen musste, dass es rausmusste. Oder vielleicht war er auch nur erleichtert, nicht weiter über Mr Cahill reden zu müssen.

»Ich weiß nicht einmal genau, wo sie beerdigt ist. Irgendwo in Florida, nahe der Klinik, in der sie behandelt wurde. Nach Mamas Tod war Daddy ein paar Tage weg, vermutlich wollte er die Bestattung arrangieren. Will und ich waren bei Grandma …«

Plötzlich blitzte eine Erinnerung auf: Will marschiert in der Küche umher, schlägt zwei Topfdeckel zusammen und lacht über den Krach, doch dann breitet er die Arme so weit aus, dass er ein Glas mit eingemachten Tomaten von der Anrichte stößt, und als es auf dem Boden in tausend Stücke zerbricht, schreit Grandma: »Das ist deine Schuld! Alles ist deine Schuld!«, und ich war nicht sicher, ob sie nur das Glas meinte oder Mamas Krankheit und Tod oder irgendetwas anderes. Doch ich sprang gerade noch rechtzeitig zwischen sie und Will und kriegte den Tritt am Bein ab, der für Wills Hinterteil gedacht war. Da wusste ich, dass ich immer auf Will aufpassen musste, immer.

Ich fing wieder an zu zittern. Jimmy zog mich an sich, hielt mich fest in den Armen, küsste mich auf den Kopf. »Erzähl weiter«, flüsterte er wieder.

»Ich … einmal hab ich Daddy gefragt, ungefähr ein Jahr nach Mamas Tod, im Sommer, ob wir nach Florida fahren können und ihr Grab besuchen, und er hat nichts gesagt, gar nichts, und danach habe ich ihn nie wieder gefragt.«

Er zog mich noch fester an sich, so dass mein Kopf an seiner Brust ruhte, unter der Schulter, die perfekte Stelle, und sagte leise: »Ich fahre dich hin, wenn du willst. Ich fahre dich überall hin, wo immer du hinmusst.«

Ich sah zu ihm hoch. Etwas an seinem Lächeln, seinen Lippen, ihre zarte Rundung, wärmte mich auf eine Weise, wie es seine Jacke oder der Gin nie könnten.

Ich neigte den Kopf zur Seite, so dass meine Lippen nur einen Atemzug von seinen entfernt waren. Sekunden zogen sich unendlich hin, so schien es, doch schließlich, endlich, küsste er mich, und ich küsste ihn wieder, nicht wie auf der

Veranda, sondern viel inniger, unsere Zungen umspielten sich, ein heftiges Verlangen knotete uns zusammen und trug uns weg von unseren Gedanken, von Zeit und Ort – von allem.

14. Kapitel

»Ja, Mrs Baker, das verstehe ich sehr gut. Ich hoffe, Howard fühlt sich bald besser«, sagte ich und hörte mir eine gestammelte Entschuldigung an, warum Howard heute Nachmittag nicht zu Wills Geburtstagsparty kommen konnte – irgendetwas über furchtbare Kopfschmerzen –, bis sie sich schließlich verabschiedete und ich auflegte.

Howards Kopfschmerzen klangen sehr nach Ausrede, während meine eigenen sehr real waren, ausgelöst durch die Mischung aus Dexamyl und Gin von letzter Nacht.

Trotzdem triumphierte ich innerlich – endlich katzbuckelte Mrs Baker vor mir.

Doch schon im nächsten Moment tat mir Will leid, weil eine weitere Mutter angerufen und in letzter Minute für ihren Sohn abgesagt hatte. Wills elfter Geburtstag am 26. September 1953 fiel auf einen wunderschönen Samstag, und selbst mit meinem pochenden Schädel freute ich mich auf die Party am Nachmittag.

Ich stampfte durchs Wohnzimmer und die Küche zur Kellertür, hinter der schallendes Gelächter und krachende Geräusche ertönten, als ob wildgewordene Pferde gegen Wände prallten.

Ich rief verärgert: »Was geht da unten vor?«

Will kam die Treppe hochgetrottet. »Wir spielen bloß ›Steck dem Esel den Schwanz an‹«, sagte er, seine großen blauen Augen noch größer als sonst. »So wie du gesagt hast.« Er versuchte, sein Lachen zu unterdrücken, doch es gelang ihm nicht. Schließlich erhaschte ich über seine Schulter hinweg einen Blick auf seinen Hintern, an dem einer der Eselschwänze hing, die ich aus dem bei Woolworth gekauftem grauen Fell genäht hatte.

Nicht wilde Pferde prallten gegen unsere Kellerwände.

Wilde Esel.

Ich unterdrückte ein Lächeln. »Eigentlich solltet ihr den Schwanz an das Eselsbild heften«, sagte ich. Endlich hatte ich in Mr Cahills Unterricht einmal etwas anderes gezeichnet als Formen oder Kleiderentwürfe – die Umrisse eines Esels. »Ihr sollt ordentlich miteinander spielen.«

»Das machen wir ja. Manchmal bin ich der Esel, und manchmal darf Tony der Esel sein.«

Ich runzelte die Stirn, wollte ihm gerade erklären, dass ich mit ordentlich anständig meinte, als Will sich zu mir beugte und flüsterte: »Wusstest du, dass ein anderes Wort für Esel Arsch ist?«

Wills breites Grinsen – die lückenhaften Zähne, die aufgeblähten Wangen voller Sommersprossen und die Fältchen in den Augenwinkeln – brach meinen Widerstand, und ich musste auch lachen. Aber ich trug die Verantwortung hier, ich musste für Ordnung sorgen.

»Will!« Mein wieder strenger Ton schien ihm einen Dämpfer zu geben, doch ich fuhr fort, mied seinen Blick. »Gerade haben die Mütter von vier deiner Gäste abgesagt. Das heißt, dass außer dir nur noch Tony da ist!« Tränen der Frustration brannten mir in den Augen.

»Na so was, das ist echt Pech. Aber Tony und ich haben eine Menge Spaß!« Er unterstrich seine Worte mit einem weiteren breiten Grinsen.

Doch diesmal würde ich mich nicht von ihm einwickeln lassen. »Was hast du denn gesagt oder getan, dass deine Gäste nicht auf deine Party kommen wollen?«

Will zuckte die Schultern. »Meine Gäste waren das sowieso nicht, sondern deine.«

»Aber ich wollte … deine erste Geburtstagsparty … etwas Besonderes … ich hab so hart dafür gearbeitet.«

Will verdrehte die Augen. »Du benimmst dich wie Grandma!«

Ich wich zurück wie nach einer Ohrfeige. Sein Gesichtsausdruck wurde milder, und er legte die Hand auf meinen Arm. »Keine Sorge, Donna. Es kommen noch andere Gäste. Ich hab meine eigenen Freunde eingeladen!«

Er trottete wieder die Kellertreppe hinunter. Beim Anblick des albernen grauen Eselschwänzchens – dem Arschschwänzchen –, das an seinem Hosenboden auf und ab wippte, musste ich lächeln.

Ich ließ die Kellertür einen Spalt offen und setzte mich an den Küchentisch, plötzlich erschöpft. Ich vergrub den Kopf in meinen Händen.

Niedergeschlagen musste ich mir eingestehen, dass Will recht hatte. Ich hatte mich wie Grandma benommen und seine allererste richtige Geburtstagsparty dazu benutzen wollen, soziale Anerkennung zu gewinnen. Als Jimmys Mädchen konnte ich das nämlich. Anstatt wütend auf Will zu sein, weil er irgendetwas getan oder gesagt hatte, das die Howard Bakers von Groverton davon abhielt, zu seiner Party zu kommen, schämte ich mich plötzlich.

Nicht wegen letzter Nacht, als Jimmy und ich vor uns selbst geflohen waren, indem wir uns gegenseitig unsere Jungfräulichkeit schenkten, denn es war wundervoll gewesen. Das bedauerte ich nicht. Doch fühlte ich mich auf einmal sehr verletzlich, als könnte ich jeden Moment etwas sagen, tun oder auch einfach nur die falschen Sachen tragen und Jimmy damit vertreiben. Vielleicht war das sogar schon passiert.

Der Wecker am Ofen rappelte.

Ich zog die Handschuhe an, öffnete die Ofentür und holte die zwei Kuchen heraus, stellte sie auf die Untersetzer auf dem Küchentisch.

Es klingelte an der Tür. Ich eilte hin, neugierig, wen Will eingeladen hatte. Es waren eine Frau und ein Mädchen, das die Haare oben auf dem Kopf zu Zöpfen geflochten hatte; seine weiße Bluse und der Tellerrock waren gebügelt.

Die Frau sagte: »Wohnt hier William Lane?«

»Ich hab dir doch gesagt, er wird Will genannt«, sagte das Mädchen.

»Ja, das ist Wills Zuhause«, sagte ich. »Ich bin Donna, seine Schwester.«

»Oh, schön, ich bin Mrs Hilliard«, sagte die Frau. Dann sah sie hinunter zu ihrer Tochter. »Susanna, Liebes, stell dich bitte vor.«

Das Mädchen sah zu mir auf. »Ich bin Suze Hilliard«, sagte sie. »Es freut mich, Sie …«

»Ihre Bekanntschaft zu machen«, flüsterte ihre Mutter.

Suze stöhnte. »Es freut mich … Ihre Bekanntschaft zu machen«, sagte sie und blickte hinter mich. »Will hat gesagt, er gibt eine Geburtstagsparty.«

»Oh, ja, er ist unten, mit den anderen … Gästen«, sagte ich. Hoffentlich hatte Tony nichts dagegen, von mir vervielfacht zu werden. Ein Knall und ein dumpfer Schlag ließen Mrs Hilliard und mich zusammenzucken. Suze grinste. »Sie … spielen ›Steck dem Esel den Schwanz an‹«, erklärte ich.

Suze duckte sich an mir vorbei ins Haus, immer dem Krach nach. Mrs Hilliard starrte hinter ihrer Tochter her, fragte: »Sind Sie etwa ganz allein mit den Kindern?«

Ich wollte gerade antworten, dass unsere liebenswürdige Nachbarin Miss Bettina in ein paar Minuten rüberkommen würde, obwohl ich sie, noch immer verärgert wegen ihrer ablehnenden Haltung gegenüber Jimmy, nicht einmal eingeladen hatte.

Da ertönte ein Freudenschrei aus dem Keller.

Und plötzlich sah ich wirklich eine Frau den Weg zur Veranda heraufkommen, einen großen Hut auf dem Kopf und ein Geschenk in den Händen, und ich dachte: *Miss Bettina ... sie hat eine ihrer Mitarbeiterinnen gebeten, im Laden für sie einzuspringen.*

Aber das konnte nicht Miss Bettina sein. Die Hüften dieser Frau waren zu ausladend, ihr Gang zu langsam, und so ein schäbiges altes Kleid würde sie niemals tragen. Eine Sekunde lang sah ich ihr verwundert entgegen, dann erkannte ich MayJune.

Miss Hilliard drehte sich um, betrachtete MayJune, wandte sich wieder mir zu und sah mich mit verkniffener Miene an. Ich spürte das Bedürfnis, MayJune zu verteidigen, und rief ihr ein Hallo zu. Allerdings hatte ich bei unserer ersten Begegnung beim Schrottplatz ihren Nachnamen nicht erfahren und konnte sie Mrs Hilliard nicht ordentlich vorstellen. Ich sagte: »Wie schön, dass Sie gekommen sind!«

Sicher hatte MayJune den ganzen Weg vom Haus ihrer Tochter bis hierher zu Fuß zurückgelegt. »Ich bin MayJune Winton«, sagte sie. »Eine Freundin der Familie.« Dann grinste sie Mrs Hilliard an, die sich entspannte und sich vorstellte.

MayJune schenkte mir ein zahnloses Lächeln. »Warum

gehen Sie nicht rein und sehen nach den Kindern? Ich kann gern die Gäste begrüßen.«

»Na – natürlich«, sagte ich, als es wieder im Keller krachte, und eilte durch das Wohnzimmer und die Küche, wo Suze ihr Geschenk, ihren Tellerrock und die Schleifen ihrer Zöpfe auf den Tisch geworfen hatte. Ich machte die Kellertür auf und lief die Treppe hinunter. Will, Tony und Suze liefen laut kichernd mit verbundenen Augen herum und versuchten, sich gegenseitig einen Eselschwanz anzuheften. Suze trug jetzt lange Shorts, und ihre Haare waren oben auf dem Kopf zu einem wuscheligen Pferdeschwanz zusammengebunden. Außer Sichtweite ihrer Mutter hatte sie sich in das verwandelt, was sie von Natur aus war: ein Wildfang.

Gut gemacht, Suze, dachte ich, rief aber: »Kinder!« Sofort blieben alle stehen, auf Pfirsichen und grünen Bohnen aus den Gläsern, die sie aus den Vorratsregalen auf den Boden gestoßen hatten. »Nehmt die Augenbinden ab!«

Alle drei zogen ihre Augenbinden ab und starrten mich an.

»Ihr werdet mir helfen, hier wieder Ordnung zu schaffen«, sagte ich, »und dann gehen wir nach oben, und ihr spielt im Freien, bis die anderen Gäste gekommen sind!«

Ich sah Will an. Sein schiefes Grinsen bestätigte, dass es noch weitere Gäste geben würde.

Als ich schließlich die Treppe wieder hochging, nachdem ich Will, Tony und Suze raus zum Spielen geschickt hatte, drehte sich mir der Magen um. Welches elfjährige Kind lud eine über achtzig Jahre alte Frau aus dem Armenviertel der Stadt zu seinem Geburtstag ein?

Ich schüttelte den Kopf über mich selbst, denn ich dachte schon wieder wie meine Grandma.

Will, lautete die Antwort.

Am Küchentisch saßen MayJune und Miss Bettina, wedelten in der feuchten Hitze Kühle mit ihren Fächern und plauderten angeregt wie zwei alte Vogelfreundinnen, die zufällig mal wieder nebeneinander auf derselben Stromleitung saßen.

»Ich habe Limonade mitgebracht«, sagte Miss Bettina vollkommen unbefangen, als hätte unsere Freundschaft nie auch nur den kleinsten Kratzer erhalten. »Ich wusste, dass Will gern Limonade auf seiner Party hat. Ich hoffe, du hast nichts dagegen.«

Ich sank auf einen Stuhl, wäre gern weiter wütend auf sie gewesen, doch das war mir nicht möglich. »Nein, überhaupt nicht. Will liebt Ihre Limonade. Aber Ihr Geschäft –«

»Oh, Mrs Sherrod passt für mich auf«, sagte Miss Bettina.

Ich nickte. Dann sah ich MayJune an. »Mrs Winton –«

»Ach Kind, als wir uns kennengelernt haben, hab ich Ihnen doch gesagt, Sie sollen mich MayJune nennen«, sagte sie. »Das war ernst gemeint.« Der Teekessel auf dem Herd fing an zu pfeifen. »Oh, das Wasser für Ihren Tee ist fertig!« Sie erhob sich langsam und machte sich auf zur Küche.

»Meinen Tee?«

»Gegen Ihre Kopfschmerzen«, sagte MayJune.

Ich dachte, ich hätte es gut verborgen. »Ich hab ein paar Aspirin genommen.«

»Das ist in Ordnung«, sagte sie, »aber ein bisschen schwarzer Tee mit Pfefferminze wird Ihnen guttun. Kamille wäre natürlich besser.«

Miss Bettina sagte: »Sie hat mich beauftragt, hinten in meinem Garten wilde Minze abzuschneiden, kaum dass sie mich gesehen hatte!«

MayJune stellte eine dampfende Tasse vor mich. Ich

nahm sie, sog den Dampf ein und trank einen Schluck. Und noch einen.

»MayJune, wo ist Mrs Hilliard?«, fragte ich dann.

»Oh, wir konnten sie davon überzeugen, dass ihr kleiner Schatz bei uns gut aufgehoben ist«, sagte sie. Miss Bettina und MayJune grinsten sich selbstzufrieden an. »Haben Sie gesehen, dass Jimmy hinten mit den Kindern spielt?«

»Wenn ich das richtig verstehe, hat Will ihn eingeladen«, sagte Miss Bettina mit leicht angespannter Stimme.

MayJune lachte. »Ich versuche, Miss Bettina davon zu überzeugen, dass Ihr junger Mann gar nicht so übel ist.« Ausgerechnet MayJunes Bezeichnung von Jimmy als meinem jungen Mann ließ mich erröten.

»Also ich habe nie gesagt, dass er übel ist«, erwiderte Miss Bettina. »Ich finde nur, Donna sollte auf ihr Herz aufpassen.«

Ich starrte die zwei Frauen an. Während ich mit drei kindlichen *Ärschen* unten im Keller Pfirsiche, grüne Bohnen und Glasscherben zusammengefegt habe, hatten sich die beiden, die sich gerade erst kennengelernt hatten, bereits über mein Liebesleben unterhalten, als wären sie meine – was, alten Tanten?

»Aber natürlich sollte sie auf ihr Herz aufpassen – alle Frauen sollten das tun –, aber er ist doch sehr nett anzusehen, hat ein gutes Benehmen und ist also fürs Erste –«

Ich wollte sie auffordern, bitte nicht über Jimmy zu reden, bemerkte jedoch gerade, dass ich erst die halbe Tasse Tee getrunken hatte und meine Kopfschmerzen bereits nachließen.

Dann fiel mein Blick auf den Kuchen auf dem Küchentisch. Beide waren eingefallen, und in der Mitte quoll eine breiige Masse heraus. »Wills Kuchen … eine Katastrophe!«

»Vielleicht können wir vom Rand ein paar Stücke abschneiden und Glasur obendrauf machen«, sagte Miss Bettina. »Dann wären es quadratische Muffins.«

MayJune lächelte und sagte: »Machen Sie sich darüber keine Gedanken, Herzchen. Lassen Sie den Kuchen wie er ist, und Will soll seine Geschenke auspacken. Es ist alles in Ordnung.«

Ich hatte auf der ganzen Linie versagt. Nicht nur ein Geburtstagskuchen war misslungen, beide sahen schlimm aus. So konnte ich sie nicht auf dem Tisch stehen lassen, sie waren eine Schande für mich und Will … und dann dachte ich: Nein. Ich versuchte wieder, alles so wie Grandma zu machen. Unser Leben soll nach außen hin perfekt erscheinen, makellos. Und ich war müde. Ich würde MayJunes Rat befolgen.

Ich nickte ihr zu. MayJune und Miss Bettina lächelten.

Jimmy und Will kamen mit Suze, Tony und (die Namen erfuhr ich später) den Zwillingsbrüdern Herman und Harold durch die Hintertür herein. Jimmy grinste mich an, offensichtlich glücklich, mich zu sehen, und auf einmal waren alle meine Ängste wegen unserer Beziehung verflogen. Er nahm mich schwungvoll in die Arme und drückte mir einen Kuss auf die Stirn, was Will mit einem lauten »Igittigitt« kommentierte und die anderen Kinder sofort nachmachten. Das verleitete Jimmy aber nur dazu, mich gleich wieder zu küssen, diesmal auf die Wange, und eine weitere Runde Schreie und Würggeräusche folgte, bis Miss Bettina und MayJune uns alle ins Wohnzimmer scheuchten, wo die Geschenke ordentlich aufgehäuft auf dem Couchtisch lagen.

Miss Bettina schenkte allen Limonade ein, und Suze ernannte sich selbst zur »Geschenkfee«, überreichte Will nacheinander die Geschenke. So glücklich hatte ich ihn noch nie gesehen.

Ich merkte mir, was Will von wem bekommen hatte, damit er später Dankesbriefe schreiben konnte: einen Geldbeutel mit einem Glücksdollar von Miss Bettina, drei neue Western-Comicbücher – ein Roy Rogers, ein Lash RaRue und ein Gene Autrey – von Tony, ein gelbes Matchbox-Kabrio von Suze. Will und die Jungen stießen bewundernde Ohs und Ahs aus, doch als sich Miss Bettinas und meine Blicke trafen, war der Ausdruck in ihren Augen so traurig, dass ich wegsehen musste. Von Jimmy bekam er einen Kompass mit der Anmerkung: »Für Wills zukünftige Abenteuer«, eine Prophezeiung, die Will ein besonders breites Grinsen entlockte, und von Herman und Harold ein richtiges »Steck dem Esel den Schwanz an«-Spiel, worüber alle lachen mussten, ich eingeschlossen. Wills blaue Augen leuchteten, als er mein Geschenk öffnete, eine neue Ausgabe von *Ruf der Wildnis*. Daddy hatte ein langes, unförmiges Päckchen auf dem Küchentisch hinterlassen. Will machte es auf und holte ein Luftgewehr heraus.

Noch zwei Geschenke waren übrig. Von Grandma gab's zwei Paar Socken. Er lachte über das einfallslose Geschenk, doch das fand ich unnötig und schüttelte den Kopf. Will hörte auf zu lachen und widmete sich dem letzten Geschenk, dem von MayJune. Von allen anderen Geschenken hatte Will das Papier einfach runtergerissen, doch dieses hier öffnete er langsam und mit Sorgfalt, vielleicht weil es das letzte war oder auch weil es von MayJune kam und er wusste, dass es etwas Besonderes sein musste.

Etwas Kleines … wie jene kleinen Entscheidungen, von denen MayJune schon bald sprechen würde. Die das Leben veränderten.

Das Geschenk bestand aus zwei Schachteln Marvel-Cornflakes.

Will sah MayJune mit leuchtenden Augen an und sagte: »Vielen Dank! MayJune, woher hast du gewusst, dass mir noch zwei Schachteldeckel fehlen? Und in vier Tagen muss ich sie wegschicken, am dreißigsten September.«

»Gern geschehen, Will«, sagte MayJune. »Donna, ist es nicht Zeit für Wills Geburtstagskuchen?«

Ein Schreck durchfuhr mich … der furchtbare Kuchen, beide in der Mitte eine breiige, eingefallene Masse. Und wieder überlief mich Schamesröte. Doch als ich dann in MayJunes freundliches, sanftes Gesicht sah, wusste ich plötzlich, warum ich mir keine Gedanken wegen des Kuchens machen und Will einfach zuerst seine Geschenke auspacken lassen sollte. Der Rest würde sich ergeben, hatte sie gesagt.

Ich grinste. »MayJune, ich würde ihn gern servieren, aber ich bringe anscheinend keinen essbaren Kuchen zustande. Der, den ich gemacht habe, ist in sich zusammengefallen und ein unansehnlicher Brei!« Ich sah Will an. »Wie fändest du es, wenn wir stattdessen deine Cornflakes essen?«

»O ja!«, jauchzte Will, hüpfte vom Sofa und führte uns alle in die Küche. Ich holte elf Geburtstagskerzen hervor, gab den Kindern je eine und MayJune, Miss Bettina und Jimmy je zwei und zündete sie schnell an. Jimmy gab mir eine ab, als wir anfingen »Happy Birthday« zu singen, und dann schloss Will die Augen, wünschte sich etwas, blies seine Kerze zuerst aus und rannte dann zu allen anderen, um weitere zehn Kerzen auszublasen.

Wir aßen beide Schachteln leer und verbrauchten die ganze Milch im Kühlschrank. Während des Essens bat Suze, dass MayJune ihr ihren Namen erklärte. MayJune lachte und erzählte, dass ihre Mama monatelang nicht dazu gekommen war, ihr einen Namen zu geben, und als sie schließlich Zeit hatte, wusste sie nicht mehr genau, ob sie Ende Mai oder Anfang Juni geboren war, und so hatte ihre Mama sie May-June getauft.

Das fand Will zum Brüllen komisch, und er sagte, dass sie ihren Geburtstag deshalb jeden Tag im Mai und Juni feiern könnte. Doch nach dem Essen wurde Will ernst. Vorsichtig trennte er die Deckel der beiden Schachteln ab, beauftragte Jimmy mit strenger Stimme, sie behutsam für ihn zu halten, während er nach oben lief und die restlichen acht holte. Ich besorgte einen Briefumschlag und Briefmarken. Dann versammelten sich alle um Will, der gewissenhaft seinen Namen und seine Adresse auf einen Briefbogen schrieb und darum bat – wobei ihm Jimmy ein wenig half –, ihm eine Besitzurkunde von fünf Quadratzentimetern Land in Alaska zu übersenden, »für die beiliegenden zehn Schachteldeckel.« Will legte sogar seinen zweihundertfünfzig Worte langen Aufsatz bei. Darin stand, dass er gern nach Alaska wollte, um sich dort zusammen mit Chase Monahue fotografieren zu lassen, dem Schauspieler, der Sergeant Striker spielte. Und das Foto sollte vorne auf den Marvel-Cornflakes-Schachteln abgebildet werden.

Nachdem er die Schachteldeckel dreimal durchgezählt hatte, um sicher zu sein, dass es auch wirklich zehn waren, schrieb Will sorgfältig die Adresse auf den Umschlag, klebte mindestens doppelt so viele Briefmarken drauf, wie nötig waren, und legte seinen Brief und die zehn Schachteldeckel hinein.

Jimmy bot an, Will, Tony, Suze, Herman und Harold zum Postamt zu fahren, damit sie alle zusammen Wills Briefumschlag in den großen blauen Briefkasten vor dem Gebäude einwerfen könnten und ihn der Post der Vereinigten Staaten anzuvertrauen.

Bei dem Vorschlag brachen alle Kinder in Freudenschreie aus, als wäre eine drei Kilometer lange Fahrt in Jimmys Auto ein großartiges Abenteuer. Ich sah MayJune und Miss Bettina ratsuchend an. Beide gaben mir nickend zu verstehen, dass es meine Entscheidung sei, ich aber zustimmen sollte.

Und das tat ich auch.

15. Kapitel

Eine Weile fühlte sich das Leben perfekt an: in der Nacht nach Wills Party, als Jimmy sein Auto auf »unserer« Stelle am Tangy River parkte und ich mich in seine Arme kuschelte; selbst dann am Sonntag, als wir mit Grandma in die Kirche gingen und sich Will gehorsam für die Socken bedankte und ihr erzählte, er hätte den bestmöglichen Geburtstagskuchen gehabt; und in den frühen Stunden am Montagmorgen, als Daddy und Will schliefen und ich mir in aller Ruhe Mamas Hochzeitskleid ansah und überlegte, wie ich es bis zum Schulball vollständig umarbeiten könnte.

Dann kam der Montagnachmittag mit dem Kunstunterricht. Mr Cahill lief nervös auf und ab. Ich kannte sein manisches Verhalten und den wilden Blick schon von den Gelegenheiten, als er völlig ins Zeichnen vertieft war.

Während wir uns setzten, sagte Mr Cahill und fuhr sich dabei mit den Händen durch das bereits strubbelige Haar: »Nun – wer von Ihnen erinnert sich an Donnas Frage aus der letzten Stunde?«

Mein Herz begann zu hämmern.

Sein Blick landete auf mir. Ich lief rot an, doch er ließ nicht locker. »Sie erinnern sich doch sicher an Ihre eigene Frage, oder?«

Ich schüttelte den Kopf und murmelte: »Nein, Sir.«

Dann hob Lisa Kablinksi die Hand. »Mr Cahill, ich weiß es! Ich weiß es!«

Sie ist in ihn verknallt, dachte ich. *Sie mag die zwei Männer, die ich auch mag, Jimmy und …*

Einen singenden Tonfall nachahmend, wiederholte Lisa Wort für Wort: »›Warum können wir nicht mal etwas anderes zeichnen als Kugeln, Kegel und Würfel?‹« Jimmy runzelte die Stirn. Babs' Gesichtsausdruck sagte: *Mach dir nichts draus, Süße, wir verprügeln sie nach dem Unterricht in der Mädchentoilette.*

»Vollkommen richtig, Miss Kablinski! Stimmt genau!«, sagte Mr Cahill mit einer Begeisterung, die ein anderer Lehrer für das perfekt rezitierte Zitat von Shakespeare oder eine algebraische Gleichung reserviert hätte. Lisa richtete sich auf ihrem Stuhl auf und warf sich stolz in die Brust.

Mr Cahills Blick glitt zurück zu mir. Ich starrte auf meine Schulbank. »Ihre Frage hat mich lange nicht losgelassen, Miss Lane«, sagte er, als hätte er sie einfach nicht vergessen können, so wie ich den verräterischen, furchtbaren Gedanken, Mr Cahill und Jimmy auf die gleiche Weise zu mögen, nicht aus dem Kopf kriegte.

»Und die Antwort auf diese scharfsinnige Frage von Miss Lane, warum ich sie nichts anderes zeichnen lasse, ist …« Er hielt inne, dann sprach er schnell weiter: »Die Antwort ist, dass ich faul war und angenommen hatte, dass sich hier niemand für Kunst interessiert oder sie verstehen kann.«

Ich sah überrascht zu ihm auf. In der Klasse wurde es mucksmäuschenstill – kein Kichern, kein unruhiges Stühlerutschen. Doch Mr Cahill, scheinbar taub gegenüber der betretenen Stille, sagte grinsend: »Also müssen wir noch einmal von vorne anfangen und die Frage diskutieren: Was ist Kunst?« Stille.

»Okay. Niemand freiwillig?« Sein Blick wanderte durchs Zimmer, blieb eine Sekunde an Jimmy hängen. *Nicht Jimmy.*

»Mr Coleman, was ist Kunst?«

»Hm … ein Bild von irgendetwas.« Als sich rote Flecken auf Hanks Wangen bildeten, hatte ich einen Moment lang ein bisschen Mitleid mit ihm.

»Zum Beispiel?«

»Hm … äh … vielleicht von einem … Hund?«

Einige Schüler lachten verstohlen in sich hinein. Hank starrte auf die Schulbank.

»Okay, das Bild von einem Hund«, sagte Mr Cahill. »Aber die Klasse hat gelacht.« Er zeigte auf Babs. »Sie. Sie haben gelacht. Warum? Weil Sie glauben, dass das Bild von einem Hund nicht Kunst sein kann?«

»Vermutlich doch«, sagte Babs, auf Nummer Sicher gehend. »Wenn es ein gutes Bild von einem Hund ist.«

Als Nächstes richtete Mr Cahill sein Augenmerk auf Cedric Knowles, der bekanntlich furchtbar schüchtern und nicht sehr hell im Kopf war. Mitgefühl überkam mich für Cedric, als Mr Cahill die Hände auf seine Schulbank stemmte und sich zu ihm vorbeugte. Cedric wand sich auf dem Stuhl.

»Was macht das Bild eines Hundes gut?«, fragte Mr Cahill.

»Ich – keine Ahnung. Vielleicht wenn es aussieht … genau wie ein Hund. Nicht bloß Striche, wie ein Strichmännchen oder so.«

Wieder Kichern.

Mr Cahill richtete sich auf. »Cedric hat ein interessantes Argument angeführt.« Cedric sah schockiert aus – und erfreut. »Er sagt, dass ein gutes Bild von einem Hund, ein Bild, das als Kunst definiert werden kann, einen realen Hund abbilden muss.«

Babs hob zögernd die Hand. Mr Cahill nickte ihr zu.

»Wenn das Bild von einem Hund genau wie ein Hund aussehen muss, um Kunst zu sein, kann man dann nicht einfach ein Foto machen? Warum sollte man dann einen Hund zeichnen oder malen?«

Mr Cahill strahlte, als hätte Babs die intelligenteste Frage überhaupt gestellt.

»Ja, wie Ansel Adams«, sagte Hank.

»Was ist mit Ansel Adams?«, fragte Mr Cahill, ignorierte die allgemeine Verblüffung über Hanks unerwarteten Beitrag.

Hank zuckte mit den Schultern. »Meine Großmutter hat ein Buch mit seinen Fotografien.«

»Und was haben Sie beim Betrachten der Fotografien gefühlt?«

Einen Moment lang dachte Hank nach, doch dann setzte er sein übliches Blödmann-Grinsen auf. »Dass ich mir lieber die Fotos ansehe als die Zierdeckchen auf Großmutters Tischen.«

Mr Cahill trat vor Hanks Schulbank. »Gehen Sie dem mal auf den Grund, Hank. Wenn Sie sich Mr Adams' Fotos vom amerikanischen Westen betrachten, welches Gefühl lösen sie bei Ihnen aus?«

Die letzten Worte sagte Mr Cahill beinahe flüsternd. In der Klasse herrschte absolute Stille. Hank starrte ihn trotzig an. »Dass ich von hier wegwill«, sagte er. »Dass ich irgendwann im Leben mehr sehen will als die Schlote von Groverton.«

Wir alle wussten, was er meinte – na ja, alle außer Jimmy, der blass geworden war, weil Hanks Erklärung auch eine Kritik an der Fabrik seines Vaters beinhaltete, einer Fabrik, die auf irgendeine Art fast allen in der Stadt den Lebensunterhalt sicherte. Aber Hank hatte etwas gesagt, das wir alle irgendwann einmal so empfunden hatten.

»Aha«, sagte Mr Cahill und ging zurück auf seinen Platz. »Ein Foto oder Gemälde oder eine Skulptur muss also ein Gefühl in Ihnen auslösen, um Kunst zu sein. Es muss Sie auf irgendeine Weise berühren, bewegen.« Cedric hob die Hand, und Mr Cahill nickte ihm zu. »Wenn das also stimmt«, sagte Cedric »ist es dann Kunst, wenn das Bild von einem Hund gar nicht aussieht wie ein Hund, einen aber irgendwie bewegt?«

Ich dachte an Trusty. Wills Trusty auf Stedmans Schrottplatz. Wäre ein Gemälde oder Foto von dem armen Hund Kunst? Dann jedenfalls keine, die die meisten Menschen sehen wollten.

»Warum fragen Sie mich das?«, fragte Mr Cahill gerade Cedric.

»Weil Sie der Kunstlehrer sind!«

Diesmal schmunzelte Mr Cahill. »Auch wenn ich der Kunstlehrer bin, heißt das nicht, dass Sie nichts über Kunst wissen. Die Antwort ist in Ihnen drin.« Er tippte Cedric auf die Schulter. »Kunst ist in Ihnen drin.« Dann tippte er Lisa auf die Schulter. »Und in Ihnen.« Er wiederholte das bei Babs und Hank und einigen anderen Schülern.

Er sah mich an, und einen Moment lang glaubte ich, er würde kommen und auch mir auf die Schulter tippen und sagen: »Und in Ihnen«, wie ein Pfarrer oder Priester, der seinen Segen gibt. Doch dann hörte er auf damit.

»Ihre Kunst kann einen anderen Menschen berühren, wenn sie aus Ihrem Herz kommt. Kunst beginnt mit der Emotion! Deshalb vergessen Sie heute Kugeln, Kegel und Würfel. Wir zeichnen Emotionen! Holen Sie Ihre Skizzenblocks heraus und zeichnen Sie, was Sie im Moment fühlen, oder was Sie meistens fühlen. Oder die Gefühle, die niemand kennen darf. Verwandeln Sie sie in ein Bild. Es muss nicht etwas Konkretes ausdrücken. Es kann auch Gekritzel sein – zeigen Sie einfach nur Emotionen!«

Die ganze Klasse starrte ihn an. Er starrte zurück, aber nur kurz, dann sagte er: »Und von mir aus kann es auch ein Kegel sein, ein glücklicher Kegel oder ein wütender Kegel, solange er irgendein Gefühl beinhaltet. Legen Sie einfach los!«

Mit diesen Worten drehte er sich um, ging zur Tafel und fing an zu zeichnen. Seine Striche verwandelten sich schon bald in eine Schale voller Obst. *Persimonen* ... Ich holte meinen Skizzenblock hervor, schlug eine neue Seite auf und starrte auf die lähmende Leere.

Ich dachte: *Das Leben ist perfekt.* Das sagte ich mir immer wieder, seit Jimmy in Grandmas Diner gekommen war und mich mitgenommen hatte. *Ich sollte also »glücklich« malen können. Aber wie malte man glücklich? Sonnenstrahlen und Schmetterlinge?*

Ich setzte meinen Bleistift aufs Papier, dachte, so gut es ging, an nichts, wie ich das immer tat, wenn ich Kleideriden zeichnete, ließ meiner Hand freien Lauf und erwartete, irgendwie *glücklich* auf meinem leeren Blatt zu sehen.

Doch meine Striche waren dicke, dunkle, wütende Hiebe. Ich hatte die Umrisse eines Hundes skizziert.

Was ich aber erst sah, als Mr Cahill neben mir stand und sich tief über meine Arbeit beugte, viel zu tief. Ich konnte ihn riechen, ein Gemisch aus Kaffee, Zigaretten und Aftershave mit Menthol, spürte seinen Atem an meiner Wange und hörte ihn leise sagen: »Donna, jetzt müssen Sie in die Ursache dieser Wut hineingehen und damit arbeiten.«

Im nächsten Moment war er verschwunden, stand an der

Schulbank eines anderen Schülers. Ich sah zu ihm hin, wollte seinen Blick auffangen, doch stattdessen sah ich Hank Coleman in die Augen. Ein fieses Lächeln umspielte seine Lippen.

»Donna Lane?«

Rektor Stodgill sagte meinen Namen, und in seinem Gesicht stand *Problem*.

Will.

Ich fühlte mich wie nach einem Schlag in die Magengrube. *Will.* Irgendwie wusste ich, dass mit Will etwas passiert war.

Im Korridor bedachte er mich mit jenem mitleidigen Blick, den ich immer von den Erwachsenen in Groverton bekommen hatte, dem einzigen Blick, mit dem sie mich überhaupt bedachten und den ich hasste, aber ertrug. Erst seit ich mit Jimmy ausging, hatte sich das geändert. Und da war er wieder, als er sagte: »Ich habe gerade einen Anruf von der Krankenschwester aus der Grundschule bekommen. Ihr Bruder scheint sehr krank zu sein. Wir haben bei Groverton Ace angerufen, doch Ihr Vater ist heute nicht an der Arbeit, und bei Ihnen zu Hause ist auch niemand …«

Den Rest hörte ich nicht mehr, lief an Rektor Stodgill vorbei den Korridor hinunter aus der Schule hinaus. Ich wollte einfach nur zu Will.

* * *

»Grippe!«, verkündete Dr. Emory triumphierend und mit einem breiten Grinsen im Gesicht, als hätte er gerade eine bahnbrechende Entdeckung gemacht.

Ich sah Will an, der unter der dünnen Decke über seinen Beinen zitterte, die nackten Schultern bis zu den Ohren hochgezogen, als wolle er sich zu einem Ball zusammenkugeln und schnell aus dem Arztzimmer nach Hause rollen. »Sie glauben nicht, dass … Es ist nicht …«

Dr. Emory lächelte geduldig und sagte mit väterlichem Ton: »Es ist kein Polio«, sagte er. »Will hat weder einen steifen Nacken noch Schmerzen in den Armen oder Beinen.«

Will schenkte mir einen Blick, der sagte: *Siehst du? Ich hab's dir doch gesagt!*

Aber bei Grippe hat man Fieber, und Will hat keins, wollte ich einwenden. *Und bei Grippe fällt kein elfjähriger Junge mitten im Erdkundeunterricht in Ohnmacht, schon gar nicht, wenn das sein Lieblingsfach ist.*

Tränen füllten meine Augen. Ich war so sehr mit Jimmy beschäftigt gewesen … mit meinem perfekten Leben … ich hatte aufgehört, das wirkliche Leben um mich herum wahrzunehmen. Sonst hätte Will vielleicht auch mir und nicht nur Dr. Emory erzählt, dass er sich in den letzten Wochen regelmäßig übergeben hatte. Doch genau dieses Geständnis, dass er immer wieder brechen müsse, hatte Dr. Emory zu dem Ausruf verleitet: »Grippe!« *Aber wer hatte denn wochenlang Grippe? Ohne Fieber oder dass einen fröstelte?*

»Sorgen Sie einfach dafür, dass Will ausreichend Ruhe bekommt und genug trinkt, dann ist er bald wieder gesund«, sagte Dr. Emory. »Will, du kannst dich jetzt anziehen. Donna, lassen wir Will einen Moment allein.«

Ich folgte Dr. Emory hinaus in den Flur, wobei ich an die Worte der Schulkrankenschwester dachte, dass Will sich in der letzten Woche zweimal in der Schule übergeben hatte und in letzter Zeit teilnahmslos wirkte. Für mich passte das alles nicht zusammen. Auf seiner Geburtstagsparty vor zwei Tagen war er mir ganz gesund vorgekommen. Ich hatte keinerlei Anzeichen von Krankheit bemerkt ... außer an jenem ersten Freitag des neuen Schuljahrs, als ich die kleinen Entscheidungen traf, die mein Leben verändern sollten, was ich aber noch immer nicht ganz verstand: Da hatte ich mit Babs die Schule geschwänzt und so Jimmy kennengelernt; und ich hatte heimlich für Mr Cahill angefangen zu arbeiten und saß ihm Modell ...

In dem Moment wurde mir klar, dass Will, während ich in meiner träumerischen Beziehung mit Jimmy geschwelgt und mir dank Mr Cahills Ermutigungen große Pläne für die Zukunft ausgemalt hatte, sein eigenes Geheimnis hatte, nämlich wie schlecht er sich fühlte.

Im Flur blieb Dr. Emory stehen und sah mich mit gerunzelter Stirn besorgt an. »Donna, wie Sie im Behandlungszimmer wohl schon selbst festgestellt haben«, sagte er, »ist es wahrscheinlich nicht Grippe, was Will hat. Ich wollte es nicht in Wills Gegenwart sagen, weil ich weiß, dass Sie Ihr Bestes tun. Aber ich mache mir nicht nur um Will Sorgen, sondern auch um Sie. Wie gut Sie, ähm, mit Grundnahrungsmitteln versorgt sind, ob Sie genug zu essen haben, wirklich nahrhafte Sachen –«

»Was? Nein, uns geht es gut, wir haben alles.« Die Farbe wich aus meinem Gesicht, als mir bewusst wurde, was Dr. Emory mir gerade durch die Blume zu verstehen gab, dass die Ursache für Wills Krankheit Vernachlässigung war. »Ich – ich kümmere mich darum, dass Will gut versorgt ist! Er isst jeden Morgen Frühstück, ich packe ihm ein gesundes Mittagessen ein, und jeden Abend gibt es Abendessen. Wahrscheinlich habe ich ihn in den letzten Monaten zu viele Cornflakes essen lassen. Ich ... ich hätte ihn davon überzeugen sollen, sie lieber wegzuwerfen und einfach nur die Schachteldeckel einzuschicken.« Dr. Emory schien aufrichtig verwirrt, doch ich redete einfach weiter. »Vielleicht wird er jetzt schnell gesund, wo er die Schachteldeckel weggeschickt hat. Ich erlaube ihm nie wieder, Marvel-Cornflakes zu essen, und –«

Dr. Emory legte mir väterlich die Hand auf die Schulter. Ich kämpfte gegen das Bedürfnis, sie abzuschütteln. »Es ist eine große Verantwortung«, sagte er, »sich um den kleinen Bruder zu kümmern und gleichzeitig zu versuchen, erwachsen zu werden.«

Ich straffte die Schultern, so dass seine Hand runterfiel, und sagte: »Bei uns ist alles in Ordnung. Ich sorge dafür, dass er die Schulaufgaben macht und melde ihn nächstes Frühjahr zum Little-League-Baseball an und –« Wieder stiegen mir Tränen in die Augen, ich hatte einen Kloß im Hals und hörte auf zu reden, weil ich es hasste, Schwäche zu zeigen.

»Ich weiß, Sie versuchen Ihr Möglichstes«, sagte Dr. Emory, mit Betonung auf versuchen, »doch wie gesagt, das ist viel Arbeit, besonders hinsichtlich der Anforderungen der Highschool an Sie und Ihre, ähm, ganz normalen Teenager-Interessen.« Er blickte zum Wartezimmer.

Ich wusste, was sein Blick bedeutete. Jimmy hatte meine Bücher und meinen Skizzenblock gepackt und war mir zur Grundschule gefolgt. Dort hatte er darauf bestanden, Will und mich in Dr. Emorys Praxis zu fahren und dort auch auf uns zu warten.

»Haben Sie schon einmal daran gedacht, mit Ihrer Großmutter zusammenzuleben? Sie würde gern bei Ihnen und Will und Ihrem Vater wohnen, das weiß ich.« Dr. Emory lächelte mich freundlich an, als könne er sich Grandma gut in unserer Küche vorstellen, wie sie in einer mehlbestäubten Schürze mit Blumenmuster Kuchen und Aufläufe und andere Leckerbissen zubereitete, die gut für unsere Gesundheit wären. Es war weder das erste Mal, dass Dr. Emory diesen Vorschlag machte, noch war er der Einzige in Groverton, der das begrüßen würde. Grandma erzählte auch allen, die ihr zuhörten: »Ich sage Porter immer wieder, ich würde mein Haus mit Freuden aufgeben, oder sie könnten alle zu mir ziehen, um ihm mit Donna und Will zu helfen.«

»Wir kommen gut zurecht«, sagte ich mit versteinerter Miene. Die Tränen in meinen Augen brannten wie Salz. »Daddy hat gerade viel zu tun, er arbeitet Extraschichten bei Groverton Ace und geht zu den Anonymen Alkoholikern.«

Dr. Emory wirkte verblüfft, dass ich die Organisation kannte und es ihm auch noch erzählte.

Knarrend ging die Tür auf, und Will kam aus dem Behandlungszimmer. Ich sah ihm an, dass er schon eine Weile mit dem Anziehen fertig war und meine Unterhaltung mit Dr. Emory belauscht hatte. Das kleine Schlitzohr. Doch seine Augen kamen mir so dunkel vor, fast verquollen, dass meine Wut schnell verrauchte.

»Komm mit, Will«, sagte ich so forsch und mütterlich, wie ich konnte, und dachte: *Die Mütter von Suze, Tony, Harold und Herman wären beeindruckt.*

Doch im nächsten Moment wurde mir klar, dass ich May-June und Miss Bettina damit nicht beeindrucken könnte. Sie würden nur traurig den Kopf schütteln: *Donna, Donna, vergiss nicht, nett zu sein …*

Deshalb legte ich den Arm sanft um Wills Schulter und sagte: »Nun komm, Kleiner. Ich mach dir deinen Lieblingswackelpudding, okay?«

Will verzog das Gesicht. »Wackelpudding ist immer eklig, egal welcher Geschmack.«

Ich lachte. »Wie wär's dann mit Toast? Und Hühnersuppe mit Nudeln?«

Er grinste. »Und weil ich krank bin, kannst du mir vielleicht aus *Ruf der Wildnis* vorlesen.«

Dann sah er mich mit großen Augen an. »Also gut«, sagte ich. »Aber nur das erste Kapitel, dann kannst du selbst weiterlesen.« Wir beide wussten, dass ich ihm so lange vorlesen würde, wie er wollte.

16. Kapitel

Am Ende der Woche, die in den Oktober hineinreichte, war Will wieder der Alte. Er fragte mich jeden Tag, ob Post für ihn gekommen sei, womit er natürlich die Besitzurkunde für die fünf Quadratzentimeter Land in Alaska meinte. Wenn ich ihn an das Kleingedruckte auf der Schachtel erinnerte – »die Übersendung kann bis zu sechs Wochen dauern« –, sah er mich bedauernd an. »Sergeant Striker würde dir sagen, du musst Vertrauen haben« –, entgegnete er. »Wie er zu Trusty sagt, kurz bevor sie das Verbrechen aufklären.«

Endlich war ich auch mit dem Entwurf meines Kleides für den Schulball am 17. Oktober, also zwei Wochen später, zufrieden und fing mit dem Messen und Zuschneiden an. Ich hatte mich von den Flapper-Girl-Kleidern der zwanziger Jahre inspirieren lassen und ein schlichtes, schmal geschnittenes bodenlanges Kleid ohne Träger entworfen. Dazu musste ich von Mamas Hochzeitskleid aus Satin die Lagen aus Spitze sowie den steifen Petticoat abtrennen. Die Spitze würde ich in einer von ihren Lieblingsfarben einfärben – hellblau wie Vogeleier – und über den weißen Satinstoff legen; die tiefangesetzte Taille wollte ich mit einem farblich passenden Satinband betonen.

Ich musste lediglich die Farbe für die Spitze sowie das Band kaufen – für zweiundfünfzig Cent bekäme ich genug, um es auf der linken Hüfte zur Schleife zu binden. Ich überlegte, die Satinknöpfe im Rücken durch einen Reißverschluss zu ersetzen, doch entschied mich schließlich dagegen, obwohl sie so mühsam zu öffnen oder zu schließen waren. Mir gefiel die Vorstellung, wie Jimmys Fingerspitzen langsam die Knöpfe öffneten und dabei sanft meinen Rücken berührten.

Sparen war jetzt oberstes Gebot in der Familie. Will vergrößerte sogar seine nachmittägliche Zeitungsroute, um Geld für den Besuch seines zukünftigen Landbesitzes in Alaska zu sparen.

Als ich am Freitag nach Wills »Grippe«-Diagnose vor Mr Cahills Hintertür stand, redete ich mir ein, nur wegen des Geldes fürs Modellstehen und Saubermachen zurückgekommen zu sein.

»Ich habe mich gefragt, ob die Persimonen schon reif sind«, sagte ich, als er mir die Tür zur Küche öffnete.

Er starrte mich benommen an. Ich hatte ihn ganz offensichtlich aus einem Schaffensrausch gerissen. »Kommen Sie herein, Donna, bevor der Nachbar Sie sieht.«

In der Küche sah es jetzt noch schlimmer aus als bei meinem ersten Besuch. Ich stellte meine Schultasche auf den Boden und ging zur Spüle. Aber Mr Cahill legte seine Zigarette auf dem überquellenden Aschenbecher ab und packte sanft meinen Unterarm.

»Donna«, sagte er. »Sie sind nicht wegen der Persimonen hier. Und auch nicht, um bei einem Chaoten sauberzumachen. Warum also?«

Ich wollte den Blick senken, doch er sah mich so durchdringend an, dass ich wie gebannt war. Ich wollte ihm den Arm entziehen, doch Gott steh mir bei, ich mochte den sanften Druck seiner Finger darauf.

Und so gab ich unverfroren eine kränkende und verlogene Antwort, begleitet von einem Schulterzucken: »Ich will immer noch als Schneiderin nach New York gehen und kann die drei Dollar pro Sitzung immer noch gebrauchen – wenn das der Betrag ist, den Sie Ihren Modellen bezahlen.« Mr Cahill ließ meinen Arm los. »Es gibt keine anderen Modelle«, sagte er. »Niemand sonst hat es gewagt, sich auf meine Anzeige zu melden.«

»Dann kommen Sie mit Ihrer Arbeit auch ohne Modell gut voran?«, sagte ich.

Er zuckte die Schultern. »Ganz gut.« Doch dann blitzte Frustration in seinem Gesicht auf, er starrte an mir vorbei und sagte gedankenverloren: »Mit den Skizzen bin ich beinahe fertig ... aber eine einzige weitere Sitzung ...«

Doch dann schüttelte er den Kopf, als müsse er zur Besinnung kommen, und musterte mich streng. »Was ist mit Ihrer Arbeit?« Da ich ihn verwirrt ansah – fragte er wirklich nach meinem Servierjob? –, lächelte er. »Ich meine natürlich Ihre Modeentwürfe.«

»Die mache ich immer noch«, sagte ich. »Im Moment arbeite ich an einem wundervollen Kleid, das ich zum Schulball tragen will. Für den Tanz mit Jimmy Denton.«

Er wirkte enttäuscht. »Sie wissen, dass mehr in Ihnen steckt.«

Meinte er damit Jimmy, dass ich einen Besseren finden könnte? Oder meinte er das Entwerfen von Schulballkleidern? »Aber meine Arbeit könnte von einem Modell profitieren. Wäre Ihnen das recht? Heute noch einmal Modellsitzen, und wenn Sie darauf bestehen, können Sie in Zukunft wieder bei mir saubermachen. Aber unter zwei Bedingungen. Erstens müssen Sie mir mehr von Ihren Entwürfen zeigen, um Ihnen zu helfen, sich weiterzuentwickeln. Die Sachen, die ich in der Klasse von Ihnen gesehen habe, zumindest am Anfang des Jahres, zeigen, dass Sie Talent haben, Donna, und dass Sie leidenschaftlich gern Mode entwerfen. Ich habe vor, in den Weihnachtsferien nach New York zu reisen, und werde dort hoffentlich einen Freund treffen, der an der Parsons School of Design unterrichtet.«

Mr Cahill hielt inne, um meine Reaktion abzuwarten, und lächelte zufrieden, als ich bei der Erwähnung von Parsons nach Luft schnappte.

»Wenn wir hart genug arbeiten, könnten Sie eine Mappe fertigbekommen, die ich ihm zeigen kann«, sagte er leise. »Was halten Sie von der Möglichkeit, Modedesign zu studieren? Ich weiß, Sie sagen, Sie wollen Schneiderin werden, doch ich glaube, mit Ihrem Talent können Sie es weiterbringen, viel weiter.«

Ich schluckte schwer, doch meine bebende Stimme verriet die Emotionen, die ich zu verbergen versuchte. »Ich – ich finde, das wäre wundervoll. Ich könnte das machen, an einer Mappe arbeiten. Mit Ihnen«, brachte ich mühsam hervor.

»Gut. Aber meine zweite Bedingung ist, dass ich mit Ihrem Vater rede und ihn wissen lasse, dass Sie als Haushaltshilfe für mich arbeiten, als Gegenleistung für privaten Zeichenunterricht«, sagte Mr Cahill. »Ich bezahle weiter drei Dollar fürs Saubermachen. So können Sie wenigstens zur Vordertür hereinkommen und müssen sich nicht mehr verstecken.« Sein Mund verzog sich kurz zu einem Grinsen, doch dann wurde er wieder ernst. »So hätte ich es von Anfang an machen sollen.«

In meinem Kopf drehte sich alles. *Mappe mit Entwürfen … Parsons … Designer …* Doch dann wurde mir das Herz schwer. Daddy würde niemals zustimmen. Zumal er bei jedem Leitartikel, in dem Mr Cahill in der *Groverton*

Daily News die Ansichten von Senator McCarthy angriff, furchtbar wetterte. (»Erhöht die Auflage!«, erklärte Babs die Entscheidung ihres Vaters, dem Herausgeber der Zeitung, die Artikel von Mr Cahill abzudrucken.)

Doch dann dachte ich ... *Miss Bettina.*

Ihr Einfluss auf Daddy wurde immer größer, sie könnte es schaffen, dass ich ungehindert zu Mr Cahill nach Hause gehen und von ihm lernen konnte, meine Entwürfe zu verbessern. Designerin zu werden. Nicht Schneiderin. *Designerin.*

»Also gut«, sagte ich. »Aber zuerst rede ich selbst mit meinem Vater.« Mr Cahill brauchte nicht zu wissen, dass ich in Wahrheit zuerst mit Miss Bettina reden wollte. »Er ist kein Fan Ihrer Leitartikel.«

Er lachte. »Schön.« Er sah hinter mich zur Küchentür. »Und jetzt muss ich wirklich mit meiner Arbeit weitermachen.« Er blickte auf den Aschenbecher. Seine Zigarette war verglimmt. Er nahm das Päckchen Zigaretten und das Feuerzeug. »Wenn meine Pause zu Ende ist.«

Ich lächelte ihn zaghaft an. »Sie sagten, eine weitere Sitzung würde Ihnen helfen.«

»Ja, aber –« Er verstummte. Ich wusste, was er sagen wollte, nämlich dass er es sich anders überlegt hatte. Und in seinem Gesicht sah ich den Konflikt. Er war kurz davor, ganz kurz davor, die Skizzen genau richtig hinzukriegen, aber ohne ein Modell ...

»Ich bin ja schon hier«, sagte ich leise.

Mr Cahill sah mich lange an, überlegte. »Sie wissen, wo mein Atelier ist. In bin in einer Minute oben.« Er zündete eine neue Zigarette an, lehnte sich an den Unterschrank und inhalierte tief. In seinem Atelier rauchte er nie.

Ich nahm meine Schultasche und eilte durchs Wohnzimmer, in dem immer noch Mrs Bentleys alte Möbel und

Mr Cahills unausgepackte Kartons standen, und die Treppe hinauf, bevor er es sich anders überlegte.

Eine ganze Minute lang stand ich in der Tür zum Atelier. Die Wände hingen voll mit Skizzen in Schwarz und Blau, Gelb und Rot, Grün und Violett in Pastellkreide, als hätte er Farbkombinationen ausprobiert. Und alle waren mit dicken, expressiven Strichen gezeichnet. Konnten diese aggressiven, abstrakten Werke aus den Bleistiftskizzen hervorgegangen sein, die er von mir gemacht hatte, als ich auf der Chaiselongue lag? Das wollte ich mir nicht einmal vorstellen.

Auf dem Plattenspieler bei der Staffelei kratzte die Nadel über das Ende einer Schallplatte. Auf der Staffelei selbst stand nur ein leeres, von einer Rolle abgeschnittenes Blatt Druckpapier. Einen Moment lang starrte ich auf die rotierende Schallplatte.

Mama hatte das getan, erinnerte ich mich. *Sie hatte Schallplatten in ihrem und Daddys Schlafzimmer aufgelegt und die Nadel weiter über das Papier in der Mitte kratzen lassen, wenn die jazzigen, bluesigen Lieder längst verklungen waren. Daddy hatte sie angeschrien, dass die Nadel davon kaputtginge, war ins Zimmer gestürmt und hatte den Plattenspieler ausgestellt. Deshalb hatte ich immer versucht, ihm zuvorzukommen, und den Plattenspieler ausgestellt, sobald ich die Nadel kratzen hörte. Manchmal hatte Mama geschlafen, doch manchmal hatte sie nur dagesessen oder gelegen oder gestanden und vor sich hin gestarrt …*

Ich traf die kleine Entscheidung, die Nadel auf den Anfang der Schallplatte zu setzen, wollte wissen, welche Musik sich Mr Cahill beim Arbeiten anhörte.

Dann ging ich durch das kleine Zimmer, stellte wie beim ersten Mal ordentlich meine Schultasche neben der Chaiselongue auf den Boden. Die Schale mit Persimonen stand noch an ihrem Platz, doch die Früchte waren gereift und hatten eine verbrannte, dunkelorange Farbe. Lächelnd dachte ich an meinen Versuch, die grüne, bittere Frucht zu essen.

Was hatte Mr Cahill gesagt? Dass reife Persimonen süß schmeckten?

Und noch eine kleine Entscheidung: Ich ließ zu, dass meine Hand sich in Richtung Schale bewegte, eine Persimone nahm, genau in dem Moment, als endlich die Musik einsetzte, so leise, dass ich sie kaum hörte, ein langsamer, rhythmischer Beat, nur ein wenig leiser als ein Flötensolo, aber irgendwie vibrierender, hypnotischer.

Bei der Musik lief mir das Wasser im Mund zusammen, die Melodie über dem Beat, trällernd und doch klar, schwoll langsam zu einem flüchtigen Crescendo an, löste Schmerz und Sehnsucht in mir aus. Dann änderten sich die Klänge, wurden dunkel und flossen in mich hinein, ich spürte überdeutlich die zarte Weichheit der Persimone in meiner Hand, führte die Frucht an meine Lippen, strich sanft darüber, und meine Lippen kitzelten, die Musik schwoll an, meine Lippen öffneten sich, meine Zähne neckten das Fleisch der Persimone und bissen schließlich hinein. Die Persimone war fest, aber zart und süß.

Die Musik hörte auf. Erschrocken kam ich zur Besinnung, als würde ich aus einem Traum erwachen. Ich saß nicht mehr, sondern lag auf der Chaiselongue. Die oberen beiden Knöpfe meiner Bluse waren geöffnet, meine Hände und mein Mund waren glitschig und klebrig von der Frucht, die ich bis auf den Stiel und die Kerne gegessen hatte.

Mr Cahill stand hinter der Staffelei und zeichnete manisch. Wann war er hereingekommen? Ich konnte mich nicht daran erinnern, war von der Musik und dem Verzehr der Persimone gefangen gewesen. Mein Gesicht brannte vor

Scham. Am liebsten wäre ich aufgesprungen und aus dem Zimmer gelaufen. Doch ich rührte mich nicht vom Fleck, blieb so ruhig wie möglich liegen, obwohl ich plötzlich zitterte, und wartete, bis Mr Cahill fertig war.

Er sah auf, lächelte mich verhalten an, als hätte er eine Seite von mir gesehen, die er nicht kannte, die nicht zu dem Bild von mir passte. Später im Leben verstand ich die Art von Sinnlichkeit, die in meinem Gesicht gebrannt hatte, doch in diesem Moment fragte ich mich nur, was ich offenbart hatte, während ich die Persimone aß und mich in der Musik verlor.

Ich setzte mich ganz züchtig hin: Schultern nach hinten, Rücken gerade, Fußknöchel über Kreuz, Hände im Schoß.

»Das war *Boléro*«, sagte er, die Stimme bedachtsam und nüchtern. »Die Musik.«

Ich lächelte und versuchte, etwas Leichtes, Witziges zu sagen. »Boléro schreibt eine ziemlich gute Melodie.«

Mr Cahill lachte, und die Anspannung in seinem Gesicht verschwand. »Das Stück heißt *Boléro*, meine Liebe.« Er stand auf und kam zu mir. »Der Komponist heißt Ravel.« Vor der Chaiselongue blieb er stehen und reichte mir ein Taschentuch. Ich wischte mir das Kinn ab, legte den Stiel und die Kerne ins Taschentuch und gab es ihm zurück. Amüsiert steckte er es in seine Tasche. »Ich vermute mal, Sie haben herausgefunden, dass die Persimonen reif sind.«

»Ja, reif …« Eine verräterische Röte setzte meinen Hals in Brand. »Es tut mir leid, mir ist gerade eingefallen … ich sollte nicht … ich meine, ich sollte gehen.« Ich sprang auf und stolperte.

Betroffen packte Mr Cahill meinen Arm und hielt mich fest. Aber überwältigt von dem, was sich gerade ereignet hatte – obwohl ich nicht genau sagen konnte, was es war, nur, dass ich mich entblößt und verstört fühlte –, stolperte ich wieder und fiel ihm direkt an die Brust, und er ergriff meinen anderen Arm, so dass er mich hielt, ohne es zu wollen, und ich hob das Gesicht und strich mit den Lippen versehentlich über sein Kinn. Aber vielleicht auch nicht ganz so versehentlich. Vielleicht erklang auch wieder die rauschhafte Musik von Ravels *Boléro* in meinem Kopf, überwältigte meine Sinne, so dass ich meinen Mund zu seinem emporhob und …

Aber Mr Cahill ließ mich los, trat zurück, Entsetzen im Gesicht. Und plötzlich wurde mir klar, dass sein Entsetzen nicht nur daher rührte, dass ich seine Schülerin war, sondern auch, dass er sich von mir als Frau nicht angezogen fühlte. Mir fiel Mrs Dentons unterschwellige Frustration ein, mit der sie über Mr Cahill gesprochen hatte, dass sie laut Jimmy zusammen mit Mr Cahill in Japan gewesen war und dass Mr Denton anscheinend keine Bedenken hatte wegen der Freundschaft zwischen seiner Frau und Mr Cahill. In dem Moment erkannte ich fassungslos, dass Mr Cahill einer, wie es damals in den 1950er Jahren hieß, »vom anderen Ufer« war.

Ich wusste, dass mich diese Erkenntnis hätte anwidern müssen, doch stattdessen war ich überrascht und peinlich berührt von meinem Verhalten, das auf so vielen Ebenen falsch gewesen war. Währenddessen starrte Mr Cahill mich mit offenem Mund an, suchte nach den richtigen Worten, um diese peinliche Situation zu retten und uns in alltägliches, ungefährliches Fahrwasser zu manövrieren.

Doch dafür war es zu spät. Ich drängte mich an ihm vorbei und rannte die Treppe hinunter, wollte geradewegs durch Wohnzimmer und Küche zur Hintertür hinaus und nie wieder zurückkommen. Doch in meiner schamvollen Eile stolperte ich am Ende der Treppe und kam direkt vor dem Wohnzimmerfenster zum Stehen. Zuerst nahm ich nichts von der Welt um mich herum wahr, blind vom Chaos in meinem Kopf, doch dann sah ich überdeutlich Will auf der anderen Straßenseite liegen, ausgestreckt auf dem Boden, das Fahrrad auf ihm drauf.

Er bewegte sich nicht. Um ihn herum lagen verstreut die Nachmittagszeitungen.

Ohne an etwas anderes zu denken, als zu meinem Bruder zu gelangen, rannte ich aus Mr Cahills Haustür und über die Straße zu Will, getrieben von der gleichen Notwendigkeit wie an jenem Morgen, als ich aus unserem Haus und die Verandastufen hinunter zu seinem reglosen Körper gestürmt war, dem Morgen, als ich eine meiner kleinen Entscheidungen traf, MayJune, Trusty und Jimmy kennenlernte und mein geheimes Vorstellungsgespräch bei Mr Cahill hatte.

Als ich ihn erreichte, rappelte er sich gerade hoch, schlug meine Hände weg, als ich den Schmutz von seinem Gesicht wischen und die abgeschürften Ellbogen und Knie begutachten wollte.

»Will, was ist passiert?«, fragte ich atemlos.

»Bin über einen Stein gefahren und gestürzt«, sagte er. »Das ist alles. Nichts passiert.«

Vor Erleichterung sank ich auf die Knie. Will richtete sein Fahrrad auf, schob mit dem Fuß den Ständer runter und fing an, die zusammengerollten Nachmittagszeitungen einzusammeln und zurück in die Zeitungstasche aus Jute zu stecken.

»Moment mal – was machst du eigentlich hier?«, fragte ich.

»Erinnerst du dich nicht, dass ich eine Nachmittagstour übernommen habe? Um mit dem Geld mein Land in Alaska zu besuchen?« Will sah mich an, im Gesicht eine Mischung aus Schmerz über meine Vergesslichkeit und Begeisterung wegen seines neuen Ziels. Dann runzelte er die Stirn. »Aber … was machst du denn hier?«

»Ich hab nur, ich war nur –« Ich verstummte, den Mund offen, denn endlich nahm ich die Szenerie um mich herum wahr.

Will, der eine absolut plausible Erklärung dafür hatte, dass er hier in Mr Cahills und Grandmas Viertel war, starrte mich an.

Etliche Nachbarn, die an diesem schönen Oktobertag in ihrem Vorgarten arbeiteten oder auf der Veranda saßen, um die Zeitung zu lesen, die Will gerade gebracht hatte, starrten mich an.

Mr Cahill stand barfuß, mit wirren Haaren und farbverschmiertem Unterhemd auf seiner Veranda, hielt meine Schultasche in der Hand und starrte mich über die Straße hinweg an … nein, nicht mich. Wie versteinert stand er da und starrte auf das rote Auto vor seinem Haus.

Jimmys Auto.

Jimmy hinterm Lenkrad starrte mich an. Sein Gesicht spiegelte Verletzung und Verrat, was selbst aus der Entfernung durchs Autofenster erkennbar war.

Neben ihm, auf dem Beifahrersitz vorgebeugt, damit ich auch sein Gesicht sehen konnte, saß Hank und grinste. Triumphierend. Zufrieden.

Plötzlich wurde mir bewusst, wie verschwitzt ich war, mein sonst adretter Pferdeschwanz zerzaust, und am allerschlimmsten, dass die oberen zwei Knöpfe meiner Bluse offen waren.

* * *

Will setzte die Fahrt auf seinem Fahrrad fort, die Erkennungsmelodie von *Sergeant Striker im wilden Alaska* pfeifend und anscheinend blind gegenüber der spannungsgeladenen Atmosphäre um ihn herum. Er winkte Jimmy sogar zu.

Ich eilte über die Straße zu Jimmys Auto, fingerte hastig die Knöpfe zu. Er stieß die Tür auf, und ich machte einen Satz zurück, damit ich sie nicht abbekam, als er ausstieg.

»Es ist nichts passiert«, flüsterte ich, sah zu ihm auf.

Mr Cahill kam herbei, hielt mir die Schultasche hin, und ich nahm sie.

»Jimmy –«, begann er.

»Nein!«, fuhr Jimmy ihn an. »Sie sind still!«

Trotz der Wut, die sein Gesicht verzerrte, sah Mr Cahill mich an und sagte: »Ich kann Sie gern nach Hause fahren, wenn es nötig ist.«

Mit offenem Mund stand ich vor ihm, fand schließlich meine Stimme wieder und stieß meine kleine Entscheidung hervor, laut und doch fast flüsternd: »Nein. Jimmy nimmt mich mit. Nicht wahr, Jimmy?«

»Natürlich«, sagte er bitter.

»Viel Glück, Donna«, sagte Mr Cahill bekümmert. Er drehte sich um und ging zurück in sein Haus, schloss sachte die Tür hinter sich.

Ich sah Jimmy flehentlich an, und seine versteinerten Wangenmuskeln entspannten sich ein wenig. »Es ist nichts passiert«, sagte ich wieder, meine Stimme auch diesmal kaum mehr als ein Flüstern, obwohl ich mir die Kraft wünschte, die Worte laut für ihn herausschreien zu können.

»Ach ja? Dann soll sie doch das hier mal erklären!« Hank sprang aus dem Wagen und hielt mir ein Blatt Papier vor die Nase. Ich nahm es mit zittriger Hand, blinzelte die Tränen weg, die meine Sicht trübten. Mir wurde fast schlecht, als ich es wiedererkannte: Es war meine Skizze des nackten Mädchens auf der Chaiselongue. Die ich letzte Woche im Kunstunterricht gemacht und aus Angst vor Entdeckung in den Abfalleimer geworfen hatte, an dem Tag, als die Schulsirenen losgingen und Babs mir das Fläschchen Dexamyl gegeben hatte.

Ich sah Hank an, und er lachte über meinen bestürzten, fragenden Blick. »Lisa Kablinski hat's mir gegeben. Seitdem versuche ich Jimmy klarzumachen, was hier vor sich geht. Doch er wollte mir nicht glauben. Heute ist er dann in die Bibliothek gegangen, um dich zu überraschen, und war dann selbst überrascht, als du nicht da warst.« Hanks Mund verzog sich zu einem höhnischen Grinsen. »Und dann hab ich ihm das hier gezeigt und geraten, er sollte sich lieber mal erkundigen, was du wirklich so studierst.«

»Das ist nicht wahr! Nichts ist passiert!« Ich sah Jimmy an. »Du musst mir glauben! Ich hab nur ein bisschen sauber gemacht, und Modell gesessen – aber niemals … niemals so.« Ich zeigte auf meine Skizze, die auf einmal aussah wie aus einem der Männermagazine, von denen Babs erzählt hatte, dass ihr Vater sie unterm Bett im Gästezimmer aufbewahre und glaubte, ihre Mutter wüsste nichts davon.

»Hure«, zischte Hank. »Genau wie deine Mutter.«

»Halt den Mund!«, sagte ich. »Wie kannst du es wagen, so von meiner Mutter zu sprechen!« Heiße Tränen der Wut strömten über mein Gesicht. Irgendetwas sagte mir: *Er ist immer noch sauer*. Sauer, weil Mr Cahill ihn dazu gebracht hatte, zu sagen, dass die Ansel-Adams-Fotos in ihm den Wunsch auslösten, von hier wegzugehen, egal wohin, nur weg von hier, wo er doch der große Footballstar der Stadt war, der Stolz von Groverton.

»Oh, ich wiederhole nur, was die Frauen in unserer Stadt erzählen. Sicher ist es ein Jammer, dass deine Mama krank wurde und starb, aber das davor war auch ein Jammer, nämlich dass so eine Hure sich einen rechtschaffenen Mann wie deinen Vater geangelt hat – na ja, jedenfalls *war* er mal rechtschaffen. Jetzt ist er ein stadtbekannter Trinker, und du bist nichts weiter als eine Hure und Jimmy hier –«

Jimmy erwachte aus seiner Erstarrung und versetzte ihm einen Schlag auf die Nase. Blut lief Hank übers Gesicht, er stolperte zurück, betastete schockiert seine Nase. »Was zum Teufel … warum …?«

»Geh weg, Hank«, sagte Jimmy. »Geh einfach nach Hause.«

Hank wollte protestieren, doch dann drehte er sich um und stapfte leise vor sich hin murmelnd davon.

Einen Moment lang dachte ich, alles wäre gut. Jimmy würde verstehen, was passiert war und was nicht. Er würde mir vergeben. Und vielleicht könnte Mr Cahill mir letzten Endes doch Unterricht gegeben …

Doch als Jimmy mich wieder ansah, schmerzte mein Herz wie nach einem Dolchstoß. Sein Gesicht war noch immer versteinert, in seinen Augen flackerte Wut und Enttäuschung.

»Es ist nichts passiert«, sagte ich noch einmal. »Es ist nicht so, wie es … Mr Cahill ist nicht … Er ist nicht an mir interessiert –«

Ich verstummte, drückte mir die Hand auf den Mund. Auch wenn ich verstand, dass Mr Cahill vom anderen Ufer war, Jimmy konnte das nicht wissen.

Und ich hatte auch nicht gesagt, dass ich kein Interesse an Mr Cahill hatte. Jimmys verletzter Gesichtsausdruck zeigte überdeutlich, dass er vor allem eines verstand, nämlich dass ich willig gewesen wäre, hätte Mr Cahill Interesse an mir bekundet.

»Jimmy«, sagte ich, und plötzlich strömten mir Tränen übers Gesicht. »Jimmy, ich – es tut mir leid …«

»Steig ein«, sagte er. »Wir haben den Nachbarn schon genug Spektakel geboten und wochenlangen Gesprächsstoff.« So barsch hatte Jimmy mich noch nie abgekanzelt.

Ich stieg ins Auto, drückte unglücklich meine Schultasche an mich, versuchte zwischen Schluchzen und Schluckauf zu erklären, dass mein Modellsitzen ganz und gar unschuldig gewesen war und ich mich nie ausgezogen hatte, dass ich nur ein paar Mal Modell gesessen und das Haus saubergemacht hatte, und auch nur wegen des Geldes, weil ich nach der Highschool nach New York gehen wollte, um dort Schneiderin zu werden. Ich erklärte ihm, dass Mr Cahill nur zögernd eingewilligt hatte, dass ich für ihn arbeitete, und wie er heute Nachmittag darauf beharrt hatte, dass ich nur für ihn arbeiten dürfe, wenn mein Vater es erlaube.

Auf dem ganzen Weg sprach Jimmy kein Wort. Am Ende fiel auch mir nichts mehr ein.

Vor unserem Haus wandte er sich mir zu. »Es tut mir leid«, sagte er, »aber ich kann einfach nicht … wir können nicht länger miteinander gehen.«

Er wandte sich ab, das Lenkrad fest umklammernd, starrte geradeaus und wartete darauf, dass ich ausstieg.

17. Kapitel

Am nächsten Morgen saß Daddy am Küchentisch und las die Zeitung. Kaffee dampfte in seiner Tasse, und auf seinem Teller lag ein halb gegessener verbrannter Toast. Der Geruch erinnerte mich bitter an den Tag, als ich Jimmy kennengelernt hatte.

Gestern Nachmittag, nachdem Jimmy mich zu Hause abgesetzt hatte wie einen Müllsack, den er so schnell wie möglich entsorgen wollte, hatte ich Erdnussbutter-Sandwiches mit Marmelade zubereitet und auf den Küchentisch gestellt, als Abendessen für Daddy und Will. Dann war ich in mein Zimmer gegangen und hatte mich in den Schlaf geweint.

»Komm, setz dich hin, Donna«, sagte Daddy.

Seine Stimme war fest, ruhig, und diese Ruhe machte mir mehr Angst als sein betrunkenes Gezeter sonst.

Ich versuchte, mich zu beruhigen, indem ich so lange mit meinen geschwollenen Augen blinzelte, bis ich die Schlagzeilen auf der ersten Seite der *Groverton Daily News* lesen konnte – MCCARTHY SETZT UNTERSUCHUNG DER FERNMELDETRUPPE DES US-HEERES FORT – ANGEBLICHER SPIONAGERING ANGEFÜHRT VON JÜDISCHEN INGENIEUREN – und darunter: FIRST CHURCH OF CHRIST STELLT NEUEN REKORD BEIM KUCHENVERKAUF AUF. Doch dann ließ Daddy die Zeitung sinken und sah mich an.

Ich hatte nicht damit gerechnet, das auch seine Augen rot und geschwollen waren. Wieder ein Besäufnis, war mein erster Gedanke. Doch dann wurde mir klar, dass er geweint hatte. *Weil ich Schande über die Familie gebracht hatte.*

Seine ersten Worte schienen das zu bestätigen. »In dieser Stadt verbreiten sich Neuigkeiten wie ein Lauffeuer.« Doch dann: »Es steht noch nicht in der Zeitung, aber Frederick McDonnell wurde letzte Nacht tot aufgefunden.«

Ich brauchte einen Moment, um die Verbindung herzustellen. Daddy meinte den Seltsamen Freddie. Es war die Nachricht von seinem Tod, die meinem Vater endlich Tränen in die Augen getrieben hatte.

»Warum … wie …«, stotterte ich.

Daddy schüttelte den Kopf. »Das wird man wohl nie wirklich erfahren. Er wurde gleich hinter der Stadtgrenze gefunden, an der Straße. Es sah aus, als wäre er verprügelt worden. Aber wer weiß, vielleicht war's auch nur eine seiner üblichen Schlägereien. Oder ein Gewerkschafter hat von Freddies Geplauder gegenüber dem Sohn vom Boss erfahren, dass die Gewerkschaftsgruppe 83 expandieren will, um sich dann zum Streik mit den anderen Gewerkschaftsgruppen zusammenzuschließen.«

Natürlich, dachte ich. *Daddy gehörte selbst einmal zur Geschäftsleitung und beschuldigte die Gewerkschafter.* Seit ich für Grandma arbeitete, sah ich »Geschäftsleitungen« in einem anderen Licht.

Dann murmelte er verärgert: »Aber wahrscheinlich haben die den alten Unternehmenstrick angewandt und Schläger angeheuert, um den Leuten Angst zu machen, eine Art Warnschuss, der übers Ziel hinausgeschossen ist.« Er schüttelte den Kopf. »Es wird bald ungemütlich werden in der Stadt«, sagte er. »Die genauen Umstände von Mr McDonnells Tod werden wir nie erfahren, aber eines ist jetzt schon sicher: Einige werden Angst kriegen, andere Wut, und ich kann mir nicht vorstellen, wie ein Streik noch verhindert werden soll.«

Tränen stachen mir in den Augen, weil Daddy Mr McDonnell bei seinem richtigen Namen genannt hatte, genau wie Jimmy. Doch Daddy interpretierte meine Betroffenheit falsch. »Aber du hast deine eigenen Probleme, stimmt's?«

Daddy hatte recht, dachte ich. Neuigkeiten verbreiteten sich in Groverton wie ein Lauffeuer.

»Donna, mein kleines Mädchen, kein Mann oder Junge ist deine Tränen wert, wenn er dich absichtlich zum Weinen bringt.«

Ich starrte meinen Vater an, noch sprachloser als nach seiner Mitteilung von Mr McDonnells Tod. Ich überlegte, was ich sagen konnte, irgendetwas … aber die Kluft zwischen uns war einfach zu groß.

»Deine Großmutter braucht dich wieder im Café«, sagte er jetzt in einem Ton, der keinerlei Mitleid erkennen ließ und jede Diskussion ausschloss.

Er vertiefte sich wieder in seine Zeitung.

Das war also meine Strafe. Ich musste wieder für Grandma arbeiten, vordergründig, um Geld zu verdienen, aber in Wirklichkeit, damit sie mich quälen konnte.

Ich stand auf, ging zum Schrank und begann, Arme Ritter für Will zuzubereiten.

* * *

Später am Samstagabend, als ich gerade aus der Küche von Dot's Corner Café in den Gastraum trat, hielt Grandma mich am Arm fest, so dass ich um ein Haar die zwei Tagesgerichte – Truthahnsandwiches, grüne Bohnen, Apfelmus, Brötchen und Butter – fallen gelassen hätte.

»Was glaubst du eigentlich, was du machst?«, fuhr sie mich an, das Gesicht vor Anspannung verzerrt.

»Ich bringe Mr und Mrs Leis ihr Abendessen«, sagte ich, war erst vor zehn Minuten zur Arbeit gekommen, als Grandma gerade hinten in ihrem kleinen Büro saß.

Ich sah an Grandma vorbei in den Gastraum. Mr Leis war wieder mit dem Salzjungen und Pfeffermädchen in Holländertracht zugange, und Mrs Leis winkte mir zu. Sie freute sich, mich zu sehen, und hatte gesagt, sie hätte mich vermisst.

»Ich wusste wirklich nicht, ob ich dich hier sehen will«, sagte Grandma, »aber dein Vater hat mich angefleht, damit ich ein Auge auf dich haben kann, während der arme Mann sich zu Tode schuftet für dich und Will.«

Du meinst wohl, während er zu AA-Treffen mit Miss Bettina geht, damit er sich nicht zu Tode säuft, hätte ich am liebsten erwidert. Obwohl Grandma wusste, dass Ace Hardware Punkt achtzehn Uhr schloss, sprach sie von Daddys Abendaktivitäten immer als »Arbeit«. Sie konnte einfach nicht zugeben, dass er zu den Treffen der Anonymen Alkoholiker ging, genauso wenig wie sie vorher zugegeben hatte, dass er trank.

Doch natürlich sagte ich nichts dergleichen, sondern: »Ma'am, Mr und Mrs Leis' Essen wird kalt, wenn ich es ihnen nicht bringe –«

Grandma nahm mir die Teller ab. »Ich werde ihnen das Essen bringen! Dein skandalöses Verhalten wird mich keine Gäste kosten. Geh zurück in die Küche.«

Sie setzte ein breites, falsches Lächeln auf, drehte sich um und ging zum Tisch der Leis'.

Ich stand vor Wut zitternd in der Küche, denn wenn ich nicht mehr bediente, konnte ich auch kein Trinkgeld mehr abzweigen. Mehr als je zuvor wollte ich nach der Schule aus Groverton weg, war mir nicht einmal sicher, ob ich überhaupt noch so lange warten konnte. In der Nacht, die ich wegen Jimmy und wegen Mr Cahill durchgeweint hatte, hatte ich auch Wutanfälle gehabt und wieder und wieder das Geld gezählt, das ich gespart hatte, beinahe siebzig Dollar. Wenn ich bis zum Ende der Abschlussklasse ungefähr zweihundert Dollar zusammenbekam, hätte ich mehr als genug für eine einfache Fahrt mit dem Greyhound-Bus nach New York, für ein billiges Zimmer, billige Sandwiches und Busfahrkarten, während ich mir eine Arbeit als Schneiderin suchte …

Miss Bettina hatte ich seit dem Drama vom Vortag nicht mehr gesehen. Vielleicht konnte sie mir mehr Arbeit geben, wo ich jetzt kein Trinkgeld mehr von Grandmas Servierjob bekam. Ich musste einfach glauben, dass Daddys neues, friedfertigeres Verhalten ihrem Einfluss zu verdanken war.

Wieder stiegen mir Tränen in die Augen, als ich mich fragte, wie enttäuscht Miss Bettina womöglich von mir war. Es spielte keine Rolle, dass zwischen mir und Mr Cahill wirklich nichts passiert war, denn dank Hanks großer Klappe würde die ganze Stadt das Gegenteil denken.

Grandma kam in die Küche zurück, und sobald die Tür hinter ihr zufiel, wich das Lächeln aus ihrem Gesicht. Sie streckte die Hand aus und nahm mir die Kappe vom Kopf. »Ralph, du kannst Donnas Mütze aufsetzen.«

Sie ging zu Ralph und hielt ihm die Mütze hin. Er starrte sie mit offenem Mund an.

»Sie sagen doch seit Jahren, Sie wären gerne Kellner. Also, hier ist Ihre Chance, ich lerne Sie an.«

»Aber … das Geschirr …«

»Das ist Donnas neuer Job.«

Ralph sah mich bedauernd an.

Ich nickte. *Ist schon gut.*

Er sagte: »Dann sehe ich schnell nach, ob wir Gummihandschuhe für Donna haben –«

»Das ist nicht nötig!«, fuhr Grandma ihn an. »Sie benutzen ja auch keine.«

»Aber sie ist ein junges Mädchen, und das Wasser wird –«

»Nicht heiß genug!« Grandma drehte das Wasser ganz heiß auf. Ralph riss seine Hände raus.

Ich ging zur Spüle, nickte Ralph wieder zu, der seinen Blick von mir abwandte. *Nur noch eine kleine Weile halte ich still*, sagte ich mir, *bis ich das Geld zum Gehen habe*. Ich tauchte meine nackten Arme bis zu den Ellbogen ins Spülbecken, unterdrückte einen Aufschrei, als das heiße Wasser mich für meine Sünden verbrühte.

* * *

Als an diesem Abend Dot's Corner Café endlich zumachte, schmerzten meine feuerroten Hände und Unterarme von dem heißen Wasser. Ich sehnte mich danach, zu Hause meine Haut mit der Lotion von Jerkins zu kühlen.

Aber Grandma entdeckte mich, ergriff meinen Arm, wobei sich ihre Nägel in meine empfindliche Haut bohrten, und sagte: »Ich gehe davon aus, dass du jetzt kein Kleid mehr für den Schulball brauchst!«

Natürlich. Sie wollte ihre zwanzig Dollar zurück, da ich offensichtlich nicht mehr mit Jimmy zum Schulball ging.

Automatisch antwortete ich: »Ich habe den Stoff und das Material für das Kleid schon gekauft und zugeschnitten, kann ihn also nicht mehr zurückbringen.« Ich lächelte.

Mein Sieg währte nicht lange.

»Gut«, sagte sie. »Dann werde ich deinen Vater wissen lassen, dass ich deinen Lohn so lange einbehalte, bis du die zwanzig Dollar abgearbeitet hast.«

* * *

Es war schließlich kalt geworden, und auf dem Nachhauseweg prasselte ein plötzlicher Regenschauer auf mich nieder. Im Haus schüttelte ich den Regenmantel aus, hing ihn an den Garderobebaum und ging so leise wie möglich die Treppe hinauf. Ich sehnte mich nach der Wärme meines Bettes. Natürlich knarrte die dritte Stufe wieder, trotzdem ging ich auf Zehenspitzen an Wills Zimmer vorbei, blieb aber stehen, als er meinen Namen rief. Ich kniff die Augen zu und überlegte, einfach weiterzugehen, doch er rief mich noch einmal.

Ich ging hinein. Er saß im Schneidersitz auf seinem Bett und fummelte in seinem Alaska-Diorama herum. »He, Donna, guck mal«, sagte er und hielt es mir hin. »Ich hab eins von den Matchbox-Autos, die ich zu meinem Geburtstag gekriegt hab, dazugestellt, und ein paar Leute, mich, dich und Jimmy –« Er hielt inne, und ein sorgenvoller Ausdruck breitete sich auf seinem sommersprossigen Gesicht aus. »Was ist los? Hast du ein beschissenes Rendezvous mit Jimmy gehabt?« Dann wackelte er mit den Augenbrauen und grinste. »Hat er zu fummeln versucht?«

Ich nahm ihm das Diorama aus der Hand und hielt es wie ein Akkordeon an beiden Enden. »Nein«, sagte ich. »Jimmy und ich haben Schluss gemacht.« Selbst in meinen eigenen Ohren klang ich verbittert, fuhr aber fort: »Die Nachricht hat es wohl noch nicht bis zu deiner kleinen Freundesschar geschafft.«

Will blickte verletzt und verwirrt drein. »Du gehst nicht mehr mit Jimmy? Aber – warum?«

Und selbst in der Stimme meines kleinen Bruders hörte ich die Vermutung mitschwingen – oder glaubte es zumindest –, dass ich dafür verantwortlich war. Ich war schuld, und die ganze Wut, die ich bislang unterdrückt hatte, entlud sich in meiner grimmigen Antwort: »Weil deine große Schwester eine Hure ist, Will. Jedenfalls denken das alle. Einschließlich Jimmy. Und willst du noch was wissen, Will?« Ich drückte zu fest an den beiden Enden der Schuhschachtel, doch konnte meine Hände nicht davon abhalten, konnte nicht loslassen, konnte den Mund nicht halten, obwohl Will inzwischen angstvoll meine Hände und Arme anstarrte und sagte: »Donna, hör auf, sag nichts mehr; Donna, deine Arme, was ist mit deinen Armen und Händen passiert«, doch ich redete einfach weiter. »Und noch etwas, Will, du wirst nicht nach Alaska reisen. Ich auch nicht und Trusty auch nicht. Für Leute wie uns gehen Träume nicht in Erfüllung, Will.«

Plötzlich zerknautschte das Schuhschachtel-Diorama in meinen Händen wie ein Akkordeon, aber natürlich kam kein Ton heraus, sondern einfach nur ein Knirschen und ein Laut, als ob Luft entwich. Gleichzeitig wurden Wills Augen groß, und sein Mund öffnete sich, als wollte er schreien. Doch genau wie Trusty war auch er stumm geworden.

18. Kapitel

Am nächsten Freitagabend, dem 9. Oktober, während Daddy und Miss Bettina bei den Anonymen Alkoholikern waren und Will bei Tony die nächste Episode von *Sergeant Striker* sah und dort übernachtete, ging ich hinunter in den Keller, um weiter an meinem Ballkleid zu arbeiten.

Natürlich wusste ich, dass ich nicht hingehen würde – nicht mit Jimmy, nicht mit irgendeinem anderen, nicht einmal zusammen mit Freunden oder ganz allein.

Zu Beginn der Woche war der erste Schultag nach dem Ende meiner Beziehung mit Jimmy qualvoll gewesen, obwohl Jimmy mich als Einziger mit einem freundlichen Hallo begrüßte und damit allen signalisierte, mich in Ruhe zu lassen. Bis auf ein paar verächtliche Blicke hielten sich alle daran. Doch ich wurde vollkommen links liegengelassen. Selbst Babs ging mir aus dem Weg, und auch die Lehrer riefen mich nicht wie sonst auf.

Als schließlich der Kunstunterricht bevorstand, wäre ich am liebsten aus meiner Haut geschlüpft und vor mir selbst geflüchtet. Hätte ich es vermocht, mein Herz aufzubrechen und meine Seele freizulassen, damit sie davonfliegen konnte, ich hätte es wohl getan.

Doch dann wartete Rektor Stodgill im Klassenzimmer auf uns. Er informierte uns, dass Mr Cahill gekündigt und die Stadt verlassen hatte, aber darum bat, seiner Kunstklasse folgenden Brief vorzulesen: »Liebe Schüler! Wie Sie vielleicht wissen, habe ich mehrere Artikel an den Verleger der *Groverton Daily News* geschickt. Darin habe ich meine Besorgnis über das gegenwärtige politische Klima ausgedrückt, in dem die Verfolgung von Menschen mit anderen Vorstellungen – oder sogar von Vorstellungen, die auch nur ansatzweise dem entgegenstehen, was unsere feine Regierung als Norm deklariert – als angemessen und patriotisch erachtet wird. Ich wurde von Ihrer Schulbehörde aufgefordert, davon abzusehen, meine persönlichen Ansichten kundzutun, weder in der Zeitung noch in Gesprächen, wenn ich meine Stelle als Ihr Kunstlehrer behalten wolle. Unter diesen Bedingungen kann ich meinem Lehrauftrag nicht nachkommen und habe deshalb meine Kündigung eingereicht. Ich ziehe nach New York, wo ich an verschiedenen Projekten für eine wichtige Kunstausstellung weiterarbeite. Sollten meine Arbeiten akzeptiert werden, würde ein Traum für mich wahr. Ich hoffe, Ihnen genug über Kunst und das eigene Ausdrucksvermögen vermittelt zu haben, damit Sie weiter über Ihre Träume nachdenken und sie verfolgen werden. Hochachtungsvoll, Nate Cahill.«

Zuerst kicherten meine Klassenkameraden, denn in Rektor Stodgills ausdrucksloser, dünner Stimme hatte sich die formelle Ausdrucksweise befremdlich angehört. Doch dann wurde es ganz still; die gleichen Worte und Formulierungen hätten aus Mr Cahills Mund eloquent und richtig geklungen. Aber er war nicht da. Er war weg.

Und dank Hank wusste auch jedermann, warum, egal was in seinem Brief stand. Alle drehten sich um und sahen mich an, waren auf einmal wütend und traurig. Der interessanteste Lehrer, den die meisten von uns je gehabt hatten, war gegangen. Und ich war schuld.

Rektor Stodgill teilte uns unseren neuen Stundenplan für die siebte Stunde mit. Ich wurde zurück in die Hauswirtschaftslehre verbannt, um niedliche kleine Geschirrtücher zu nähen. Trotzdem war Schule immer noch besser, als in Miss Bettinas Laden zu arbeiten, wo die Frauen mir missbilligende Blicke zuwarfen, oder in Dot's Corner Café, wo ich weiterhin Geschirr spülte. Daheim redete Will nicht mehr mit mir, weil ich sein Diorama zerdrückt hatte, doch Montagnachmittag kam er mit einem blauen Auge aus der Schule. Den Grund dafür erfuhren wir von Mrs Baker, die bei uns klingelte und sich beschwerte, dass er ihren kleinen Howard verprügelt habe, weil der mich ein leichtes Mädchen genannt hätte. Daddy hörte ihr zu, nickte stumm und schloss die Tür (als Mrs Baker noch redete). Ich hätte vor Erleichterung, dass Daddy Will nicht schlug, sondern bloß ohne Abendessen auf sein Zimmer schickte, fast geheult. Als am nächsten Morgen eine Schachtel Gummihandschuhe auf dem Küchentisch lag, ein Geschenk von Daddy, habe ich dann doch noch geheult.

Dann kam der Mittwoch, und das Interesse an mir wich einem neuen Ereignis: Die Gewerkschaftsmitglieder der United Paperworker International von Groverton Pulp & Paper versammelten sich und streikten für bessere Sicherheitsmaßnahmen.

Meine plötzliche Bedeutungslosigkeit erfüllte mich mit schamvoller Erleichterung, obwohl auch ich von der angespannten Stimmung angesteckt wurde, die sich plötzlich über die Stadt legte wie der Schwefelgestank aus den Schloten. Nie zuvor hatte ich Groverton so gespalten erlebt. Alle Regeln der Höflichkeit wurden fallengelassen, die darunterliegenden Ängste und Feindseligkeiten bloßgelegt.

Auch mein persönliches Drama fand kein Ende. War ich

früher genervt, wenn Will mich Abend für Abend in sein Zimmer rief, fehlte er mir jetzt. Mir fehlte, mit ihm zu reden und ihn zu umsorgen.

Ich vermisste Jimmy. Ich vermisste unsere Gespräche, unser gemeinsames Lachen. Ich vermisste seine Berührung.

Und ich vermisste Mr Cahill. Ich vermisste den Kunstunterricht, seine verdreckte Küche und seine Versuche, mich von meinem Talent zu überzeugen. Ich sehnte mich auch nach dem, was ich mir hatte entgehen lassen, nämlich seine Hilfe bei meinen Entwürfen.

Als ich mich Donnerstagnachmittag aufmachte, um zu Grandmas Diner zu gehen, sah Miss Bettina mich traurig an und sagte, sie würde mir gern zuhören, wenn ich einmal reden wollte.

Ich nickte wortlos. Ich hatte die ganze Woche so wenig gesprochen, dass es mich nicht gewundert hätte, wenn ich stumm geworden wäre, wie Trusty. Jetzt verstand ich, wie es möglich war, dem großen Hund alle Lebensgeister herauszuprügeln, so dass er sich nicht mal mehr die Mühe machte, einen Ton von sich zu geben.

Spät am Freitagabend, nachdem ich vom Diner nach Hause gekommen war, schlich ich hinunter in den Keller, suchte Trost in der Arbeit an meinem Schulballkleid. Ich knipste die nackte Glühbirne an, öffnete den Koffer, in dem nur noch das Kleid lag, an dem ich gerade arbeitete. Dabei fiel mir ein, dass es vor Jahren, als ich sie einmal gezählt hatte, achtunddreißig Kleidungsstücke gewesen waren.

Achtunddreißig – zum ersten Mal wurde mir bewusst, dass Mama jetzt achtunddreißig Jahre alt wäre, würde sie noch leben. Im Vergleich zu Papa war sie bei der Hochzeit noch sehr jung gewesen …

Der Gedanke ließ mich innehalten, ich stand reglos da, und in der absoluten Stille hatte ich das Gefühl, hinter mir etwas zu hören.

Ich nahm die Schere aus dem Koffer mit dem Nähzeug, schloss die Hand um den Griff wie um das Heft eines Messers, und versuchte, mich nicht zu bewegen, hielt sogar den Atem an.

In dieser Grabesstille wurde mir klar, dass ich zwar nichts hörte, aber etwas spürte, wie eine leichte Vibration. Mir wurde eiskalt, die Härchen auf meinen Armen standen zu Berge, meine Kopfhaut kribbelte und Angst schnürte mir die Kehle zu. Dann musste ich wieder atmen, und als ich tief Luft holte, stieg mir der Geruch von Kot und Fäulnis in die Nase. Mit zitternder Hand hob ich die Schere, hielt sie wie einen Dolch, und drehte mich langsam um, darauf gefasst, einem unbekannten Angreifer gegenüberzustehen. In dieser Woche hatte Daddy die Lücke, die Mr Cahills – von den Einwohnern missbilligte, aber auflagenfördernde – Artikel hinterlassen hatte, mit scharfzüngigen Einlassungen gefüllt. Er unterstützte darin die Forderungen der Gewerkschaft nach besseren Sicherheitsvorkehrungen, zitierte sogar Sicherheitsmängel aus seiner Zeit als Abteilungsleiter und bedauerte, Mr Frederick McDonnells Beschwerden seinerzeit nicht ernster genommen zu haben. Wir hatten böse, anonyme Drohbriefe bekommen, und ein Mann aus Tangy Town, der ständig arbeitslos war und den laut Daddy die Geschäftsführung manchmal heimlich als Schläger einstellte, um die Arbeiter einzuschüchtern, war sogar zu Ace Hardware gekommen und hatte Daddy eine Platzwunde und ein blaues Auge verpasst. Ich wusste nicht, wie ich es Daddy direkt sagen konnte, aber zum ersten Mal, seit ich denken konnte, war ich stolz auf ihn.

Meine Angst, dass sich nun ein Irrer in unseren Keller geschlichen haben könnte, war also nicht unbegründet.

Doch was dann tatsächlich vor mir stand, war ein irrer Hund.

Der namenlose Hund von Stedmans Schrottplatz.

Trusty.

Er sah noch schäbiger aus als zuvor, mit klaffenden Wunden an den Pfoten und räudigem Fell, unter dem jede einzelne Rippe zu sehen war. Er knurrte stumm mit gefletschten Zähnen.

Von seinem Maul hingen Sabberfäden. Sein Fell sah aus wie ein verfilzter alter Fellteppich, den man über ein Gerüst aus klapprigen Knochen geworfen hatte, doch sein Maul mit den gebleckten Zähnen schien mir kräftig genug, um richtig zubeißen zu können. Ich legte die Schere beiseite, denn gegen seine Zähne konnte sie nichts ausrichten. Aber ich wusste nicht, was ich machen sollte – die alte Schneiderbüste in der Ecke packen und nach ihm werfen? Versuchen, an ihm vorbei zur Treppe zu rennen? Plötzlich ging Trusty auf mich los, schnappend und knurrend, und ich warf alles nach ihm, was ich in die Finger kriegen konnte: die Schere, Garnspulen, ein Nadelkissen, was ihn zwar bremste, aber nicht stoppte, und ich rannte zur Schneiderbüste, die ich in meiner Verzweiflung als Schutzschild benutzte, und dann hörte ich Will schreien: »Trusty! Trusty!«, und plötzlich war er da und warf sich auf den Hund. Jetzt hatte ich keine Angst mehr um mich, sondern um Will, rannte zu ihm hin, ohne einen Plan, außer dass ich den Hund an seinem schlaffen, verlotterten Fell packen und von ihm wegziehen wollte.

Doch in den wenigen Sekunden, die ich brauchte, um sie zu erreichen, hatte Trusty sich beruhigt und hechelte nur noch. Will, die Arme um den Hund geschlungen, murmelte: »Trusty, alles ist okay, alles okay.«

Dann starrten sie beide zu mir hoch.

»Will«, sagte ich so ruhig wie möglich, »geh von dem Hund weg. Er ist wild und irre und –«

»Nein«, sagte er. »Trusty würde mir nie etwas tun. Er ist einfach nur selber verletzt und hat Angst. Deshalb musste ich ihn herbringen.«

Ich sah mir den Hund genau an, der sich dicht an Will drängte, und musste zugeben, dass meine eigene Sicherheit zwar gefährdet war, Wills aber nicht. Trusty würde ihn niemals verletzen, nur beschützen.

»Was ist mit ihm passiert?«, fragte ich.

»Mr Stedman hat gemerkt, dass er Trusty wieder ungestraft verprügeln kann.«

Zuerst verstand ich nicht, was er meinte, doch dann wurde es mir klar. Natürlich, Jimmy hatte Mr Stedman gesagt, er solle den Hund in Ruhe lassen. Aber Jimmy und ich waren nicht mehr zusammen. Ich … meine Familie … die Belange meiner Familie und damit auch das Wohlbefinden des Hundes standen nicht mehr unter dem Schutz des Sohnes vom neuen Geschäftsführer der Papierfabrik, zumal Daddy auch noch gewerkschaftsfreundliche Leserbriefe schrieb.

Ich schüttelte den Kopf. Trusty tat mir leid, doch für seinen Zustand war ich nicht verantwortlich. Schuld daran war ein verbitterter, böser kleiner Mann. Und wir würden nur noch mehr Ärger kriegen, wenn wir den Hund hier versteckten.

»Wir können Trusty nicht hierbehalten«, sagte ich. »Früher oder später wird Daddy es herausfinden –«

»Ich bringe Trusty nicht zu Mr Stedman zurück«, sagte Will mit erstickter Stimme und Tränen in den Augen. »Wenn er noch mal so geschlagen wird, stirbt er!«

Ich betrachtete den Hund. Selbst wenn er keine weiteren Schläge bekam, würde er in seinem Zustand nicht lange überleben. »Wie und wann hast du ihn überhaupt hergebracht?«

»Erst heute Abend.«

»Du hast gesagt, du willst bei Tony die Sendung ansehen und dort übernachten.«

Will schob das Kinn vor. »Ja. Das habe ich gesagt. Aber nicht gemacht. Ich hab Trusty geholt und ihm gesagt, er soll hier unten bleiben. Ich dachte, wenn du nach Hause kommst, gehst du wieder sofort ins Bett und kommst nicht zu mir ins Zimmer.«

Bei seinen Worten, dass ich ja nicht mehr in sein Zimmer kam, zog sich mein Herz zusammen, und dann noch mehr, als mir klarwurde, dass er eine Episode von *Sergeant Striker* verpasst hatte, um seinen eigenen Trusty zu retten. Nach allem, was wir in der letzten Woche durchgemacht hatten, trieb mir das jetzt die Tränen in die Augen. Doch ich blinzelte sie schnell zurück, als Will an mir vorbei auf die offenen Koffer starrte und sagte: »Donna, was machst du da gerade?«

»Gar nichts«, fuhr ich ihn an. »Du kriegst große Probleme, wenn Daddy herausfindet, dass du Mr Stedmans Hund gestohlen hast. Als Mrs Baker rüberkam, hast du noch mal Glück gehabt.«

»Ich hab Howard nur eine verpasst, weil er schlecht über dich geredet hat«, sagte Will.

Mein Herz schmerzte bei der Vorstellung, dass mein kleiner Bruder, um den ich mich immer gekümmert hatte, nun mich verteidigen musste. Trotzdem sah ich ihn streng an. »Wir haben noch Zeit, Trusty zurück zu Stedman zu bringen. Vielleicht hat er noch gar nicht gemerkt, dass der Hund weg ist –«

»Nein! Ich werde mit Trusty nach Alaska fliehen, denn da gehört er hin.«

»Mach dich nicht lächerlich«, sagte ich und trat einen Schritt auf Will zu. Sofort ging Trusty knurrend auf mich los. Ich machte einen Satz zurück. Es war klar, dass ich Will nicht dazu bringen würde, den Hund zurückzubringen, und ich selbst würde es auch nicht schaffen.

Ich seufzte. »Will, Trusty braucht Hilfe oder er stirbt. Wir könnten ihn zum Tierarzt bringen –« Ich hielt inne. Wie sollten wir ihn ohne Auto dorthinbekommen?

Und dann fiel mir Mamas alter Wagen in der Garage ein.

»Ich fahre uns!«, sagte ich. »In Mamas altem Auto.«

»Das soll gehen?«

Ich dachte nicht groß darüber nach und sagte voreilig: »Warum nicht? Jimmy hat mir Autofahren beigebracht, und die Schlüssel sind entweder im Handschuhfach oder unter der Fußmatte.«

»Aber nicht zum Tierarzt«, sagte Will.

»Was? Warum nicht? Wohin denn sonst –?«

»Wir können keinem trauen, dass er nicht Mr Stedman anruft! Außer MayJune. Wir können Trusty zu MayJune bringen!«

Ich wollte protestieren, doch dann dachte ich, warum nicht? Wenn wir den Hund zu MayJune brachten, konnten wir ihn vielleicht auch dort lassen. Da würde Mr Stedman niemals nach ihm suchen, aber zu uns würde er als Erstes kommen, sobald er merkte, dass sein stummer Hund weg war.

»Also gut, dann komm«, sagte ich.

Doch als Trusty zu stehen versuchte, knickte seine rechte Vorderpfote ein. Bei genauerer Betrachtung sah ich, dass sie blutverschmiert war, als hätte er sie sich auf dem Schrottplatz an irgendwas aufgerissen. Ich konnte mir gut vorstellen, wie der arme Hund vor Mr Stedmans Schlägen versucht hatte wegzulaufen und sich dabei die Pfote verletzte.

Wut stieg in mir auf. Dieser schreckliche Mann. Ich sah Will an. »Kannst du Trusty so lange ruhig halten, bis ich seine Pfote verbunden habe?«

Er starrte die Pfote an, und nun liefen ihm Tränen über die Wangen. »Ich fühle mich so schlecht, weil ich von ihm verlangt habe, dass er mit der Pfote den langen Weg bis hierher geht.«

Ich legte Will die Hand auf die Schulter, wobei ich den Hund aber nicht aus den Augen ließ. Trusty sah mich misstrauisch an. »Das ist okay, Will, du hast getan, was du konntest.« Beim Gedanken an die Ungerechtigkeit von Trustys Schicksal kochte erneut Wut in mir hoch. »Du hast das Richtige gemacht.«

Will streichelte Trusty und sagte ihm ins Ohr: »Siehst du? Sie ist gar nicht so schlimm. Lass sie uns helfen ...«

Ähnliches murmelte er die ganze Zeit, während ich mit klopfendem Herzen Trustys Pfote verband und mich bemühte, einen Brechreiz zu unterdrücken, denn der Hund stank entsetzlich. Ich wickelte seine Pfote in den hellgelben Stoffrest des Kleides für die Einladung bei Jimmys Eltern.

Als ich schließlich fertig war, schloss Trusty die Augen und hechelte.

Wenn wir uns nicht beeilten, würde der Hund in Wills Armen sterben. Doch ein winziger Hoffnungsschimmer blieb. Vielleicht konnte MayJune Trusty wirklich gesund machen.

»Komm«, sagte ich. »Wir helfen Trusty die Treppe hoch.«

19. Kapitel

Natürlich sprang Mamas Wagen nicht an.

In meiner Eile, Trusty zu MayJune zu bringen, hatte ich nicht die vielen Ursachen bedacht, weshalb ein sieben Jahre lang nicht gefahrenes Auto unter einer blödsinnig fröhlichen Tischdecke mit roten Scheunen und gelben Enten nicht anspringen würde. Während Will den Hund liebevoll durch die Küche und den überdachten Durchgang führte, eilte ich in die Garage, riss das Tischtuch runter und warf es auf den Rücksitz, schob dann die Garagentür nach oben. Ich sah ins Handschuhfach und fand, wundersamerweise, den Autoschlüssel. Ein paar Sekunden lang, bevor ich ihn ins Zündschloss steckte, hatte ich das beschwingte Gefühl, alles würde sich problemlos fügen.

Doch als ich den Schlüssel im Zündschloss umdrehte, ertönte nur ein einsames Klicken. Ich versuchte es wieder und immer wieder. Vielleicht brauchte der Wagen nur frisches Öl, dachte ich verzweifelt. Ich stieg aus, um nachzusehen, ob im Kofferraum oder auf einem Regal eine Reservedose lag. Dann fielen mir auch noch die Mausefallen ein, die ich unter den Wagen gestellt hatte: Die Reifen waren platt gewesen.

Ich machte trotzdem den Kofferraum auf. Wenn ich das Auto in Bewegung setzen konnte und es zur Tankstelle schaffte, würde ein fröhlicher Sterry-Oil-Mann wie der auf Jimmys Atlasdeckel – oder wenigstens der mürrische alte

Mr Phibbs – Luft in die Reifen pumpen und Öl und Benzin nachfüllen.

Im Kofferraum war kein Öl.

Ich knallte den Deckel zu, stieg wieder ein und versuchte erneut, den Wagen zu starten. Klick, klick. Vielleicht konnte ich ihn im Leerlauf aus der Garage auf die Straße schieben, dachte ich, und dann bis zur Tankstelle mehr oder weniger rollen.

Ich drehte weiter den Schlüssel im Zündschloss, doch natürlich sprang der Wagen nicht an. Schließlich gab ich auf, legte den Kopf auf die Hände am Lenkrad, kämpfte gegen die Tränen an und hoffte, dass wir aus dem Tischtuch irgendwie ein Tragetuch machen, Trusty reinlegen und gemeinsam den ganzen Weg bis zu MayJunes Haus tragen konnten.

»Donna.«

Jimmys warme Stimme umhüllte mich. Ich dachte, ich träume.

»Donna, Will hat mich angerufen. Ich fahre ihn und Trusty zu MayJune.«

Ich rührte mich nicht, plötzlich wütend und beschämt, weil Will die Hoffnungslosigkeit meiner Hilfsbemühungen erkannt und dann ausgerechnet Jimmy angerufen hatte.

Wen hätte er denn sonst anrufen sollen?

Meine Wut und Scham wurden von Angst verdrängt. Wie hatte Will das am Telefon gesagt? Wer konnte in der Gemeinschaftsleitung mitgehört haben?

»Donna, du kannst einfach da sitzen bleiben oder aufstehen und mit uns kommen.«

»Ich lasse nicht zu, dass du Will irgendwohin fährst«, sagte ich.

»Und ich lasse Will nicht hängen, nur weil du halsstarrig

bist.« Er drehte sich um und ging hinaus zu unserer Einfahrt. Ich sprang aus dem Auto, um ihn anzuschreien, dass er kein Recht hatte, mich halsstarrig zu nennen, dass er mir nie richtig zugehört und mir nicht vergeben hatte.

Doch das hatte er, so gut er konnte. Und ich sah Will vorn in Jimmys Auto sitzen, Trusty auf dem Schoß.

Vor Anspannung und auch wegen der frühen Oktoberkälte heftig zitternd, schnappte ich mir das lächerliche Tischtuch vom Rücksitz von Mamas Kabrio und rannte zu Jimmys Auto. Zumindest einwickeln konnte ich Trusty, damit er Jimmys Sitze nicht mit Blut verschmutzte. Aus irgendeinem Grund gefiel es mir nicht, dass er uns retten kam, so wie die Helden in Babs' schwülstigen Romanen. Es machte mich stocksauer; ich wollte Jimmy gegenüber zu nichts verpflichtet sein.

* * *

MayJune öffnete die Tür ihres einstöckigen Hauses in Tangy Town, noch bevor ich richtig geklopft hatte. Sie wirkte ernst, aber nicht überrascht, als hätte sie uns erwartet. Doch Will hatte nichts von einem Telefonat mit ihr erwähnt. Er hatte einfach darauf vertraut, dass sie zu Hause sein und helfen würde.

Und so war es auch. MayJune nickte, als Will sagte: »Trusty ist schlimm verletzt!«, wandte sich um und ging ins Haus. Wir folgten ihr durch das kleine ordentliche Wohnzimmer in die Küche, wo ein Kupferkessel auf einem alten Gasherd anfing zu pfeifen, und weiter hinaus auf die windgeschützte hintere Veranda.

Dort stand ein Picknicktisch, auf dem Blätter, Gräser und Blumen zum Trocknen ausgebreitet waren. MayJune zeigte auf die Ecke neben dem Tisch und sagte zu Jimmy: »Legen Sie Trusty dort hin.«

Als Jimmy langsam und vorsichtig niederkniete, mit Will neben sich, sah ich erschrocken, dass dort schon eine Decke lag, zu einer kleinen Lagerstätte zusammengefaltet. Will setzte sich auf den Boden neben Trusty, der jetzt nicht mehr hechelte, sondern langsam und mühevoll mit geschlossenen Augen atmete. Ich konnte mir nicht vorstellen, dass der Hund überleben würde, und wollte Will den Schmerz ersparen, ihn sterben zu sehen. Und auch der Gefahr aus dem Weg gehen, dass der Hund sich im letzten Moment gegen den Tod stemmte und womöglich nach ihm schnappte.

»Will, wir sollten gehen –«, begann ich.

Doch MayJune sah mich scharf an. »Kommen Sie mit mir«, sagte sie. »Will geht es gut hier draußen mit Jimmy und Trusty.«

Jimmy hatte sich neben Will und Trusty auf den Boden gesetzt. Ich würde die beiden nie von dem Hund wegholen können.

MayJune war schon auf dem Weg zurück in die Küche, und ich folgte ihr. Rasch sammelte sie Gegenstände zusammen, verschwand kurz irgendwo anders im Haus, kam zurück mit irgendwelchen anderen Dingen und gab mir die ganze Zeit über Anweisungen, aber nicht so gemein und drohend wie Grandma. MayJune wusste einfach, was sie tat, und erwartete, dass ich ihren Instruktionen folgte. So holte ich mehrere Einmachgläser mit getrockneten Kräutern oben aus einem Schrank, wobei MayJune die Namen der gewünschten Pflanzen runterrasselte: Kamille, Beinwurz, Lavendel. Ihrer Anweisung folgend, tat ich zwei gehäufte Teelöffel von jedem Kraut in separate Schüsseln und zerrieb es zwischen den Fingerspitzen zu Pulver. Die vielen

Blumen, Gräser und Kräuter auf der hinteren Veranda kamen mir nicht länger merkwürdig vor. Mir wurde klar, dass MayJune eine Heilerin war, die ihre Kräuter für Hausrezepte selbst züchtete und konservierte. Zweifellos versorgte sie die Leute in Tangy Town damit, die im Gegensatz zu uns auf der anderen Seite des Flusses nur schwer Hilfe bei einem Arzt fanden. Schließlich überprüfte sie meine Arbeit, steckte die Nase in jede Schüssel, sog den Duft kurz ein und nickte zufrieden. Sie goss ein wenig von dem heißen Wasser aus dem Kessel über die pulverisierten Kräuter, löffelte etwas von der Kamille zurück in den Wasserkessel und stellte ihn wieder auf den Herd. Dann füllte sie kaltes Wasser von der Spüle in eine Tasse und tropfte es so lange in jede Schüssel, bis sie nicht mehr dampfte.

»Das ist für einen Breiumschlag«, erklärte MayJune. »Die Kräuter heilen und ziehen die Entzündung aus Trustys Wunden.«

Ich folgte ihr hinaus auf die Veranda. MayJune kniete sich schwerfällig neben Jimmy, Will und Trusty. »Ach, meine alten Gelenke sind auch nicht mehr, was sie mal waren.«

»Soll ich weiter summen und mit ihm reden?«, fragte Will, die Stimme sorgenschwer.

»Ja, und streichel seinen Kopf«, erwiderte MayJune. »Aber Vorsicht, er könnte nach dir schnappen, wenn ich den Apfelessig auf seine Pfote tupfe.« Behutsam nahm sie den Stoffstreifen ab, den ich um Trustys Pfote gewickelt hatte.

»Vielleicht solltest du lieber zu mir herkommen, Will.«

»Ihm passiert nichts«, sagte MayJune. »Will hat gelernt, vorsichtig zu sein.« Jimmy stand auf, kam zu mir herüber und legte den Arm um mich. Ich entzog mich ihm nicht, rückte aber auch nicht näher an ihn heran. Und verschränkte die Arme. Er nahm seinen Arm trotzdem nicht weg.

Ich spitzte die Ohren, um Wills leises Summen zu hören. Eigentlich hätte ich die Melodie wiedererkennen müssen, denn ich wusste, ich hatte sie schon mal gehört, doch konnte ich sie einfach nicht einordnen.

MayJune öffnete eine Flasche. »Apfelessig«, sagte sie. »Um Trustys Wunden zu desinfizieren.« Sie tropfte den Essig auf einen Waschlappen, wobei sie mich kurz ansah. »Es war gut, dass Sie die Wunden verbunden haben, aber sie hatten sich bereits entzündet.« Als MayJune den essiggetränkten Waschlappen auf die Wunden presste, erschrak Trusty und riss das Maul in einem stummen Jaulen auf. Während Will unablässig summte, begann MayJune den Brei auf die Wunden zu löffeln und verband sie nach und nach mit den Streifen eines zerschnittenen Lakens.

Nachdem der Brei ungefähr zur Hälfte aufgebraucht war, hörte sie auf. Schwer atmend und mit schweißnasser Stirn sah sie mich an. »Donna, schenken Sie den Kamillentee im Kessel in vier Tassen. Den Rest des Tees gießen Sie in eine Schale mit Wasser und bringen sie zusammen mit einem Löffel hierher. Der verwässerte Tee ist für Trusty.«

»Wir trinken den gleichen Tee wie der Hund?«, fragte Jimmy.

MayJune lächelte. »Die Kamille gehört zu den ungefährlichen Kräutern. Sie hilft bei Magenverstimmungen und beruhigt die Nerven, was wir wohl alle gebrauchen können. Und Trusty ist dehydriert und muss Wasser trinken, aber Kamille wird seinem Organismus guttun, damit er auch ein wenig essen kann.«

Als ich mit der Schüssel und dem Löffel zurückkam, saß MayJune neben Jimmy auf der gelben Hollywoodschaukel. Will saß weiter summend neben Trusty, jetzt begleitet von MayJunes Gesang:

All through the night there's a little brown bird singing
Singing in the hush of the darkness and the dew.
Would that his song through the stillness could go winging,
Could go winging to you,
To you …

Die Schale und der Löffel glitten mir aus den Händen, als ich die Worte wiedererkannte, und die Erinnerung kam blitzartig zurück: Es war ein Schlaflied, das Mama uns vorgesungen hatte.

* * *

»Ich verstehe das nicht. Wieso kann Will sich an das Lied erinnern, das Mama gesungen hat, oder zumindest an die Melodie, und ich nicht?«

»Er ist jünger als Sie«, sagte MayJune und trank einen Schluck Kamillentee. Sie saß auf einem Schaukelstuhl beim Kamin. »Seine frühesten Erinnerungen sind ihm näher.«

Ich sah Jimmy an, der am anderen Ende des verschlissenen roten Plüschsofas saß. Jetzt, wo sich die Sorge um Trusty gelegt hatte, machte der Abstand zwischen uns die Verlegenheit deutlich, die wir in der Gegenwart des anderen empfanden.

Ich sah zurück zu MayJune. »Aber Will war erst vier, als Mama gestorben ist«, beharrte ich. Er war bei Trusty auf der Veranda und flößte ihm löffelweise Kamillentee aus einer neuen Schale ein. »Da war ich zehn, kaum jünger als Will jetzt ist! Warum kann er sich daran erinnern? Und ich nicht?«

MayJune sah mich mitfühlend an. Ich senkte den Blick und starrte in meine Tasse, wollte kein Mitgefühl, sondern es einfach nur verstehen. »Sie haben so viel zu tun, meine Liebe, und müssen sich um so vieles kümmern, seit Ihre Mama gestorben ist.«

Entsetzt merkte ich, wie meine Augen sich mit Tränen füllten. Ich blinzelte sie weg, doch ein paar stahlen sich aus den Augenwinkeln. »Aber ich sollte mich an mehr erinnern als nur an … Fetzen von irgendwas. Andererseits habe ich Dinge entdeckt, die nicht zu dem passen, was ich über ihr Leben weiß.« Ich hielt inne, hatte plötzlich Angst, zu viel zu sagen, fühlte wieder das Tabu, mit dem Gespräche über Mama belegt waren. Doch dann dachte ich: *Grandma und Daddy und Miss Bettina sind nicht hier*. Will war draußen auf der Veranda. Und was konnte ich in Gegenwart von Jimmy schon sagen, dass er noch schlechter über mich dachte, als er es wegen des Verrats, den ich mit Mr Cahill begangen hatte, bereits tat?

»Ich habe Mamas alte Kleider im Keller gefunden. Sie müssen aus der Zeit sein, bevor sie unsere Mutter wurde«, sagte ich leise. »Sie waren in Koffern mit Mottenkugeln verstaut, und alle ganz elegant. Kleider für eine feine Dame. Und sogar Kostüme, wie für Bühnenshows. Aber das ergibt keinen Sinn. Daddy muss sie nach ihrem Tod aufgehoben haben, aber warum?« Ich hielt inne. Ihren Wagen hatte er ja auch behalten. Und das Haus mit allen Möbeln und Geräten so gelassen wie vor ihrem Tod. Will und ich waren in einem Schrein für unsere verlorene Mutter aufgewachsen. »Doch in den wenigen Erinnerungen, die ich an sie habe, hat sie immer nur langweilige, gewöhnliche Hauskleider getragen, oder einen Morgenrock, und –«

Mitten im Satz brach ich ab, sah zu MayJune auf, um mich zu entschuldigen. Denn auch sie trug ein gewöhnliches Hauskleid, hellgrün mit verblassten rosa Blumen.

Doch meine Bemerkung schien sie nicht zu kümmern. Sie lächelte, stellte ihre Teetasse auf einen kleinen Beistelltisch, umfasste die Armlehnen ihres Schaukelstuhls, hievte sich auf die Füße und ging, das linke Bein leicht nachziehend, langsam zu dem Geschirrschrank rechts neben dem Kamin.

Behutsam ließ sie sich auf die knackenden Knie nieder, öffnete eine Schublade, die für Besteck und Servietten bestimmt war, und richtete sich mit einem Fotoalbum in der Hand wieder auf. Ich erhob mich und ging ihr entgegen. MayJune gab mir das Album und sank zurück in den Schaukelstuhl, der dabei hinten an die Wand stieß. Nach all der Hektik, die unsere Ankunft ausgelöst hatte, war sie wieder ganz ruhig. Ich setzte mich zurück in meine Ecke des roten Sofas und strich mit der Hand über den abgegriffenen dunklen Ledereinband des Fotoalbums. Jimmy blickte neugierig zu mir herüber.

»Blättere zur Mitte«, sagte MayJune. Behutsam schlug ich das Album auf. Es gab Fotos von Leuten, die ich nicht kannte, Zeitungsausschnitte aus der *Groverton Daily News*: Todesanzeigen, Geburtsanzeigen, ab und zu Berichte. MayJune bemerkte meine Verwirrung und fügte hinzu: »Blätter weiter, noch ein oder zwei Seiten.«

Langsam begriff ich, und es zeigte sich in meinem Gesicht. MayJune seufzte zufrieden. »Na also«, sagte sie, nahm ihre Tasse vom Beistelltisch und trank einen großen Schluck Tee.

Ich starrte auf die Fotos einer wunderschönen jungen Frau; ihr Gesichtsausdruck wirkte entschlossen, aber das Lächeln war verhalten, ihre großen Augen hatten etwas Trauriges. Ich fragte mich, welche Farbe diese Augen hatten. Auf allen Fotos stand sie auf einer Bühne, hinter einem Mikrophon, und trug Kleider mit zu vielen Rüschen, mit Federn oder Pelzbesatz.

Die Fotos waren alle in Sepiafärbung, also auch die Kleider, so dass die Art des Stoffes oder des Besatzes wie Pailletten nicht genau zu sehen war, aber trotzdem pochte mein Herz heftig, als ich dachte: *Das Kleid kenne ich doch … aber das Kleid kenne ich nicht …*

Jimmy, neugierig geworden, war zu mir rübergerutscht und tippte sachte mit dem Finger neben das Foto, auf dem das Gesicht der jungen Frau am deutlichsten zu erkennen war. »Ist das deine Mutter?«

»Was redest du da? Mama war nie Sängerin gewesen, sie war – « Ich verstummte. Doch, Mama war Sängerin gewesen. Will erinnerte sich an ein Lied, das sie offensichtlich so gut gesungen hatte, dass er die Melodie summen konnte. Und als MayJune den Text dazu sang und erklärte, es sei eine schwermütige Ballade oder ein Shanty von Haydn Wood und Royden Barrie und in den 1940er Jahren sehr populär gewesen, hatte auch ich mich an die Worte erinnert. Zudem hatte ich noch vage Erinnerungen daran, dass Mama bei ihren Schallplatten mitgesungen hatte, selbst nachdem sie schon verklungen waren, im Schlafzimmer, wenn sie ihre Haare bürstete und ins Leere starrte, verloren in einer Welt, die nur ihr allein gehörte und nichts mit ihrer Realität als Ehefrau und Mutter in Groverton, Ohio, zu tun hatte.

»Aber du siehst der Frau ähnlich«, sagte Jimmy gerade.

Ich betrachtete das Foto eingehend, wollte gerade sagen: *Nein, das stimmt nicht*, und bestreiten, dieser schönen, dieser sexy jungen Frau auch nur vage ähnlich zu sehen. Der Frau, die trotz des leichten Zweifels in ihrem Lächeln offen in die Kamera blickte, als wolle sie dem Fotografen halb flirtend, halb verwegen zu verstehen geben, doch näher zu kommen, um das ganze Ausmaß ihrer Sehnsüchte zu erfassen.

So, wollte ich im strengen Ton Grandmas erwidern, habe

ich niemals ausgesehen. Doch dann wurde mir bewusst … das stimmte gar nicht. Dass ich beim letzten Mal, als ich für Mr Cahill Modell gestanden und in der Musik von Boléro und dem Geschmack der Persimone versunken war, genau diesen Gesichtsausdruck gehabt haben musste.

Und diesen Ausdruck hatte ich noch im Gesicht, als ich in Panik zu Will hinaus auf die Straße rannte. Das hatte Jimmy so sehr verstört – das, was ich mit Mr Cahill im Haus erlebt hatte, musste so intensiv gewesen sein, dass es meinem Gesicht anzusehen war, und zwar noch unverstellter als beim Liebesakt mit Jimmy. Die Verliebtheit eines Schulmädchens hätte er vielleicht vergeben können, aber nicht diesen Gesichtsausdruck, als ich aus Mr Cahills Haus gestürzt kam …

»Doch, es ist Ihre Mama«, sagte MayJune. Ich öffnete die Augen, kam zurück in die Gegenwart. »Sie hatte Joey, meinen Ältesten, der zwar in der Papierfabrik arbeitet, aber leidenschaftlich gern fotografierte – also im Moment streikt er natürlich –« Jimmy, der genau das verkörperte, wogegen Joey und die anderen streikten, errötete. Doch MayJune fuhr fort. »Also, sie hatte Joey gebeten, diese Fotos von ihr zu machen, gleich als sie anfing, im Pinewood Club unten an der Ecke als Sängerin aufzutreten. Den gibt's immer noch, ihr seid bestimmt dran vorbeigefahren. Jedenfalls sagte sie, sie brauche ein paar Reklamefotos, und tatsächlich hat der Club sie dann für eine Zeitungsanzeige benutzt. Blättern Sie eine Seite weiter, da sehen Sie es.«

Aber ich war wie gelähmt. Jimmy streckte die Hand aus und blätterte behutsam um. Ich starrte auf das gleiche Foto, doch diesmal auf vergilbtem Zeitungspapier. Mein Blick wanderte nach rechts oben zum Datum der *Groverton Daily News* – 18. Juni 1934, nur zwei Jahre vor meiner Geburt – und zurück zum Foto, der Anzeige, auf der stand: »Der

Pinewood Club präsentiert das neue Gesangswunder Rita McKenzie.«

McKenzie. Mamas Mädchenname.

Ich sah MayJune an. »Ich verstehe das nicht. Wie kam es, dass Sie Mama so gut kannten, dass sie Ihren Sohn gefragt hat –«

»Schätzchen, Ihre Mama ist nur ein paar Häuser von hier entfernt aufgewachsen. Ich kannte sie von Geburt an und kann Ihnen Geschichten erzählen, wie sie hier im Viertel gesungen hat, und in der Kirche, und –« Sie zeigte auf die Geschirrvitrine, in der gerahmte Fotos anstatt Geschirr standen, Fotoalben anstatt Besteck, und die schlaffe Haut ihres Arms wabbelte. Etwas in ihrer Stimme sagte mir, dass sie Mama sehr gut gekannt und auch gemocht hatte. »Bei meinen Familienfotos sind auch Aufnahmen von ihr, ich kann Ihnen welche zeigen, als sie noch ein kleines Mädchen war und als sie so alt war wie Sie jetzt, von ihren Auftritten, bis sie dann –« Sie verstummte. Der sanften Traurigkeit ihres Gesichts mischte sich ein härterer Ausdruck bei. »Nun, bis sie Ihren Daddy kennenlernte.«

MayJune mochte Will und mich und war bereit, ein Auge auf uns zu haben und uns zu helfen, weil wir die Kinder einer Frau waren, die sie als Kind gekannt hatte. Einer Frau, die vielleicht wie eine Tochter für sie gewesen war. Ich verstand, dass sie uns jetzt half, weil sie uns inzwischen einfach so mochte, wie wir waren, aber dass ihr ursprüngliches Interesse an Will auf der Bekanntschaft mit unserer Mutter beruhte. Was bedeutete, dass unsere Mutter ihr sehr wichtig gewesen war.

Doch was war mit der Familie unserer Mutter? Warum hatte sie mit dem Singen aufgehört, als sie Daddy kennenlernte, wenn sie es doch so liebte? Und wie hatte sie Daddy kennengelernt? Ich überlegte gerade, was ich zuerst fragen sollte, als Trusty ins Wohnzimmer gehumpelt kam.

»Donnerwetter!«, rief Jimmy. »Was immer Sie getan haben, es hat geholfen. Trusty kann schon wieder laufen!«

Doch MayJune und ich warfen uns einen Blick zu, wussten beide, dass der Hund nicht auf wundersame Weise genesen, sondern unter Mühen hergehumpelt war, um uns mit einem stummen Jaulen zu holen.

Ich schrie den Namen meines Bruders, schob Jimmy das Fotoalbum hin, sprang vom Sofa auf und rannte zu Will.

20. Kapitel

Vier Tage später sagte Dr. Marshall: »Akute lymphatische Leukämie.«

Aufgrund von Wills Symptomen hatte er im neuen Flügel des Miami Valley Hospital in Dayton eine Untersuchung seines Blutbildes angeordnet. Der Befund ergab, dass Will zu viele weiße Blutkörperchen hatte. Die häufigste Krebsart bei Kindern. Mit einer weiteren Lebenserwartung von höchstens fünf Jahren.

Ich sagte zu Daddy: »Aber was ist mit der Klinik in Florida, in der Mama war?« Aus dem Augenwinkel sah ich, wie die Verwirrung über meine Frage Dr. Marshalls angespanntes Gesicht in ein Faltenmeer zurückverwandelte, und eine kleine Stimme in meinem Kopf flüsterte: *Dr. Marshall weiß nicht, von welcher Klinik du sprichst.*

Ich entzog Daddy meine Hand, starrte ihn an und sah in seinem Gesicht die Wahrheit, die ich schon lange hätte erkennen sollen – *die Klinik in Florida existierte nicht.*

* * *

Nachdem ich Will am Abend nach der Rückkehr aus dem Krankenhaus ins Bett gebracht hatte, ging ich in die Küche und reihte seine Medikamente vor dem kaputten Toaster auf: ein Fläschchen Methrotexat-Tabletten, ein Antazidum gegen Übelkeit, Aspirin für die schmerzenden Gelenke. Erbärmlich wenige für so eine furchtbare Diagnose.

Will sollte mit einer Wochendosis der Pillen beginnen: drei am Montag, dann jeweils eine für jeden der nächsten sechs Tage. Die Tabletten, so Dr. Marshall, sollten das Stimulans der Folsäure in Wills Körper blockieren, die, so glaubte man, das Wachstum von Leukämiezellen anregte, aber auch Wills Übelkeit und Appetitlosigkeit verschlimmerte. Ich nahm erneut das Fläschchen Methrotexat in die Hand, rieb mit dem Daumen über das Etikett, las immer und immer wieder: »Lederle Laboratories Divison, American Cyanamid Company, Pearl River, N. Y.« Der Name klang so gewichtig und seriös, dass dort ganz bestimmt Pillen hergestellt wurden, die Will halfen und ihm Zeit gewannen, bis die klinischen Studien für neue Medikamente abgeschlossen waren. Davon hatte Dr. Marshall am Ende unseres Besuchs erzählt, nach der unangenehmen Stille, die wegen meiner Frage nach Mama eingetreten war.

An der Haustür klopfte es. Davor stand zitternd Miss Bettina, obwohl sie einen dicken, weiten Pullover trug. Natürlich kam sie, das hätte ich mir denken können. Das Herz schlug mir bis zum Hals, doch ich verbannte es zurück unter die Eisscholle, die sich seit Wills Diagnose in meiner Brust ausgebreitet hatte. Aber in der kalten Oktoberluft musste ich dann doch ein wenig nach Luft schnappen.

Das reichte Miss Bettina, um durch die Tür zu stürmen und mich fest in die Arme zu schließen.

»O Donna, ich will nur mit dir reden, es dir erklären. Porter hat mir gesagt, dass du weißt, dass Rita – deine Mama – gar nicht in einer Klinik war.« Sie zog mich ins Wohnzimmer.

Ich setzte mich auf den Stuhl gegenüber dem Sofa und

verschränkte die Arme. Miss Bettina seufzte. »Du willst es mir nicht leicht machen, stimmt's?«

Trotz allem, was mit Will passiert war, wollte ich mehr über Mama hören. Die Wahrheit.

»Rita sang für ihr Leben gern, schon als kleines Kind … Als wir in Tangy Town aufwuchsen, sang sie beim Himmel-und-Hölle-Spielen, beim Seilhüpfen, in der Kirche. Das war das Einzige, was sie glücklich machte. Du erinnerst dich doch bestimmt an ihr Singen, nicht wahr?«

Sie räusperte sich ein paar Mal. »Nun, du erinnerst dich an ihre traurigen Lieder, aber ich erinnere mich auch an die fröhlichen Lieder, die sie gesungen hat. Lieder, bei denen die Leute ihre eigene Traurigkeit vergaßen. Sie sang in der Kirche, und dann fing sie an, im Pinewood Club zu singen. Nach einer Weile schneiderte ich ihr Kostüme für die Auftritte.«

All die extravaganten Kleider im Keller …

»Eines Abends kamen zwei Männer in den Club: Porter Lane und Roger Wilkins. Später erfuhren wir, dass Porter zwölf Jahre älter war als wir und nach dem Collage nach Groverton zurückgekehrt war, um in der Papierfabrik als Abteilungsleiter zu arbeiten. Nach dem Tod seines Vaters war er dann zu seiner Mutter ins Haus gezogen. Roger hatte eher das Alter von deiner Mutter und mir, und dein Dad hatte ihn gerade als Buchhalter eingestellt. Doch an dem Abend wussten wir nur, dass sie gut aussahen und sich für uns interessierten. Dein Daddy war von ihrer Schönheit und ihrem Gesang verzaubert, wie alle Männer im Club. Doch sie hat alle lachend abgewimmelt – außer Porter. Schon bald gingen sie miteinander, und ich ging mit Roger. Wir hatten viel Spaß zu viert …«

Ich schloss fest die Augen, versuchte, sie mir alle jünger

vorzustellen, Miss Bettina, meine Eltern und diesen Roger, von dem ich nie zuvor gehört hatte, wie sie zusammen lachten und sich unterhielten … doch ich hatte nur Szenen aus Filmen und Büchern vor Augen. Fotos aus Illustrierten. Sosehr ich mich auch bemühte, ich konnte sie mir nicht in dieser glücklichen Zeit vorstellen, die Miss Bettina beschrieb.

»Dann tauchte Harold Litchfield auf.« Miss Bettinas Stimme wurde hart. Ich öffnete die Augen und sah sie an. »Er sagte, er komme aus Chicago und sei Produzent und dass er deine Mama mitnehmen und eine Platte mit ihr aufnehmen wollte. Und da musste Rita sich entscheiden, ob sie mit Harold gehen und sehen wollte, welche Richtung ihr Leben nahm, wenn sie sich aufs Singen konzentrierte. Oder deinen Dad heiraten.«

»Hatte er ihr schon einen Antrag gemacht? Oder hat er sie gefragt, nachdem dieser Harold gekommen war?«

Ich wollte still sein, während Miss Bettina sprach, doch das musste ich wissen.

»Er hatte nach Harolds Auftauchen um ihre Hand angehalten und gleich gesagt, sie müsse sich entscheiden. Wenn sie wegginge und zurückkäme, wäre es trotzdem aus zwischen ihnen.« Miss Bettina schüttelte den Kopf.

Noch eine Frage kam mir in den Sinn. »Warum ist er nicht einfach mit ihr gegangen?«

So wie Miss Bettina mich ansah, erriet ich die Antwort selbst: Grandma.

»Er hätte es tun sollen«, sagte Miss Bettina ruhig. »Doch Rita zögerte keine Minute. Sie entschied sich für deinen Vater. Sie heirateten, Roger und ich heirateten, und eines Tages zogen wir in diese beiden Häuser, zwei glückliche Paare.« Sie hielt inne, dann sagte sie kichernd: »Deiner Grandma hat es weiß Gott nicht gefallen, dass ihr Sohn mit seiner Braut auszieht. Aber damals war deine Mom so glücklich. Dein Vater gab ihr alles, wovon sie immer geträumt hatte … was wir uns als kleine Mädchen zusammenphantasiert hatten. Die besten Möbel, die schönsten Kleider.«

Jetzt waren die Möbel verblasst und verschlissen, unmodern. Und die Kleider hatte ich umgearbeitet, wie auch die Bühnenkostüme, die Miss Bettina ihr geschneidert hatte.

Miss Bettina wurde wieder ernst. »Rita bekam dich, und ich … Nun, Roger fiel in Frankreich im Krieg. Er ließ mich gut versorgt zurück, und ich blieb hier und eröffnete einen Kleiderladen. Ich glaube, dein Daddy hatte lange ein schlechtes Gewissen, weil er wegen seines Alters zwar für den Militärdienst gemeldet war, aber nie einberufen wurde.

Deine Mom war nett zu mir, eine gute Freundin. Als ich Probleme mit dem Alkohol hatte, hielt sie zu mir, als Einzige. Und sie ermutigte mich, mir von einer neuen Gruppe, über die sie in der Lokalzeitung gelesen hatte, helfen zu lassen. Deine Mutter las immer die Zeitungen in der Bibliothek, auch die aus anderen Städten. Die Anonymen Alkoholiker waren neu hier, und ich war die einzige Frau, was natürlich zu Gerede führte, das kannst du mir glauben. Aber sie retteten mir das Leben, und das verdanke ich deiner Mutter.«

Tränen brannten in meinen Augen, und meine Nase war verstopft, doch ich verbot mir zu schniefen. Ich blinzelte die Tränen schnell weg, fest entschlossen, nicht zu weinen. Oder sonst etwas zu fühlen. Es waren ja nur Informationen, mit denen Lücken gefüllt wurden. Lücken, die Daddy oder Miss Bettina oder sonst irgendjemand schon vor langer Zeit hätten füllen müssen.

»Und sie half mir auch dann noch, als sie nach Wills Geburt schwer zu kämpfen hatte. Nach deiner Geburt hatte sie auch Probleme, aber das ging schnell vorbei. Doch bei Will war es anders.«

»Wie meinen Sie das – sie hatte schwer zu kämpfen?«

»Manchmal werden Frauen nach der Geburt ihres Babys, wie soll ich sagen, schwermütig. Und so war das bei deiner Mama, Donna. Nachdem sie einen Hausstand gegründet hatte, kam sie mir immer ein bisschen unzufrieden und ruhelos vor. Ehrlich gesagt, im Nachhinein glaube ich nicht, dass sie für so ein Leben geschaffen war. Sie glaubte, sie wolle alles genauso, wie sie es sich immer ausgemalt hatte, Haus, Ehemann, Kinder, aber sie schien mir immer so … ruhelos. Nach Will wurde es noch schlimmer. Porter dachte, es würde ihr guttun, wenn sie wieder rausginge, zurück in den alten Club, sich schick machte, Musik hörte, ja sogar freitagabends selbst sang. An den Abenden habe ich auf dich und Will aufgepasst.«

»Grandma weigerte sich also zu babysitten, damit Mama in einem Club in Tangy Town singen konnte?« Ich hatte die Worte verletzend gemeint, doch zu meiner Überraschung kicherte Miss Bettina. »O ja, das gefiel deiner Grandma ganz und gar nicht.«

Daddy hätte sich für Mama gegenüber Grandma einsetzen können. Aber nach ihrem Tod hatte er sich auch für uns nicht eingesetzt …

Doch dann wurde es mir schlagartig klar: Er hatte es getan. Indem er sich weigerte, mit seiner Familie zu ihr ins Haus zu ziehen, und auch nicht wollte, dass sie bei uns wohnte und das Regiment führte. Er hatte dafür gesorgt, dass ich bei Will die Mutterrolle übernahm, dass wir hier wohnen blieben, mit Miss Bettina nebenan, weil er gesehen hatte, dass es für uns das Beste war. Auf seine Weise hatte Daddy das Bestmögliche für uns getan.

Wieder brannten mir Tränen in den Augen, und ich fuhr heftig mit dem Handrücken drüber, um sie zurückzuhalten.

»Und dann«, sagte Miss Bettina gerade, »kam Harold zurück, und deine Mama ging mit ihm. Dein Daddy hat immer geglaubt, dass sie zurückkommt, und es schien leichter, euch Kindern zu sagen, sie sei krank. Er dachte, wenn sie wieder zur Vernunft käme, könnte er einfach sagen, es ginge ihr wieder besser.«

»Aber er hat uns gesagt, sie wäre gestorben!« Meine Stimme bebte.

»Ich weiß, Liebes. Rita war noch nicht lange weg, als ein Brief von ihr kam, abgestempelt in Shelby, Montana, Harolds Heimatstadt. Dort wohnten sie, bis Harold genug Geld zusammen hatte, um in Chicago Schallplatten zu produzieren. Und Rita wollte die Scheidung. Dein Daddy ist zu ihr gefahren. Du und Will wart so lange bei mir.« Ich erinnerte mich, ab und zu bei Miss Bettina gewohnt zu haben, wenn Mama sehr krank geworden und Daddy angeblich zu ihr nach Florida in die Klinik gefahren war.

»Als Porter zurückkam, erzählte er mir, es sei aus. Die Scheidung war eingereicht und würde bald rechtskräftig sein. Er sagte, sie wollte nichts von ihm haben, aber er schickte ihr trotzdem ein paar Jahre lang Geld, bis sie ihn anrief und sagte, er solle bitte damit aufhören … dass sie nichts mehr von ihm oder von irgendwem aus Groverton hören wolle.«

»Nicht einmal von Will oder mir.« Meine Stimme war gepresst, kalt. Ich fühlte mich taub.

»Ach Liebes, genau das hatte dein Vater befürchtet, dass du so denkst, dass du glaubst, du hättest etwas falsch gemacht. Aber es war einfach … das Wesen deiner Mutter. Sie wäre mit ihrem Leben hier nie glücklich geworden. Und ich glaube auch nicht, dass es sie besonders glücklich gemacht hat, durchzubrennen. Selbst wenn das mit ihrem Singen geklappt hätte, glaube ich nicht, dass sie glücklich geworden wäre.«

Ich dachte an das Foto von Mama in MayJunes Album, an den Ausdruck in ihren Augen – gequält, verträumt und abwesend zugleich. Und ich wusste, dass Miss Bettina recht hatte.

»Und für Porter ist sie in gewisser Weise wohl wirklich gestorben.«

»Sie hat uns verlassen, meinen Sie wohl.«

Miss Bettina zuckte zusammen.

»Nein! Sagen wir doch einfach die Wahrheit. Mama ist nicht an Krebs gestorben. Sie hatte nie Krebs. Sie war nie körperlich krank, das Leben mit uns hat sie krank gemacht. Das Leben mit mir und Will und Daddy. Und Sie haben in den letzten sieben Jahren nicht einmal daran gedacht, dass es vielleicht eine gute Idee wäre, mir das zu sagen?«

»Ach Donna«, sagte sie leise schluchzend. »Aber in gewisser Weise war sie doch krank.«

Ich wollte um mich schlagen, und so sagte ich: »Ich habe Koffer mit Mamas Kleidern gefunden. Ich hab sie alle auseinandergeschnitten und neue Kleider daraus gemacht –«

»Donna«, sagte Miss Bettina leise, »ich finde es wunderbar, was du mit den Sachen machst, aus Altem etwas Neues, das ist gut. Du hast wirklich Talent.«

Ich wurde von heftigen, qualvollen Schluchzern geschüttelt, und im nächsten Moment kniete Miss Bettina neben mir, hielt mich, zog mich zu sich. Diesmal wehrte ich mich nicht, beugte mich auf dem Stuhl nach vorn, fiel auf die Knie und glitt in ihre Arme, ließ es zu, dass sie den Schmerz, der meinen ganzen Körper durchzuckte, mit mir fühlte.

Wir hörten nicht, dass Daddy ins Zimmer gekommen war.

Doch als wir uns schließlich voneinander lösten, die Augen und Nase wischten, stand er in der Wohnzimmertür und starrte uns an. Oder besser gesagt, er wankte, konnte sich kaum auf den Füßen halten. Selbst im trüben Licht des Wohnzimmers sahen wir, dass seine Augen glasig waren.

»Donna«, sagte er, »du siehst aus wie deine Mutter, wie ein Engel –«

»Porter, halt den Mund und geh ins Bett«, fuhr Miss Bettina ihn an.

Daddy blickte Miss Bettina flehentlich an. »Ich halte das nicht aus. Ich kann Will nicht so leiden sehen ...«

Ich stand auf, ging zu meinem Vater und starrte ihn an. In seinem Gesicht war nichts mehr von dem Mann, auf den ich noch vor wenigen Tagen stolz gewesen war, dem Mann, der wieder fit genug gewesen war, um die Forderung der Gewerkschaft nach mehr Sicherheitsmaßnahmen zu unterstützen.

Ich hatte Mitleid, das einzige Gefühl, von dem ich nicht wollte, dass andere es für mich empfanden. Ich roch den Alkohol und Rauch in seinem Atem, in seinen Kleidern, auf seiner Haut.

»Daddy, ich stehe vor dir. Ich bin Donna. Donna! Verstehst du das?« Er nickte langsam.

»Und das machen wir jetzt: Du lässt Mamas altes Auto reparieren. Du unterschreibst, was immer nötig ist, damit ich eine Fahrerlaubnis bekomme. Ich fahre Will nach Dayton ins Miami Valley, und du erklärst dem Rektor der Highschool, dass ich deshalb einige Zeit nicht kommen kann. Du sagst Grandma, dass ich nicht mehr für sie arbeiten werde, weil Will mich jetzt braucht. Ich sorge für Will, seit er vier ist. Ich werde für ihn sorgen …« Ich hielt inne, und schließlich brach meine Stimme. Doch ich zwang mich, den Satz zu vollenden, »… solange es nötig ist.«

21. Kapitel

Am Freitag, dem 16. Oktober, als das Footballspiel der ehemaligen Highschool-Absolventen von Groverton stattfand, ging ich nach der Schule nach Hause und backte Plätzchen mit Schokostückchen. Als ich sie aus dem Herd holte, warfen sich Will und Tony im Hinterhof den Football zu. Will hatte Tony eingeladen, bei ihm zu übernachten. Ich hatte auch vor, zu Hause zu bleiben, und sagte mir, dass ich weder das Spiel noch den Tanz vermissen würde.

Ich legte die Plätzchen auf einen Teller. Meine Backkünste hatten sich verbessert, denn diesmal waren die Plätzchen nur am Rand ein bisschen verbrannt. Dann schenkte ich zwei Gläser Milch ein und rief Will und Tony.

Die Jungen kamen hereingerannt, Tony verschlang mehrere Plätzchen und trank hastig seine Milch. Will war ein bisschen langsamer, aber immerhin aß er und grinste mich mit vollen Backen an. Ich stöhnte und verdrehte die Augen, was ihn zum Lachen brachte. Die Müdigkeit um seine Augen nahm ich wahr, wollte ihm jedoch meine Sorge nicht zeigen und sagte: »Es ist schon ziemlich kühl draußen, ich finde, bis zum Abendessen solltet ihr Jungs was anderes spielen, am besten oben in Wills Zimmer.«

»Ach komm schon, Donna, uns geht es gut –«, sagte Will gerade, als auf der vorderen Veranda der Briefkastendeckel laut zuklappte. Die Jungen sprangen vom Küchentisch auf und rannten zur Haustür. Ich nahm den Abwaschlappen und wischte die Plätzchenkrümel weg. Im nächsten Moment waren Will und Tony wieder in der Küche, Will mit zwei Briefumschlägen in der Hand. Einen warf er auf den feuchten Tisch.

»Der ist für dich!«, schrie er. »Und der ist von Marvel!«

»Mach ihn auf, mach ihn auf!«, rief Tony.

Ich sah auf meinen Brief, starrte auf Namen und Adresse, sauber in Druckschrift geschrieben.

Will und Tony stießen Freudenschreie über die lange erwartete Belohnung von der Sunshine Bakery Company aus, doch ich hörte nicht zu.

Ich nahm den dicken Briefumschlag in die Hand, studierte die beiden Drei-Cent-Marken Extraporto, wo der Absender hätte stehen sollen, und den New Yorker Poststempel. Das Herz hüpfte mir im Leib. *Mr Cahill* …

Scheinbar gleichgültig, als wäre es die Rechnung des Milchmanns, drehte ich den Umschlag um und schob den Zeigefinger unter die Lasche.

Ich zog zwei Blätter und ein zusammengeheftetes Papierbündel heraus. Die Mitteilung auf dem oberen Blatt stand auf einfachem Schreibpapier:

Sehr geehrte Miss Lane,

ich hoffe, es geht Ihnen gut. Beiliegend finden Sie die Kopie eines Briefes, den ich vor kurzem an die Parsons School of Design geschrieben habe – unaufgefordert, wie mir bewusst ist. Doch ich hoffe, er bestärkt Sie darin, Ihre Träume zu verfolgen, die Sie nicht länger verleugnen sollten.

Hochachtungsvoll
Nate Cahill

Wie sollte ich in einer Stadt wie New York jemals herausfinden, wo er wohnte? Ich schüttelte den Kopf über mich selbst, dass ich mich das überhaupt fragte, und steckte die handgeschriebene Mitteilung hinter das zweite Blatt, die Durchschrift eines getippten Briefes von Mr Cahill an Mr George Worthington an der Parsons School.

Lieber George,

es war schön, Euch gestern Abend auf einen Cocktail zu treffen. Wie ich schon sagte, sehen Du und Deine reizende Sarah glücklicher aus denn je. Offensichtlich bekommen Dir die Verwaltungsarbeit und Lehrtätigkeit. Auch ich habe mir immer gewünscht, in so einer Arbeit Stabilität zu finden, aber mein Versuch als Lehrer, von dem ich Euch erzählt habe, hat gezeigt, dass ich mich nicht dazu eigne; es scheint, dass ich die Grenzen zu leicht vergesse.
Und dennoch überschreite ich hier gleich die nächste, denn ich möchte noch einmal auf meine Empfehlung der vielversprechenden jungen Designerin zurückkommen, Donna Lane, die Dir hoffentlich einige Arbeiten aus ihrem Design-Portfolio sowie im kommenden Frühjahr eine Bewerbung für das Eingangssemester schicken wird. Obwohl es ihr an Selbstvertrauen mangelt und sie, natürlich, keine entsprechende Ausbildung hat, besitzt Miss Lane ein angeborenes Auge für Design, natürliche Kreativität und Leidenschaft – eine seltene Kombination. Ihre Kunstfertigkeit bricht förmlich aus ihr heraus, sie kann gar nicht anders. Was sie mit einer Ausbildung an der Parsons School alles zu erreichen vermag, ist sicherlich eine Überlegung wert.
Ich weiß, es ist üblich, dass Bewerber um Empfehlungs-

schreiben bitten und sie zusammen mit ihren Bewerbungsunterlagen einschicken, aber wann bin ich schon jemals den üblichen Weg gegangen? Und so schicke ich Dir dieses Empfehlungsschreiben noch vor den Bewerbungsunterlagen von Donna Lane und ohne dass sie mich darum gebeten hat. Doch du weißt sicher, dass ich ein unfehlbares Gespür für echtes Talent, Schneid und Potential habe.

Mit herzlichen Grüßen
Nate Cahill

Und das Papierbündel waren die Bewerbungsunterlagen für die Parsons School of Design.

Einen Moment lang war ich so schockiert, dass ich weder denken, fühlen noch handeln konnte.

»Hm … Donna?«

Tonys Stimme riss mich aus meinen Gedanken, brachte mich zurück in die Gegenwart, an den Küchentisch.

Ich blickte mich um. Will war verschwunden.

Ich sah Tony an. »Was ist los? Hat er sich übergeben? Ist er ohnmächtig geworden?«

»Ich glaube, er ist nur traurig. Wegen dem da.« Er zeigte auf ein zerknäultes Blatt Papier.

Ich nahm es in die Hand, strich es glatt und legte es auf die Papiere von Mr Cahill.

Das Schreiben an Will hatte weder eine Anrede noch eine Unterschrift. Es war nur ein höflicher Formbrief:

Es tut uns leid, Dir mitteilen zu müssen, dass die Einsendungen zu unserer Aktion, Besitzer eines fünf Quadratzentimeter großen Stück Landes in Alaska zu werden, unsere Erwartungen übertroffen haben. Wir haben bereits alle verfügbaren Besitzurkunden vergeben und können Dir bedauerlicherweise keine mehr schicken. Achte trotzdem auf weitere Werbekampagnen von Marvel und der Sunshine Bakery Company, die Du schon bald auf den Schachteln der Frühstücksflocken der Sunshine Bakery Company bei einem Händler in Deiner Nähe finden wirst.

Als ich dann in der Küche das Geschirr vom Abendessen spülte, drehte ich das Transistorradio an und stellte WBEX ein. Die Four Aces schmachteten wieder ihr »Just Squeeze Me«, das Lied, das sie bei meiner ersten Begegnung mit Jimmy gespielt hatten, was gerade mal fünf Wochen her war. Doch es kam mir vor wie eine Ewigkeit.

Ich hatte das Radio leise gestellt, weil Daddy im Wohnzimmer Zeitung las, was in Wirklichkeit bedeutete, dass er eingenickt war. Ich summte mit und tat, als ob mich das Footballspiel heute und der Schulball morgen Abend sowieso nicht interessierten.

Als ich gerade einen Teller abtrocknete, schoss mir kurz der Brief von Mr Cahill, der verborgen in der Unterwäsche-Schublade neben dem Bündel Geld, dem Dexamyl von Babs und dem Blue Waltz Sachet von Jimmy lag, durch den Kopf, umgehend gefolgt von Schuldgefühlen. Natürlich konnte ich mich im nächsten Frühjahr nicht bei Parsons bewerben. Selbst wenn Will gesund wäre, schien das absurd und undenkbar. Ich hatte jetzt einen klaren Plan: Ich würde Will bis zum Ende beistehen. Und dann würde ich nach New York gehen und Schneiderin werden, so wie ich das ursprünglich vorgehabt hatte. Allerdings hatte ich es noch nicht über mich gebracht, Mr Cahills Brief mit Empfehlungsschreiben sowie die Bewerbungsunterlagen wegzuwerfen.

Jemand klopfte an der Tür. Zum zweiten Mal an diesem Tag schlug mir das Herz bis zum Hals, diesmal weil ich dachte: *Jimmy!* Vielleicht war er ja vom Footballspiel weggegangen, um mich zu sehen …

Ich eilte durchs Wohnzimmer, wo Daddy wie vermutet in seinem dunkelblauen Sessel schlief. Vor der Tür stand Grandma. Sie wirkte nervös, als befürchte sie, ich würde ihr die Tür vor der Nase zuschlagen. Waren diese Falten um ihre müden Augen, den Mund schon immer so tief gewesen? Fast empfand ich Mitleid mit ihr.

Doch dann sagte sie: »Was ist, Donna, willst du mich weiter mit offenem Mund anstarren, oder bittest du mich herein?«

Ich seufzte. »Was machst du hier? Freitagabends ist im Café immer am meisten los –«

»Wegen dem Schulball und dem Streik ist fast nichts los. Das Personal kümmert sich drum. Ich bin jetzt gekommen, weil ich dachte … obwohl du das mit dem netten Jimmy Denton so vermasselt hast, solltest du trotzdem erhobenen Hauptes zum Footballspiel gehen, anstatt hier zu Hause rumzuschleichen. Weißt du denn nicht, dass du dadurch noch schuldiger aussiehst? Warum –«

»Komm rein, Mama«, sagte Daddy. Ich rührte mich nicht vom Fleck. »Donna, lass deine Großmutter vorbei.«

Grandma bedachte mich mit einem triumphierenden Lächeln. Ich trat zur Seite, sie stürmte an mir vorbei und ließ sich aufs Sofa fallen. »Porter, ich bin froh, dass du hier bist. Ich bin heute Abend gekommen, weil ich dachte, Donna sieht sich das Footballspiel an. Ich muss mit dir unter vier Augen reden.« Sie sah mich an. »Musst du dich nicht um Will kümmern?«

»Will geht es gut«, sagte ich. »Er ruht sich aus.«

Genau genommen war er, nach dem Lesen des Briefes, der ihm die ersehnte Besitzurkunde verweigerte, in sein Zimmer geflüchtet. Er wollte weder runterkommen noch mit Tony reden oder zu Abend essen. Ich hatte ihm gedroht, dass er die Folge von *Sergeant Striker* heute nicht sehen dürfe, wenn er nicht aus seinem Zimmer käme, endlich essen und aufhören würde zu schmollen.

Die Sendung begann in zehn Minuten. Beim Geschirrspülen hatte ich mir vorgestellt, wie er im letzten Moment die Treppe runterstürmen, sein Abendessen verschlingen und dann im Schneidersitz vor dem Fernseher sitzen würde, den Kopf mit dem widerspenstigen, hinten hochstehenden Haarwirbel wie immer nach rechts geneigt.

»Es geht ihm nicht gut?«, beharrte Grandma.

»Doch«, fuhr ich sie an. »Er schmollt nur, weil er keine Besitzurkunde für die fünf Quadratzentimeter in Alaska gekriegt hat.«

»Also, das ist lächerlich«, sagte Grandma. »Wenn es ihm gut genug geht, um zu essen, musst du ihn dazu zwingen! Woher soll er sonst die Kraft nehmen, die Krankheit zu bekämpfen?« Sie sah Daddy an. »Porter, wie kannst du das hinnehmen? Donna hat eindeutig nicht das Zeug, den Jungen dazu zu bringen, das Notwendige zu tun.«

»Donna tut ihr Bestes«, sagte Daddy. »Einmal ein spätes Abendessen ist nicht schlimm.«

»O nein, ich hole ihn selber herunter!«, verkündete Grandma und sprang auf.

Aber ich stand ja schon, und noch bevor sie auf die Treppe zusteuern konnte, hatte ich ihr den Weg versperrt. »Nein. Lass ihn in Ruhe. Ich werde selbst nach ihm sehen.« *Wenn du gegangen bist.*

»So ein albernes Benehmen nur wegen einer Werbekampagne für Cornflakes! Wie willst du denn für ihn sorgen, wenn seine Krankheit schlimmer wird?« Ihr Blick verriet mir, dass sie nicht glaubte, Wills Erkrankung sei nur leicht, so wie Daddy es dargestellt hatte. Und sie war offensichtlich noch immer sauer, weil Daddy sie nicht ins Miami Valley mitgenommen hatte.

»Du brauchst mich hier! Ich muss mich um dich kümmern, um euch alle. Du hast mich von dem Moment an gebraucht, als dieses hinterhältige, raffsüchtige leichte Mädchen dich einfach sitzengelassen hat und –«

Sie verstummte keuchend, hatte während ihrer Tirade selbst gemerkt, dass sie zu weit gegangen war. Sie wusste nicht, dass ich die Wahrheit inzwischen kannte. Ich hörte die dritte Treppenstufe knarren, und das Herz sank mir in die Hose. Will. Er hatte jedes Wort gehört.

Plötzlich sprang Daddy aus seinem Sessel auf und baute sich vor seiner Mutter auf. Mit aufgerissenen Augen beobachtete ich entsetzt und fasziniert, wie er sie bei den Handgelenken packte, so wie ich Wochen zuvor, und mit gefährlich leiser Stimme sagte: »Du wirst nie wieder so über Rita reden. Genau genommen wirst du überhaupt nie wieder über sie reden. Sie hat gelitten, und sie entschied sich, wegzulaufen. Doch ich wollte nie sehen, wie sehr sie litt, wollte nie sehen, wie sie –«

Daddys Stimme versagte. Grandma starrte ihn an. Ihr Kinn bebte.

»Aber Porter, du brauchst meine Hilfe; du hast immer meine Hilfe gebraucht. Wenn ich von Anfang an hier gewesen wäre und mich um alles gekümmert hätte –«

»Nein, Mama«, sagte Daddy leise. »Nein, Donna kümmert sich um uns. Das hat sie schon immer getan, was nicht richtig ist. Aber jetzt ist nicht der Zeitpunkt, es zu ändern.«

Er ließ Grandmas Handgelenke los und schüttelte den Kopf. »Jetzt ist nicht der richtige Zeitpunkt.«

Wut blitzte in Grandmas Gesicht auf, doch sie sagte kein Wort. Sie straffte die Schultern, drehte sich um und verließ das Haus.

Wie von einem Bann befreit, lief ich zur Treppe.

Will saß auf der obersten Stufe. Sein Gesicht war fleckig und tränenüberströmt.

»Was hat sie damit gemeint, dass Mama ihn sitzengelassen hat?«

»Will … mach dir deshalb keine Gedanken. Ich bin nicht sicher, wovon sie geredet hat.« Die Worte kamen aus meinem Mund, noch bevor mir klarwurde, was ich gerade tat: dass ich weiter an der Lüge von Mamas Tod festhielt.

War es, ausgerechnet jetzt, besser für Will, zu wissen, dass Mama nicht gestorben war, sondern ihre Familie einfach verlassen hatte? Dass ihre Wochenbettdepressionen nach seiner Geburt mit ein Grund dafür waren? Oder wäre es besser für ihn, weiterhin zu glauben, dass unsere Mama in einer Klinik in Florida an Krebs gestorben war? All das, die Wahrheit, das, was man uns immer erzählt hatte und was ich nun Will sagte, schwirrte mir im Kopf herum.

»Hör mal«, sagte ich, »*Sergeant Striker* fängt gleich an. Du musst nicht einmal zu Abend essen, wenn du nicht willst. Du darfst es gucken, und ich gucke mit dir –«

»Ist mir egal. Sie haben gelogen. Sie haben gesagt, ich kriege meine Besitzurkunde, wenn ich ihnen die Schachteldeckel schicke.« Er fing wieder an zu weinen. »Ich wollte sie wirklich und hab dafür gearbeitet und davon geträumt und die Marvel-Regeln eingehalten. Es ist nicht fair.«

»O Will. Wenig im Leben ist fair.«

»Aber manche Sachen sollten es sein«, sagte er leise.

Dann stand er auf, drehte sich um und ging den Flur entlang in sein Zimmer.

Auch ich drehte mich um, ging aber in die Küche, begriff, ja wusste auf einmal, was ich zu tun hatte.

Der erste Schritt: Den Brief von Marvel aus dem Küchenmüll holen, glattstreichen und die Flecken, so gut es ging, entfernen.

22. Kapitel

»Lächeln!«

Am darauffolgenden Dienstag saß Babs auf dem Beifahrersitz von Mamas Kabriolett und feuerte mich an. Ich umklammerte das Lenkrad und starrte konzentriert auf die Straße vor mir. Es war ein kühler, regnerischer Morgen und ich hatte das Verdeck geschlossen. Unsere Mission machte mich nervös, außerdem war ich noch nie bei so glitschigen Straßenverhältnissen gefahren. Da Babs aber weiter darauf beharrte, biss ich die Zähne zusammen und lächelte.

»Nein, Dummchen, du musst mich ansehen und lächeln!«, sagte Babs.

»Ich muss doch sehr bitten! Die Straße ist glatt und ich bemühe mich, den Wagen nicht –«

Blitzlicht traf meine Augen. Babs kicherte, ich bremste den Wagen ab und versuchte, weiter geradeaus zu fahren. Inzwischen kannte ich die Straße zwischen Groverton und Dayton gut genug, um zu wissen, dass es keine Kurven mehr gab, und war mehr verärgert als verängstigt, weil ich im Moment bloß weiße Flecken vom Blitzlicht vor Augen hatte.

»Kannst du nicht damit aufhören, Babs?« Es war das dritte Foto, das sie seit unserer Abfahrt in Groverton gemacht hatte.

»Dies ist ein historischer Moment: Du hast *mich* überredet, die Schule zu schwänzen! Außerdem soll ich ja fotografieren, und du bist die Reporterin, also muss ich üben, oder?« Ich sah jetzt wieder gut genug, um Babs einen Blick zuzuwerfen. Sie grinste und machte wie üblich einen auf supercool und kess, doch in ihren Augen sah ich Traurigkeit und Verletztheit. Und auf der linken Wange hatte sie einen blauen Fleck, den selbst das dicke Make-up nicht ganz überdeckte. Auf dem Abschlussball hatte sich Hank so über sie geärgert – weshalb, wusste sie nicht genau –, dass er hinterher, nachdem sie sich von Jimmy und Lisa verabschiedet hatten, handgreiflich geworden war. Aber, so hatte sie mir erklärt, das hätte sie sich selbst zuzuschreiben. Sie hatte vor dem Ball Dexamyl genommen und dann Wodka getrunken, den Hank in einem Flachmann mitgebracht hatte, also konnte sie sich kaum noch an etwas erinnern. Außerdem war Hank gereizt gewesen, weil Grovertons Footballteam einundzwanzig zu sieben verloren hatte, und dann hatte er sich später doch so süß bei ihr entschuldigt.

Ich hatte erwidert, dass auch die süßeste Entschuldigung nichts daran änderte, dass Hank ein Arsch war und sie nicht so behandelt werden dürfe, aus welchem Grund auch immer, und schon gar nicht, weil Hank wütend über ein Footballergebnis war. Daraufhin war Babs sauer gewesen und hatte einen ganzen Tag lang nicht mit mir geredet. Doch dann hatte ich ihr von meinem Vorhaben erzählt. Sie hatte alles vergessen und freudig zugestimmt.

»Ach mach schon, du schuldest mir ein richtiges Lächeln und Foto!«, sagte Babs.

»Warum?«

»Du kannst jetzt jederzeit die Schule schwänzen«, sagte sie leichthin. Für mich war ihre Bemerkung nicht taktlos. Ich wusste, dass Wills Krankheit sie bestürzte, doch Babs glaubte schon immer, dass Frohsinn alle Probleme zum Verschwinden bringen könnte – ganz egal, wie viele blaue

Flecken das Gegenteil bewiesen. »Und was soll ich Rektor Stodgill erzählen?« Ich sah Babs an, grinste übers ganze Gesicht. Sie schoss ein Foto. Ich blickte wieder auf die Straße, obwohl ich vorübergehend blind war. »Erwähn doch einfach den Besuch der Roten Tante.«

»Was glaubst du, wie oft sie als Entschuldigung herhalten kann, bevor er was merkt?«

Allmählich konnte ich wieder sehen. »Einmal im Monat.«

Babs lachte, und ich freute mich über ihren sorglosen Ton, aber gleich darauf ärgerte ich mich über ihre nächste Bemerkung. »Wir haben noch Zeit zum Shoppen bei Rike's, ja? Und zum Mittagessen an der Theke?«

Ich seufzte. »Ich weiß es nicht, Babs. Es hängt davon ab, wie es bei der Sunshine Bakery läuft.«

Babs stellte das Radio an, fischte eine Zigarette aus ihrer Tasche, zog den Aschenbecher auf und zündete sich die Zigarette an. Seit wann hatte sie ihrer Reihe wenig damenhafter Gewohnheiten auch noch das Rauchen hinzugefügt? »Ich verstehe einfach nicht, warum das so wichtig ist. Was sind schon fünf kleine Quadratzentimeter? Und so weit weg! Und wo er doch so krank ist!«

»Ich verstehe es auch nicht. Aber für Will ist es wichtig«, sagte ich. »Seit er diesen furchtbaren Brief bekommen hat, ist er traurig. Ich muss versuchen, die Besitzurkunde für ihn zu kriegen, auch wenn es auf lange Sicht keinen Unterschied macht. Aber im Moment …« Mir versagte die Stimme, und meine Augen brannten. Ich machte Babs' Zigarettenrauch dafür verantwortlich. »Wir fahren zu Rike's, wenn's geht.« Trotz allem was passiert war, spürte ich eine gewisse Neugier, was es Neues in der Kleider-, Hut- und Handschuhabteilung bei Rike's gab. Doch obwohl sich Miss Bettina um Will kümmerte, war meine Neugier lange nicht so groß wie das Bedürfnis, sobald wie möglich nach seinem Schulschluss zu Hause zu sein.

Babs klopfte mir beruhigend auf den Arm. »Ist schon okay, wenn wir nicht zu Rike's gehen.«

Babs' Zugeständnis hatte wirklich etwas Düsteres. Im Grunde war unsere ganze Stimmung zu düster. Also brachte ich den Wagen ein bisschen zum Schlingern, Babs schrie auf, und aus dem Klaps auf meinen Arm wurde ein scherzhafter Schlag. »Das hast du extra gemacht!«

Ich kicherte, dankbar für ein bisschen Gelächter. Ich wollte ihr gerade sagen, dass ich natürlich extra mit Mamas Auto geschlittert war, denn inzwischen konnte ich so gut fahren, dass mir solche kleinen Tricks angstfrei gelangen, als es plötzlich einen Schlag tat und der Wagen gegen meinen Willen von einer Seite zur anderen schlingerte. Babs schrie natürlich wieder. Ich nahm den Fuß vom Gaspedal und trat vorsichtig auf die Bremse, lenkte den Wagen behutsam auf den Seitenstreifen, stellte den Motor ab, stieg aus und inspizierte die Reifen.

Babs drehte das Fenster herunter. Sie würde das Auto niemals verlassen und ihre Frisur im Nieselregen ruinieren. »Was ist passiert?«

»Platter Reifen«, sagte ich.

»Und, was machen wir jetzt? Ich laufe ganz bestimmt nicht in die nächste Stadt, nicht in diesen neuen Schuhen.« Babs hatte rote Stöckelschuhe an, vorne mit einer Zehenöffnung, wie sie Jane Russell und Marilyn Monroe bei ihrer tollen Tanznummer in *Blondinen bevorzugt* getragen hatten.

Ich steckte den Kopf durchs Autofenster und sah Babs ruhig an. »Wir wechseln jetzt den Reifen, was sonst? Im Kofferraum ist ein Ersatzrad.« Daddy hatte neue Reifen an Mamas Auto aufziehen lassen, ich musste also in einen Nagel oder sonst was Spitzes gefahren sein. Der Ersatzreifen war auch neu. »Du musst nichts weiter machen, als aussteigen und aufpassen, wenn ein Auto kommt. Der platte Reifen ist vorne auf der Fahrerseite, ich bin also halb auf der Straße –«

Babs riss die Augen auf. »Was? Das kannst du nicht machen! Wir sollten warten, bis ein netter fremder Mann vorbeikommt und uns hilft.« Sie grinste. »Ein netter, starker und gutaussehender fremder Mann …«

So eine Äußerung würde Hank schon reichen, sie umzubringen. Babs legte die Zigarette auf den Aschenbecher, öffnete die Handtasche und holte eine Puderdose und den neuen Roulette-Red-Lippenstift von Ayer heraus. Sie nahm die Kappe vom Lippenstift, klappte die Puderdose auf und zog sich im winzigen Spiegel die Lippen nach – nur für den Fall, dass der gutaussehende Fremde vorbeikäme und uns rettete. Ich verdrehte die Augen, ich wusste Besseres zu tun, als auf Rettung zu warten.

»Also gut. Du bleibst sitzen, und schrei nach Möglichkeit nicht, wenn du merkst, dass der Wagen hochgeht.«

Babs drehte den Lippenstift runter, steckte die Kappe drauf, klappte die Puderdose zu, legte beides zurück in die Handtasche und starrte mich an. »Du kannst keinen Reifen wechseln.«

»Doch, das kann ich. Daddy hat's mir gezeigt.«

Ihre Augenbrauen gingen hoch. »Aber dabei wirst du ganz dreckig und nass.«

»Mein Hintern ist schon nass.« Ich wollte gerade den Kopf aus dem Fenster ziehen und mich aufrichten, als Babs »Warte!« sagte und eine durchsichtige, zu einem winzigen Quadrat gefaltete Regenhaube aus ihrer Tasche zog und mir hinhielt. »Schütz wenigstens deine Frisur!«

Um so auszusehen, wie ich mir eine Reporterin vorstellte,

hatte ich viel Mühe auf meine Lockenfrisur verwendet. Ich richtete mich auf, faltete die Haube auseinander und setzte sie mir vorsichtig auf den Kopf. Dann öffnete ich den Kofferraum, holte den Wagenheber heraus und platzierte ihn sorgfältig unter dem Auto.

»Mädchen sollten solche Dinge nicht tun müssen!«, schrie Babs, als ich den Wagen aufbockte.

Ich war bereits außer Atem, rief aber zurück: »Mädchen sollten eine Menge Dinge nicht tun ... aber das hat dich doch noch nie abgehalten.«

»Ach ... du bist ja so ein Biest!« Babs lachte. »Das gefällt mir!«

Mit einem Schraubenschlüssel drehte ich die Radmuttern auf. »Gefällt's dir genug, um auszusteigen und mir zu helfen?«

»Natürlich nicht«, sagte sie. »Ich bin damit beschäftigt, nach großen, blendend aussehenden Mannsbildern Ausschau zu halten.«

* * *

Ich hatte recht, es kamen keine Retter vorbei. Aber ich wechselte den Reifen problemlos ohne jede Hilfe.

Auch Babs hatte recht, denn mein Mantel war vollkommen verdreckt, und die Plastikhaube war eine gute Idee gewesen. Mein Make-up war vom Nieselregen zwar verschmiert, doch ich erneuerte es auf dem Parkplatz der Sunshine Bakery Company. Und sobald wir in der Eingangshalle waren, zog ich den Mantel aus und legte ihn mir so über den Arm, dass die Flecken nicht zu sehen waren. Ich hoffte, niemand würde die Laufmasche in meinem Strumpf und die Kratzer auf meinen Schuhen bemerken.

Wobei ich mir natürlich hätte denken können, dass sich sowieso alle Blicke auf die kesse, kontaktfreudige Babs richten würden, sobald sie die Empfangsdame ansprach. Sie zeigte selbstbewusst ihren Presseausweis und plapperte charmant, während ich meinen aus der Aktentasche zog, Daddys alter Aktentasche aus seiner Zeit als Abteilungsleiter in der Papierfabrik, die ich im Keller gefunden hatte. Unsere Fotos darauf waren etwas unscharf, aber Babs meinte, das sei in Ordnung, dadurch wirkten wir älter. Dann hatte sie unsere falschen Namen auf die Presseausweise getippt. Für mich war ihr nichts Besseres eingefallen als ausgerechnet Kelly Dare, und für sich Lolita LaPerone, was sie vermutlich aus ihren Kitschromanen hatte. Babs erzählte selbstsicher unsere Geschichte: dass wir Journalistikstudentinnen auf der Ohio University waren und im Rahmen eines Praktikums bei der *Groverton Daily News* eine Reportage über die bedeutendsten Unternehmen im Mittleren Westen machten. Dank der Ausweise, unserer Geschichte und Babs' unerschütterlichem Selbstvertrauen schafften wir es bis ins Vorzimmer des Direktors von Sunshine Bakery, aber nicht weiter. Mr Kincaids Sekretärin, Miss Brewer, musterte uns misstrauisch, sagte, wir könnten uns setzen und warten, wenn wir wollten, aber dass Mr Kincaid im anderen Teil des Gebäudes eine Sitzung hätte. Dann widmete sie sich wieder ihrer Arbeit, tippte und beantwortete das Telefon und schien zu vergessen, dass zwei junge Damen auf der Ledercouch im Wartebereich saßen.

Ich betrachtete eingehend ihre hochtoupierte Frisur und die schmalen, verkniffenen Lippen. Sie konnte es nicht wissen, aber erst gestern hatte ich auf dem Grundbuchamt der Stadt Tok in Alaska angerufen. Dabei hatte ich mich als Miss Brewer ausgegeben und so ein paar Informationen erhalten, die die Sunshine Bakery mir bestimmt gerne vorenthalten hätte.

»Die Illustrierten hier sind Mist«, flüsterte Babs. Wir warteten bereits eine halbe Stunde, und sie hatte sämtliche Ausgaben der *Bakery News* auf dem Couchtisch durchgeblättert.

»Was hast du denn erwartet?«, flüsterte ich zurück. »Die *Vogue*?«

»Wenigstens *Good Housekeeping*.«

Miss Brewer räusperte sich und sah uns über die Lesebrille hinweg an, wobei sie die Hand demonstrativ über der Schreibmaschinentastatur hatte, um ihre Verärgerung über die Unterbrechung ihrer Tipparbeit zu unterstreichen. Sie stieß einen Seufzer aus, holte eine Rolle Korrekturband aus der Schublade, doch noch bevor sie den Fehler damit korrigieren konnte, war Babs schon von der Couch aufgesprungen, zu ihrem Schreibtisch geeilt und klatschte nun die beleidigend langweilige *Bakery News* auf ihre Schreibmaschine.

»Hören Sie, ich möchte nicht unhöflich sein, aber meine Kollegin und ich haben nicht den ganzen Tag Zeit. Nach diesem kleinen Interview hier gehen wir shoppen, und die Geschäfte machen um siebzehn Uhr zu, womit uns nur vier Stunden bleiben, wenn wir an Rike's Theke zu Mittag essen wollen und –« Ich stöhnte, sprang auf und eilte zum Schreibtisch, warf Babs einen vernichtenden Blick zu. Wer würde schon glauben, dass wir richtige Reporter waren, wenn sie über Shopping und Mittagessen redete? Ich lächelte Miss Brewer an. »Meine Kollegin versucht nur zu sagen, dass wir noch einen anderen Termin haben, wenn Sie also bitte in Mr Kincaids Terminkalender nachsehen und uns wissen lassen könnten, wie lange seine Besprechung noch etwa dauert?«

»Ist das hier irgendein Studentenstreich?«, wollte Miss Brewer wissen. Sie nahm den Hörer vom Telefon und fing an, mit dem Radiergummiende des Bleistifts eine Nummer zu wählen.

»Natürlich nicht«, sagte ich. »Wir schreiben für die *Groverton Daily News* eine Serie über Unternehmen in Ohio, und wir sind Studentinnen der Ohio University und –«

»Ich rufe den Wachmann!«, sagte Miss Brewer und wählte nun eine andere Nummer.

Ich reichte mit dem Arm über den Schreibtisch und drückte auf die Gabel, unterbrach die Verbindung. »Das wollen Sie sicher nicht tun.« Sie sah mich mit offenem Mund an, legte den Hörer auf und schien plötzlich verängstigt, als ich Daddys Aktentasche hochhielt wie einen großen Fisch an der Angel. »Ich habe Beweise dafür«, sagte ich und schüttelte die Aktentasche, »dass die Werbekampagne ›Fünf Quadratzentimeter Land in Alaska‹ ein großer Schwindel war! Wir können die Geschichte veröffentlichen, dann werden alle Nachrichtenagenturen sie aufgreifen – ich spreche von AP, UPI –, und zwar ohne Mr Kincaid die Gelegenheit zu geben, sich zu den Beweisen zu äußern, die ich hier habe …« Ich schüttelte erneut die Aktentasche, und Miss Brewer stieß einen Schrei aus, »… oder er kann mit uns reden.«

Babs starrte mich überrascht und mit unverstellter Bewunderung an. Aber meine Entschlossenheit, aus Groverton rauszukommen – was ich immer noch wollte –, war nichts verglichen mit der Entschlossenheit, dafür zu sorgen, dass Wills letzter Wunsch, seine eigene Besitzurkunde zu bekommen, erfüllt wurde. Miss Brewer griff mit zittriger Hand zum Hörer. »Ich kann versuchen, ihn zu finden und einen Termin für Sie auszumachen, vielleicht heute Nachmittag, nach der Mittagspause …«

Hinter ihr ging die Tür auf. Ein Mann mittleren Alters trat heraus, mit einem Bauch, der die Jackettknöpfe seines Zweireihers zu sprengen drohte. »Das ist nicht nötig, Miss Brewer.« Er schenkte mir und Babs ein amüsiertes Lächeln. »Ich habe die ganze Diskussion durch die Tür mitgehört und muss zugeben, dass ich mich viel lieber mit zwei hübschen Studentinnen unterhalte, als über Budget-Berichten zu brüten.«

Babs lächelte ihn neckisch an, und ich fragte mich, ob sie grundsätzlich alle Männer ermutigte, selbst wenn sie so alt wie ihr Vater waren. Ich ließ Daddys Aktentasche sinken.

»Mir ist es ziemlich ernst damit«, sagte ich.

»Natürlich«, sagte Mr Kincaid so gönnerhaft, dass ich ihm am liebsten die Tasche um die Ohren gehauen hätte. Er blickte zu Miss Brewer. »Keine Anrufe durchstellen. Und ein Wachmann ist nicht nötig.«

* * *

Ein paar Minuten später saßen Babs und ich Mr Kincaid an dessen Schreibtisch gegenüber.

»Ich habe einen Brief, den ein mir bekannter junger Mann von Ihrer Firma erhalten hat. Darin heißt es, dass alle Fünf-Quadratzentimeter-Parzellen des Alaska-Territoriums vergeben wurden«, sagte ich und legte den Brief an Will auf Mr Kincaids Schreibtisch.

»Oho«, grunzte er mit demonstrativem Blick auf Babs' Dekolleté, obgleich es zum Teil von der klotzigen Kamera verdeckt war, die an einem Riemen um ihren Hals hing.

»Angesichts Ihrer Werbekampagne fand ich das ehrlich gesagt unglaublich, weshalb ich das Grundbuchamt der Stadt Tok im Alaska-Territorium kontaktiert habe.«

Mr Kincaid löste den Blick von Babs und starrte mich offensichtlich überrascht an. In seinem Gesicht spiegelte sich die Befürchtung, dass es sich wohl doch nicht um einen Jungmädchenstreich handelte. Anscheinend wusste er, wie schwer es war, das Grundbuchamt in Tok aufzuspüren.

Am Vortag hatte ich die Schule geschwänzt, war in die Bibliothek gegangen und hatte dort ein Fachbuch über Grund- und Bodenrecht bei Grundstücksverkäufen gefunden und alles über die urkundliche Übertragung von Grundstücken gelesen. Ich hatte gelernt, dass Grundstücksübertragungen beim Grundbuchamt gemeldet werden müssen. Da sich das Grundbuchamt unseres Countys in Groverton befand, war ich zum Bezirksamt gegangen und dort ins Grundbuchamt-Archiv. Ich hatte gesagt, ich bräuchte Informationen für ein Schulprojekt, und gefragt, wie ich Informationen über den Sitz von Grundbuchämtern im Alaska-Territorium herausfinden könnte. Die Sekretärin, eine Kundin von Miss Bettina, die von Wills »Blutkrankheit« gehört und Mitleid mit mir hatte, machte ein paar Anrufe. Eine Stunde später erhielt ich die Information, dass ich mich an das staatliche Liegenschaftsamt des Innenministeriums in Sitka, Alaska, wenden müsse. Telefonnummer und Adresse gab sie mir ebenfalls.

Ich wusste, dass es Wochen dauern würde, um eine Antwort auf einen Brief zu bekommen, und auch, dass ich nicht so lange warten wollte. Also überwand ich meinen Stolz und bat Jimmy um Hilfe. Am gleichen Abend, während seine Eltern ausgegangen waren, nahm er mich mit zu sich nach Hause und erlaubte mir, ihren privaten Telefonanschluss zu benutzen; außerdem wollte er sich eine Erklärung für die zu erwartende enorme Telefonrechnung überlegen. Es dauerte eine Weile, bis ich schließlich mit einem Angestellten im staatlichen Liegenschaftsamt in Sitka sprechen konnte, der mir durch die knisternde Leitung folgende Auskunft gab: Es gab mehrere Grundbuchämter, doch das, welches ich suchte, war in Tok, und so ließ ich mich vom Operator damit verbinden. Als ich den Register führenden Beamten für Grundbucheintragungen erreichte, gab ich vor, eine Sekretärin von Mr Kincaid zu sein, der daran interessiert wäre, noch mehr Land für weitere Grundeigentumsurkunden zu erwerben.

»Und dort musste ich erfahren, dass Ihr Unternehmen, Mr Kincaid, lediglich achttausend Quadratmeter Land gekauft hatte, genug für etwa sechzehn Millionen fünf Quadratzentimeter große Grundstücke. Das hätte reichen müssen … allerdings haben Sie es versäumt, eine Höchstgrenze festzulegen, wie viele Besitzurkunden jede einzelne Person erwerben kann, was sicher wunderbar für den Verkauf Ihres Produkts ist, aber auch nicht gerade fair.« Ich zog eine Schachtel Marvel-Cornflakes aus der Aktentasche und tippte mit dem Finger auf das rückseitige Foto. »Und nicht nur das. Das Land, das Sie gekauft haben, ist ein felsiges Ufer am Tanana River, flach und mit Kiefern bedeckt, also nicht gerade die majestätischen Berge auf der Schachtel hier.« Ich hielt inne. Anstatt entsetzt wirkte Mr Kincaid amüsiert.

Trotzdem fuhr ich fort. »Also … so … Sie haben also die Öffentlichkeit hinters Licht geführt! Sie hätten mehr Land kaufen müssen oder zumindest die Menschen nicht glauben lassen dürfen, dass es unbegrenzt viele fünf Quadratzentimeter große Grundstücke zu gewinnen gibt.«

Mr Kincaids Blicke waren bereits zurück zu Babs' kamerabedecktem Dekolleté gewandert. »Das war wirklich eine amüsante Ablenkung«, sagte er. »Aber ich glaube wirklich nicht, dass Ihre Aufregung darüber in einem kleinen Artikel in Ihrer Zeitung für großes Aufsehen sorgen wird. Besonders da die Mitarbeiter der Firma, die unsere Schachteln herstellt, gerade streiken. Nachrichten über den Streik sind viel bedeutender. Außerdem haben Sie das Kleingedruckte auf dem Schachtelboden nicht gelesen, wo nämlich ›solange Besitzurkunden vorhanden sind‹ steht. Und unter dem wundervollen Foto von den Bergen steht noch mehr Kleingedrucktes: ›Nicht das tatsächliche Land; Abbildung zeigt Alaska-Territorium‹. Ich glaube also nicht, dass Sie eine große Story landen können. Erzählen Sie deshalb dem kleinen Jungen, der Sie auf diesen Skandal hingewiesen hat«, er hielt inne, um zu lachen, »dass er einfach machen soll, was in dem Brief steht, nämlich auf die nächste Werbekampagne warten –«

»Nicht einfach nur ein kleiner Junge!«, fuhr Babs ihn an. So wütend hatte ich sie noch nie gesehen. Mr Kincaid blickte erschrocken zu ihrem Gesicht auf. »Ihr kleiner Bruder. Der sich wirklich auf seine fünf Quadratzentimeter Land gefreut hat. Und jetzt erfahren musste, dass er sie nicht kriegt.« Ich sah Babs kopfschüttelnd an, *Nein, nein, sag nichts von Wills Krankheit. Es muss einen anderen Weg geben, auch wenn ich Mr Kincaid um ein Muster der Urkunde aus der Werbeabteilung anflehen muss … oder bei den Bakers einbrechen und ihre Urkunde stehlen muss*, doch sie starrte Mr Kincaid nieder, der auf einmal Gefahr witterte und rot anlief. »Und zwar kurz nachdem er noch etwas anderes erfahren hatte, nämlich dass er Krebs hat. Lymphatische Leukämie.«

Babs beugte sich vor, wobei ihr Busen fast aus dem BH unter der Kamera fiel. Doch Mr Kincaid schien das nicht einmal zu bemerken. »Sie werden also noch eine Parzelle Land kaufen, damit alle Kinder, die dachten, sie würden ihre fünf Quadratzentimeter von Alaska bekommen, sie auch wirklich kriegen. Einschließlich dem kleinen Bruder meiner Freundin.«

Sie klopfte mit ihrem perfekt lackierten Fingernagel auf die Schachtel, die ich noch immer in der Hand hielt. »Und wenn nicht, wird mein Daddy, der Herausgeber der *Groverton Daily News*, einen vernichtenden Leitartikel über Ihre irreführenden Werbemethoden schreiben, dass Sie nämlich kleine Jungen mit Träumen füttern, um sie dann einfach zu zerstören, wenn Sie Ihr Gewinnziel erreicht haben.«

Langsam breitete sich ein Lächeln auf Mr Kincaids Gesicht aus, und er kniff die Augen zusammen. Er sah aus, als wäre er in Gedanken ganz woanders und hätte gerade eine phantastische Idee gehabt – phantastisch zumindest in seinen Augen.

Auf einmal bekam ich eine Gänsehaut.

Aber Babs war wieder ganz die Alte und schien nicht zu merken, dass Mr Kincaids Lächeln nicht ihr galt. Sie lächelte zurück und fügte hinzu. »Und Daddy macht immer, was ich will.«

23. Kapitel

Zwei Tage später, am Abend des 22. Oktober, stand Will an der Seite von Sergeant Striker neben dem behelfsmäßigen Podest in der Eingangshalle der *Groverton Daily News*. Er sah zutiefst unglücklich aus.

Sergeant Striker wurde von Hugh Garvey dargestellt, dem Sprecher aus der Radiosendung, dessen Karriere einen Einbruch erlebt hatte, als seine Rolle fürs Fernsehen neu besetzt wurde. Mr Garvey trug genau die gleiche Uniform wie der Fernseh-Sergeant-Striker, nur dass der Hut zu groß, die Uniform zu eng und sein Grinsen eine Verschandelung der Figur war.

Will selbst verschwand mehr oder weniger in einem grauen Nadelstreifenanzug von Rike's, weil Grandma darauf bestanden hatte, ihn zwei Nummern zu groß zu kaufen. Sie hatte wohl nicht begriffen, dass lymphatische Leukämie einen nicht allzu groß werden ließ. Obwohl alle, sogar Will, den Namen der Krankheit jetzt kannten, hatte noch niemand ihn übersetzt: *verläuft tödlich.*

Groverton erfreute sich des Altweibersommers, in der Eingangshalle war es eng und stickig und der schwere Flanellanzug für Will unerträglich. Ich trug das Abschlussballkleid, das ich aus Mamas Hochzeitskleid genäht hatte, wobei ich zu diesem Anlass den bodenlangen Saum auf Knöchellänge gekürzt hatte, und obwohl ärmellos gekleidet, war mir zum Umfallen heiß. Ich stand vor der Horde Menschen, die sich in der Eingangshalle versammelt hatte, allerdings hauptsächlich, um die Zeitungsfotografen zu sehen und die Fernsehteams von WLWD in Dayton und WCPO in Cincinnati, die das Ereignis filmten. Ich konzentrierte mich auf Will, dessen große blaue Augen mich anflehten, ihn hier rauszuholen. Ich gab ihm zu verstehen: *Du schaffst das, nur noch ein paar Minuten.*

Ich wünschte, ich hätte darauf bestanden, dass er ein leichtes kurzärmliges Hemd und eine Hose trug. Ich wünschte, ich hätte dieser Veranstaltung gar nicht erst zugestimmt, wo ich jetzt vor Augen hatte, wie klein und elend Will in seinem Anzug aussah, neben dem grinsenden »Sergeant Striker« und dem Rednerpult, hinter dem Mr Kincaid schwadronierte, wie er und Mr Denton (der auf der anderen Seite des Rednerpults stand) von dem »tapferen jungen Mann« so inspiriert worden wären, dass sie zusammen beschlossen hätten, nicht nur eine weitere Parzelle, sondern gleich zwei Parzellen im Alaska-Territorium zu kaufen, damit die Fünf-Quadratzentimeter-Kampagne fortgeführt werden konnte.

»Und nicht nur das«, sagte Mr Kincaid, »unsere beiden Firmen spenden jeweils eintausend Dollar, um Wills Familie bei den Behandlungskosten zu unterstützen!« Das Publikum applaudierte lautstark.

Ich blickte mich um, entdeckte die vertrauten Gesichter der Menschen, die sich ehrlich für Will freuten: Big Terry, Shirley und Ralph von Grandmas Café; Mr und Mrs Leis (ihr Gesicht war tränenüberströmt, und ich dachte: *Sie versteht, wie ernst Wills Zustand wirklich ist*); Wills Lehrer aus der fünften Klasse, seine Freunde Tony, Suze, Harold und Herman sowie deren Eltern. Natürlich waren auch Grandma, Daddy und Miss Bettina da, und Jimmy und Babs, die mich beide entschuldigend anblickten.

Eine kleine Zeremonie, hatten sie gesagt. Was für eine dreiste Lüge! Als ich zustimmte, war mir nicht klar gewesen, dass Mr Kincaid und Mr Denton die Gelegenheit nutzen und Wills Krankheit für eine Werbekampagne ihrer beiden Firmen ausschlachten würden.

Ich blickte wieder zu Will, und wieder gab er mir wortlos zu verstehen: *Hol mich hier raus.*

Plötzlich hörte Mr Kincaid auf zu reden und zog Will auf einen Hocker, der hinter dem Rednerpult versteckt stand. Wills Gesicht erschien über dem Pult. Er starrte auf die vielen Menschen, sein Blick schoss hin und her, seine Panik wuchs. Will, der mit all seinen kleinen Streichen wie ein selbstbewusster, kontaktfreudiger Junge daherkam, hatte noch nie vor so vielen Menschen gesprochen, und es war klar, dass das von ihm erwartet wurde. Doch er war nicht vorgewarnt worden. Auch nicht von mir.

Nun hielt Mr Kincaid ihm schließlich einen Rahmen hin und sagte: »Im Namen der Sunshine Bakery –«

»Und im Namen von Groverton Pulp & Paper«, ergänzte Mr Denton, in die Kameras strahlend.

»… freuen wir uns, William Everett Lane die offizielle Besitzurkunde eines fünf Quadratzentimeter großen Stück Lands im Alaska-Territorium zu überreichen!«, schloss Mr Kincaid.

Die Leute klatschten. Will nahm die gerahmte Urkunde von Mr Kincaid entgegen und hielt sie mit verschränkten Armen an die Brust gedrückt, als befürchte er, sie würde ihm wieder weggenommen.

Als das Klatschen verebbte, sagte Mr Kincaid: »Und jetzt willst du sicher, dass endlich ein Foto von dir und dem Sergeant Striker vom Radio gemacht wird:« Der Schauspieler in der zu engen Uniform lächelte gekünstelt in die Kameras und deutete mit der Hand ein Winken an. »Doch wir haben noch eine viel größere Überraschung für dich. In ein paar Wochen wirst du nach Hollywood fliegen, für einen Fototermin mit Chase Monahue, dem Fernseh-Sergeant-Striker, damit dein Foto auf die Schachteln von Marvel-Cornflakes kommt! Was hältst du davon, junger Mann?«

Der Radio-Sergeant-Striker blickte verärgert drein.

»Hab ich … hab ich den Aufsatz-Wettbewerb gewonnen?«, fragte Will. »Ich schreib nur mit Müh und Not Dreien in Englisch.«

Die Männer hinter dem Rednerpult lachten, und einige im Publikum kicherten nervös. »Nein, aber das geht in Ordnung«, sagte Mr Kincaid. »Dafür bist du ein besonderer junger Mann.«

Will runzelte die Stirn. »Aber das ist nicht fair dem gegenüber, der –«

Mr Denton unterbrach ihn mit einem überzogenen Glucksen. »Natürlich ist es das.« Dann wandte er sich mit traurigem Blick ans Publikum. »Doch es braucht natürlich auch seine Zeit, um alle Schachteln herzustellen, und solange gestreikt wird, können wir nicht damit beginnen.« Mr Kincaid nickte feierlich. Babs' Vater, Mr Wickham, wirkte erfreut, als sein Reporter Fotos von den verdutzten Zuschauern machte. »Nun, ich bin sicher, wir wünschen uns alle für diesen besonderen jungen Mann hier aus Groverton, dass sein Foto auf die Schachteln kommt, besonders angesichts seiner besonderen Verfassung, aber zuerst müssen die Mitglieder der United Paperworks International Union …«

Will blickte verwirrt drein, verstand weder die hinterhältige Taktik von Mr Kincaid und Mr Denton noch den wachsenden Unmut, der sich jetzt unter den Zuschauern ausbreitete. Ich setzte mich zu ihm in Bewegung, doch Daddy war schneller, eilte an dem verblüfften Mr Kincaid und Radio-Sergeant-Striker vorbei an Wills Seite, nahm Mr Kincaid den Scheck für Wills Behandlungskosten aus der Hand und steckte ihn in die Tasche.

Dann schubste er den heuchlerischen Mann von der Sunshine Bakery beiseite und sagte ins Mikrofon: »Will bedankt sich für die Besitzurkunde und den Scheck«, und hob ihn behutsam vom Hocker. Will kam zu mir gerannt, und ich schloss ihn in die Arme. Miss Bettina legte die Hand auf meine Schulter. »Doch jetzt habe ich etwas zu sagen«, fuhr Daddy fort. Die Leute verstummten, immer noch unruhig, aber neugierig. »Und zwar, dass Sie meinen Jungen nicht für Ihr schmutziges Spiel benutzen können, um den Streik zu beenden! Ich hätte schon vor Jahren meine Stimme erheben sollen, als ich noch eine Führungsposition innehatte und Mr Frederick McDonnell zu mir kam und mich auf mangelnde Sicherheitsvorkehrungen hinwies. Ich bedauere, dass ich das damals nicht getan habe.«

Er sah mich, Will und Miss Bettina an. »Eine Menge Dinge tun mir leid. Doch jetzt sage ich, was ich schon in Briefen an den Herausgeber unserer Zeitung geschrieben habe und weiter schreiben werde, nämlich dass die Mehrzahl der Fabrikarbeiter den Schutz der Gewerkschaft und bessere Sicherheitsvorkehrungen verdient. Und es ist in unser aller Interesse, dass der Geschäftsführer –«

Plötzlich kam jemand in die Eingangshalle gerannt. Mr Baker, unser Nachbar von gegenüber, verkündete schreiend: »Ich komme von der Fabrik. Auf dem Lagerplatz brennt es!« Die Leute schnappten nach Luft. Die meisten Arbeiter gingen normalerweise über den Lagerplatz zum

Hintereingang, um ihre Zeitkarten abzustempeln, und da marschierten auch die Streikposten umher. »Die Leute sitzen in der Falle. Wir brauchen so viele Freiwillige zum Feuerlöschen wie möglich!«

Augenblicklich löste sich die Menge auf, drängte zur Tür. Daddy trat hinter dem Rednerpult hervor und kam zu uns.

Grandma starrte ihn wütend an. »Porter, was sollte das denn gerade? Musstest du einen glorreichen Moment für die Lanes in –«

Miss Bettina unterbrach sie. »Jetzt halten Sie einmal den Mund, Lorene. Hier ging es nun wirklich nicht um Sie.«

»Daddy«, sagte ich leise, als Grandma zum Glück wegging, »ich bin wirklich stolz auf dich.«

Er sah mich an, und ein Lächeln formte sich auf seinem müden Gesicht … doch dann starrte er wieder auf die Spitze an der Schulter meines Kleides. Er fuhr sanft darüber, und das Lächeln verschwand.

Er wusste es. Die anderen Kleider waren eine Sache, doch Mamas Hochzeitskleid hätte ich nicht verwenden dürfen.

Daddys Hand glitt von der Spitze. Er sah Miss Bettina an. »Ich gehe und helfe.«

»Ich komme mit dir«, sagte sie.

Will sah zu mir hoch. »Ich möchte zu MayJune«, sagte er. »Ich will Trusty sehen.«

* * *

MayJune wartete auf der Hollywoodschaukel auf der Veranda, mit Trusty zu ihren Füßen. Ich hatte den Wagen kaum auf der unbefestigten Straße vor dem winzigen Haus zum Stehen gebracht, als Will hinaussprang und durch den kleinen ansteigenden Vorgarten zu ihr hochlief. Die abendliche Dämmerung hüllte die Szene in ein sanftes Licht, als wäre schon alles eine vage, ferne Erinnerung: wie Trusty schwanzwedelnd aufsprang, um Will zu begrüßen; wie Will sich neben MayJune setzte und die Schaukel zum Schwingen brachte; wie MayJune die Wolldecke auf ihrem Schoß über ihn ausbreitete und die Besitzurkunde der fünf Quadratzentimeter Land in Alaska bestaunte.

Dieser Moment ist eine meiner schönsten Erinnerungen an Will und MayJune.

Ich wandte den Blick ab. Tränen brannten in meinen Augen, und ich ließ mir Zeit, das Verdeck von Mamas Kabriolett zu schließen. Als ich dann zu ihnen auf die Veranda ging, waren meine Augen wieder trocken. MayJune und Will tranken Tee. Ich setzte mich ihnen gegenüber auf einen türkisen Eisenstuhl. MayJune zeigte auf den Becher auf dem kleinen Tisch, aus dem es noch immer dampfte.

Ich nahm den Becher, sog den Dampf, der gleichzeitig süß und nach Zitrone duftete, tief ein und trank einen Schluck, ließ ein genüssliches »Hmmm« verlauten, denn es war eine neue Mischung.

»Zitronenverbene, Sassafras und Honig«, sagte MayJune lächelnd, so dass sich wieder die vertrauten, tröstenden Falten um ihre Augen bildeten.

Ich nahm einen weiteren Schluck, und während ich die entspannende, tröstliche Wirkung des Tees herbeisehnte, dachte ich plötzlich: *Natürlich ist MayJune nicht zur Feier bei der Groverton Daily News gekommen.* Irgendwie hatte sie gewusst, dass wir in ihrem kleinen Haus Zuflucht suchen würden, bei ihr und ihren ungewöhnlichen Kräutertees. Sie hatte den Tee sogar schon fertig, als wir kamen. So war MayJune.

Sie blickte auf die Urkunde, legte den Arm um Will und

drückte ihn sanft. »Du meine Güte, sieh dir das an! Unser Will ist Landbesitzer!« Will strahlte. Trusty stieß den Kopf an sein Knie, und er lachte, streckte den Arm aus und kraulte ihn hinterm Ohr. Da klopfte sein Schwanz noch heftiger auf die Veranda.

Der Hund war so gut wie genesen, nur eine kleine Verwachsung am rechten Ohr und ein leichtes Hinken erinnerten noch an seine schlimmen Verletzungen. Und natürlich bellte er nicht, und ich fragte mich, ob sich das jemals ändern würde. Und ob er mir jemals vertrauen würde. Doch ich war froh, dass es ihm besserging.

Will und ich erzählten MayJune von der Presseveranstaltung im Verlagsgebäude und dem Feuer in der Papierfabrik. Sie schüttelte den Kopf, gluckste kurz und sagte: »O je.« Dann schwiegen wir eine Weile, was angenehm war, denn mit MayJune zusammen konnte man einfach nur … sein.

Aber dann fiel mein Blick auf etwas Unglaubliches hinter MayJune und Will, ein paar Meter von der Veranda entfernt. Ich traute meinen Augen nicht, kniff sie zusammen, öffnete sie wieder, doch er stand wirklich da, die Umrisse kaum sichtbar im spärlichen Licht der Veranda: der tränenförmige Wohnwagen. Ich erkannte sofort, dass es der Wohnwagen von Stedmans Schrottplatz war, an den Trusty bei unserer ersten Begegnung festgekettet gewesen war.

»Ist das …?« Ich zeigte auf den Wohnwagen. Will drehte sich um, um zu sehen, worauf ich zeigte.

MayJune lachte in sich hinein. »Hab ihn letzten Dienstag gekriegt. Natürlich hat der Wagen meiner Tochter keine Anhängerkupplung, um ihn zu ziehen, und deshalb wollte ich Sie anrufen, weil das Auto Ihrer Mama ja eine hat.« *Wirklich?*, dachte ich, und dann wurde mir klar, dass es stimmte, dass sich unter der hinteren Stoßstange so ein Haken befand. MayJune fuhr fort. »Aber dann dachte ich, es wär wahrscheinlich besser, wenn Mr Stedman niemanden von der Familie Lane sieht. Und er selbst konnte ihn mir auch nicht bringen, dann hätte er Trusty gesehen.

Deshalb hab ich Lenny gefragt, meinen Nachbarn von nebenan, und der ist mitgekommen. Mr Stedman war froh, ihn loszuwerden, und wollte so gut wie nichts dafür haben, weil sein alter Wachhund ihn verdreckt hätte.« MayJune schüttelte den Kopf. »Ich musste mich wirklich sehr zusammenreißen, ihm nicht zu sagen, dass er einen Hund nicht festketten kann und sich dann wundern, wenn der ein bisschen wild wird, um sich zu befreien.«

Ich starrte MayJune an. »Aber … warum?«

Sie lächelte. »Nun, ich gehe nicht mehr auf Reisen, aber ich kenne da jemanden, der ihn vielleicht brauchen kann.«

Plötzlich huschte ein Leuchten über Wills Gesicht, und das flaue Gefühl in meinem Magen sagte mir, dass er eine wahnwitzige Idee hatte: »Ich bringe dich nach Hause, Trusty«, sagte er.

»Will, was redest du da? Wir werden ihm später ein gutes Zuhause finden … nachdem … falls MayJune –«

Er sah mich an, das kleine Gesicht wutverzerrt. »Nein. Sein Zuhause ist in Alaska. Ich fahre hin und guck mir mein Land an, und er kommt mit.«

Mein Herz zog sich zusammen. »Will … ich glaube nicht –«

Ein Klagelaut durchschnitt plötzlich meine Belehrung. Einen Moment lang war es ganz still, nur das entfernte leise Zirpen der Zikaden war zu hören, und dann der gleiche Laut wieder. Will und ich starrten Trusty an. Der Ton war von ganz tief aus ihm herausgekommen. MayJune lachte über unsere ungläubigen Gesichter.

»Ich glaube nicht, dass ihm eure Zankerei gefällt«, sagte MayJune. »Kommen Sie mit mir ins Haus, Donna. Sie zittern ja. Ich gebe Ihnen einen Pullover.«

Will musste unbedingt begreifen, dass er ganz bestimmt nicht nach Alaska reisen konnte. Auf dem Heimweg würde ich ihm das unmissverständlich klarmachen.

MayJune erhob sich schwerfällig und humpelte durch die Tür ins Haus. Trusty sprang auf, um ihren Platz auf der Hollywoodschaukel einzunehmen, und Will legte den Arm um ihn. »Du hast einen Laut von dir gegeben«, sagte Will staunend über dieses kleine Wunder. »Nur einen kleinen, aber es war ein richtiger Laut.«

In dem Moment wurde mir klar, dass MayJune recht hatte. Ich zitterte wirklich und ging ins Haus, doch konnte sie nirgends sehen. Ich setzte mich aufs Sofa ihres hübschen Wohnzimmers. Mein Blick wanderte schnurstracks zu dem Fotoalbum, das sie nicht weggeräumt hatte. Ich hatte es bewusst nicht erwähnt, weil Will mit mir hier war. Ich nahm das Album mit zittriger Hand, schlug es wieder auf.

»War sie nicht wunderschön?«, sagte MayJune.

Sie hielt mir einen Pullover hin. Wie lange sie mich wohl dort hatte sitzen lassen, allein mit den Fotos? Ich hatte auf der ersten Seite angefangen und war jetzt auf der letzten.

»Ja«, sagte ich, als sie sich neben mich aufs Sofa setzte. »Sie haben erzählt, sie hat schon als Kind gern gesungen, aber es gibt noch so vieles, das ich nicht über sie weiß.«

»Was zum Beispiel, meine Liebe?«

Die Worte strömten aus mir hinaus. »Miss Bettina hat mir die Wahrheit erzählt: dass Mama unglücklich und ruhelos war und mit einem Mann weggelaufen ist, der versprochen hatte, eine Platte mit ihr aufzunehmen. Aber ich weiß überhaupt nicht, warum sie so ruhelos war. War sie immer so gewesen?« Meine Stimme versagte mir fast, und ich kämpfte gegen die Tränen an. MayJune zog mich zu sich.

»Sie war ein Einzelkind, und ihre eigene Mama war immer kränklich und unglücklich. Ich weiß nicht warum. Ihr Daddy ist damit nicht gut klargekommen. Es gab immer eine Menge Streit bei ihnen zu Hause. Ich glaube, Ihre Mama fing an zu singen, um sich selbst glücklich zu machen, und solange sie sang, funktionierte es auch. Und sie sah, dass sie auch andere Menschen damit glücklich machen konnte.

Und was ihr Weggehen betrifft … nun, Liebes, es sind immer die kleinen, kaum beachteten Entscheidungen, die dem Leben eine andere Richtung geben, ohne dass man es ahnt. Genauso war es mit Ihrer Mama. Sie hielt es für eine kleine Entscheidung, als sie im Club freundlich zu Ihrem Papa war, einfach um nett zu sein und vielleicht einen Drink spendiert zu bekommen oder ein Trinkgeld. Auch dass sie in den Club zurückkehrte, um der alten Zeiten willen, und dass sie sich dann mit dem Produzenten einließ. Bevor es ihr noch bewusst wurde, sah sie schon kein Land mehr, und ihre Entscheidungen änderten ihr eigenes Leben und das Leben der Menschen um sie herum.«

Ich schluckte schwer. Das hatte ich auch getan, kleine Entscheidungen getroffen. Ich hatte auf Mr Cahills Anzeige geantwortet und geglaubt, in einer Stadt wie Groverton heimlich bei ihm Modell stehen zu können. Ich hatte mit Babs die Schule geschwänzt und Jimmy kennengelernt. Und was Mamas umgearbeitete Kleider betraf: Tief im Inneren hatte ich gewusst, dass Daddy es irgendwann sehen und er verletzt sein würde.

Ich lehnte mich zurück. »Vielen Dank, MayJune.« Ich schlug das Fotoalbum zu. »Am besten bringe ich jetzt wohl

Will nach Hause.« Ich stand auf und ging hinaus auf die Veranda.

Will und Trusty waren verschwunden.

* * *

Ich fand sie eine halbe Stunde später, sie gingen den Fußweg am Tangy River entlang.

»Will Everett Lane!«, schrie ich vom Wagen aus. »Was machst du hier?«

Er ignorierte mich, ging mit der gerahmten Besitzurkunde unterm Arm einfach weiter. Trusty trottete neben ihm her.

»Komm und steig jetzt in den Wagen! Du hast mich zu Tode erschreckt!«

Er ging weiter.

Ich trat voll auf die Bremse, stellte den Motor ab, sprang aus dem Wagen und lief zu ihm hin, packte ihn bei den Schultern. Trusty sprang mich an, warf mich um und stellte sich mit den Vorderpfoten auf mich, die gefletschten Zähne dicht vor meinem Gesicht. Ich spürte das Knurren tief in seinem Körper, seine Bereitschaft, mich zu zerfleischen, um Will zu beschützen.

»Trusty, lass sie gehen!«, sagte Will, packte ihn im Nacken und zog ihn sanft von mir runter.

Zögernd ließ Trusty es geschehen, verharrte aber schützend vor Will. Ich setzte mich langsam auf. Mein Rücken schmerzte vom Sturz auf den Boden, und ich rieb mir den Hinterkopf. »Es schien dir ja nicht viel auszumachen, dass Trusty mir fast das Gesicht zerfleischt hätte.«

»Red keinen Blödsinn«, sagte Will mit müder Stimme. »Er würde dir nicht wirklich etwas tun.«

»Oho. Und was fällt dir ein, einfach so wegzulaufen?«

»Ich gehe nach Alaska. Mit Trusty«, sagte er.

Ich stand auf, spürte meinen Rücken. Die Spitze an meinem Kleid war gerissen, hoffentlich konnte ich sie flicken – ein trivialer Gedanke in einem Moment wie diesem, ich weiß, aber irgendwie war es mir wichtig.

»Zu Fuß?«

Will schob das Kinn vor. »Ich wollte über die andere Brücke zu uns nach Hause gehen, weil ich dachte, du kommst nie hier entlang, und mein Geld holen. Dafür kann ich ein Busticket kaufen.«

»Bis nach Alaska?«

»Bestimmt ein ganzes Stück dahin. Und dann trampen wir. Oder laufen. Trusty beschützt mich.«

»Du weißt doch, dass Busfahrer keine Hunde mitnehmen. Jedenfalls keinen, der so furchterregend aussieht wie Trusty.«

»Dann trampen und laufen wir eben den ganzen Weg.« Trotz der Erschöpfung klang Will noch immer aufsässig.

»Will«, sagte ich. »Du hast die Besitzurkunde gekriegt, Trusty ist bei MayJune in Sicherheit. Warum machst du das?«

»Weil ich das will«, sagte er. »Ich will mein Land sehen. Ich will Trusty zurück nach Hause bringen.«

»Du bist müde und ich auch. Wir bringen Trusty zurück zu MayJune und gehen heim. Morgen früh können wir darüber reden und –«

»Nein! Du wirst einfach nur versuchen, mir Alaska auszureden!«

Ich erwiderte nichts. Will kannte mich gut. Er hatte recht.

»Donna, ich muss dich etwas fragen, und du musst mir schwören, die Wahrheit zu sagen.«

Ich lächelte ihn an, überzeugt, zu wissen, was er mich fragen würde, nämlich wie ich ihn gefunden hätte. Ich würde sagen, ich hätte zuerst in MayJunes Haus gesucht, aber weil ich ihn kannte, hätte ich gewusst, dass er diesen Weg nehmen würde. »In Ordnung.«

»Schwörst du?«

»Ich schwöre.«

»Großes Indianerehrenwort?«

»Großes Indianerehrenwort«, wiederholte ich. »Ich schwöre, deine Frage wahrheitsgemäß zu beantworten.«

Und dann stellte Will seine Frage und bewies mir, dass ich ihn doch nicht so gut kannte, wie ich glaubte.

»Donna, werde ich bald sterben?«

Als ich wieder Luft bekam und antwortete, schmerzte jedes Wort wie ein Glassplitter in meinem Mund. »Dr. Marshall meint, dass man nicht wissen kann, wie deine Blutkrankheit – die Leukämie – sich entwickelt, dass manchmal Wunder geschehen und –«

»Ich will es wissen! Ich will, dass mir jemand die Wahrheit sagt! Muss ich bald sterben?«

Ich starrte an ihm vorbei und sah zum ersten Mal, seit ich losgefahren und wie von Sinnen nach Will gesucht hatte, den Erntemond rund und orange über dem Fluss und den Bäumen stehen, so groß, als brauchte man nur die Hand auszustrecken, um ihn herunterzuholen.

Wie eine reife Persimone.

Ich drückte die Augen zu.

Die Wahrheit.

Unser ganzes Leben lang hatten wir nie die Wahrheit gehört.

Immer nur das, was wir hören sollten.

Dass Mama gestorben war, obwohl es nicht stimmte. Sie war wie ein gefangenes Tier einfach ausgebrochen aus dem

Leben, das sie glaubte, für sich zu wünschen, bis sie es nicht mehr ertragen konnte und weglief.

Dass sie an Papas Trinkerei schuld war, am Verlust seiner guten Position in der Papierfabrik, seinem Status in der Stadt. Doch auch das stimmte nicht. Denn es war seine Entscheidung gewesen, danach seine Wunden zu lecken und nicht heilen zu lassen, anstatt sich um uns zu kümmern und zu merken, wie sehr Miss Bettina ihn liebte. Er hatte sich nicht bemüht, sein Leben wieder in den Griff zu bekommen.

Wir sollten glauben, dass Menschen wie Mr Cahill gefährlich waren, dass ihre Ansichten und wie sie ihr Leben lebten und wen sie liebten, falsch waren. Und dass Menschen wie Mr und Mrs Denton bewundert werden mussten.

Dass Nahrungsmittelfirmen und Fernsehserien in ihrer Werbung die Wahrheit sagten und nicht nur die Träume von kleinen Jungen ausbeuteten.

Dass Arbeiter kein Recht hatten, Sicherheitsvorkehrungen zu verlangen.

Ich wusste, was ich hätte antworten sollen: dass es schwer war vorherzusagen, was passieren würde, dass durch die klinischen Studien, von denen Dr. Marshall sprach, vielleicht eine Behandlungsmethode für Wills Krebsart entdeckt würde, eher früher als später, dass wir nur intensiv und lang und reinen Herzens beten mussten und dass Gott es dann in seinem Himmel vielleicht für angebracht hielt, uns ein Wunder zu bescheren.

Doch ich konnte das nicht. Ich konnte einfach nicht zu den Menschen gehören, die Will sagten, was er hören sollte. Ich öffnete die Augen und sah ihn an. Wie immer, nahmen mich seine großen blauen Augen gefangen. Und ich sagte die Wahrheit.

»Ja, Will, du wirst sterben. Ich weiß nicht, wie viel Zeit du noch hast. Eine Weile noch, bevor du schließlich schwach wirst und dich wirklich krank fühlst, und dann wird Dr. Marshall dir mehr Medizin geben, um es dir so erträglich wie möglich zu machen –«

»Ich will es nicht so erträglich wie möglich haben, Donna. Ich will nichts gewinnen, nur weil ich krank bin, und ich will nicht nach Hollywood. Ich will nicht hierbleiben und von allen bemitleidet und angestarrt werden wie heute Abend. Das soll nicht das Letzte sein, was ich in meinem Leben mache, Donna«, sagte Will. »Das Letzte, woran ich denke, das sollen nicht die ganzen Menschen sein, die mich anstarren wie ein Ausstellungsstück bei *Ripley's unglaubliche Welt*, weil ich als Kind ins Gras beiße. Aber es gibt etwas, was ich wirklich will!«

Ich wusste, was er sagen würde. Er grinste mich an. »Ich will, dass du, ich und Trusty zusammen mein Land besuchen.«

Er wollte, dass wir quer durch Nordamerika fuhren, durch ein Stück von Kanada bis ins Alaska-Territorium, um fünf … Quadratzentimeter … Land … zu … sehen.

Seine fünf Quadratzentimeter Land in Alaska.

Unmöglich. Total, vollkommen, absolut unmöglich.

Und doch war mir klar, was immer ich auch sagte, Will würde es weiter versuchen, würde immer wieder weglaufen, so wie er das stets getan hatte, um an seinen Lieblingsplatz am Fluss zu kommen. Auch jetzt würde mein närrischer, sturer, kranker kleiner Bruder nicht aufgeben, sondern alles versuchen, um nach Alaska zu kommen und sein Stück Land zu sehen, auch wenn es kaum größer war als eine Briefmarke.

Weil es in seinen Augen nicht närrisch war oder irrational. Sondern ein Abenteuer.

Noch während mir das alles durch den Kopf ging, sagte er: »Wir haben ein Auto! Und wir können uns MayJunes Wohnwagen borgen. Das macht sie bestimmt, das weißt du. Und wir können Lebensmittel aus Daddys Schutzbunker mitnehmen, das merkt er nie. Und ich hab Jimmys alten Atlas und schon zwei Wege gefunden, die dort hinführen. Beide sehen ziemlich gut aus.«

So wie Will es beschrieb, klang es ganz einfach. Ich dachte an das Trinkgeld, das ich in Grandmas Café bekommen und gespart hatte, an das Geld von meiner Arbeit für Mr Cahill und Miss Bettina, und die Kleider, die ich aus Mamas alten Sachen genäht hatte, anstatt mir neue zu kaufen … Anstatt das Geld für ein Busticket nach New York auszugeben, um Schneiderin zu werden, könnte ich es für Benzin nehmen, um nach Alaska zu fahren …

Ich schüttelte den Kopf. Nein, nein. Das war mehr als unmöglich. Es war wahnsinnig. »Will … ich glaube nicht … in deinem Zustand –«

Er drückte mir die Hand auf den Mund, schob sein Gesicht ganz nah an meines. »Mein Zustand wird niemals besser werden. Und ich will mein Land in Alaska sehen, bevor ich sterbe.«

Dann stellte er sich neben mich und zeigte auf den Erntemond … den Persimonenmond. »Wir haben noch genug Zeit. Im *Bauernkalender* steht, dass es ein milder Herbst und Winter wird. Beim nächsten Vollmond ist es zu spät, nach Alaska zu fahren.«

Vielleicht würde einfach der Versuch Will von seiner Krankheit ablenken, dachte ich. Wir hatten Medikamente für über einen Monat, und wenn alles glattging, konnten wir in zehn Tagen im Alaska-Territorium sein – wenn das Wetter sich hielt und der Wagen nicht kaputtging. Und Wills

Zustand würde sich durch die Fahrt im Auto nicht verschlechtern. Hingegen würde ihn zu Hause seine Bekanntheit als Ach-der-arme-sterbende-Junge noch schneller ins Grab bringen.

Wir mussten uns heimlich aus dem Staub machen, ohne dass jemand von unseren Plänen erfuhr. Außer natürlich MayJune. Konnten wir wirklich einfach so losfahren … noch heute Nacht?

Plötzlich sah Trusty uns alarmiert an, öffnete das Maul und mimte Bellen. Schnell näherten sich Männerstimmen. Vielleicht von der Sorte Männer, auf die Babs gehofft hatte, als ich den Reifen wechselte. Aber Trusty wollte uns offensichtlich von der Straße weghaben. Und Will würde keinen Schritt tun, bevor er eine Antwort von mir hatte.

»Wir machen's«, sagte ich. »Wir fahren nach Alaska. Du, ich, Trusty. Und jetzt steig ein!«

24. Kapitel

Auf der Fahrt zurück zu MayJune schlief Will tief und fest auf dem Beifahrersitz. Trusty stand hinter den Vordersitzen, den Kopf zwischen mich und Will geschoben. Ich hörte ihn schnaufen, roch seinen Hundeatem und spürte ihn feucht und warm im Nacken, während er Will behütete und mich argwöhnisch beobachtete.

Zwar machte es mich nervös, dass Trustys scharfe Zähne jederzeit zubeißen konnten, falls er das Gefühl bekam, dass ich doch nicht Wills Verbündete war, aber noch mehr beunruhigte mich mein Versprechen, das ich Will gegeben hatte.

Eine Reise zu seinem fünf Quadratzentimeter großen Stück Land in Alaska.

Was-ist-wenn-Fragen überfluteten schon jetzt meinen Kopf.

Andererseits, wie könnte ich Will in die Augen sehen und mein Versprechen zurücknehmen, wo ich ihm schon die Wahrheit über seine tödliche Krankheit gesagt hatte?

Wenn Mamas Wagen eine Panne hatte, würde ich ihn reparieren oder jemanden finden, der es konnte. Immerhin hatte ich schon problemlos einen Reifen gewechselt. Wenn sich Wills Zustand sehr verschlechterte, würden wir Hilfe suchen. Oder umdrehen und zurückfahren. Auf jeden Fall war es besser, in seiner Nähe zu sein, wenn er Hilfe brauchte. Ich wusste, dass er sonst immer wieder weglaufen würde, egal, was ich tat oder sagte, und ich konnte auch nicht Tag und Nacht wach bleiben und auf ihn aufpassen.

Bei MayJune angekommen, versuchte ich, Will aufzuwecken. Doch er schlief wie ein Murmeltier, und Trusty bleckte sofort die Zähne, als ich ihn wachzurütteln versuchte.

Ich sah den Hund an. »Also gut«, sagte ich. »Du bleibst hier und passt auf Will auf.«

Ich ging durch den kleinen Vorgarten zu MayJunes Haus. Diesmal war ich kein bisschen überrascht, dass sie die Tür aufmachte, noch bevor ich geklopft hatte, und zwei große Tassen mit dampfendem Tee bereit standen.

Sie ließ sich ohne jede Eile auf ihrem Stuhl nieder, nahm die Tasse und trank einen Schluck. »Hmmm … Ingwer, Weidenrinde, Kamille. Gut für meine steifen alten Hüften, zumindest bis ich ins Bett gehe. Aber wenn ich morgens aufwache, bin ich steifer als ein gefrorenes Laken, das im Winter auf der Leine vergessen wurde.«

Ich lächelte, nahm meine Tasse und schnupperte den aromatischen Dampf.

»Nun, Liebes, Ihr Tee ist nur aus Ingwer. Gut, um den Magen zu beruhigen und Energie zu spenden.« Sie sah mich an und zog die dünnen Augenbrauen hoch. »Ich habe das Gefühl, dass Sie das brauchen werden.«

Ich nippte an meinem Tee und sagte: »Sie haben vermutlich keinen Tee oder eine Brühe oder einen Wickel, der ihn … gesund macht?«

Zum ersten Mal, seit ich MayJune kannte, sah sie wirklich traurig aus. »Mein liebes Kind, ich wünschte, ich hätte das.« Sie schüttelte den Kopf. »Ich wünschte, ich hätte das.«

Ich starrte in die bernsteinfarbene Flüssigkeit in meiner Tasse, roch und fühlte den Dampf, drängte meine Tränen zurück, bis tief hinab zu all den anderen Verletzungen, die ich unter Verschluss hielt. Wenn ich mein Vorhaben umsetzen wollte, musste ich mich zusammenreißen und durfte meinen Schmerz nicht herauslassen, nicht, solange Will noch auf dieser Welt war und mich brauchte. Dann erzählte ich MayJune von meinem Plan.

Sie zeigte sich weder überrascht, noch urteilte sie darüber, dass ich ehrlich zu Will gewesen war hinsichtlich seiner tödlichen Krankheit oder dass ich versprochen hatte, mit ihm nach Alaska zu fahren. Sie nickte nur, als sei das alles vollkommen logisch. Als ich fertig war, sagte sie: »Sie wissen ja, dass Ihr Daddy und Miss Bettina heute Nacht weg sind, um mitzuhelfen, das furchtbare Feuer zu löschen. Keiner weiß, wie lange das dauert.«

Ich starrte in meine leere Tasse und dachte über MayJunes Worte nach, begriff, was sie meinte. Gab es einen besseren Zeitpunkt als heute Nacht, wo alle mit etwas anderem beschäftigt waren?

»Lenny ist noch auf«, sagte MayJune sanft. »Er könnte den Wohnwagen jetzt gleich an das Auto Ihrer Mama hängen, und ich stelle Tees und Kräuter für Sie und Will und Trusty zusammen.«

Ich sah MayJune an.

Dann nickte ich.

* * *

Als wir wieder zu Hause waren, trugen Will und ich alles zusammen, was wir brauchten, und brachten es auf die hintere Veranda.

Die Decken von unseren Betten kamen in den Kofferraum, doch zuerst breiteten wir sie auf der Veranda und im Hinterhof aus, um andere Sachen draufzulegen: Unsere

Winterjacken und Mützen und Handschuhe aus dem vorderen Schrank, die nach Mottenkugeln rochen. Je zwei Teller, Löffel, Tassen, Messer, Gabeln aus der Küche, dazu eine Bratpfanne, einen Pfannenheber und einen Holzlöffel, eine Schachtel Streichhölzer, Brot, Cracker, Erdnussbutter. Zum Schluss würden wir die zwei Bündel zusammenschnüren und sie über unseren Hof und den der hinteren Nachbarn zum Auto tragen. (Das ich in der Maple Street geparkt hatte, damit unsere Nachbarn von gegenüber, die womöglich nicht bei der Papierfabrik waren, den Wohnwagen an Mamas Auto nicht sahen.)

Aus dem Schutzraum im Keller holten wir selbstgemachte Pfirsich-, Apfel- und Erdbeermarmelade. Eingemachte grüne Bohnen (dazu ein Glas mit Miss Bettinas sauer eingelegten Bohnen), Mais, Karotten, Tomaten, Rote Beete, Kartoffeln und Gemüsesuppe aus den Gemüseresten, die nicht mehr für ein ganzes Glas mit der jeweiligen Sorte gereicht hatten.

Die Lebensmittel kamen in den Wohnwagen.

Die Medikamente für Will lagen in einem Kissenbezug auf dem Boden vom Beifahrersitz.

Wills Autoatlas von Jimmy, in dem er schon zwei Routen nach Tok in Alaska markiert hatte, kam ins Handschuhfach.

Und aus dem Keller holten wir zwei der leeren Koffer, in denen einmal Mamas Kleider gelegen hatten, einen für jeden von uns. Ich sagte Will, er solle zwei Hosen, zwei Hemden, ein Paar Ersatzschuhe, einen Schlafanzug, seine Zahnbürste und so viele Socken und Unterwäsche wie möglich reinpacken.

Kleine Entscheidungen, dachte ich und packte schnell meinen eigenen Koffer. Die ganze Zeit hatte ich nach und nach Mamas Kleider herausgeholt und für mich umgearbeitet, ohne zu ahnen, dass ich die Koffer leerte, um sie für dieses Abenteuer neu füllen zu können.

Während ich einen Rock, Jeans, zwei Blusen und einen Schlafanzug einpackte, schien alles so klar, als hätten sämtliche Ereignisse der vergangenen Monate zu diesem Moment geführt, so dass wir alles hatten, was wir brauchten: den Wohnwagen von MayJune, das Auto und die Koffer von Mama, die Lebensmittel, die Daddy im Schutzraum hortete, selbst den Atlas von Jimmy. Als sollte die Reise sein. Ich schickte schnell ein Stoßgebet zu Gott, falls Er in dieser warmen Altweibersommernacht zuhörte, dass die Reise so einfach werden möge wie unser hastiges Packen. Dann eilte ich zu meiner Kommode, zog die Wäscheschublade auf und schob BHs und Unterwäsche beiseite. Da lag der Umschlag mit dem Geld, das ich für New York gespart hatte, um Schneiderin zu werden.

Wenn ich sagen würde, dass ich das Geld, ohne zu zögern und ohne daran zu denken, dass es nach unserer Rückkehr aus Alaska aufgebraucht sein würde, genommen hätte, wäre das gelogen. Es bedrückte mich, denn ich hatte dafür sehr hart gearbeitet.

Als ich die Scheine herausnahm, berührten meine Finger den Brief, den Mr Cahill mir letzte Woche geschickt hatte. Spontan entschied ich, ihn mitzunehmen, steckte die Hälfte des Geldes im Umschlag vor und die andere Hälfte hinter den Brief. Er sei eine gute Trennwand, sagte ich mir. Für die Fahrt nach Alaska wollte ich nur die Hälfte vor dem Brief nehmen und würde dann wissen, dass wir noch genug für die Rückfahrt übrig hatten.

Als mein Blick auf die anderen versteckten Sachen fiel, Jimmys Blue Waltz Sachet und das Fläschchen Dexamyl von Babs, zögerte ich kurz. Jimmys Geschenk blieb hier, doch die Dexamyl nahm ich mit. Wenn ich bedachtsam damit umging und vielleicht immer nur eine halbe Pille nahm, könnten sie mir helfen, während der Fahrt länger wach zu bleiben. Ich steckte den Umschlag mit dem Geld und die Pillen in meine Handtasche, nahm schnell noch Unterwäsche aus der Schublade, verstaute sie im Koffer und verschloss ihn.

Ich wollte gerade aus dem Zimmer gehen, als mir einfiel, dass wir Daddy eine Nachricht hinterlassen sollten. Ich nahm meinen Skizzenblock von der Kommode und schrieb auf einer hinteren Seite die Mitteilung: *Daddy – Will und mir geht es gut. Ich musste ihn einfach aus dem ganzen Tohuwabohu um seine Besitzurkunde herausholen. Ich habe seine Medikamente. Wir rufen bald an.* Ich zögerte, hatte ihm noch nie eine Nachricht geschrieben, und fragte mich, ob ich mit: »Alles Liebe, deine Donna« unterschreiben sollte. Doch dann dachte ich, dass das nicht zu unserem üblichen Umgang miteinander passte, trotz des neuen, vorsichtigen Friedens, der sich eingestellt hatte. Und so schrieb ich: »Grüße, Donna.«

Als ich das Blatt herausriss und den Skizzenblock zurück auf die Kommode legen wollte, spürte ich einen Stich im Herz, und ich öffnete den Koffer noch einmal und schob den Block und meine Stifte hinein.

Mit dem Koffer und der Nachricht trat ich aus meinem Zimmer. In Wills Zimmer war es bereits dunkel und still. Ich wusste, dass er und Trusty unten an der Küchentür auf mich warteten.

Ich ging die Treppe hinunter und durchs Wohnzimmer zu Daddys Schlafzimmer. Ich stellte den Koffer ab. In der einen Hand hielt ich die Nachricht, mit der anderen umfasste ich zitternd den Türknauf. Mein Herz schlug heftig. Ich erinnerte mich vage, früher in diesem Zimmer gewesen zu sein, zusammen mit Mama, als sie sang und in den Spiegel starrte und sich das Haar bürstete. Doch seit ihrem angeblichen Tod war ich nicht mehr da drin gewesen, nicht einmal zum Saubermachen.

Vor meinem inneren Auge blitzte eine undeutliche Erinnerung auf und huschte vorbei wie ein Gespenst: Ich sah Mama zu, die wieder und wieder ihr Make-up neu auftrug, weil ihre Tränen es verschmierten und sie es wiederholt abwischen musste. Die Taschentücher neben mir auf dem Boden des Elternschlafzimmers häuften sich wie schmutzige Schneebälle.

Ich drehte den Knauf und knipste die Stehlampe an, was mich zurück in die Gegenwart brachte. Auf dem ordentlich gemachten Bett lag eine Tagesdecke aus Chenille. Daddys Arbeitskleidung hing über der Rückenlehne eines Stuhls, die Kommodenoberfläche war absolut leer.

Ich wollte gerade meine Nachricht drauflegen, als mein Blick in die Ecke gegenüber dem Stuhl fiel: Mamas Frisiertisch, nach all der Zeit noch genau so, wie sie ihn zurückgelassen hatte. Wie magisch angezogen, ging ich hin und starrte auf die Fotos rings um das kleine Glastablett mit den Fläschchen, deren Böden dunkel von eingetrocknetem Parfüm waren. Doch die Ecke duftete noch immer vertraut – nach Teerosen und Jasmin. Nach Mama.

Auf allen Fotos war sie zu sehen.

Alle stammten aus der Zeit vor Wills und meiner Geburt. Mama auf der Bühne im Tangy Club, wo sie Daddy kennengelernt hatte. Mama in den Kleidern, die ich umgeändert hatte. Mama im Hochzeitskleid, aber nicht Mama mit Daddy, nur Mama, mit einem angestrengten Lächeln, wunderschön in dem Kleid, das ich auseinandergeschnitten und neu zusammengenäht hatte und gerade trug. Ich nahm das Foto, ließ die Nachricht fallen und fuhr mit den Fingern über die Spitze auf meiner Schulter …

In diesem Moment hörte ich auf, mir Sorgen oder auch nur Gedanken darüber zu machen, was Daddy denken oder unternehmen würde, wenn er merkte, dass wir fort waren. Ich hob die Nachricht auf und zerknüllte sie, steckte sie in die Handtasche. Irgendwo auf dem Weg nach Alaska wollte ich sie wegwerfen.

Das Foto von Mama im Hochzeitskleid hielt ich immer noch in der Hand. Ich hätte es wieder hinstellen sollen, doch einem grausamen Impuls folgend, steckte ich es in den Koffer. Ich schloss die Schlafzimmertür. Will und Trusty warteten in der Küche auf mich.

Will hielt seine gerahmte Urkunde wie ein Tablett. Oben drauf lag eine Schachtel.

»Was ist das?«, fragte ich.

Er zeigte mir das Alaska-Diorama, das ich zerdrückt und das er, so gut es ging, wiederhergestellt hatte. Mit einer Taschenlampe leuchtete er hinein. »Ich hab dich hinzugefügt!«, flüsterte er. Ich sah es mir an. Da stand ich, aus Papier, Kleber und Zahnstochern gebastelt. Genau neben der Zahnstocherfahne von meiner ersten Verabredung mit Jimmy.

»Wir haben …« Ich wollte ihm klarmachen, dass wir im Auto und Wohnwagen nur Platz für die notwendigsten Dinge hatten, doch sagte stattdessen: »Nimm's einfach auf deinen Schoß.«

Will grinste. Ich öffnete die Küchentür, wir traten auf die hintere Veranda und starrten alles an, was wir zusammengetragen hatten. Der Anblick war entmutigend, doch ich atmete tief durch und sagte: »Zuerst bringen wir die Koffer ins Auto und dann die beiden Decken mit dem ganzen Zeug drauf, bis auf die Lebensmittel. Die kommen in –«

Plötzlich trat eine Gestalt hinter dem Ahornbaum hervor. Ich ergriff Will und zog ihn an mich. Trusty machte einen Satz und warf die Gestalt um, stellte sich über sie.

»Er soll runter von mir«, keuchte Jimmy.

Ich ließ Will los und lief hin. Trusty sah mit gebleckten Zähnen zu mir hoch.

»Trusty, komm her, Junge«, rief Will ganz ruhig. »Ist in Ordnung.«

Trusty trottete von Jimmy zu Will, behielt Jimmy aber weiter im Auge.

»Warum macht er das? Er kennt mich doch!«, sagte Jimmy.

»Weil du plötzlich aus dem Schatten getreten bist und deshalb bedrohlich warst«, fuhr ich ihn an. »Was machst du hier?«

»Ich konnte nicht nach Hause gehen, nach dem, was bei der Presseveranstaltung passiert ist. Ich hatte keine Ahnung, dass mein Dad Will auf diese Weise benutzen würde. Und ich weiß, dass meine Anwesenheit bei der Papierfabrik nicht erwünscht ist, obwohl ich gern beim Löschen geholfen hätte. Ich bin einfach so rumgefahren, musste aber ständig über dich und Will nachdenken. Deshalb bin ich hergekommen, um nach euch zu gucken, und als ich auf der Maple Street dein Auto mit einem Wohnwagen dran gesehen habe, war mir klar, dass ihr irgendwas plant. Und dass du mir bestimmt nicht die Haustür aufmachst. Darum bin ich hinten herum gegangen und … Was habt ihr vor?«

»Nichts«, sagte ich.

Er sah an mir vorbei zur Veranda mit den zwei Koffern und den Decken voller Lebensmittel und Wintersachen. Sein Blick heftete sich wieder auf mich.

»Wir wohnen eine Weile bei MayJune, sonst nichts«, sagte ich.

»Wozu dann der Wohnwagen? Und wo hast du ihn her?«

»Er gehört MayJune. Du weißt doch, wie klein ihr Haus ist.«

»Wir fahren nach Alaska!«, verkündete Will. Ich stöhnte. Er redete weiter. »Es geht noch heute Abend los, und wir nehmen Trusty mit und sehen uns mein Land an.« Diese Aussicht machte ihn offensichtlich glücklich.

»Ich will mit euch fahren«, sagte Jimmy.

Das Herz sank mir in die Hose. »Das … ist keine gute Idee. Deine Eltern … die Schule …«

»Und was ist mit eurem Dad? Und eurer Schule?«

Die Fotos auf der Kommode in Daddys Schlafzimmer, alle von Mama, fielen mir ein. »Dad ist es egal«, sagte ich. »Deinen Eltern nicht. Und wir haben sowieso einen Grund, nicht zur Schule zu gehen. Du nicht.«

»Donna, ich will wirklich mitkommen. Ich will euch helfen. Ich weiß, ich war … ich war zu hart dir gegenüber, wegen Mr Cahill. Es war einfach nur, weil ich … ich dachte … als ich die Zeichnung sah … also ich hätte mit dir darüber reden müssen, dir zuhören sollen, und das hab ich nicht gemacht. Ich war ein Idiot, aber das könnte ich jetzt wiedergutmachen, indem ich mitkomme. Wir könnten uns beim Fahren abwechseln, und ich kann mich am Benzin beteiligen. Wir würden schneller hinkommen.«

Ich zögerte, wollte Jimmy nicht dabeihaben. Es sollte nur Wills und meine Reise werden.

Andererseits hatte Jimmy ein paar gute Argumente. Und er wusste, wohin wir wollten. Ich wusste nicht, ob ich ihm vertrauen konnte, dass er niemandem davon erzählte.

»Du hast nichts gepackt«, sagte ich.

»Ich kann unterwegs ein paar Klamotten kaufen«, sagte er.

Plötzlich ging in dem Haus hinter uns das Licht in der Küche an. Mit angehaltenem Atem dachte ich: *Bitte, komm nicht nach draußen*. Kurz darauf ging das Licht wieder aus.

Ich atmete langsam wieder aus. Jimmy sagte: »Ich kann helfen, die ganzen Sachen hier zu eurem Auto zu bringen.«

»Und was ist mit deinem Auto?«, fragte ich, immer noch unsicher, ob er mit uns kommen sollte.

»Fahr bis zu meinem Haus hinter mir her und warte an der Ecke. Ich parke das Auto, wo ich immer parke, und komme zu euch zurück. Einverstanden?«

»Okay«, sagte ich. Wir konnten seine Hilfe gut gebrauchen, um die Sachen schnell einzuladen. Doch ob ich an der Ecke auf ihn warten oder ohne ihn wegfahren würde, wusste ich noch nicht.

25. Kapitel

Ich fuhr nicht ohne Jimmy weg.

Wie verabredet, wartete ich an der Ecke und studierte die von Will markierte Route im Atlas. Als Jimmy schließlich zum Auto kam, lagen Will und Trusty zusammengerollt auf dem Rücksitz und schliefen. Will hielt seine gerahmte Urkunde wie einen Teddy im Arm, und das Diorama stand auf dem Boden. Nachdem wir die Sachen von den beiden Decken in den Wagen und Wohnwagen geräumt hatten, hatte ich die Decken auf die Rückbank gelegt. Eine lag nun wie ein Kissen zusammengefaltet unter Wills Kopf, mit der anderen hatte er sich zugedeckt. Trusty bedeckte seine Beine und Füße.

Jimmy stieg ein. Keiner von uns sagte etwas. Am späten Abend des 22. Oktober fuhr ich einfach los nach Alaska, verließ die Stadt auf der State Route 35, als würden wir nach Dayton ins Miami Valley Hospital fahren.

Als Richmond und später Muncie hinter uns lagen, erschien mir die Straße immer weniger wie ein Strick, der uns an Groverton fesselte, und schließlich war es einfach nur noch eine Straße. Was hinter uns lag, war plötzlich unwichtig, nur der nächste und übernächste Kilometer zählte.

Schließlich kreuzten wir die U.S. Route 30 und fuhren, so wie Will es im Atlas markiert hatte, weiter Richtung Westen. Inzwischen waren Jimmy und ich entspannter, machten ab und zu eine Bemerkung über ein kleines Dorf, an dem wir vorbeifuhren, oder über eine Farm, auf der noch Licht brannte. Als wir in Joliet, südlich von Chicago, eine geöffnete Tankstelle fanden, waren wir erleichtert, denn der Tank war nur noch ein Achtel voll. Will wachte auf, als der Tankwart den Wagen volltankte. Jimmy ging mit ihm zur Toilette, und ich schlug im Atlas nervös die Seite mit der Karte von Illinois auf, weil Trusty mit alarmbereit gespitzten Ohren auf der Rückbank stand und Will hinterherstarrte, obwohl der ihm gesagt hatte, er solle im Wagen bleiben.

Auf der Karte sah ich, dass sich in Joliet die Route 6 – der Roosevelt Highway – sowie die Routen 30, 66, 52 und 31 kreuzten, was erklärte, warum die Tankstelle auch nach Mitternacht noch geöffnet war. Beim Blick auf das Straßengewirr rund um Chicago verspürte ich einen Hauch von Neugier. *Chicago*. Wo Mama hinwollte, um eine Schallplatte aufzunehmen. War sie jemals da gewesen? Hatte sie es jemals versucht? Ich dachte an das Hochzeitsfoto, das ich spontan in den Koffer gepackt hatte, ihren angestrengten Gesichtsausdruck, so ganz anders als die verschmitzte Sorglosigkeit auf den älteren Fotos von ihr als Sängerin. Gab es auch Aufnahmen aus der Zeit, nachdem sie uns verlassen hatte, singend und lachend und sorglos?

Als ich von meinem Gang zur Toilette zurückkam, hatten Will und Trusty sich wieder auf der Rückbank niedergelassen, und Jimmy saß hinter dem Lenkrad. Ich wollte ihm gerade klarmachen, dass er auf meinem Platz nichts verloren hatte, als er sagte: »Wir kommen schneller voran, wenn wir abwechselnd fahren und schlafen. Außerdem hab ich zwei Ersatzkanister Benzin gekauft und in den Kofferraum gelegt, weil wir bestimmt in Gegenden kommen, wo es nur wenige Tankstellen gibt.«

Ich fing an, mit ihm zu streiten, sah jedoch bald ein, dass er recht hatte. Er war ja schon einmal quer durchs Land gefahren und wusste, wie wichtig es war, vorauszuplanen und nicht übermüdet am Steuer zu sitzen. Also ließ ich mich auf dem Beifahrersitz nieder, navigierte ihn mit Hilfe des Atlasses aus Joliet hinaus in Richtung Westen zur Route 52 und sah dann hinaus in die Dunkelheit.

In den nächsten vier Tagen befolgten wir Jimmys Plan, wechselten uns beim Fahren ab, hielten nur an, um uns auszustrecken und zu essen und auf die Toilette zu gehen, und schliefen immer nur stundenweise. Wir folgten der Route 52 über den Mississippi River und die gebührenpflichtige Brücke nahe Savanna, Illinois, nach Iowa, weiter durch Dubuque und Minneapolis, von wo aus wir auf der Route 12 durch South Dakota, die südwestliche Ecke von North Dakota und schließlich nach Montana kamen.

Als Jimmy dann am 26. Oktober auf den Parkplatz des einstöckigen Sunrise-Motels in Helena, Montana, fuhr, war ich plötzlich hellwach. Eine Sekunde lang starrte ich das Schild auf dem flachen Moteldach an, das Wort SUNRISE in roten Großbuchstaben in einem weißen Dreieck, darüber ein gelber Neonhalbkreis. Derselbe Schriftzug stand noch einmal an der Seite des türkisen Gebäudes, im ersten Stock über dem Motel-Büro, die Buchstaben schief, als hätte sie ein heftiger Wind umhergewirbelt und wieder zurück ans Gebäude geworfen, direkt über das Schutzdach vom Eingang.

Ich sah Jimmy an, der die letzten vier Stunden gefahren war. »Warum hältst du hier an?« Ich wollte nicht aus meiner Reisetrance aufwachen. Bislang hatten wir bis auf ein paar starke Regenschauer gutes Wetter gehabt und nur einmal ein Problem mit dem Auto, als es in South Dakota heiß gelaufen war, was aber an einer Tankstelle gleich repariert werden konnte. »Ich weiß nicht, wie es dir geht, aber ich muss mal duschen und will eine Nacht in einem Bett schlafen«, sagte Jimmy und warf mir ein Lächeln zu.

»In Ordnung«, sagte ich, »aber am Ortseingang war ein Campingplatz, wir könnten auch im Wohnwagen übernachten –«

»Ich finde, wir sollten uns mal etwas gönnen«, erwiderte Jimmy. »Ich melde uns an.«

»Aber Trusty –«

»Niemand wird ihn bellen hören«, sagte Jimmy.

Ich runzelte die Stirn, hatte auf einmal das Gefühl, Trustys Behinderung verteidigen zu müssen. »Ja, aber reinschmuggeln wie einen Stoffhund können wir ihn auch nicht.«

»He, Will, kannst du dafür sorgen, dass Trusty den Kopf unten lässt, bis wir eingecheckt haben?«, fragte Jimmy.

Will blickte von seinem neuen *Sergeant Striker*-Comic hoch, der an den Ecken schon ganz zerfleddert war, so oft musste er ihn gelesen haben. Eine Weile suchte ich in meiner verschwommenen Erinnerung an die vergangenen Reisetage, wo und wann er das Heft bekommen hatte, und dann fiel es mir ein: Jimmy hatte es ihm am Vortag gekauft, während das Auto in Aberdeen, South Dakota, repariert wurde. Will, Trusty und ich waren in der Stadt umhergelaufen, und Jimmy hatte in einem Hamburger-Imbiss ein paar Burger für unser Mittagessen geholt. Als wir uns dann an der Tankstelle wiedertrafen, war er ganz aufgebracht, wollte aber den Grund nicht nennen. Er meinte nur, er hätte Bauchschmerzen und keinen Hunger mehr, und verfütterte seinen Burger an Trusty. Danach war er verstummt. Ich hatte mir keine Gedanken darüber gemacht, erst jetzt in Helena, hier auf dem Parkplatz des Sunrise Motel.

»Übernachten wir im Motel?«, fragte Will.

»Wenn deine große Schwester es erlaubt«, sagte Jimmy.

Will blickte mich flehentlich an. »Ach bitte, Donna, sag ja. Wir waren noch nie in einem Motel!« Ich sah zu den weißen Zimmertüren. Nur bei wenigen parkte ein Wagen davor. Das hier sah mir nicht nach einer wundervollen ersten Motelerfahrung aus. Andererseits könnte es Wills einzige Gelegenheit sein, in einem Motel zu übernachten. Und eine Nacht mal nicht im Auto zu schlafen klang himmlisch.

Obwohl ich mich wie zu Hause strikt an die Zeiten gehalten hatte, wann Will seine Medikament einnehmen musste, machten mir seine Blässe und sein kränkliches Aussehen Sorgen. Jedes Mal wenn ich fragte, wie er sich fühlte, antwortete er leicht genervt, es ginge ihm gut. Doch vielleicht verschlimmerte das permanente Schuckeln des Autos die Nebenwirkungen seiner Tabletten. Während Jimmy uns im Büro anmeldete, ging ich zum Ende des Parkplatzes, hinter dem sich meilenweit Felder erstreckten. Im Westen sah ich Wohnhäuser und Geschäfte entlang der Straße, die in die Innenstadt von Helena führte. Im Norden, weit hinter dem Flachland, ragten die Berge der Rocky Mountains in den unendlichen Himmel. Es war trocken und kühl, aber noch nicht unter null, und es fühlte sich gut an, der geschlossenen, warmen Enge des Wagens zu entfliehen. Genüsslich streckte ich Arme und Beine aus und dehnte die Schultern.

Wie viele Kilometer es wohl noch bis zu den Bergen waren? Dreißig? Fünfzig? Mehr? In diesem weiten, offenen Land, einer Mischung aus Prärie und Bergen, ließ sich die Entfernung nur schwer schätzen. Wir hatten schon etwa dreitausend Kilometer hinter uns und noch etwa genauso viel vor uns bis Tok im Alaska-Territorium. Die Gelegenheit, einfach zu sagen: *Ach, wir drehen um und fahren zurück*, war längst verstrichen.

Vielleicht war es gut, eine ganze Nacht lang nur zu schlafen und auch dem Auto eine Ruhepause zu gönnen.

»Wir sind ganz nah an der kontinentalen Wasserscheide!«

Ich schreckte zusammen. Will und Trusty waren auch aus dem Auto gestiegen und standen nun neben mir. Will hielt den Atlas aufgeschlagen in beiden Händen. Trusty trottete ein Stück weiter ins Gelände und verrichtete sein Geschäft.

Ich sah Will an. Er hatte uns schon die ganze Reise über mit solchen Informationen versorgt und erst vor kurzem verkündet, dass es nicht mehr weit bis zum Yellowstone Nationalpark und zum Custer Battlefield National Monument sei, doch Jimmy und ich hatten ihn stets ignoriert und waren weitergefahren. Ich spürte Wills Enttäuschung, besonders wegen des Denkmals von General Custer. Er hatte mindestens fünfzehn Minuten lang von der Schlacht am Little Bighorn erzählt, zwischen General Custers 7. Kavallerieregiment und den Indianern der Arapaho und Cheyenne, und dass Custer auf dem Schlachtfeld eilig begraben, seine Knochen dann aber wieder rausgeholt und zur Militärakademie in West Point gebracht worden waren. Dort stand jetzt ein großes Granitdenkmal auf den sterblichen Überresten unbekannter Soldaten, daneben gab es aber auch individuelle Grabsteine für gefallene Soldaten.

Einerseits war ich entsetzt gewesen – wie konnte er sich einen Friedhof ansehen wollen? Andererseits musste ich innerlich lächeln: Will hatte sich in der Schule immer gelangweilt, doch wenn ihn etwas interessierte, machte er sich in der Bibliothek darüber schlau.

Und in Atlanten.

Und in den Comics über *Ripley's unglaubliche Welt.*

Ich nahm ihm den Atlas aus der Hand und sah mir die Seite an, studierte die kleinen, auf dem Kopf stehenden *Vs*, die die kontinentale Wasserscheide markierten. Und zum ersten Mal verspürte ich ein Interesse an der Reise selbst, hatte nicht mehr nur das Bedürfnis, sie hinter mich zu bringen, damit Will wieder nach Hause kam, wo er sicher aufgehoben wäre. Zumindest für eine Weile.

»Wir überqueren sie morgen, wenn wir deinem Weg folgen«, sagte ich.

»Natürlich können wir auch einen anderen Weg nehmen«, meinte Will listig und tippte mit dem Finger links oben auf die Seite. »Dann könnten wir die Wasserscheide überqueren und den Glacier Park sehen!«

Während Will begeistert weitersprach, starrte ich auf die Karte. Etwas weiter östlich vom »Glacier National Park« lag Shelby, Montana – die Stadt, in der Mama laut Miss Bettina zuletzt gelebt hatte. Plötzlich hörte ich nur noch ein lautes Sausen in den Ohren. Vor meinen Augen verschwamm alles, und der Atlas glitt mir aus den Händen.

»Donna!«

Ich blickte auf. Jimmy stand über mich gebeugt und rief meinen Namen. Ich war auf die Knie gesunken. Will hob den Atlas auf und starrte mich besorgt an. In meinem Kopf drehte sich noch alles, doch ich zwang mich, aufzustehen und Will und Jimmy anzulächeln. Denn ich wollte Will ganz bestimmt nicht das Gefühl geben, ich könnte nicht für ihn sorgen. Deshalb musste ich die Vorstellung, nicht sehr weit von Mama entfernt zu sein, aus meinem Kopf verbannen.

»Mir ist nur ein bisschen schwindlig geworden, sonst nichts«, sagte ich. »Mir geht's gut.«

Will machte einen Schritt auf mich zu und schlang die Arme fest um meine Taille. Ich umarmte ihn auch. »He«, sagte ich. »Alles gut. Wahrscheinlich bin ich nur hungriger, als ich dachte.« Jimmy hielt den Schlüssel vom Motelzimmer hoch. »Was hältst du davon, wenn wir uns zuerst das Zimmer ansehen und Will und Trusty schnell reinbringen, bevor jemand Trusty sieht, und uns dann Gedanken übers Abendessen machen?«

»In Ordnung«, sagte ich. Will löste sich von mir und rief leise nach Trusty, der noch immer auf dem Feld rumstromerte. »Ich kann im Zimmer Sandwiches machen –«

»Genau gegenüber auf der anderen Straßenseite ist ein Diner«, sagte Jimmy. »Ich hatte gedacht, dass wir beide allein hingehen und für Will was mit zurückbringen.«

Ich runzelte die Stirn bei dem Gedanken, Will allein zu lassen.

»Trusty verwüstet wahrscheinlich das Zimmer, wenn wir ihn ohne Will zurücklassen, und ich wollte mich gern mit dir allein unterhalten.« Jimmy blickte mich flehentlich an.

Ich sah über den Parkplatz hinweg zu dem Diner auf der anderen Straßenseite. Wir wären nur ein paar Meter weit weg, und zum Essen brauchten wir nicht lange. Ich nickte Jimmy leicht zu.

»Was hältst du davon, Will?«, fragte Jimmy, als Will mit Trusty zu uns zurückkam. »Du bleibst mit Trusty allein im Zimmer, und ich führe deine Schwester zum Abendessen im Diner gegenüber aus. Im Zimmer ist ein Fernseher, und wir bringen dir einen Burger mit zurück –«

Will rümpfte die Nase. »Ihr geht zusammen aus? Ohne mich?« Dann hielt er inne, überlegte einen Moment und fügte hinzu: »Kann ich auch ein Malzbier und Pommes dazu haben?«

* * *

Die Goldene Schlucht – laut Information in der Speisekarte benannt nach dem Goldfund in einer Schlucht im Jahr 1864, der zur Gründung der Stadt Helena führte, unterschied sich mit den Nischen aus poliertem Holz und den Deckenlampen aus Geweihen gewaltig von Dot's Corner Café. Und angesichts der Spucknäpfe neben jeder Nische hätte Grandma das Gesicht verzogen. Endlich einmal war ich mit ihr einer Meinung.

Doch der gegrillte Käsetoast und die Pommes waren gut, obwohl Jimmy und ich sie in einer Atmosphäre unbehaglichen Schweigens verzehrten. Ich aß gerade den dritten Löffel meines Eisbechers mit heißer Schokoladensauce, als er plötzlich von seinem Apfelkuchen, den er kaum angerührt hatte, aufblickte und sagte: »Donna, wir müssen zurückfahren.«

Ich ließ langsam den Löffel in den Eisbecher sinken. »Zurückfahren? Wie meinst du das? Wir haben schon die halbe Strecke nach Tok geschafft!«

Jimmy senkte wieder den Blick. »Also … also ich war nicht ganz ehrlich, als ich dir von meiner Fahrt von Kalifornien nach Ohio erzählt habe.«

»Heißt das, du bist die Strecke nie gefahren? Du hast das nur erfunden, um mich zu beeindrucken?« Ich lachte kurz auf, wollte allzu gern glauben, dass Jimmys Anspannung keinen schwerwiegenderen Grund hatte. »Oh, ich vergebe dir. Es ist irgendwie süß, und du bist so toll auf dieser Reise –«

»Nein! Dass ich allein gefahren bin, stimmt, aber nicht, dass meine Eltern es gebilligt hatten. Die waren nämlich total wütend deswegen.«

Ich starrte ihn an. »Wenn du zurückfahren willst, ist es okay, es gibt hier bestimmt eine Greyhound-Station. Wenn es in Groverton eine gibt, dann bestimmt auch in Helena, das fünfmal so groß ist. Ich bezahle dir die Fahrkarte, um dich fürs Benzin zu entschädigen –«

Plötzlich beugte sich Jimmy über den Tisch, ergriff meine Hände und zog mich ruppig zu sich. »Nein, hör mir zu. Wir müssen zusammen zurückfahren! Außerdem sieht Will müde aus, und ich bin nicht sicher, ob es eine gute Idee ist –«

Ich entzog ihm meine Hände. »Benutz Will nicht, um mir so viele Schuldgefühle zu machen, dass ich mit dir zurückfahre! Ja, er sieht müde aus. Aber er verträgt seine Medikamente nicht schlechter als zu Hause, vielleicht sogar besser, weil er so glücklich über diese Reise ist. Sie jetzt einfach abzubrechen wäre grausam.« Ich hielt inne, musterte Jimmy genau und sagte dann: »Ist deine einzige Sorge wirklich, was deine Eltern denken? Sie werden genauso sauer sein, wenn du jetzt zurückkommst, und ich sehe auch nicht, warum Will und ich zurückfahren sollen –«

»Es ist … nur … weil …« Jimmy vergrub frustriert den Kopf in den Händen.

»Was ist wirklich los, Jimmy?«

Nach einer langen Pause, sagte er schließlich: »Also gut, ich mache mir wirklich Sorgen wegen meiner Eltern, was sie mit mir vorhaben, wenn ich zurückkomme. Deshalb hab ich gestern ein R-Gespräch mit Hank angemeldet, aber es war niemand da. Dann hab ich's bei Babs versucht und mit ihr geredet.« Jimmy holte tief Luft, atmete langsam aus. »Es ist schlimm. Mehrere Menschen wurden bei dem Feuer verletzt. Einer ist gestorben: Joey Winton.«

Winton … Nur ein einziges Mal, bei Wills Geburtstagsparty, hatte MayJune ihren Nachnamen erwähnt. Und dass sie einen Sohn namens Joey hatte. Tränen stiegen mir in die Augen. »MayJunes Sohn?«

Jimmy nickte. Mir saß ein Kloß im Hals. MayJunes Sohn war zur gleichen Zeit gestorben, als sie uns den Wohnwagen gegeben hatte.

»Das Feuer brach aus, weil die Tür eines Verbrennungsofens nicht repariert worden war«, fuhr Jimmy fort. »Das Feuer … Es ist passiert, weil die Sicherheitsvorkehrungen unzureichend waren, genau wie dein Dad gesagt hat. Was bedeutet, dass mein Vater das Problem wissentlich ignoriert hat und dafür verantwortlich ist. Der Streik ist vorbei, und die Geschäftsleitung überprüft zusammen mit den Arbeitern die Sicherheitsvorkehrungen. Jetzt hören sie sich also ihre Beschwerden an. Doch das ändert nichts daran, wem sie an allem die Schuld geben.«

»Es tut mir wirklich leid, besonders das mit MayJunes Sohn«, sagte ich. »Aber ich verstehe nicht, warum wir, oder irgendeiner von uns, zurückfahren müssen.«

»Donna, ich weiß, dass ich im Moment für meine Eltern, wie immer sie in der Öffentlichkeit dastehen, der Sohn bin, der mit der Tochter ihres Feindes durchgebrannt ist. Babs hat zufällig gehört, wie mein Dad ihrem Dad vorgeworfen hat, dass er die Briefe deines Dads veröffentlicht hat. Wenn er es nicht getan hätte, würden die Leute meinen Vater jetzt nicht für alles verantwortlich machen. Das Feuer würde dann nur als Unfall angesehen.«

Ich sah Jimmy entsetzt an. »Menschen wurden verletzt, MayJunes Sohn ist tot – und dein Dad hat Angst um seinen Ruf? Und du willst, dass wir zurückfahren, damit er besser dasteht?«

Leise sagte er: »Wenn du mit mir zurückkommst, können wir sagen, dass der Trip eine … emotionale Reaktion auf Wills Krankheit war. Wegen der großen Belastung. Selbst meine Eltern würden das verstehen. Donna, ich liebe dich.

Wir können wieder zusammensein. Ich kann frei sein und aufs College gehen, ich überlege mir, was ich studieren will, und in ein paar Jahren heiraten wir dann.«

Ich sah, dass er wirklich meinte, was er sagte. Dass er wirklich daran glaubte.

Und ich sah auch, dass es möglich war: dass es einen Weg gab, für ihn … für mich … für uns. Jimmy Denton würde, nachdem er sich eine Weile mit, sagen wir – Philosophie und Literatur – befasst hatte, den Weg eines Geschäftsmannes einschlagen, so wie sein Vater es wollte. Und vielleicht, nur vielleicht wären wir dann immer noch zusammen. Ich könnte Mrs Jimmy Denton werden und ein abgesichertes, bequemes Leben führen, etwas, das ich als junges Mädchen nie hatte. Dazu musste ich nur mit ihm zurückfahren. Niemand außer Will und vielleicht MayJune und Miss Bettina würde mir deshalb Vorwürfe machen. Ich konnte schon hören, wie sie alle im Chor mit Grandma sagten: *Aber ja, Donna war nervlich am Ende und hat die Dummheit begangen, mit dem kranken Will wegzulaufen, Gott hab ihn selig, aber dann hat sie das Richtige getan, das Zweckmäßige, und ist umgekehrt und hat ihn trotz seiner Proteste nach Hause gebracht. Aber wie sollte er es auch wissen? Er war krank und noch zu klein. Und seht sie euch jetzt an! Hat es sich als Mrs Jimmy Denton nett eingerichtet …*

Hatte auch Mama solche Stimmen gehört, die sie drängten, auf Nummer Sicher zu gehen und eine zweckmäßige Entscheidung zu treffen, nämlich Daddy zu heiraten, anstatt ihren Träumen als Sängerin hinterherzulaufen?

»Und da ist noch etwas, das du wissen solltest. Babs hat mir erzählt, dass sie –« Jimmy hielt inne, senkte die Stimme. »Sie ist schwanger. Als sie es Hank sagte, hat er sie geohrfeigt. Babs' Dad lässt Hank Gott sei Dank nicht mehr in ihre

Nähe und fährt mit ihr nach Cincinnati zu einem Arzt, den er kennt. Sie wird eine ganze Zeitlang ziemlich krank sein danach – du weißt schon. Sie könnte deine Unterstützung gut brauchen.«

Ich schauderte. Arme Babs. Dann drehte sich mir der Magen um. Ich hatte meine Jungfräulichkeit mit Jimmy verloren. Und wenn ich auch schwanger war? Babs tat mir leid, ich wollte für sie da sein, aber …

»Hör mal, willst du mich wirklich einfach so verlassen, willst du MayJune wirklich nicht beistehen und Babs nicht helfen, und alles nur wegen der albernen Reise? Eine Reise, die du nicht einmal geplant hattest?«

Ich schnappte nach Luft. Plötzlich erkannte ich, wer Jimmy wirklich war: ein netter Junge. Von der Situation überfordert. Nicht sicher, was er wollte. Nett – aber nicht stark. Nett – aber jemand, der mich trotz allem nicht verstand. Sonst würde er nicht von mir verlangen, diese Reise für Will auf halbem Weg abzubrechen, nicht aus den Gründen, die er genannt hatte.

Außerdem war diese Fahrt, Wills Reise zu seinen fünf Quadratzentimetern Land in Alaska, für mich alles andere als albern. Und ja, MayJune und Babs wollten vielleicht meine Hilfe und Unterstützung … aber sie wollten sicher noch viel mehr, dass ich das hier zu Ende brachte. Auch wenn ich diese Reise nicht geplant hatte, folgte sie doch einem Plan – dem des Schicksals. Oder dem Gottes.

In diesem Moment wusste ich, dass ich niemals umkehren würde.

Jimmy war verstummt und starrte mich an, wartete auf eine Antwort.

»Ich gehe jetzt zurück ins Motelzimmer und schlafe hoffentlich lang und gut. Und morgen früh werden Will und

Trusty und ich weiter nach Alaska fahren. Du kannst gern mit uns kommen.«

Jimmy starrte mich noch einen Moment länger an, dann holte er seinen Geldbeutel hervor und legte genug Scheine für unser beider Essen und ein großzügiges Trinkgeld auf den Tisch. Er zog den Zimmerschlüssel vom Sunrise Motel aus der Tasche und schob ihn mir hin.

»Es tut mir leid«, sagte er. »Aber ich muss zurück. Ich gehe zu Fuß zur Busstation.«

Ich schluckte schwer. »Ich kann dich fahren –«

Er schüttelte den Kopf. »Nein. Ich glaube, es ist leichter, wenn ich einfach weggehe. Sag Will, ich wünsche ihm alles Gute, okay? Und dir wünsche ich das auch.«

Ich nickte. »Ich dir auch, Jimmy«, sagte ich.

Er stand auf und ging.

* * *

Als ich mit einer Tüte Burger für Will und Trusty ins Motel zurückkam, fragte Will: »Wo ist Jimmy?«

Die Erklärungen, die ich mir zurechtgelegt hatte, schwirrten mir im Kopf herum. Doch Will hatte die Wahrheit über seine Krankheit wissen wollen, dann würde er auch diese Wahrheit verkraften.

»Jimmy hat Angst gekriegt, dass seine Eltern wütend auf ihn sind, weil er so plötzlich weg ist. Er fährt mit dem Bus zurück.« Eine Minute lang war er still, dann sagte er: »Wir zwei haben uns sowieso immer besser allein durchgeschlagen, oder, Donna?«

Tränen brannten in meinen Augen. »Bin mir nicht sicher, wie Trusty das findet.«

»Ach, der weiß, dass ich nicht ihn meine«, sagte Will lachend. »Stimmt's Trusty?« Er ging in die Hocke und kraulte dem Hund den Hals. »He, Kumpel, morgen fahren wir über die kontinentale Wasserscheide! Und dann kommen wir immer näher an dein Zuhause!«

Ich hatte schon lange aufgegeben, Will zu erklären, dass Trusty nicht notwendig in Alaska geboren sein musste, nur weil er ein Husky war. Aber Will glaubte nun mal, dass der Hund dorthin gehörte, und vielleicht hatte er ja recht.

Mir gingen die umgedrehten *Vs* auf der Landkarte nicht aus dem Kopf, und die daran entlangführende Straße, die ebenfalls nach Alaska ging, aber auch Shelby in Montana streifte.

»Was hältst du davon, wenn wir den anderen Weg nehmen, den du eingezeichnet hast?«, fragte ich. »Und uns vielleicht ein bisschen vom Glacier Park ansehen?«

»Wirklich? Das wär echt toll!«

Wills Begeisterung entlockte mir ein Lächeln. »Also gut. Aber unterwegs muss ich dir etwas erzählen, und du musst mir gut zuhören.«

26. Kapitel

Am nächsten Morgen, auf der Route 91, erzählte ich Will alles, was ich von Miss Bettina über unsere Mutter erfahren hatte, nur ihre Depression nach seiner Geburt ließ ich in einem milderen Licht erscheinen. Ich erzählte ihm, dass MayJune Miss Bettina und Mama schon zu der Zeit gekannt hatte, als die beiden noch jünger waren als Will jetzt, und dass ihrer Meinung nach Mama schon immer über den Horizont hinausgesehen hatte und auf die andere Seite wollte. Ich erzählte ihm, das Letzte, was man von Mama gehört habe, war, dass sie mit Mr Litchfield in dessen Heimatstadt Shelby wohne, und als Daddy klarwurde, dass sie nicht mehr zurückkommen würde, willigte er in die Scheidung ein und erzählte uns, sie wäre gestorben.

Während ich Will diese Geschichte erzählte, hatte ich das Gefühl, sie handele nicht von unserer Mutter, sondern stamme aus einer von Babs' kitschigen Liebesromanen. Während ich sprach und fuhr, starrte Will hinaus in den blauen Himmel, auf das Vieh auf den Feldern, die weiße, zerklüftete Bergkette in der Ferne, und zwischendurch fragte ich mich immer wieder, ob er mir überhaupt zuhörte. Als ich alles gesagt hatte und schwieg, wartete ich auf seine Reaktion.

Doch die blieb aus. Er war weder traurig noch wütend, sondern starrte einfach nur hinaus auf die vorbeiziehende Landschaft, als überraschte ihn die neue Wahrheit über unsere Mutter keineswegs: Sie war nicht tot, sondern hatte uns einfach nur verlassen. Die faszinierende Landschaft von Montana verschwamm in den Tränen meiner Frustration. *Ich bin selbstsüchtig*, dachte ich. Denn in Wahrheit wollte ich Mama finden. Sie zur Rede stellen. Sie fragen, wie sie uns einfach so verlassen konnte.

»Will, vielleicht hätte ich dir das alles nicht erzählen sollen. Und dieser Abstecher ist vermutlich keine so gute Idee. Was hältst du davon, wenn wir einfach direkt zum Glacier Nationalpark fahren?« Ich sah ihm in die Augen, die sagten: *Versuch nicht, mich zu bestechen.* Sein Gesicht war so zerknittert von Verdruss, dass ich lachen musste, obwohl ich mich elend fühlte und zweifelte, ob ich das Richtige getan hatte.

Also fuhr ich weiter Richtung Shelby. Wir schwiegen beide, nur Trusty hatte wie immer den Kopf zwischen uns geschoben, den Will gelegentlich kraulte. Ich stellte das Radio an. Den Sender aus Helena konnten wir nicht mehr empfangen, doch nach einer Weile bekamen wir KIYI aus Shelby rein, der gerade auf einem Hank-Williams-Trip war. Als ich einschaltete, spielten sie »Your Cheatin' Heart«, und fast hätte ich das Radio wieder ausgemacht. Das Lied war zu nah an dem, was unsere Mama getan hatte … und was ich bereit gewesen war, mit Mr Cahill zu tun. Außerdem machte es traurig, weil es an Mr Williams' Tod Anfang des Jahres erinnerte. Doch der nächste Song war »Move It On Over«. Will drehte das Radio lauter, und am Ende sangen wir beide mit schmachtenden Stimmen mit. In dem Lied ging es zwar auch ums Betrügen, doch es machte großen Spaß, den witzigen Text über den Kummer eines Mannes, der zur Strafe in der Hundehütte schlafen musste, zu einem rockigen Beat zu schmettern: *Came in last night about half past ten. That baby of mine wouldn't let me in. So move it on over … move it on over. Move over little dog 'cause the big dog's movin' in.*

Wir hatten uns zu Trusty umgedreht und sangen für ihn, gaben ihm bei jedem Refrain einen kleinen Stups. Er stellte die Ohren auf und hechelte, und mir wurde klar, dass ich ihn schon mehrere Male gestupst und gestreichelt hatte, ohne dass er mich lautlos angeknurrt hatte. Vielleicht, dachte ich, konnten Trusty und ich am Ende der Reise friedlich miteinander auskommen.

Dann war das Lied vorbei, und wir hatten den Stadtrand von Shelby erreicht, mit nur wenigen Häusern auf beiden Seiten einer schmalen Straße.

Auf dem Weg zur Ortsmitte passierten wir Ladengeschäfte – Drogerien, Friseure, einen »Nite Club« –, die sich kaum von denen in Groverton unterschieden. Ich stellte das Radio leise, wir schwiegen wieder und starrten jedes einzelne Haus an. Es war so, als ob Mama gleich herauskommen, uns wiedererkennen und in die Arme nehmen könnte. Doch plötzlich verließ mich der Mut, und mir war übel. Selbst in so einer kleinen Stadt würde es schwer sein, sie zu finden – wenn sie überhaupt noch hier wohnte. Es war sieben Jahre her, seit sie Groverton verlassen hatte, und laut Miss Bettina etwa fünf seit Daddys letztem Kontakt mit ihr. Wie dumm ich doch gewesen war, Will zu erzählen, was ich erfahren hatte, und wertvolle Reisezeit für unseren Abstecher hierher zu verschwenden.

»Warte … fahr langsamer. Halt an!«, sagte Will.

Ich trat voll auf die Bremse, so dass der Wagen abrupt stehenblieb. Der Fahrer hinter uns, den ich nicht einmal bemerkt hatte, bremste scharf und hupte. »Was?« Ich blickte mich nervös um. »Siehst du –«

Ich redete nicht weiter, denn Will zeigte auf ein Gebäude vor uns, das Lone Star Diner. »Hast du etwa Hunger?« Es war fast drei Uhr nachmittags. Wir hatten am frühen Morgen in Helena gefrühstückt und später eine Kleinigkeit zu Mittag gegessen, Erdnussbutter und Cracker, die wir im Wohnwagen aufbewahrten. Ich freute mich über Wills Hunger, auch wenn die Zeit dafür ungewöhnlich war, denn bislang hatte er auf der Fahrt kaum Appetit gezeigt.

Doch er verdrehte die Augen. »Nein, du dumme Nuss. Worüber beklagst du dich denn immer, wenn du aus Grandmas Diner nach Hause kommst?«

Der Wagen hinter uns hupte. Ich nahm den Fuß von der Bremse und fuhr langsam weiter, suchte einen Parkplatz, was mit einem Wohnwagenanhänger nicht einfach war. »Dass mir die Füße und der Rücken wehtun«, sagte ich.

»Und was sonst noch?«

Ein Stück vor uns entdeckte ich entlang des Bordsteins einen großen freien Platz, ich parkte den Wagen langsam ein und atmete erleichtert auf, scherte mich nicht um den Fahrer des Kleinlasters hinter uns, der laut fluchend an uns vorbeischoss.

»Dass Grandma eine Hexe ist?«

Will lachte. »Dass in Groverton alle alles von allen wissen und im Diner darüber reden, und dass du lächeln und so tun musst, als würde es dich interessieren, wegen des Trinkgelds.«

Er machte die Tür auf und stieg aus. Trusty sprang hinterher. »Komm schon!«

Doch ich ließ ihn warten, ging zum Kofferraum und holte meinen Koffer heraus. Ich öffnete ihn, fuhr mit der Hand unter die Kleidung zu dem gerahmten Hochzeitsfoto am Boden, wobei meine Finger auch das Fläschchen Dexamyl von Babs streiften.

O Babs, dachte ich, *in was für einen Schlamassel bist du geraten.*

Doch ich schüttelte den Kopf, durfte im Moment nicht an sie denken, auch nicht an Jimmy oder sonst jemanden in Groverton. Ich musste mich auf Will konzentrieren, und darauf, dass wir diesen Abstecher so schnell wie möglich beendeten, um weiter nach Alaska fahren zu können.

Meine Hand umschloss das Pillenfläschchen. Jimmy war nicht mehr da, um mir beim Fahren zu helfen, doch die Pillen würden mich viele Stunden lang wachhalten …

»Hier«, sagte ich. »Ich hab Mamas Hochzeitsfoto mitgebracht. Ich weiß zwar nicht mehr, warum, nur dass ich Daddy eine Nachricht hinterlassen wollte und –«

Will nahm das Foto und starrte es an. Währenddessen ließ ich die Pillen in meiner Handtasche verschwinden.

»Vielleicht erkennt sie ja jemand auf dem Foto wieder«, sagte ich. Meine Stimme zitterte.

Will sah mich mit großen Augen an. »Du siehst genauso aus wie sie«, sagte er.

Ich blickte über seine Schulter hinweg auf das Foto. Ihre Augen und der Mund waren trauriger, dachte ich, und ihre Nase war spitzer. Ich hatte definitiv die rundere Nase von Daddy geerbt, aber das herzförmige Gesicht, die Augenbrauen, Augen, Mund und Kinn hatte ich von ihr.

Will setzte sich vor dem Lone Star Diner auf eine Bank, und Trusty legte sich ihm zu Füßen. Ich ging hinein, hielt Mamas Hochzeitsfoto an die Brust gedrückt wie ein Heft voller Geheimnisse.

Das Lokal war fast leer, bis auf einen Mann am Ende der Theke und ein älteres Paar in einer Nische (das mich an Mr und Mrs Leis erinnerte). Ich setzte mich am anderen Ende der Theke auf einen Barhocker.

Eine Kellnerin, nicht viel älter als ich, kam aus der Küche. Sie lächelte mich gelangweilt an, blickte mir aber nicht in die Augen – Müdigkeit am Schichtende. Joanne, wie sie laut Namensschild hieß, legte mir ein Blatt mit der Speisekarte hin und sagte: »Außer den Sachen da drauf gibt's noch das Tagesgericht, paniertes Hühnersteak, Kartoffelpüree, Limabohnen und ein Stück Pie nach Wahl. Ich persönlich empfehle das Club-Sandwich.«

»Eigentlich suche ich nur jemanden.«

Joanne schenkte mir ein schiefes Lächeln. »Tun wir das nicht alle, Schätzchen? Aber das hier ist nicht der richtige Ort dafür. Versuchen Sie's doch mal im Mountain View Nightclub –«

Ich lächelte, weil mir die Schlagfertigkeit der Frau gefiel, aber auch, weil ich mir Grandmas Reaktion vorstellte, wenn ich so etwas in ihrem Diner gesagt hätte. All ihre gekringelten Löckchen würden stracks zu Berge stehen. »Nicht so jemanden«, sagte ich. »Ich suche eine Frau, die vor ungefähr sieben Jahren hierhergekommen ist, mit einem Mann namens Harold Litchfield. Sie heißt Rita. Rita Lane. Oder jetzt vielleicht Rita Litchfield.« Ich dachte kurz nach. Und wenn sie sich von Harold Litchfield getrennt hatte? Vielleicht hatte sie ihren Mädchennamen wieder angenommen. »Oder Rita McKenzie.«

Joanne hob die Augenbrauen. »Was ist mit ihr? Wird sie von der Polizei gesucht? Ist sie auf der Flucht?« Sie kniff die Augen zusammen. »Sind Sie ein Maulwurf vom FBI? Davon hab ich schon gelesen.«

Trotz des ernsten Hintergrunds von Wills und meiner Reise musste ich lachen. Das würde Babs bestimmt gefallen, ich eine FBI-Spionin. Mir fiel unser Versuch ein, als Reporter getarnt zum Direktor der Sunshine Bakery vorzudringen, und obwohl der Gedanke an Babs' Situation mich wieder traurig machte, lächelte ich. »Nein, nichts dergleichen«, sagte ich. »Rita war – ist – meine Mutter. Mein kleiner Bruder und ich sind …« Ich hielt inne, dachte: *Na ja, irgendwie sind Will und ich wirklich auf der Flucht.* Nur dass Will es anders sehen würde, nämlich dass wir nicht vor etwas flohen, sondern zu etwas hin. Das gefiel auch mir besser. Ich straffte die Schultern. »Mein kleiner Bruder und ich«, begann ich von neuem, »machen eine größere Reise, und wir haben erfahren, dass unsere Mutter vor etwa sieben Jahren hierhergekommen war. Und wir dachten … na ja, wir würden sie gern besuchen.«

Besuchen. Das klang so, als wollten wir nur mal kurz auf Kaffee und Kuchen bei ihr vorbeischauen.

»Aha. Dann ist sie also doch irgendwie auf der Flucht«, sagte Joanne.

Ich wollte ihr widersprechen, doch dann wurde mir klar, das Joanne in gewisser Weise recht hatte. Mama war geflohen, und zwar vor dem, was sie in Groverton, Ohio, ruhelos und traurig gemacht hatte. Sie war *vor* etwas weggelaufen. Gleichwohl fragte ich mich, ob sie hier in Shelby, Montana, zur Ruhe gekommen war.

»Nun«, sagte Joanne, »ehrlich gesagt, bin ich selber erst vor zwei Jahren hierhergekommen. Um von meinem üblen Freund wegzukommen, der mir auch gern mal eine geknallt hat.« Sie schlug mit der Faust in die Luft.

»O nein, so war es nicht. Mein Daddy hat sie nicht …« Ich überlegte, was ich sagen wollte. »Daddy hat sie nicht geschlagen. Sie hatte einfach … genug.«

Joanne nickte, als wäre das total einleuchtend. »Der Name Litchfield sagt mir was.« Sie runzelte die Stirn. »Ich weiß aber nicht, warum.«

Mein Herz machte einen Sprung. Ich drehte das Hochzeitsfoto um und zeigte es Joanne. »Das ist sie. Aber das Foto ist alt, noch von vor meiner Geburt, vor ungefähr zwanzig Jahren aufgenommen.«

Joanne sah mich mit großen Augen an. »Schätzchen, Sie sind ja das genaue Ebenbild von ihr … ich meine … bis auf die Nase.« Sie sah wieder auf das Foto. »Ist das von ihrem Hochzeitstag?«

Ich nickte.

»Aber sie sieht traurig aus«, sagte Joanne, als wäre es schwer vorstellbar, dass man an seinem Hochzeitstag traurig aussah. »Jean weiß bestimmt, wer sie ist und wo die junge Dame hier hingehen muss.«

Ein wenig erschrocken blickten Joanne und ich den Mann vom anderen Ende der Theke an, der aufgestanden war und auf uns zukam.

Joanne fuhr ihn an. »Billy, müssen Sie immer die Gespräche anderer Leute belauschen?«

»Weil Sie so verdammt laut reden«, sagte er und knallte das Geld in seiner Hand auf den Tresen. Joanne nahm es und steckte es in die Tasche ihrer Arbeitsuniform. Der Mann machte eine wegscheuchende Handbewegung. »Geh'n Sie nach hinten. Sagen Sie Jean, hier ist eine junge Dame –« Er nahm das Foto und sah es sich an. Die Farbe wich aus seinem Gesicht. Er schluckte und sagte dann leise: »Sie haben recht, sie sieht wie Rita in Jung aus.« Er schüttelte den Kopf. »Also, jetzt gehen Sie und sagen Jean, Rita Litchfields Tochter ist aufgetaucht und sucht nach Rita. Jean weiß, was zu tun ist.«

»Und ich weiß, dass Jean mich anschreit, wenn ich ohne Bestellung in der Küche auftauche.«

Ich hatte gehofft, so wenig Geld wie möglich ausgeben

zu müssen, für eventuelle Notfälle in der Zukunft, doch ich hatte keine Wahl. »Dann bestelle ich zwei Flaschen Coca-Cola.«

Joanne sah mich mit hochgezogener Augenbraue an.

Ich seufzte. »Und ein Club-Sandwich.«

Sie notierte es auf ihrem Block, als könnte sie es sich nicht merken, und ging durch die Schwingtür zurück in die Küche.

Billy starrte noch immer auf das Foto.

»Kennen Sie sie?«, fragte ich leise.

Er zuckte aus seinem Tagtraum hoch und sah mich an. Dann schob er mir das Foto wieder hin. »Nein«, sagte er. »Hab sie nur ein paarmal singen hören.«

»Wo denn? Im Mountain View Nightclub? Vielleicht kann dort jemand –«

Er schüttelte den Kopf. »Manchmal ist es besser, etwas nicht zu wissen, mein Kind.« Er legte noch ein paar Scheine auf den Tresen. »Das ist für Ihre zwei Getränke und das Sandwich. Sie können jederzeit verschwinden, bevor Jean rauskommt.«

Mein Herz fing an zu pochen. »Warum? Warum sollte ich verschwinden wollen? Wenn sie meine Mama kennt, kann sie mir sagen, wo ich sie finde. Oder können Sie vielleicht –«

»Sie war eine wundervolle Sängerin. Unvergesslich«, sagte Billy, drehte sich um und eilte, so schnell es mit seinem Hinkebein ging, zur Tür hinaus, just in dem Moment, als ein anderes Paar hereinkam. Das Paar, das anfangs da war, war auch gegangen. Durch das große Frontfenster konnte ich Wills Hinterkopf sehen.

Sie war eine wundervolle Sängerin ... war ...

Warum hatte er »war« gesagt? Hatte sie die Stadt verlassen? Oder zu singen aufgehört?

»Sie sind also Ritas Kleine.« Erschrocken drehte ich mich um und erblickte hinter der Theke die Frau, die Jean sein musste. Ich hatte eine Montana-Version von Grandma erwartet, doch diese Frau war fülliger, größer, jünger. Und definitiv freundlicher, obwohl sie Joanne, die hinter ihr stand und unbedingt hören wollte, was wir redeten, anfuhr. »Gehen Sie und nehmen Sie die Bestellung der Mitchells auf!« Joanne blickte enttäuscht drein, eilte aber zu dem Paar.

Jean stellte zwei Flaschen Coca-Cola und zwei eingepackte Sandwiches auf die Theke. »Joanne sagt, Sie und Ihr Bruder machen eine Reise und sind zufällig hier vorbeigekommen und fragen nach Rita.« Sie zeigte auf die Sandwiches. »Wenn Sie unterwegs sind, wollen Sie das sicher mitnehmen.«

»Vielen Dank. Hm … Billy hat für die Colas und ein Sandwich bezahlt«, sagte ich, zeigte auf das Geld, das er hingelegt hatte, und öffnete meine Handtasche.

»Ist schon gut. Wohin fahren Sie?«

»Alaska«, sagte ich.

»Alaska?«, wiederholte sie. »Warum?«

»Das ist eine lange Geschichte und einfach etwas … was ich für meinen kleinen Bruder tun muss. Er ist krank. Nichts Ansteckendes, das ist nicht der Grund, warum er draußen wartet. Wir haben einen Hund dabei –« Ich hielt inne. Je mehr ich zu erklären versuchte, desto komplizierter klang es. »Hören Sie, es geht ihm jetzt ganz okay, aber er will nach Alaska, solange er noch kann, und deshalb fahren wir hin. Das ist die schlichte Wahrheit. Und wir haben herausgefunden, dass unsere Mama hier lebt. Oder zumindest vor etwa vier Jahren hier gelebt hat. Wir hatten immer gedacht, sie wäre vor sieben Jahren gestorben.«

Jean musterte mich sehr genau. Ich sah ihr an, dass sie überlegte, ob sie uns helfen sollte oder nicht. Schließlich schüttelte sie den Kopf und sagte: »Ich kann es selbst kaum glauben, dass ich das tatsächlich mache, aber … warten Sie einen Moment.«

Sie verschwand in der Küche. Joanne kam zurück und beugte sich über die Theke. »Was hat sie gesagt? Kennt sie Ihre Mama? Hilft sie Ihnen? Warum –«

Joanne verstummte und richtete sich auf, als Jean mit einem kleinen Kuchen aus der Küche trat.

Sie stellte ihn auf den Tresen. »Apfel«, sagte sie. »Mag Noah am liebsten.« Dann sah sie Joanne an. »Geben Sie mir Papier und Bleistift«, forderte sie sie auf.

Joanne riss ein Blatt aus ihrem Bestellblock und zog ihren Stift aus der Kitteltasche. Jean nahm ihr beides ab, als müsse sie schnell machen, um es sich nicht noch anders zu überlegen. Beim Schreiben sagte sie: »So kommen Sie zu Noahs Haus. Fahren Sie die Hauptstraße weiter zum Ortsausgang, und biegen Sie dann rechts auf die County Road 152 ab. Dann sehen Sie auf der rechten Seite sein Haus. Sagen Sie ihm, Sie bringen den Kuchen von Jean Garfield und dass ich gesagt habe, er soll mit Ihnen reden.«

Sie schob mir die Wegbeschreibung hin. Ihr Blick sagte, ich solle bitte so schnell wie möglich verschwinden, bevor sie den Kuchen zurücknehmen und ihre Meinung ändern würde.

»Wer ist Noah?«, fragte ich.

»Noah Litchfield. Meine Schwester – Gott hab sie selig – war mit ihm verheiratet. Sie ist im Frühjahr gestorben. Harold Litchfield war ihr Sohn.«

Joanne starrte auf das Blatt Papier. »Aber das ist –« Sie brach ab. »Oh.« Sie sah mich mitleidsvoll an. »Jetzt erinnere ich mich«, sagte sie zu Jean, »ein Gast hat mir die Geschichte erzählt …«

Jeans Blick brachte sie zum Schweigen.

* * *

Will und ich standen mit dem Auto auf dem Feldweg, der zu Noah Litchfields kleinem Holzhaus führte. Westlich davon, an der Landstraße, lag ein Friedhof. »Piney Woods Cemetery« stand auf dem Schild über dem schmiedeeisernen Tor, und tatsächlich standen viele Kiefern zwischen den Grabsteinen.

Ich sah Will an, der Jean Garfields Kuchen auf dem Schoß hatte. Er war ein bisschen blass.

»Wir müssen nicht reingehen«, sagte ich.

»Ich will es wissen. Du nicht?«

Jetzt, wo wir in Mamas Auto saßen und das baufällige Haus anstarrten, in dem vermutlich ein Mann wohnte, der uns Auskunft über sie geben konnte, wünschte ich, nie nach Shelby gekommen zu sein. Doch nicht zu wissen, was aus ihr geworden war, würde den Rest unserer Reise auf uns lasten. Das konnte ich Will nicht antun.

Ich machte die Autotür auf. »Komm«, sagte ich.

Will folgte mir, den Kuchen in der Hand. Trusty trottete neben ihm her. Wir gingen die kaputten Treppenstufen hinauf, klopften an die Haustür und warteten.

»Vielleicht ist er nicht zu Hause. Vielleicht sollten wir –«

»Sein Wagen steht da, also ist er zu Hause«, sagte Will.

Neben dem Haus stand ein klappriger roter Pick-up. »Ich bin nicht einmal sicher, ob der überhaupt noch fährt. Er könnte einen anderen Pick-up oder PKW haben und in der Stadt sein oder –«

Doch natürlich ignorierte mich Will und klopfte noch einmal, diesmal fester.

Einen Moment später ging die Tür knarrend auf, und ein alter, dürrer Mann erschien. Er warf einen Blick auf mich, dann noch einen, und wollte die Tür gleich wieder zuschlagen.

»Mr Litchfield, Mrs Jean Garfield hat gesagt, wenn wir Ihnen den Apfelkuchen bringen, würden Sie mit uns sprechen!«, sagte Will schnell.

Der Mann sah uns beide an. »Dann kommt rein. Wenn Jean euch geschickt hat, um mit mir zu reden, und ich mach's nicht, krieg ich das ewig zu hören.«

* * *

Wir folgten Mr Litchfield ins Wohnzimmer – einschließlich Trusty, den Mr Litchfield sofort mochte. Doch Trusty war misstrauisch gegenüber dem alten Mann, der sich vorgebeugt hatte und ihn kraulen wollte. Aber Will redete ihm so lange gut zu, bis er es zuließ. Als wir dann in dem düsteren Zimmer saßen, dessen einziges Licht vom Feuer im Kamin kam, brachte Mr Litchfield erst einmal den Apfelkuchen in die Küche. Überall im Zimmer, auf jeder freien Fläche, vom Fensterbrett bis zum Kaminsims, standen Holzschnitzereien. Die Tiere, Menschen und Bäume erinnerten mich an die Salz- und Pfefferstreuer in Grandmas Café, nur dass Mr Litchfield sie selbst geschnitzt und nicht einfach nur gesammelt hatte. Als Mr Litchfield aus der Küche zurückkam, gab er Trusty mehrere Scheiben Wurst, die dieser verschlang, um sich dann vors Kaminfeuer zu legen.

Als Erstes wollte Mr Litchfield wissen, was wir hier in Shelby machten. Ich fragte ihn sofort nach Mama, aber

Will unterbrach mich und erzählte, dass wir mit dem Auto unterwegs nach Alaska seien, um uns sein eigenes Land anzusehen. Als Mr Litchfield ihn lachend mit einem skeptischen Blick bedachte, ging Will zurück zum Auto und holte seine Besitzurkunde. Will war kaum aus der Tür, als Trusty aufsprang und ihn durch die Fliegentür hindurch beobachtete.

»Sie sind Rita wie aus dem Gesicht geschnitten«, sagte Mr Litchfield.

Ich zwang mich, seinem Blick standzuhalten. »Das habe ich schon öfter gehört. Nur die Nase hab ich wohl von meinem Daddy.«

Mr Litchfield nickte. »Ich bin ihm nur einmal begegnet, als er herkam, um deine Mama zu sehen. Sie und mein Sohn haben bei uns gewohnt. Aber Sie müssen wissen, dass Rita damals mit keiner Silbe erwähnt hatte, dass sie Kinder hat. Oder einen Ehemann in Ohio. Hätten wir das gewusst, hätten wir sie und Harold niemals bei uns wohnen lassen. Er hat uns erzählt, dass sie sich kennengelernt und geheiratet hätten, bevor sie herkamen.«

Ich hatte einen Kloß im Hals. *Sie hat uns nie erwähnt.* Und dann dachte ich: *Daddy muss hier gewesen sein, als er sagte, er wolle Mama in Florida besuchen.*

»Ist sie … lebt sie … noch hier in der Nähe?«, fragte ich.

Mr Litchfield sah mich lange an. »Liebes Kind, das ist keine schöne Geschichte. Wollen Sie sie wirklich hören? Oder Ihr kleiner Bruder? Wenn Sie auf eine glückliche Wiedervereinigung hoffen, dass Ihre Mutter Sie beide in die Arme nimmt und sagt, sie liebt Sie, dann muss ich Sie enttäuschen. Im wahren Leben geht es anders zu.«

Noch während Mr Litchfield sprach, kam Will zurück. »Das wissen wir«, bemerkte er barsch.

Mr Litchfield starrte ihn an. *Er versucht, ihn einzuschätzen*, dachte ich. *Sich zu entscheiden.*

Dann stieß er einen Seufzer aus. »Also gut. Wir hatten unseren Sohn, Harold, jahrelang nicht gesehen, genau gesagt seit dem Zweiten Weltkrieg, als er mit der Armee auf einem Schiff nach Europa ging.

Und dann, vor ungefähr sieben Jahren, tauchte er hier mit Rita McKenzie auf. Er sagte, er hätte sie vor dem Krieg in Ohio kennengelernt, als er für die Plattenfirma, für die er gearbeitet hatte, auf Talentsuche war. Dass er unterwegs in ein Lokal gegangen sei, in dem sie zufällig gesungen hatte – der glücklichste Tag seines Lebens, sagte er. Nach dem Krieg hat er seinen alten Job zurückgekriegt und ist zu ihr nach Ohio gefahren. Sie waren eine Zeitlang in Chicago, und er hatte ihr ein paar Auftritte verschafft, aber es lief nicht gut. Dann verlor er seine Arbeit. Den Grund dafür haben wir nie erfahren, aber vermutlich hat er zu viele Nächte durchgefeiert und für seine Firma nicht genug Geld verdient.

Uns sagte er, sie wären verheiratet und dass sie nur kurz in Shelby bleiben und bei uns wohnen wollten, bis sie wieder auf die Beine gekommen waren. Dann tauchte ihr Ehemann auf. Das war wirklich ein Schock. Sie hatte ihm geschrieben, weil sie sich scheiden lassen und frei sein wollte, um Harold zu heiraten. Ich habe Ihren Vater wie gesagt nur dieses eine Mal gesehen, aber er hat mir leidgetan. Er flehte sie an, zurückzukommen, erzählte von Ihnen beiden, aber sie sagte nein, dass sie lieber sterben würde, als zurück nach Ohio zu gehen. Sie würde bei Harold bleiben und bald nach Chicago zurückgehen, wo sie singen konnte.« Mr Litchfield schüttelte den Kopf, nahm eine Holzeule vom Beistelltisch und strich ihr mit dem Daumen über den Kopf, als wäre sie sein Sorgenstein. »Meiner Frau hat es das Herz gebrochen, als sie hörte, dass unser einziger Sohn einem Mann mit zwei Kindern die Frau weggenommen hatte. Und mir auch. Danach hab ich ihn rausgeschmissen und nicht mehr mit ihnen geredet. Und Geld haben sie auch keins mehr gekriegt.«

Ich musste erst einmal tief Luft holen. »Sind sie denn zurück nach Chicago gegangen?«

Mr Litchfield starrte lange Zeit ins Kaminfeuer. Ich sah Will an, um in dem trüben Licht herauszufinden, wie er mit diesen Neuigkeiten fertig würde. Er wirkte müde, doch sein Gesichtsausdruck sagte: *Mir geht's gut*, und ich nickte.

»Mr Litchfield, bitte erzählen Sie uns den Rest«, bat ich. »Sind sie zurück nach Chicago gegangen?«

Schließlich schüttelte er den Kopf. »Nein. Harold verdiente sein Geld als Gelegenheitsarbeiter, und Rita sang in verschiedenen Clubs. Ich hab sie nie selber gehört, aber es hieß, sie hätte eine wirklich schöne Stimme. Dann erfuhren wir, dass sie geheiratet hatten, und meine Frau wollte, dass ich zu ihnen gehe und mit ihnen rede. Aber ich hab mich geweigert. Eines Tages kam dann der Sheriff zu uns und sagte, sie wären mit Harolds Pick-up unterwegs gewesen und dass man von dem, was übrig war, schwer sagen konnte, wer gefahren war. Es sah aber aus, als ob Ihre Mutter hinterm Lenkrad gesessen und versucht hätte, einen Bahnübergang zu überqueren, obwohl die Schranke schon runterkam, und sie es nicht rechtzeitig geschafft hatten. Beide waren auf der Stelle tot.«

Er sah mich an, sagte leise: »Es gab Gerede, dass Rita gerade herausgefunden hatte, dass sie, na ja, ein Kind erwartete, aber keiner wusste, ob das stimmte.«

Mr Litchfield starrte zum Fenster hinaus. »Sie sind da hinten begraben. Maureen, meine Frau, hat darauf bestanden. Und jetzt liegt sie auch da. Ich glaube, Maureen hat mir nie verziehen, dass ich mich nach dem Auftauchen Ihres Vaters hier geweigert hatte, je wieder mit ihnen zu sprechen. Sie dachte wahrscheinlich, sie würden noch leben, wenn ich's getan hätte. Vielleicht wäre Maureen dann auch noch am Leben. Als sie letztes Jahr starb, sagte der Arzt, sie hätte ein Lungenemphysem gehabt. Ich glaube aber, dass sie an gebrochenem Herzen gestorben ist.«

Er blickte hinab auf die Holzeule, als würde er gerade erst merken, dass er sie in den Händen hielt. Ich fragte mich, ob er erst nach dem Tod Maureens mit dem Schnitzen angefangen hatte.

* * *

Vor Einbruch der Dunkelheit gingen Will und ich zum Grab unserer Mutter. Wir fragten Mr Litchfield, ob er mitkommen wolle, doch er schüttelte den Kopf.

Wir folgten seiner Wegbeschreibung zu der Stelle, einem schmalen gewundenen Pfad, den Mr Litchfield offensichtlich selbst in Ordnung hielt. Trusty trottete neben uns her.

Am Ende des Weges sahen wir bald die Grabsteine – den von Mama und Harold Litchfield und den von Maureen Litchfield. Will und ich betrachteten sie schweigend in dem kalten Wind, der über die Felder und die Gräber fegte. Wie gern hätte ich etwas Überwältigendes gefühlt, Trauer oder Wut, irgendetwas, als ich auf Mamas Grabstein starrte und immer wieder die schlichte Inschrift las: Rita Litchfield, 1915–1945, ruhe in Frieden.« Hatte sie ihren Frieden gefunden? War der Unfall zufällig passiert … oder absichtlich herbeigeführt? Hatte sie sich und ihren neuen Ehemann umgebracht, weil sie es nicht ertrug, wieder an eine Familie gebunden zu sein? Warum war sie so ruhelos gewesen, so traurig?

Auf manche Fragen würde ich wohl nie eine Antwort bekommen und müsste zumindest frustriert darüber sein. Doch ich fühlte nichts, nur die Kälte des heulenden Windes.

»Ich glaube, Mr Litchfield gibt sich selbst die Schuld«, sagte Will. »Aber das ist falsch. Ich finde nicht, dass seine Frau recht hatte und er an ihrem Tod schuld ist.«

Ich zog ihn an mich, um ihn vor dem scharfen Wind zu schützen. »Ich glaube … manchmal tun Menschen einfach das, was sie glauben, tun zu müssen. Und Mama war unglücklich bei uns, aber es hat sich angehört, als wäre sie ohne uns genauso unglücklich gewesen … dass ihr Kummer nichts mit uns zu tun hatte. Wir haben ihn nicht verursacht, und wir konnten ihn nicht vertreiben. Er … gehörte einfach zu ihr.«

Kaum hatte ich das gesagt, fühlte ich doch etwas: Erleichterung. Und Befreiung. Endlich konnte ich Mama loslassen. Ich musste sie nicht in allem verstehen, sondern nur, dass die Entscheidungen, die sie getroffen hatte, nichts mit mir oder Will oder Daddy zu tun hatten.

»Glaubst du, wir sollten Mr Litchfield das sagen?«

»Ich glaube, er versteht das allmählich selbst, und dass er uns deshalb alles erzählt hat.«

Will runzelte die Stirn. »Aber ich verstehe nicht, warum seine Schwägerin uns zu ihm geschickt hat. Glaubst du, sie gibt ihm auch die Schuld?«

Ich schüttelte den Kopf. »Nein. Ich glaube, er sollte sehen, dass die Kinder, die die Frau seines Sohnes verlassen hatte, trotzdem gut geraten sind.«

»Sind wir das?«, fragte Will. »Also ich vielleicht, aber du bist manchmal ganz schön nervig.«

Selbst am Grab unserer Mutter schaffte es mein kleiner Bruder, mich zum Lachen zu bringen. Danach umarmten wir uns und standen noch lange schweigend in dem beißenden Montana-Wind.

Schließlich gingen wir zurück zu Mamas Auto. Nein, es war jetzt mein Auto und unser Wohnwagen. Unter dem Scheibenwischer klemmte ein Zettel von Mr Litchfield: Es gäbe bald Abendbrot, und wir könnten gern mitessen, und wenn wir wollten, könnten wir heute Nacht hier campen.

27. Kapitel

Will und ich nahmen das Angebot an.

Mr Litchfield belegte Sandwiches mit Wurst und Käse und machte eine Dose Bohnen mit Schweinefleisch auf dem Holzofen warm. In der Küche gab es nur einen kleinen Tisch und zwei Stühle, so dass wir unser Essen mit ins Wohnzimmer nahmen und die Teller auf unserem Schoß balancierten. Außer dem Kaminfeuer spendete jetzt noch eine Petroleumlampe auf dem Beistelltisch neben Mr Litchfields Sessel Licht.

Nach dem Abendessen spülte ich die Teller und den Topf in der Küche, und als ich zurück ins Wohnzimmer kam, lag Trusty wieder vor dem Kamin, und Will zeigte Mr Litchfield schließlich seine Besitzurkunde und erklärte, dass wir unterwegs zu seinem Land waren und Trusty mitnahmen, weil Trusty nämlich nach Alaska gehörte. Er erzählte, dass er nicht wusste, wie Trusty in Groverton gelandet war, und wie wir den Hund vor einem bösen Schrottplatzbesitzer gerettet hatten, dass Trusty nicht bellte, aber trotzdem ein guter Wachhund war. Dass er selbst krank war und wir mitten in der Nacht weggefahren waren, erzählte er nicht.

Mr Litchfield hörte Will interessiert zu, wobei er nach einer Weile ein Stück Holz von der hinteren Veranda holte, ein Schnitzmesser aus der Hosentasche zog und anfing zu schnitzen. *Er ist einsam*, dachte ich, als ich ihm dabei zusah.

Dann legte er seine Arbeit beiseite, und die beiden studierten die Besitzurkunde und den Atlas. Schließlich erhob sich Mr Litchfield mühsam aus seinem Sessel und zündete eine weitere Petroleumlampe auf einer Truhe an.

»Will, nach allem, was du mir über deine Reise erzählt hast, hab ich wieder Hunger gekriegt«, sagte er. »Kannst du uns was von Jeans Kuchen abschneiden? In der Küche findest du sicher kleine Teller und was du sonst noch brauchst. Und bring für Trusty ein paar Wurstscheiben aus dem Eisschrank mit. Da ist auch Milch drin, wenn du willst.«

Will sah mich an, und ich nickte ihm zu. Er legte seine Besitzurkunde und den Atlas neben die Petroleumlampe auf die Truhe und ging in die Küche.

Mr Litchfield nahm die Urkunde in die Hand, starrte sie an und fuhr mit den Daumen darüber. »Sie beide haben da ein schönes Abenteuer vor sich«, sagte er. »Da wär ich gern auch noch mal jung. Aber ich denke, ich bin zufrieden, den Rest meines Lebens hier zu verbringen. Maureen und ich hatten viele gute Jahre hier – und auch ein paar schwere.«

Er legte die Urkunde zurück auf die Truhe und sah mich ernst an. »Ist Will kräftig genug, um die Reise durchzustehen?«

Ich rutschte unbehaglich auf meinem Stuhl umher. »Natürlich.«

»Er ist krank, das sehe ich. Ich habe viele Menschen begleitet, die vor ihrem Tod noch ein paar Dinge regeln wollten, und kenne den Ausdruck in ihren Augen, auch bei jungen Menschen. Ich war vier Jahrzehnte lang Bestatter hier in Shelby.« Er zeigte mit dem Pfeifenstiel auf Trusty, der Will nicht in die Küche gefolgt war, sondern mit gespitzten Ohren dasaß und auf seine Rückkehr wartete. »Manche Tiere, besonders Hunde, spüren das auch, als ob sie es an einem

Menschen riechen können. Und wenn sie diesen Menschen mögen, sind sie sehr treu und passen auf ihn auf.«

Was für eine verrückte Vorstellung, dachte ich, dass Trusty Wills Krebs riechen konnte. Doch dann dachte ich an MayJune und ihre merkwürdigen Hausmittel und wie sie zu wissen schien, wann wir kamen und wann wir etwas brauchten, wie zum Beispiel den Wohnwagen.

Ich blinzelte die aufsteigenden Tränen weg. »Ja, Will ist krank«, sagte ich leise. »Er hat Leukämie. Momentan helfen noch die Medikamente, aber in ein paar Monaten … Also deshalb machen wir jetzt diese Reise.« Wieder versuchte ich, die Tränen zurückzuhalten, doch es war zu spät, sie rollten über meine Wangen.

Mr Litchfield nickte. »Es ist gut«, sagte er, »dass Sie diese Reise machen.« Er hielt inne. »Und gut, dass Sie hierhergekommen sind.«

In dem Moment kam Will zurück, drei Teller mit Kuchen, ein Teller mit Wurstscheiben und ein Glas Milch auf einem Tablett. Er hatte kaum das Essen verteilt, da war Trustys Wurstteller auch schon leergeputzt. Mr Litchfield und Will aßen ihren Kuchen, und Mr Litchfield sagte: »Hmmm, diese Jean ist zwar eine Nervensäge, aber backen kann sie wirklich.«

Ich war satt, biss aber trotzdem in mein Stück, und bevor ich mich versah, hatte ich alles aufgegessen. Der Apfelkuchen seiner Schwägerin schmeckte wirklich vorzüglich, genauso gut wie der von Grandma.

In dieser Nacht schliefen Will und ich in unserem Wohnwagen vor Mr Litchfields Haus. Da Trusty den Wohnwagen noch immer mied, übernachtete er auf der Veranda. Ich machte mir Sorgen, dass es im Freien zu kalt wäre, doch Will fand das albern, denn der Hund sei immerhin ein Husky.

In meine Decke gehüllt, lag ich noch lange wach und lauschte Wills leisem, gleichmäßigem Atem. Ich überdachte noch einmal alles, was Mr Litchfield gesagt hatte, und kam schließlich zu dem Schluss, dass er recht hatte. Es war gut, diese Reise zu machen. Es war gut, dass wir hierhergekommen waren.

Und dann versank ich endlich in einen langen, tiefen, traumlosen Schlaf.

Als wir am nächsten Morgen aufwachten und aus dem winzigen Schlafbereich des Wohnwagens krochen, fiel uns sofort auf, dass der rote Pick-up weg war. Und dass die hintere Klappe am Wohnwagen, wo sich eine kleine Arbeitsplatte und Einbauschränke befanden, offenstand.

Auf der Arbeitsplatte hatte Mr Litchfield eine Papiertüte hinterlassen, deren Inhalt wir sofort inspizierten: Wurst, Käse und Brot, zwei Stück Apfelkuchen, in Wachspapier eingewickelt, eine Landkarte vom Glacier Park und eine von British Columbia. Und eine kleine Holzfigur, die Trusty sehr ähnlich sah.

Auch eine Nachricht lag dabei: *Diese Karten sind noch von Maureens und meiner Hochzeitsreise, also schon sehr alt. Aber einige Straßen sind detaillierter eingezeichnet als in eurem Atlas. Wenn ihr es bis Dawson Creek geschafft habt, könnt ihr auf dem Alaska Highway bis nach Tok fahren. Die Holzfigur von Trusty ist mein Dankeschön dafür, dass ihr einem alten Mann zugehört habt. Viel Glück. Noah Litchfield.*

»Die Landkarten sind wirklich gut«, sagte Will, nahm die Holzfigur behutsam in die Hand und steckte sie in seine Tasche. »Im Atlas sind nur die Hauptverkehrsstraßen von Kanada eingezeichnet.«

Enttäuscht, dass Mr Litchfield weggefahren war, bevor wir aufgewacht waren, sah ich auf den Platz, wo sein Auto gestanden hatte. »Bestimmt hat er irgendwas in der Stadt zu erledigen oder einen Termin …«

»Glaub ich nicht«, sagte Will. »'ne Menge Leute stehen einfach nicht auf Abschiedsszenen.« Wie Mama. Und Mr Cahill und Jimmy …

Will nahm eine Wurstscheibe und brachte sie Trusty, der gerade aufgewacht war und sich auf Mr Litchfields Veranda rekelte. Kurz darauf, am Morgen des 28. Oktober, fuhren wir los. Nach wenigen Stunden erreichten wir den Glacier Nationalpark, verbrachten den Tag dort und erkundeten so viel wie möglich, fuhren die Going-to-the-Sun-Straße entlang, hielten am St. Mary Lake, am Logan Pass und am Lake McDonald Valley. Wir redeten kaum, bestaunten einfach die Seen, die majestätischen Berge, die riesigen Felder und Wälder, als hätten wir uns schon das ganze Leben nach dem Anblick dieser Sehenswürdigkeiten gesehnt und könnten nicht genug davon bekommen. Will hätte gern einen Bären gesehen. Das klappte zwar nicht, aber er schien genauso erfreut über die Elche, Hirsche und Füchse und den Weißkopfadler, der sich aus den Lüften herabschwang und auf der Spitze einer riesigen Kiefer niederließ.

Ich hätte gern die Zeit angehalten und wäre für immer dort geblieben.

Doch nach unserem letzten Halt setzte unweigerlich die Dämmerung ein, und wir eilten zurück zum Wagen, wo ich hinten auf der Arbeitsplatte des Wohnwagens Sandwiches mit Wurst und Käse machte, die wir unterwegs essen konnten. Von Mr Litchfields Wurst war noch eine Scheibe übrig.

»Mach schon«, sagte Will. »Gib sie Trusty.«

Mit pochendem Herzen trat ich auf ihn zu. Er starrte

mich argwöhnisch an. Ich hielt ihm die Wurst hin, gefasst darauf, dass er mich wie damals im Keller anspringen und die Wurst mitsamt meinen Fingern schnappen würde. Doch er nahm sie vorsichtig zwischen die Zähne, zog sanft, ich ließ los, und er aß sie.

Nachdem wir Mr Litchfields Landkarten genau studiert hatten, gaben wir unseren ursprünglichen Plan auf, über die Berge und durch Calgary zu fahren, und wählten stattdessen eine direkte Route auf kleineren Straßen. Wir verließen den Westen Montanas, durchquerten auf dem Weg nach British Columbia den Zipfel von Idaho und machten in Kootenay Bay halt, wo die letzte Fähre schon abgelegt hatte. Wir parkten am Straßenrand und verbrachten die Nacht im Wohnwagen, der so stark vom Regen und Wind durchgerüttelt wurde, dass sogar Trusty hereingekrochen kam und zwischen uns schlief.

Am nächsten Morgen setzten wir mit der Fähre über. Ein Schild an der Anlegestelle informierte uns, dass der Fährbetrieb nach dem 31. Oktober eingestellt würde. Es war der 29. Oktober. Nach meiner Berechnung brauchten wir mindestens noch vier Tage bis Tok, und wenn alles gutging, noch ein oder zwei weitere Tage, um unseren fünf Quadratzentimeter großen Besitz zu finden. Doch wie sollten wir dann zurückkommen? Es hatte keinen Zweck, mir jetzt darüber Gedanken zu machen, und so verließ ich mich einfach darauf, dass mir später eine Lösung einfallen würde.

Am Abend hielt ich irgendwo unterwegs am Straßenrand. Wir machten ein kleines Feuer und wärmten darin die Gemüsesuppe für das Abendessen. Als ich mich danach wieder hinters Lenkrad setzte, sah Will mich stirnrunzelnd an. »Übernachten wir nicht im Wohnwagen?«

»Ich bin noch nicht müde. Leg du dich schlafen, ich fahre noch eine Weile.«

Er blickte mich misstrauisch an, sagte aber nichts. Heimlich holte ich eine Dexamyl aus dem Fläschchen und spülte sie mit starkem Kaffee runter. Bald darauf war Will auf dem Beifahrersitz eingeschlafen, und Trusty lag entspannt auf dem Rücksitz, glaubte wohl nicht länger, Will beschützen zu müssen. Ich fuhr und fuhr, die Scheinwerfer leuchteten den Weg.

Die Dunkelheit schien endlos. Ich nahm mehr Dexamyl, schlief hier und da ein paar Stunden. Vage erinnerte ich mich, Will irgendwann gefragt zu haben, warum es die ganze Zeit so dunkel war, wo wir doch ins Land der Mitternachtssonne fuhren. Er verdrehte die Augen und erklärte, dass die Mitternachtssonne im Sommer über dem nördlichen Polarkreis stand und es nun mal Herbst war. Mein kluger Bruder. Am 1. November trafen wir in Dawson Creek ein und brachen in Freudenrufe aus, als wir in der Stadtmitte die Wegmarke *Mile 0 Post* sahen, die den Anfang des Alaska Highway markierte.

»Wir sind schon fast da«, sagte Will grinsend. »Ab jetzt geht's immer nur den Alaska Highway entlang!«

Wir hatten noch fast vierzehnhundert Kilometer vor uns.

* * *

Irgendwann später schreckte ich aus einem Dämmerzustand hoch. Der Schnee fiel so dicht, dass ich im Dunkel der Nacht fast nichts sehen konnte. Umso deutlicher spürte ich, wie unser Wagen schlingerte. Ich schrie etwas. Die Scheinwerfer strichen über den Straßenrand, wir umrundeten den Fuß eines Berges, aber ich fuhr auf einen Damm zu, riss das Steuer herum, brachte schlingernd den Wagen zurück auf die richtige Straßenseite. Doch dann fuhr ich über etwas – vielleicht einen großen Stein, der vom Berg runtergerollt war, oder einen Eisbrocken –, und mit einem Knall, als ob ein Reifen geplatzt wäre, schlingerten wir wieder auf der glatten Straße, schließlich trat ich voll auf die Bremse und brachte den Wagen kurz darauf zum Stehen.

Einen Moment lang saß ich einfach nur da, zitterte am ganzen Leib, bis auf meine Hände, die mit dem Lenkrad verschmolzen schienen.

Ich sah zu Will hinüber. Er starrte mich mit aufgerissenen Augen an. »Der … der Berglöwe … ich glaube nicht, dass du ihn getroffen hast.«

Ich nahm zitternd die Hände vom Lenkrad. »Wovon redest du da? Ich bin über einen großen Stein oder einen Eisbrocken gefahren, Will. Deine Phantasie –«

Er sah mich ungläubig an. »Du erinnerst dich nicht, dass du um einen Berglöwen rumgefahren bist? Gerade eben?«

Ich vergrub den Kopf in meinen zitternden, schweißnassen Händen. Mein Herz raste. Das Dexamyl hatte mich wachgehalten, damit ich stundenlang weiterfahren konnte, doch jetzt streikte mein Körper, forderte trotz der Pillen seinen Schlaf, und mir wurde klar, dass ich beim Fahren eingeschlafen war. Ich erinnerte mich an keinen Berglöwen, doch in meinem benebelten Zustand hatte ich ihn wohl wahrgenommen und instinktiv reagiert. Meine letzte echte Erinnerung war, dass es dämmerte und nicht schneite. Jetzt war es stockdunkel.

»Wo sind wir?«, fragte ich leise.

»Vor einer Weile sind wir durch Whitehorse gekommen.«

»Zeig mir die Karte«, sagte ich.

Will machte die Taschenlampe an und richtete den Strahl

auf die ausgebreitete Karte auf seinem Schoß. Die Stadt lag ungefähr dreißig Kilometer hinter uns.

»Vor kurzem sind wir an einem Gasthaus vorbeigefahren«, sagte er. »Wir könnten dahin zurücklaufen –«

»Wo hier womöglich ein verletzter Berglöwe rumirrt?«

»Wenn überhaupt, hast du ihn höchstens gestreift.«

»Will, war da ein Berglöwe oder nicht? Hab ich ihn angefahren oder nicht?«

»Ich – ich bin nicht sicher. Es ging alles so schnell … und ich hab geschlafen und bin vom Schlingern aufgewacht, und plötzlich hast du was von einem Berglöwen geschrien. *Du* hast ihn doch gesehen!«

Und da wurde mir klar, dass ich es selbst gewesen war, nicht Will, die einen Berglöwen gesehen hatte. Doch hatte ich ihn wirklich gesehen? Oder nur halluziniert?

»Tut mir leid, Will«, sagte ich. »Ich glaube, ich bin einfach zu müde. Aber trotzdem haben wir einen Platten und können nicht hier mitten auf der Straße stehenbleiben. Gib mir deine Taschenlampe.«

Er gab sie mir, und ich stieß die Tür auf.

»Was hast du vor?« In seiner Stimme lag Panik.

»Den Reifen wechseln, damit wir zurück nach Whitehorse fahren und da irgendwo campen können.« Eigentlich wäre ich gern weitergefahren, doch nachdem ich eingenickt war, es schneite und dunkel war, traute ich mich das nicht mehr.

»Aber wenn der Berglöwe –«

»Will«, sagte ich, »ich glaube nicht, dass da ein Berglöwe ist. Und wenn … dann hetzen wir einfach Trusty auf ihn, okay?«

Er beruhigte sich, als könnte Trusty es mit einem Berglöwen aufnehmen.

Ich ging um den Wagen herum, entdeckte aber weder Beulen noch Blut oder Fellfetzen. Also keine Spur von einem angefahrenen Berglöwen. Und dann machte ich mich in der Kälte zitternd daran, den Reifen zu wechseln. Ich zitterte aber auch, weil mir klarwurde, dass ich uns um ein Haar in den Tod gefahren hätte – und aus Angst, dass ich vielleicht wirklich einen Berglöwen gesehen und nicht nur halluziniert hatte.

Schließlich tauschte ich den geplatzten Reifen gegen das Ersatzrad, unser einziges, aus, und musste lächeln, als ich dachte: *Was Babs jetzt wohl sagen würde?* Ich wechselte wieder einen Reifen, und nicht an einem Regentag in Ohio, sondern in einer verschneiten, kalten Nacht im Yukon-Territorium, mit einem möglicherweise umherstreifenden Berglöwen. Sie würde sagen: *Also jetzt brauchst du wirklich einen netten Mann, der vorbeikommt und dich rettet.*

Doch das brauchte ich nicht. Ich musste einfach nur mal richtig gut schlafen und eine Werkstatt in Whitehorse finden, um ein neues Ersatzrad zu kaufen.

Endlich war ich fertig und schob mich zurück hinters Lenkrad. Ich brauchte lange, um den Wagen mit dem Wohnwagen auf der Straße zu wenden und zurück nach Whitehorse zu fahren.

In der Nähe des Gasthauses merkte ich dann, dass noch etwas nicht stimmte. Die Nadel der Temperaturanzeige vom Motor ging auf Rot zu, und der Motor machte merkwürdige Klopfgeräusche. Kurz hinterm Gasthaus fuhr ich an den Straßenrand.

»Ich geh rein und frage, ob uns jemand helfen kann«, sagte ich.

»Ich will mit.« Wills Gesicht war gezeichnet von Sorge. Ich sah zurück zu dem Gasthaus. Es hatte keinen Namen, aber ein »Offen«-Schriftzug aus rotem Neonlicht flackerte im Fenster neben dem Eingang.

»Nein, du bleibst hier. Es dauert nur ein paar Minuten.«

Ich stieg aus, ging im bitterkalten Wind durch den Schnee über die Straße und den Parkplatz zum Haus, zog die schwere Tür auf und blieb einen Moment lang zitternd und um Atem ringend im Eingang stehen. Als ich mich dann umsah, wünschte ich sofort, nicht hergekommen zu sein. An der Bar und an den Tischen saßen nur wenige Männer. Der Barkeeper starrte mich an. Ich holte tief Luft und ging zu ihm, gefolgt von neugierigen Blicken. Kurz vor der Theke sah ich, dass es kein Mann war, sondern eine kleine, gedrungene Frau, deren Haare am Kopf klebten und zu einem dünnen Rattenschwanz zusammengebunden waren; sie trug ein Flanellhemd und Jeans wie die Männer im Gastraum.

Die Frau starrte mich noch immer an, erwartete, dass ich etwas sagte. Doch plötzlich schien es mir keine gute Idee zu sein, von meinem kaputten Auto draußen auf der Straße zu erzählen und dass mein kleiner Bruder und ein stummer Hund meine einzigen Begleiter waren. Mein Mund ging auf und wieder zu, und schließlich sagte die Frau: »Und?«

»Äh … mein Mann und ich sind auf Hochzeitsreise, und ich soll fragen, ob wir bei Ihnen … ein paar Sandwiches zum Mitnehmen kaufen können.«

Raues Gelächter ertönte zu meiner Linken. Drei Männer saßen an einem Tisch direkt hinter mir, zwei lachten, und der dritte starrte mich an. Mir wurde noch mulmiger zumute. Einer der lachenden Männer sagte: »Dein Mann hat dich geschickt? Er wollte nicht selber auf ein Bier reinkommen?«

»Halt den Mund, Hector«, fuhr die Frau ihn an. »Sieht das hier nach ’nem Drive-in aus?«

Ich schluckte. »Nein, Ma'am.«

»Wenn du und dein Mann was zu essen wollt, fahrt zum Laden in Whitehorse, der hat vielleicht noch 'ne Weile auf.«

»Oh, danke, das ist gut«, sagte ich und trat einen Schritt zurück.

Dann drehte ich mich um und eilte hinaus, hörte Stühle über den Holzboden kratzen und hatte Angst, dass mir jemand folgte, mich beobachtete. Erst als ich am Auto war, sah ich zurück, doch niemand stand in der Tür. Im Auto ließ ich den Motor an und wendete, immer ein Auge auf dem Temperaturanzeiger.

»Warum fahren wir wieder zurück?«, fragte Will.

Weil alle Männer da drin denken, dass ich nach Whitehorse fahre, dachte ich. *Deshalb fahre ich in die entgegengesetzte Richtung.*

»Ich glaube, es ist doch besser, heute Nacht zu campen. Morgen früh suchen wir in Whitehorse Hilfe.«

Ich fuhr langsam, betete, dass die Nadel vor dem Rot blieb, bis wir den Hügel vor uns erklommen hatten. Mit angehaltenem Atem jagte ich den heißgelaufenen Motor bis zur Spitze, dann schaltete ich in den Leerlauf, nahm den Fuß vom Gas und wir rollten den Hügel hinunter, um die Kurven herum und vorbei an der Stelle, wo ich fast einen Unfall gebaut hatte. Ein Stück weiter vorn sah ich eine Lichtung nahe der Straße, fuhr hin und machte den Motor aus.

»Das ist ein guter Platz zum Übernachten«, sagte ich und betete, dass es stimmte. »Wir decken uns im Wohnwagen einfach mit allem zu, was wir haben.«

Ich nahm sämtliche Kleidungsstücke aus den Koffern und verteilte sie auf unseren Decken, dann krochen wir zusammen mit Trusty, der seinen Widerwillen gegen den Wohnwagen endgültig überwunden hatte, darunter. Zum Abendbrot gab es Kräcker unter der Bettdecke, und ich lachte über Wills alberne Witze.

Was sagt ein großer Stift zum kleinen Stift? »Wachsmalstift!«

Was macht 999 Mal Tick und 1 Mal Tack? Ein Tausendfüßler mit einem Holzfuß.

Schließlich schlief Will ein. Ich war weiter hellwach, starrte mit aufgerissenen Augen ins Dunkel, zuckte bei jedem Geräusch zusammen und fragte mich, ob es richtig war, die Nacht hier draußen zu verbringen. Was, wenn wir heute Nacht einschneiten und morgen früh nicht wegkamen? Doch wir hätten es mit dem Auto nicht zurück nach Whitehorse geschafft, und die Männer – und die Barfrau – hatten mich nicht gerade freundlich empfangen. Es war dumm gewesen, so spät am Abend in so ein zwielichtiges Lokal zu gehen.

Meine Lider wurden schwer, und sosehr ich wach bleiben wollte, sehnte sich mein Körper doch nach Schlaf. Ich war versucht, eine weitere Dexamyl zu nehmen, nur noch eine, um wach zu bleiben und auf Will aufzupassen, aber …

Als ich aufwachte, war ich nicht mehr im Wohnwagen, sondern hockte hinter einem Busch und pinkelte. Ich sah verwirrt um mich und entdeckte in einiger Entfernung die Umrisse des Autos und Wohnwagens. Ich musste aufgewacht und halb im Schlaf rausgegangen sein.

Als ich fertig war, lief ich zitternd zurück zum Wohnwagen. Zum Glück hatte es aufgehört zu schneien, nur wenige Zentimeter Schnee bedeckten den Boden. Wenn unser Auto morgen früh immer noch heißlief, würden wir zu Fuß nach Whitehorse gehen, dachte ich, und – plötzlich wurde ich von hinten gepackt. Ich fing an zu schreien, doch eine

Hand presste sich auf meinen Mund. Ich biss zu, bekam aber nur Leder zwischen die Zähne. Als ich um mich schlug, spürte ich etwas Scharfes am Hals. Ein Messer. Sofort gab ich jeden Widerstand auf, überlegte jedoch verzweifelt, wie ich mich befreien und zu Will …

»Auf Hochzeitsreise, kleines Fräulein? Wenn du schreist, schneide ich dir die hübsche Kehle durch.«

Der Mann nahm die Hand von meinem Mund, packte mich an den Haaren und riss meinen Kopf nach hinten. Kalte Lippen drückten sich auf meinen Hals, und stinkiger Atem stieg mir in die Nase, als der Angreifer sagte: »Du bist gar nicht auf Hochzeitsreise, du bist ganz alleine. Ich hab's durchs Fenster gesehen, nur du und ein kleiner Junge.« Wieder ein Kuss. Mein Magen drehte sich um, und ich unterdrückte den Brechreiz, aus Angst, dass er mir beim ersten Zucken die Kehle durchschnitt. »Und der Kleine kann dir nicht helfen. Du gehörst mir, mein …«

Ich hörte nicht länger die widerlichen Dinge, die er von sich gab, sondern dachte an Will. Wann hatte ich den Wohnwagen verlassen? Wie lange war das her? Und wenn er Will schon etwas angetan hatte? Mein Entsetzen und Schock vermischten sich mit Wut. Ich musste den Mann dazu bringen, das Messer von meinem Hals zu nehmen.

»Ich schreie nicht«, sagte ich mit brüchiger, bebender Stimme. »Aber mit dem Messer am Hals kann ich mich nicht bewegen –« Ich verstummte, als er das Messer noch fester an meinen Hals drückte und mit der anderen Hand meinen Arm so fest packte, dass es schmerzte.

»Dreh dich um, damit ich dich sehen kann, aber ein Schrei, und du hast das Messer in deinem hübschen kleinen Bauch, und danach kommt der Junge im Wohnwagen dran. Kapiert?«

Dann war Will also noch unverletzt. »Ja«, sagte ich.

Der Mann nahm das Messer von meinem Hals, fuhr mit der Spitze hinab zu meinem Mantel, meiner Brust. Ich schluckte, kämpfte gegen den Impuls an, zu schreien: *Bitte, Gott, lass es eine Halluzination sein, wie der Berglöwe …*

Doch der Mann hielt weiter meinen Arm umfasst, zerrte mich zu sich herum. Das hier war real; allzu real. Das erste Licht der aufgehenden Sonne riss unseren Fleck Erde aus der totalen Dunkelheit, und ich konnte die Umrisse des Mannes erkennen. Er war riesig. Mein Magen rebellierte wieder.

Du hast ihn dazu gebracht, das Messer von deinem Hals zu nehmen, sagte ich mir. *Jetzt bring ihn dazu, deinen Arm loszulassen.* Dann … dann was? Zum Auto rennen? Selbst wenn ich schneller war als er, konnte ich nicht sicher sein, dass der Wagen gleich ansprang, und er könnte leicht das Fenster einschlagen. Aber vielleicht konnte ich es selber einschlagen und dann eine Glasscherbe als Messer benutzen, aber dazu brauchte ich einen Stofffetzen, den ich um die Hand wickelte. Da merkte ich, dass ich keine Handschuhe anhatte und meine Hände taub waren.

»Lassen Sie sie los!« Will stand vor uns und zielte mit seinem *RedRider*-Luftgewehr, dem Geburtstagsgeschenk von Daddy, über mich auf den Kopf des Mannes. Seine Hände zitterten.

Der Mann lachte. »Geh zurück zu deinen süßen Träumen, Junge. Das hier geht dich nichts an.«

»Will, mir passiert nichts, geh zurück in den Wohnwagen –«

»Nein, ich lasse nicht zu, dass er dir wehtut!« Ich hörte Wut in seiner Stimme, aber auch Tränen.

Der Mann lachte wieder, diesmal noch fieser. Er drückte

mir das Messer an den Hals. »Verschwinde, oder ich schneide ihr die Kehle durch, noch bevor du abdrücken kannst, und –«

Plötzlich kam ein wildes Tier heulend aus der Dunkelheit gerannt. Der Mann schreckte zusammen und ließ meinen Arm los. »Was zum Teufel?«, schrie er und machte einen Schritt zurück. Das Tier rannte knurrend an mir vorbei und stürzte sich auf den Mann, biss zu. Ich traute meinen Augen nicht.

Das wilde Tier war Trusty. Der Mann schrie und versuchte den Hund abzuwehren, doch Trusty versenkte die Zähne in seinen Arm, und er stieß einen Schmerzensschrei aus. Ich sah, dass der Mann sein Messer fallen gelassen hatte und danach tastete, um Trusty niederzustechen. Ich rannte hin und bückte mich nach dem Messer, wobei ich Trusty und dem Mann ganz nah kam. Eine Sekunde lang war ich nicht sicher, ob Trusty mich wiedererkannte, ob er mich zu beschützen versuchte oder einfach nur wild geworden war und zufällig den Mann anstatt mich angesprungen hatte. Doch als ich das Messer nahm und der Mann nach meinem Arm griff, stieß Trusty ihm bellend und knurrend seine Schnauze ins Gesicht.

Zitternd taumelte ich rückwärts. Mit einem einzigen Biss konnte Trusty das Gesicht des Mannes zerfleischen. Er hatte gesehen, dass ich in Schwierigkeiten steckte, und irgendwie seine Stimme wiedergefunden, um mich zu beschützen.

Die Berührung am Arm ließ mich zusammenzucken. Will stand neben mir und starrte Trusty an, der dem Mann ins Gesicht knurrte. Das Gewehr in Wills Hand wackelte noch immer.

Ich umfasste den Griff des Messers. »Sag Trusty, er soll zu uns kommen. Ich glaube, den Typ werden wir jetzt los.«

Will sah hoch zu mir, das Gesicht angstverzerrt. »Alles in Ordnung mit dir?«

Auf einmal fing ich an zu zittern, sagte aber: »Ja, mir ist nichts passiert.«

Will nickte. »Dann ist es gut.« Er ging näher zu dem Mann und rief Trusty.

Sofort hörte der Hund auf, den Mann anzuknurren und nach ihm zu schnappen, doch blieb er zähnefletschend über ihm stehen.

»Mach, dass er weggeht«, bettelte der Mann.

»Warum sollte ich?«, sagte Will mit überraschend fester Stimme. »Sie haben meiner Schwester wehgetan.«

»Ach nee, Junge, ich wollt nur 'n bisschen Spaß haben – warum kommt sie auch ins Gasthaus und –«

»Attacke!«, rief Will.

Zähnefletschend und bellend schob Trusty sein Maul wieder vor das Gesicht des Mannes. Ich hatte nie gehört, dass Will mit dem Hund solche Befehle trainiert hatte, aber offensichtlich signalisierte seine Stimme, dass er ruhig wieder laut werden konnte. Ich musste fast lachen, vor Erleichterung und vor Angst. Was, wenn Trusty den Mann wirklich zerfetzte? Und wenn nicht, was sollten wir mit dem Typen machen? Jetzt wo es heller geworden war, sah ich seinen Pick-up gegenüber unserem Auto und Wohnwagen stehen. Wenn wir ihn gehen ließen, könnte er uns leicht wieder einholen und von der Straße abdrängen. Aber wie sinnvoll es war, ihm das Messer in den Rücken zu halten und ihn so vor uns herzutreiben, wusste ich auch nicht. Und wenn er hierblieb und wir mit seinem Pick-up zurück in die Stadt fuhren, würde er bestimmt unser Auto und den Wohnwagen demolieren, bevor er sich aus dem Staub machte.

Vielleicht konnte ich seinen Pick-up fahren und Will und

Trusty ihn in Schach halten. Aber wie sollten wir alle in das kleine Führerhaus passen? Und das Messer?

In dem Moment spürte ich, dass jemand hinter uns war. Ich spannte den Körper an und umschloss fest das Messer.

»Knall den Köter ab. Mach ihn alle!«, schrie der Mann.

Ich wirbelte herum. Die Frau vom Gasthaus stand nur wenige Meter hinter mir, ein Gewehr auf Trusty und den Mann gerichtet.

»Wenn ich schieße, dann höchstens auf dich, du verdammter Scheißkerl«, sagte sie.

28. Kapitel

Die Frau forderte uns alle auf, in ihr Auto zu steigen, gab mir ihr Gewehr, das ich an den Hinterkopf des Mannes halten sollte (was ich mit zitternden Händen tat, obwohl auch Will sein Luftgewehr weiter in der Hand hielt), und fuhr mit uns zurück zum Gasthaus. Dort rief sie die Polizei an (um meinen Angreifer abholen zu lassen) und einen Abschleppdienst (um unser Auto und unseren Wohnwagen nach Whitehorse transportieren zu lassen). Will und ich erfuhren, dass die Frau Molly Donovan hieß und Witwe war, dass sie das Gasthaus von ihrem Vater übernommen hatte, der krank war und nicht mehr arbeiten konnte. Sie und ihr Dad wohnten in einem kleinen Haus hinter der Gastwirtschaft.

Der Mann, der mich überfallen hatte, hieß Charlie Rickmann. Er war der Einzige im Gasthaus gewesen, der mich nicht wegen meiner Behauptung, mit meinem Ehemann unterwegs zu sein, ausgelacht hatte; der mir hinterherstarrte und das Gefühl gab, billig und schutzlos zu sein. Er war so lange im Gasthaus geblieben, bis es in den frühen Morgenstunden zumachte. Als Molly kurz darauf ihren Hund vor die Tür ließ, hatte sie Charlie in seinem Pick-up sitzen sehen. Wegen seines Rufes hegte sie sofort den Verdacht, dass er wohl gerade überlegte, ob er mir nach Whitehorse folgen oder nach Hause fahren sollte. Und Charlie hatte irgendwie vermutet, dass mir der Appetit vergangen und ich in die entgegengesetzte Richtung gefahren war. Und so hatte er uns auf der Lichtung entdeckt. Molly hatte ihren Hund zurück ins Haus gelassen und war ihm gefolgt.

Jetzt waren wir in Whitehorse, und während Mr Luke Randall unser Auto in seiner Werkstatt reparierte (der Kühlerschlauch hatte ein Loch, wodurch der Motor heißlief), nahm Molly uns zum Frühstück mit zu Mr Randalls Frau und ihren vier Kindern, alle unter sechs Jahren. Mrs Randall schien sich über die Gesellschaft zu freuen und machte freudig noch mehr Omelettes mit extra viel Schinkenspeck. Will erzählte allen, dass wir auf dem Weg nach Tok in Alaska waren, um sein Stück Land zu besichtigen. Die kleinen Kinder der Randalls waren fasziniert von Trusty, der ab und zu ein wenig bellte, um seine wiedergewonnene Stimme zu zeigen. Außerdem war er in Gegenwart der Kleinen lammfromm. Sie durften ihn am Ohr ziehen und sich mit ihm auf dem Boden wälzen, ganz anders als das wilde Biest, das er bei Charlie gewesen war.

Am Ende verlangte Mr Randall sogar wesentlich weniger für den Kühlerschlauch und das Ersatzrad, als ich erwartet hatte. Und Molly bestand darauf, dass wir auf dem Rückweg im Gasthaus haltmachten. Während sie in ihr kleines Wohnhaus dahinter ging, saßen Will und ich in dem leeren Gastraum am Tisch und spielten eine Zeitlang mit Mollys Karten Quartett. Als sie dann zurückkam, lag Will mit dem Kopf auf dem Tisch und schlief. Molly gab mir eine Tüte mit Sandwiches und ein Stück Papier.

»Das sind die Namen von Leuten, denen Sie vertrauen können. Sie wohnen zwischen hier und Tok, die Wegbeschreibung ist auch dabei«, sagte sie. »Ich habe alle über den Amateurfunk informiert. Wenn Sie wollen, können Sie bei jedem von ihnen vorbeischauen, in Haines Junction,

Burwash Landing und Northway. Wenn Sie in Tok Probleme bei der Besichtigung Ihres Stückes Land kriegen, suchen Sie Sol Capputo auf –«

»Vielen Dank«, sagte ich, »aber ich glaube, wir kommen jetzt zurecht.« Ich wollte nicht anhalten und Leute besuchen. Ich wollte so schnell wie möglich nach Tok, Wills Land besichtigen und dann herauskriegen, wie wir am schnellsten wieder nach Hause zurückkämen.

Molly hob die Augenbrauen. »Sie sind eine junge Frau und allein mit Ihrem kleinen Bruder unterwegs. Zum Schutz haben Sie weder eine richtige Waffe noch irgendwelche Kommunikationsmittel, sondern nur einen Hund. Sie kommen Anfang November durch eines der schwierigsten Gebiete der Welt, und das mit einem gelben Kabriolett, an dem ein winziger Wohnwagen hängt. Damit sind Sie Freiwild für das schlimmste Raubtier, nämlich den Menschen, was Sie ja schon am eigenen Leib erfahren haben. Außerdem glaube ich, dass hinter Ihrer Reise mehr steckt als nur die Besichtigung eines fünf Quadratzentimeter großen Grundstücks.« Sie hielt inne und sah mir fest in die Augen, doch ich hatte nicht das Gefühl, dass sie eine detaillierte Erklärung von mir erwartete.

Ich schwieg, und schließlich lächelte sie mich an, das erste Mal überhaupt. »Eines habe ich hier in der Gegend gelernt, nämlich dass es in Ordnung ist, sich von anderen Menschen helfen zu lassen«, sagte sie. Ich erwiderte ihr Lächeln.

Wir hatten noch sechshundertdreißig Kilometer vor uns.

* * *

Wir verließen Whitehorse am späten Nachmittag des 2. November. Nach den Ereignissen der letzten Nacht beschloss ich, in Burwash Landing zu übernachten, zumal das Burwash Landing Resort – ein flaches Gebäude wie ein Motel, aber ohne die Neonschriftzeichen, der Name nur in schlichten braunen Holzlettern – geöffnet und jede Menge freie Zimmer hatte. In einer Woche würde es saisonbedingt schließen. Die Frau am Empfang erzählte uns begeistert, dass wir die »historische Meile 1093« auf dem Alaska Highway erreicht hätten, wo die Brüder Jacquot 1904 eine Handelsstation errichtet hatten und 1944 der Gasthof eröffnet worden war.

Da die Cafeteria für dieses Jahr bereits geschlossen war, fragte ich, ob wir ein Lagerfeuer beim See machen dürften, um etwas zu kochen. Sie hatte nichts dagegen, warnte uns allerdings vor dem starken Wind, der über den Kluane Lake blies.

»Wir haben einen Hund dabei«, sagte ich. »Wir können ihn im Wohnwagen lassen, aber er hängt sehr an meinem Bruder.«

»Bringen Sie ihn her, und ich gucke ihn mir an«, sagte sie.

Will, der die Frau die ganze Zeit über angestarrt hatte, lief hinaus und kam mit Trusty zurück. Die Frau ging vor ihm in die Hocke und sah ihm in die Augen. Mit angehaltenem Atem sah ich zu, wie sie ihm die Hand unters Maul legte und sich mit dem Gesicht ganz dicht seiner Schnauze näherte. Und die beiden starrten sich an.

Dann blickte sie zu uns hoch. »Sie haben einen ganz besonderen Reisebegleiter dabei«, sagte sie ernst.

Als wir nach draußen gingen, sagte Will: »Sie stammt bestimmt von den Indianern im Yukon ab! Hast du ihre Wangenknochen gesehen? Und ihre Haare? Sie erinnert mich an MayJune!«

Da wurde mir zum ersten Mal bewusst, dass MayJune

indianische Gesichtszüge hatte. »Die Indianer im Yukon halfen den ersten Bergarbeitern und Siedlern ...«

Und er erzählte und erzählte, während wir unsere Sachen aus dem Wohnwagen ins Motelzimmer brachten. Er hatte sich viel mehr über die Geschichte und die Menschen dieser Gegend angelesen, als er für den Geschichtsunterricht in der Schule lernen musste. Außerdem bewältigte er die ganze Reise bis jetzt so gut, dass ich eine Sekunde lang sogar vergaß, wie krank er war. Wir luden die Arme voll Brennholz von dem Stapel hinterm Haus und trugen es hinunter zum Kluane Lake, wo wir eine Feuerstelle fanden und Feuer machten. Dann breiteten wir unsere schmutzigen Bettlaken zum Sitzen aus, und ich wärmte unser letztes Glas mit selbstgemachter Gemüsesuppe auf, die wir zusammen mit den Sandwiches von Molly aßen. Wir schauten über den ruhigen, blauen See und die Berge dahinter, bis schließlich die Dämmerung hereinbrach.

Mit der Dunkelheit kamen Kälte und Wind, doch unser kleines Feuer wurde von einem großen Felsbrocken geschützt und brannte weiter. Schweigend kuschelten Will und ich uns dicht aneinander mit dem Rücken an den Felsen und hüllten uns in eine der Decken ein. Trusty lag wärmend auf unseren Beinen und gab ab und zu kleine Laute und Seufzer von sich.

Als sich meine Wangen schließlich taub anfühlten und ich Will gerade sagen wollte, dass wir ins Zimmer gehen und schlafen sollten, sagte er leise meinen Namen.

»Ja?«

»Was willst du einmal werden?«, fragte er. »Ich meine ... später.«

Ich starrte ins Feuer. Jedes Wort, das ich sagen würde, bedeutete, dass es eine Zeit nach Will gab, eine Zeit *ohne* Will.

Wie kann ich »Modeschöpferin« sagen, dachte ich. Das war zwar die Wahrheit, doch plötzlich kam mir die Wahrheit so dumm vor, so oberflächlich und trivial. Jetzt verstand ich, warum Daddy uns nicht die Wahrheit über Mama gesagt hatte. Manchmal schien die Wahrheit einfach nicht … zu genügen.

Ich räusperte mich und sagte: »Dr. Emory hat von klinischen Versuchen mit neuen Medikamenten für deine Krebsart erzählt.« Ich hielt inne. In der klaren, kalten Luft klang jedes Wort wie ein Glöckchen, das der Wind eilig wegtrug. »Ich studiere natürlich Medizin und arbeite in der medizinischen Forschung –«

Plötzlich rückte Will von mir ab und boxte mich mit aller Kraft aufs Brustbein. Ich schnappte nach Luft, während er weiter auf mich einschlug, bis ich schließlich seine Arme erwischte und festhielt. Trusty heulte auf. In dem flackernden Licht des Feuers sah ich, dass Wills Gesicht wutverzerrt war.

So wütend hatte ich ihn noch nie gesehen. So wütend war er nicht einmal auf Daddy und seine Trinkerei gewesen.

Oder auf Grandma und ihren Hass auf uns.

Oder auf Howard und seinen Spott.

Oder auf den üblen Mann, der mich letzte Nacht überfallen hatte.

Nicht einmal auf die grausame, unfaire Diagnose, die er bekommen hatte.

Das war der wütendste Moment seines Lebens, und ich war der Grund dafür. »Schwachsinn!«, schrie Will. Speichel flog von seinen Lippen. »Du findest Biologie furchtbar. Ich hab gehört, wie du Babs erzählt hast, dass du beim Sezieren eines Frosches am liebsten gekotzt hättest! Du wärst eine schreckliche Ärztin und willst auch gar keine sein!«

»Will, beruhig dich doch! Zieh die Decke wieder über dich.« Ich zog ihn wieder zu mir heran.

Er schob mich schluchzend weg. »Nein!« Er war immer noch außer sich. »Ich will nicht unter die Decke! Ich will, dass du mir die Wahrheit sagst! Ich will, dass du mir wirklich sagst, was du als erwachsene Frau willst! Und wag ja nicht zu sagen, du willst Mutter sein!«

Sein Schluchzen ließ langsam nach, ging über in einen Schluckauf, der sich fast zwischen jedes dritte Wort drängte.

»Aber wenn ich das wirklich will?«

Will sah mich fassungslos an. »Aber warum? Nach allem … was …« Er schwenkte die Arme, und ich wusste, dass er damit sich selbst meinte, seine Krankheit, unsere Reise und die Mutterrolle, die ich bei ihm übernommen hatte, lange bevor er krank geworden war.

»Komm her«, sagte ich. »Komm zu mir.«

Und er rutschte auf dem Po rüber und lehnte den Kopf an meine Schulter. Ich schlang die Arme um ihn, drückte ihn tröstend und wärmend an mich, legte meine eiskalte Wange auf seinen Kopf mit der Strickmütze.

Wills Schluckauf hatte noch nicht ganz aufgehört, als ich schließlich tief durchatmete und sagte: »Also gut. Die Wahrheit. Ich möchte Modeschöpferin werden.«

Ich hielt einen Moment inne, erwartete einen weiteren Wutausbruch und die Frage, warum ich so etwas Banales werden wollte. Doch er sagte nur: »Aha«, gefolgt von einem Schluckaufgluckser, und wartete, dass ich weitersprach.

Und das tat ich, zuerst zögerlich, über Entwürfe, Techniken und Mamas Kleider, die ich umgearbeitet hatte, doch dann schneller und mit zunehmend fester Stimme, erzählte, wie sehr ich es liebte, Kleider zu entwerfen, von meinen Ideen und meinem Wunsch, an der Parsons School of Design zu studieren, und dass Mr Cahill mir schon ein Empfehlungsschreiben gegeben hatte, von meinem Traum, in New York zu leben und in Paris und Mailand zu arbeiten …

Schließlich verstummte ich, und im gleichen Moment verspürte ich eine große Scham. Wie konnte ich Will von solchen Träumen erzählen? Sein Atem ging langsam und gleichmäßig, und ich fragte mich, hoffte es halbwegs, ob er eingeschlafen war und nur wenig mitbekommen hatte.

Doch dann sagte er, sehr leise und sanft: »Danke. Und jetzt musst du mir versprechen, dass du das wirklich machst. Dass du wirklich alles unternimmst, um deine Träume wahr zu machen.«

Tränen brannten mir in den Augen. »Versprochen«, sagte ich.

»Großes Indianerehrenwort?«

Ich schluckte, dann schwor ich unseren alten Schulhofschwur: »Großes Indianerehrenwort … Ich werde alles tun, um meine Träume Wirklichkeit werden zu lassen.«

»Gut«, sagte Will, als würde ihn das befriedigen und meine Zukunft besiegeln.

Ich schloss fest die Augen. Tränen rollten über meine Wangen.

Inzwischen habe ich erkannt, wie wichtig es für Will war zu hören, was ich vom Leben wollte, meine Ideen und Pläne. Er hatte gewusst, dass ich meine eigenen Träume nicht vergessen durfte, und wollte sicherstellen, dass auch mir das bewusst war.

Und mir wurde schlagartig klar – und noch immer denke ich darüber nach –, wie viele Menschen wir kannten, die zuerst ihre Träume und dann sich selbst verloren hatten. Mama, die gern singen wollte. Miss Bettina, die Daddy liebte, aber Angst hatte, es ihm zu sagen. Jimmy, der frei von den rigiden Erwartungen seiner Eltern sein wollte.

Und dann gab es all jene, die so lange irrigen Träumen gefolgt waren, dass sie sich nicht einmal mehr fragten, was sie wirklich wollten. Babs, die selbst von einem Jungen wie Hank, der sie schlecht behandelte, Liebe und Aufmerksamkeit wollte. Daddy, der sich an ein Bild von Mama klammerte, das eine Illusion war. Grandma, die sich so sehr nach Status und Anerkennung sehnte, dass sie nicht einmal merkte, wie wunderbar es war, einen Ort wie Dot's Corner Café geschaffen zu haben. Mrs Denton, für die Mr Cahill jemand sein sollte, der er niemals war und niemals sein konnte.

Doch dann gab es auch andere, die leise ihren Frieden damit geschlossen hatten, wer sie waren, mit ihren Träumen, was immer daraus geworden war. MayJune. Mr Cahill. Selbst Mr Litchfield. Und Trusty, der auf dem Weg zurück ins Leben seine Stimme wiedergefunden hatte.

Plötzlich stockte Wills Atem, ich riss die Augen auf, bereit, ihn bei jedweder Bedrohung sofort zu packen und wegzulaufen, aber dann sah ich, was ihm den Atem genommen hatte und ihm jetzt ein leises Staunen entlockte. Der Himmel war in bunte Streifen aus Jade, Magenta und Azur getaucht. Nordlichter. Wir betrachteten sie schweigend, auch als das Feuer schon ausgegangen war.

Dann sagte Will: »Donna, was glaubst du, passiert nach dem Tod?«

Mit einem dicken Kloß im Hals starrte ich auf das lebhafte Farbenspiel des Himmels, in der Hoffnung, darin eine Antwort zu finden. Schließlich sagte ich: »Also in Grandmas Kirche sagt der Pfarrer ja, die Gläubigen kommen in den Himmel zu Gott und den Engeln –«

In Wills tiefem Seufzer lag eindeutig die Frage, ob ich

denn niemals begreifen würde. »Nicht, was uns erzählt wird. Was du denkst, will ich wissen.«

Ich drückte ihn fest an mich, sah die Lichter am Himmel flimmern und tanzen. »Um die Wahrheit zu sagen – ich weiß es nicht, Will. Wirklich nicht. Nur dass es etwas ganz Erstaunliches sein muss, das unsere Vorstellungskraft übertrifft und wofür wir keine Worte haben.«

»Wie das hier!« Will klang zufrieden. Ich wusste, dass er die Nordlichter meinte, die den Nachthimmel schmückten mit prächtigen Streifen aus tanzenden Spinnfäden, wie Engelsflügel … unbeschreiblich.

»Ja, Will. Wie das, genau wie hier.«

29. Kapitel

Als ich am nächsten Morgen, dem 3. November, die Tür von unserem Zimmer öffnete, schlug mir eisiger Wind ins Gesicht. Ich lief schnell los, um unseren Schlüssel am Empfang abzugeben, und wäre fast über zwei Paar Stiefel gestolpert. In einem steckte eine zusammengerollte Nachricht. »Das sind Mukluks. Sie werden eure Füße immer warm halten. Eure viel zu dünnen Schuhe waren einfach nicht zu übersehen. Velma.«

Velma war vermutlich die Frau, bei der wir uns angemeldet hatten. Ihre Großzügigkeit entlockte mir ein Lächeln.

Wir hatten noch dreihundertvierzig Kilometer vor uns.

* * *

Burwash Landing lag schon eine ganze Weile hinter uns, als ich merkte, dass die Heizung im Auto nicht funktionierte. Wir hielten an, um Mantel, Mütze, Handschuhe und die neuen Mukluks anzuziehen, in denen unsere Füße wie in einem warmen Kokon steckten.

Trusty rollte sich auf dem Platz zu Wills Füßen zusammen, den er vollkommen ausfüllte.

Will hatte auf dem Schoß den Atlas und die Besitzurkunde seines fünf Quadratzentimeter großen Grundstücks in Alaska liegen, bereit, sie stolz dem Beamten im Grundbuchamt von Tok zu präsentieren.

Wir hatten noch zweihundert Kilometer vor uns.

* * *

Nach Burwash Landing begegneten wir lange Zeit keiner Menschenseele, dafür öffneten sich atemberaubende Ausblicke. Ich fuhr auf der schlechten, teilweise unbefestigten Schotterstraße mit den manchmal steil abfallenden Kurven sehr langsam und vorsichtig. Vor unserem Mund bildeten sich kleine Atemwölkchen, und wir witzelten, genug davon produzieren zu können, um es im Auto schneien zu lassen. Dann beschlugen die Scheiben im Wageninneren, wir öffneten die Fenster und schwiegen fortan, bis ein kleines Schild uns informierte, dass wir gerade die Grenze vom Yukon-Territorium zum Alaska-Territorium überschritten. Wir stießen so laute Freudenschreie aus, dass Trusty bellte und wir darüber lachen mussten.

Kurz darauf fuhren wir langsam durch Northway, eine kleine Ansammlung von Häusern, doch wir hielten nicht an.

Noch achtundachtzig Kilometer.

* * *

Etwa eineinhalb Stunden, nachdem wir durch Northway gekommen waren, setzte ein scharfer Wind ein und fegte den Schnee über die Straße. Ich fuhr noch vorsichtiger als vorher, drosselte die Geschwindigkeit auf zwanzig Stundenkilometer, denn die umherwirbelnden Flocken erschwerten die Sicht.

Nach einer Kurve geriet ich plötzlich auf eine vereiste Stelle, wir schlitterten über den Straßenrand hinaus einen Abhang hinunter, brachen durch Gestrüpp. Ich trat voll auf die Bremse, was nichts nutzte. Auf alles gefasst, drückte ich den rechten Arm gegen Wills Brust, als Auto und Wohnwagen weiter nach unten glitten und schließlich von einer Baumgruppe ruckartig gestoppt wurden.

Mein Kopf flog nach vorn, ich knallte mit der Lippe aufs Lenkrad. Der metallische Geschmack von Blut füllte meinen Mund, ich würgte, hätte mich am liebsten übergeben, doch ich unterdrückte den Drang. Will saß reglos da. Ich hielt den Arm noch immer quer über seine Brust gedrückt. Trusty stand auf den Hinterbeinen im Fußraum, hatte die Vorderpfoten auf Wills Schoß gelegt und leckte sein Gesicht.

»Will, bist du verletzt?«

»Nein«, sagte er leise, mit kleiner Stimme. »Du?«

Der Wagen rutschte ein wenig weiter. Ich hatte keine Ahnung, wie lange die kleinen Kiefern das Gewicht des Autos und Wohnwagens halten konnten. Wir hatten den Unfall nur so gut überstanden, weil ich ganz langsam gefahren war und die Bäume das weitere Abrutschen verhindert hatten. Doch wegen des Schnees konnte ich nicht sehen, wie tief es noch runterging. Aber eines wusste ich bestimmt: *Will musste aus dem Auto raus. Ich musste seine Medikamente aus dem Handschuhfach nehmen.*

»Ich auch nicht«, antwortete ich mit bemüht ruhiger Stimme. »Aber wir müssen hier raus. Du und Trusty zuerst.«

»Aber du –«

»Keine Diskussion! Steig aus. Hör ausnahmsweise mal auf mich.«

Er drückte die Tür auf. Der Wagen sackte ein Stück ab.

»Mach langsam«, sagte ich. »Und dann lauf den Abhang

hoch!« Ich hatte Angst, dass der Wohnwagen rumschwenkte und Will traf.

Er tat, was ich sagte. Trusty kletterte hinterher. Ich wollte gerade das Handschuhfach öffnen, da schrie Will: »Mach schnell, Donna, schnell!« Bestimmt sah er, dass die Bäume unter dem Gewicht des Wagens nachgaben, doch es half nichts, ich brauchte meine Tasche vom Rücksitz und Wills Medikamententüte aus dem Handschuhfach.

Beides in der Hand, versuchte ich, die Tür auf meiner Seite zu öffnen, doch wegen der Schieflage des Wagens musste ich sie nach oben aufstoßen, was unheimlich schwer war. Der Wagen sackte weiter ab, die Bäume knackten unter dem Gewicht.

Ich stieß die Tür mit aller Kraft auf, kroch kopfüber hinaus und konnte gerade noch die Beine rausziehen, bevor sie wieder zuknallte. Dann hangelte ich mich auf allen vieren den Abhang hinauf zu Will und Trusty.

Wir starrten unser Auto und den Wohnwagen an, die in einer kleinen Baumgruppe aus jungen Kiefern hingen. Auf einmal knickten mehrere Bäume laut krachend ein, Auto und Wohnwagen rutschten weiter den Abhang hinunter, durchbrachen Gestrüpp und walzten kleine Bäume platt. Kurz darauf verschwanden sie aus unserer Sicht, und man hörte nur noch das Raunen des Windes.

Ich blickte Will an. Seine Augen waren groß und dunkel, sein Gesicht bleich, sein Atem unregelmäßig. Ich wusste, was wir gerade erlebt hatten, machte ihm große Angst, wie auch die Lage, in der wir uns nun befanden. Doch ich wusste auch, dass seine Krankheit und die Nebenwirkungen der Pillen ihn zunehmend schwächten.

Ich umklammerte die Tüte mit Medikamenten. Zumindest die hatte ich gerettet. Ich öffnete meine Handtasche und stopfte die Tüte zu dem verbliebenen Geld und dem Brief von Mr Cahill.

Will hielt seine Besitzurkunde und den Atlas an die Brust gedrückt. Trusty starrte uns an.

Ich hätte in diesem Moment, wo unser Auto und Wohnwagen nur noch Schrott waren, aus gutem Grund verzweifelt und wütend sein können.

Stattdessen durchströmte mich trotz der Kälte ein warmes Gefühl von Frieden. Wir hatten dem Tod ins Auge gesehen, doch wir lebten. Und wir hatten einander und die wenigen Dinge, die wir zum Überleben brauchten.

»Komm«, sagte ich und begann, den Abhang weiter hinaufzusteigen, half Will über die steileren Stellen hinweg. Trusty robbte sich neben uns vorwärts.

Schließlich hatten wir es zurück auf die verschneite Straße geschafft.

Und dort erwartete uns ein Geschenk: die hintere Klappe vom Wohnwagen. Sie war aufgegangen und dann abgebrochen, als der Wagen über den Straßenrand schlitterte.

Die Idee, die mir ihr Anblick gab, ließ mich trotz allem lächeln. Ich ging in die Hocke und rief Trusty.

»Geh hin«, sagte Will zähneklappernd. »Geh zu Donna.«

Ich nahm meinen Schal ab, sah in Trustys hellblaue Augen und streckte langsam den Arm nach ihm aus. Eine Sekunde lang packte mich wieder die Angst vor ihm … doch ich streifte sie ab, und der Wind trug sie fort. Behutsam legte ich ihm die Arme um den Hals, vergrub das Gesicht im Fell seines Halses und atmete tief seinen Moschusgeruch ein.

»Ich weiß, du kannst mich nicht verstehen«, flüsterte ich. »Aber ich muss es trotzdem sagen. Ich glaube nicht, dass Will den Rest des Weges laufen kann. Und ich kann ihn auch nicht die ganze Zeit tragen. Deshalb brauche ich deine Hilfe. Du musst mir helfen, Will zu helfen.«

Dann band ich ein Ende des Schals um Trustys Körper und das andere um ein Scharnier der abgebrochenen Klappe. Will sah mich an, dann nickte er und legte sich auf die Klappe, rollte sich zum Schutz gegen den Wind zusammen.

Ich ging los, hielt mich dicht am Fuß des Hügels und so weit wie möglich vom steil abfallenden Hang entfernt. Neben mir zog Trusty die Klappe mit Will über die schneeglatte Straße hinter sich her.

Wenn ich die Zeit und Entfernung seit Northway richtig berechnet hatte, lagen noch etwa sechs Kilometer vor uns.

* * *

An Einzelheiten auf diesem Weg erinnere ich mich kaum noch, nur weniges ist mir überhaupt im Gedächtnis geblieben: die Kälte, der Schnee, dass ich Trusty manchmal beim Ziehen des behelfsmäßigen Schlittens half oder ihn von hinten anschob, dass Trusty heulte und heulte und heulte. Ich erinnere mich, dass ich in der Ferne eine Hütte gesehen und mich gefragt hatte, ob es eine Halluzination war … dass ein Pick-up neben uns hielt, dass Trusty noch mehr heulte und sich dann beruhigte … eine feste, gebieterische männliche Stimme … wir sind in einer Hütte … die ruhige, besänftigende Stimme einer Frau … meine eigene Stimme … ich versuche zu erklären … ich ziehe die kalten Kleider aus und warme an, liege im warmen Bett …

Ich erinnere mich, im Warmen aufgewacht zu sein, unter einer dicken Decke in einem dunklen Raum. Dass ich irgendwie wusste, wir waren in Sicherheit, in der Hütte von Ray Martin, einem Sergeant der Polizei vom Alaska-Territorium, kurz vor der Stadt Tok in Alaska. Aber mir war nicht klar, warum ich es wusste.

Tok, Alaska!

Irgendwie hatten wir auch die letzten Kilometer geschafft.

Langsam, mit steifen Gliedern, stand ich aus dem Bett auf, überrascht, wie kalt es im Zimmer war. Ich trug ein dünnes, zu großes Nachthemd, und Socken, die mir nicht gehörten. Einen Moment lang war ich verwirrt, doch dann erinnerte ich mich, dass wir unser Auto mit allem Drum und Dran verloren hatten. Das Nachthemd gehörte Rays Frau Josie, und der Morgenrock am Fußende des Bettes sicher auch. Ich zog ihn an. Meine und Wills Kleider lagen ordentlich zusammengefaltet auf einem Stuhl bei der Tür. Ich verließ das Schlafzimmer und ging ins Wohnzimmer, wo Will in einen Sessel gekuschelt vor dem Kamin schlief, Trusty auf dem Boden neben ihm. Ein Stück näher am Feuer lag noch ein Hund, auch ein Husky.

Sergeant Martin und seine Frau saßen an einem kleinen Tisch und aßen schweigend. Das Essen, irgendein Eintopf, duftete so gut, dass mein Magen laut knurrte.

Mrs Martin blickte auf und lächelte. »Guten Abend, Donna!«

Als ich begriff, dass ich die letzte Nacht, nachdem Sergeant Martin uns gefunden hatte, und den ganzen heutigen Tag geschlafen hatte, stieg mir die Schamesröte ins Gesicht. Noch nie hatte ich so lange geschlafen, noch nie Will so lange allein gelassen. Ich blickte zu ihm hinüber, und Sorge verdrängte meinen Hunger.

»Will geht es gut«, sagte sie. »Er hat zu Abend gegessen und seine Tabletten genommen.«

Ich sah sie an. Sie lächelte. »Letzte Nacht haben Sie uns erzählt, dass er krank ist und wann er welche Medikamente nehmen muss. Das haben Sie so ziemlich als Erstes gesagt, als Ray Sie beide hergebracht hat.«

Eine vage Erinnerung kam zurück. Was hatten ich oder Will ihnen sonst noch erzählt? Ich wusste es nicht mehr. Doch plötzlich fühlte ich mich wieder müde, und im nächsten Moment umhüllte mich nicht nur die Wärme der Hütte, sondern auch die Gewissheit, dass wir hier gut aufgehoben waren. Was auch immer jetzt passierte, es war in Ordnung.

Mrs Martin stand auf. »Setzen Sie sich an den Tisch. Ich bringe Ihnen einen Teller Wildeintopf. Ich hoffe, das ist okay.«

Sergeant Martin berührte ihre Hand. »Ich gehe und hole –«

Aber sie stupste seine Hand sanft weg. »Du machst dir zu viele Sorgen. Ich kann wirklich die zwei Schritte vom Tisch zum Herd laufen!«

Sie ging zum Herd, und ich betrachtete ihren großen Bauch. Das Baby konnte jeden Tag kommen.

»Wildeintopf klingt wunderbar!«, sagte ich und trat zum Tisch. Kaum dass ich saß, stellte Mrs Martin einen Teller mit dampfendem Eintopf vor mich. Ich sog den Duft ein und fing an zu essen, genoss die herzhaften Fleischstücke in der leckeren Brühe, in die ich weiches Brot tunkte. Ohne zu fragen, gab Sergeant Martin mir einen Nachschlag, den ich ebenfalls verschlang.

Als ich schließlich von meinem Teller aufsah, war ich ein bisschen verlegen, weil ich so viel und so schnell gegessen hatte. Doch ich hatte noch nie im Leben so großen Hunger gehabt und fühlte mich noch nie so wunderbar gesättigt. »Das war gut«, sagte ich.

Mrs Martin lächelte. »Ich bin froh, dass es Ihnen geschmeckt hat. Letzte Nacht waren Sie zu müde zum Essen.«

Sergeant Martin sah mich lang und eindringlich an. »Als ich Sie fand, haben Sie Ihren Bruder huckepack getragen.«

Ich runzelte die Stirn. »Was ist mit dem Schlitten passiert?«

»Sie haben irgendwas von einem Schlitten gemurmelt, aber gesehen habe ich keinen.«

»Es war die Klappe hinten von unserem Wohnwagen. Sie war abgebrochen, als unser Auto mitsamt dem Wohnwagen von der Straße abkam und den Abhang runterrutschte. Ich hatte aus der Klappe einen Schlitten gemacht, mit meinem Schal als Seil, und Trusty hat Will gezogen.«

Sergeant Martin hob die Augenbrauen. »Clever. Aber gesehen habe ich ihn nicht. Wo sind Ihr Auto und der Wagen von der Straße abgekommen?«

»Eine ganze Ecke hinter Northway.« Wieder sah er mich lange an. »Wissen Sie eigentlich, was für ein Glück Sie beide hatten?«, sagte er schließlich.

»Ja«, antwortete ich sofort, und dann: »Nein.«

»Molly Donovan aus Whitehorse hat mich angerufen und gesagt, ich soll Ausschau nach Ihnen halten. Und Ihr Vater hat in Tok im Grundbuchamt angerufen und gebeten, auf Sie aufzupassen. Ein Freund von Ihnen, der auf dieser verrückten Fahrt anscheinend eine Zeitlang dabei gewesen war, hat ihm erzählt, dass Sie auf dem Weg hierher sind.«

Sergeant Martin kam mir nicht vor wie der Sergeant Striker vom Fernsehen, der immer herzlich war und bereit, eine neue Herausforderung in der Wildnis von Alaska anzunehmen, auch wenn es noch so gefährlich werden würde. Sergeant Martin war ein eher praktischer Mann. »Ihr Vater war vor Sorge ganz außer sich, und das aus gutem Grund. Sie hätten von wilden Tieren angegriffen werden können, und wahrscheinlich hat nur der Hund sie von Ihnen ferngehalten. Er hat lauter geheult hat als jemals unser Skipper, selbst wenn er einen Bären oder Wolf gesehen hatte. Sie hätten von der Straße abkommen und sich in der Wildnis verlaufen können. Sie hätten –«

Mrs Martin stand auf und legte ihrem Mann die Hand auf die Schulter. »Ray! Aber das ist alles nicht passiert. Sie haben es hierher geschafft.«

»Glück gehabt«, brummte Sergeant Martin. »Töricht – und Glück gehabt.«

Ich sah ihn an. Glück? Will war todkrank. Mit dieser Reise haben wir seinen letzten Wunsch erfüllt. »Ich erinnere mich kaum noch daran, was ich Ihnen alles erzählt habe«, sagte ich. »Mein Bruder –«

Mrs Martin nahm die Hand von der Schulter ihres Mannes und strich mir sanft über den Rücken. »Sie haben es uns erzählt, meine Liebe.«

Sergeant Martin schüttelte den Kopf. »Ich verstehe, warum Sie beide hergekommen sind. Aber es tut mir leid, sein Stück Land ausfindig zu machen ist zu schwer und zu gefährlich. Selbst wenn ich es wollte, ich kann meine Frau nicht hier zurücklassen, um mit euch dahin zu fahren. Ihr Vater hat schon arrangiert, dass das Buschflugzeug Sie beide nach Fairbanks bringt, von da fliegen Sie nach Seattle und dann weiter mit dem Bus bis Ohio –«

»Was? Moment mal! Haben Sie das Will schon gesagt?«

Sergeant Martin wendete den Blick von mir ab. Dann nickte er.

Ich sah hinüber zu Will, und mit einem Mal wusste ich, dass er nicht friedlich und tief schlummerte, so wie ich es getan hatte, sondern sich besiegt im Sessel eingerollt hatte.

Ich sah Sergeant Martin wieder an. Mit schwerer, zittriger Stimme sagte ich: »Wir müssen seine fünf Quadratzentimeter Land sehen, bevor wir zurückfahren. Das steht fest. Er wird sterben, und das ist sein letzter Wunsch, sein Traum, und ich sterbe lieber selbst bei dem Versuch, ihn dort hinzubringen, als dass ich« …, plötzlich liefen mir Tränen übers Gesicht, »als dass ich ihm so kurz vor dem Ziel so eine Enttäuschung bereite, und –«

Sergeant Martin schüttelte den Kopf. »Es tut mir leid«, sagte er leise.

Doch ich konnte nicht aufgeben. Sicher gab es irgendwo in oder um Tok einen Menschen, der uns helfen konnte …

»Sol Capputo!«, rief ich aus.

Nun starrten Sergeant Martin und seine Frau mich an, als wäre ich plötzlich verrückt geworden.

»Molly Donovan aus Whitehorse hat gesagt, wenn wir hier sind und Hilfe brauchen, soll ich Sol Capputo aufsuchen. Vielleicht kennt er jemanden, der uns zu dem Stück Land bringen kann –«

»Aber er selbst kann Sie hinbringen!«, sagte Mrs Martin ganz aufgeregt. »Er war Bergarbeiter und ist immer noch Fährtensucher … und hat er nicht dem Mann von der Cornflakesfirma das Land gezeigt, das der dann gekauft hat?«

»Ja, Josie, aber er ist auch halb verrückt! Ich musste ihn ins Gefängnis stecken, weil –«

»Ray!«, stoppte Mrs Martin ihn.

Ich glaubte, ein ganz klein wenig Belustigung um seinen Mund spielen zu sehen.

Sie lächelte ihn an. »Sie sind schon so weit gekommen«, sagte sie leise. »Dann kann Sol sie auch zu ihrem Ziel bringen.«

30. Kapitel

Am nächsten Morgen, dem 5. November 1953, fuhren Will, Trusty und ich mit Mr Capputo in dessen klapprigem, blauem Pick-up los. Die Fenster ließen sich nicht ganz schließen, dadurch konnten wir aber trotz des Eau de Capputo atmen. Wahrscheinlich hatte er sein letztes Bad genommen, als er das Ende des Zweiten Weltkrieges feierte.

Im Grundbuchamt erfuhren wir, dass alle Urkunden für die fünf Quadratzentimeter Land fortlaufend nummeriert waren. Wills Parzelle hatte die Nummer 13.532.181. Ausgehend von der nordwestlichen Ecke des Gebiets, musste man etwa 200 Meter nach Westen und dann knapp fünfzig Meter nach Süden gehen. Der Mann vom Grundbuchamt sagte uns, da eine Meile 1600 Meter hat, müssten wir von besagter nordwestlicher Ecke aus etwa 160 Meter nach Osten und dann ein kleines Stück nach Süden laufen.

Das Herz rutschte mir in die Hose. Wir konnten unmöglich sicher sein, die genaue Stelle von Wills Parzelle zu finden. Und Will war klug, er wusste das bestimmt auch. Und doch hielt er im Grundbuchamt die Besitzurkunde an die Brust gedrückt und grinste übers ganze Gesicht.

Auch Mr Capputo schien keinerlei Zweifel am Erfolg unseres Unternehmens zu haben und vergewisserte sich, dass er auch wirklich die Landvermessungskarte, den Kompass und sogar ein Maßband eingepackt hatte.

Vom Grundbuchamt in Tok fuhren wir zum Tok River und bestiegen dort ein offenes Boot mit flachem Boden, laut Mr Capputo eine Barke. Beim Übersetzen schnellten riesige Eisschollen in der starken Strömung an uns vorbei. Der schneidende Wind brannte auf den Wangen und in den Augen. Ich war froh, dass wir all unsere warmen Sachen anhatten, einschließlich der Fellmützen, auf denen Mrs Martin bestanden hatte.

»Fallt nicht rein«, sagte Mr Capputo fröhlich. »Das würdet ihr keine zwei Minuten überleben.«

Will lachte ... und machte sich dann lustig über mich, weil ich ihn fest an mich drücken wollte.

Schließlich legte Mr Capputo am felsigen Ufer auf der anderen Seite des Flusses an, sprang in seinen dicken Lederstiefeln und lederner Überziehhose an Land und machte das Boot an einer großen Fichte fest. Als dann Will, Trusty und ich ausstiegen, schwappte Wasser ins Boot und gefror sofort.

Nach ein paar Stunden zu Fuß standen wir endlich ... endlich ... vor einem Stück Land, von dem Mr Capputo behauptete, dass es Wills fünf Quadratzentimeter großer Besitz in Alaska sei. Will sank auf die Knie und starrte auf den winzigen Fleck gefrorener und mit Kiefernadeln bedeckter Erde.

»Das ist es?«, fragte er, ohne jede Spur von Enttäuschung über das mickrige Fleckchen, auf dem nicht einmal ein Grashalm wuchs.

»Ja, Sir!«, sagte Mr Capputo im Brustton der Überzeugung, als hätten wir wirklich genau die richtigen fünf Quadratzentimeter gefunden.

Für Will war das gut genug. »Es sind ... es sind meine.« Mit zitternder, aber irgendwie auch fester Stimme voller Gewissheit, Ehrfurcht und Staunen erhob er laut Anspruch auf diese fünf Quadratzentimeter Land. Denn nur die sah er, und nicht die vielen anderen Quadratzentimeter drum herum, die genauso kahl waren wie seine.

Doch Will, das wusste ich, sah weder Hoffnungslosigkeit noch Öde. Er sah ein kleines Stück Land, das ihm gehörte, und er betrachtete es so leidenschaftlich, als genüge es ihm schon, diese fünf Quadratzentimeter gefunden und seinen Anspruch darauf erhoben zu haben. Als wäre es alles, was er im Leben wollte.

Ich blinzelte, kämpfte gegen die Tränen an, befahl mir: *Du weinst nicht!*

Du denkst nicht daran, dass du dich über seinen Wunsch, die fünf Quadratzentimeter Land in Besitz zu nehmen, lustig gemacht hast.

Dass du sein Diorama zerdrückt hast.

Wieder blinzelte ich, sah weg, doch spürte den Blick seiner tiefblauen Augen auf mir, die mich wie immer zu ihm hinzogen. Ich sah die hellen Fieberflecken in seinem Gesicht, wusste, dass die heutige Reise ihn erschöpft hatte, er innerlich brannte. Es würde kein Wunder geben. Alle Wunder, die das Universum für uns bereithielt, waren aufgebraucht bei dem Unternehmen, es bis hierher geschafft zu haben, zu diesem Stück Land.

Jetzt sah Will mich so leidenschaftlich an wie zuvor sein Land. »Gehört mir nur die Oberfläche«, fragte er, »oder alles bis zum Erdkern?«

Trotz der Ungeheuerlichkeit der ganzen Situation schaffte ich es irgendwie, zu antworten: »Es gehört alles dir, bis hinunter zum Kern.«

Wie dir auch ein Stück von mir gehört, dachte ich, und immer gehören wird.

Er zog seinen Handschuh aus, und ich wollte ihn gerade

zurechtweisen, nein, nein, zieh ihn wieder an, doch dann griff er in seine Tasche und holte die kleine Sandwichfahne heraus, die er vor so langer Zeit – einer Ewigkeit, wie mir schien – von Jimmy bekommen hatte.

»Aber … ich dachte, sie steckt im Diorama …«

Will schüttelte grinsend den Kopf. »Sie ist mein Talisman, seitdem wir das mit Mama erfahren haben, und steckt wie eine Hasenpfote in meiner Tasche. Der gleichen, wo ich auch den geschnitzten Trusty von Mr Litchfield hab.« Dann sah er Mr Capputo an, der das alles zu verstehen schien, seinen Rucksack aufmachte und einen Eispickel und Holzhammer herausholte.

Will nickte.

Mr Caputto haute in die Mitte des fünf Quadratzentimeter großen Stück Landes ein Loch.

In das Loch steckte Will seine kleine Fahne.

Nahm sein Land in Besitz.

Seine fünf Quadratzentimeter Land in Alaska. Sein persönliches Wunder.

Epilog
26. Oktober 1967

Auf dem Tisch in der Kochnische liegt ein Brief an mich, frankiert mit einer Gedenkmarke zum einhundertsten Jahrestag des Kaufs von Alaska, abgestempelt in Tok. Lächelnd streiche ich mit dem Daumen darüber, muss daran denken, dass Will mir und allen, die es interessierte, bestimmt sämtliche Einzelheiten über den Kauf von 1867 erzählen könnte. Und dann schlucke ich, kneife die Augen zusammen, blinzele. Wie gern würde ich seinen Ausführungen lauschen.

Ich höre Adam im Schlafzimmer unseres winzigen Apartments in New York, er macht sich für unser Abendessen mit Freunden aus seiner Anwaltskanzlei und meinem Büro fertig. Ich bin spät von der Arbeit gekommen und muss mich beeilen.

Trotzdem setze ich mich hin und öffne den Brief. Wenn ich ihn jetzt nicht lese, denke ich die ganze Zeit beim Abendessen daran. Er ist von Josie Martin. Seit all den Jahren hält sie mich auf dem Laufenden, schreibt mir von traurigen Begebenheiten (Mr Capputos Tod vor einigen Jahren, kurz nachdem Trusty an Altersschwäche gestorben war), aber öfter von freudigen Ereignissen, die meist ihren ältesten Sohn William – ja, nach Will genannt – und ihre drei jüngeren Kinder betreffen. Sie hat mir von der großen Feier 1959 berichtet, als Alaska endlich ein Bundesstaat wurde, so wie Will es immer prophezeit hatte. In diesem Brief berichtet sie von ihrer neuen Arbeit als Lehrerin und dass William Sieger beim Eisfischen wurde.

Ich lege den Brief beiseite, gehe zu dem kleinen Kühlschrank und hole eine Flasche Weißwein heraus, schenke zwei Gläser ein. Doch auf dem Weg ins Schlafzimmer fesselt das Design der Briefmarke, ein Totem vor einem braunen Hintergrund, erneut meine Aufmerksamkeit. Ich stelle die Gläser ab, setze mich wieder an den Tisch und bestaune die Marke.

Ich bin einunddreißig Jahre alt, habe 1958 die Parsons School of Design abgeschlossen, arbeite für die Modeschöpferin Mollie Parnis von Parnis-Livingston und entwerfe gerade eine eigene Handtaschenkollektion. Adam ist die Liebe meines Lebens. Irgendwann werden wir heiraten und Kinder haben, doch bis dahin sind wir damit zufrieden, uns gefunden zu haben, teilen unsere Hoffnungen und Träume miteinander, lieben uns leidenschaftlich.

Und doch gibt es etwas, das ich ihm noch nicht anvertraut habe. Von Will weiß er nur, dass er von Alaska besessen war und mit elf Jahren starb, am 3. April 1954. Vier Monate danach habe ich Groverton für immer verlassen und bin nach New York an die Parsons School of Design gegangen. Er kennt meine ganze Geschichte seit Beginn des Studiums, aber nichts von meinem Leben davor. Adam möchte gern mehr erfahren. Es ist sicher nicht fair, ihm das zu verweigern, zumal ich seine Kindheitsgeschichten so gut kenne, dass ich sogar über die Familienscherze lachen kann, die er, seine Eltern und Geschwister, die ich sehr mag, über ihre gemeinsame Vergangenheit machen. Doch Adam fragt nie, setzt mich nie unter Druck, nicht einmal, wenn diese Briefe eintreffen. Er legt sie mir einfach auf den Tisch, in dem Vertrauen darauf, dass ich, wenn die Zeit dafür gekommen ist, ihm die ganze Geschichte erzählen werde. Das gehört zu den vielen Dingen, die ich an ihm liebe.

Doch ich frage mich immer: Womit soll ich anfangen? Mit dem schicksalhaften Vormittag, als ich die kleine Entscheidung traf, mit Will an Stedtmans Schrottplatz vorbeizugehen, um die Marvel-Cornflakes loszuwerden und so seinem Ziel, fünf Quadratzentimeter Land in Alaska zu besitzen, einen Schachteldeckel näherzukommen?

Oder sollte ich zu unserem Besuch der fünf Quadratzentimeter vorspulen, und was danach passierte? Zum ersten Mal lasse ich jene Ereignisse, die bislang ganz hinten in meinem Kopf verstaut waren, vor meinem inneren Auge Revue passieren.

Will hatte den Mann im Grundbuchamt von Tok gebeten, die Urkunde offiziell auf mich zu übertragen. Nachdem wir wieder zu Hause waren, schickte Mr Capputo ein Foto, auf dem er neben seiner Barke steht und stolz einen riesigen Lachs hochhält, den glücklichen Trusty an seiner Seite. Als Will dann immer kränker wurde und die Leukämie ihm zunehmend die Kraft raubte, starrte er oft stundenlang das Foto von Trusty an. Als er starb, bestand ich darauf, dass es mit in seinen Sarg kam. Doch den geschnitzten Trusty behielt ich für mich.

Später in jenem Frühling beendete ich die Highschool. Grandma gab in Dot's Corner Café eine Party für mich. Am Ende hatte ihre Enkelin doch noch große Bedeutung erlangt: Sie studierte an diesem noblen Institut in New York City! Noch dazu mit einem Stipendium! Jetzt sehe ich die Menschen vor mir, die damals auf der Party waren.

Mr Leis, zu dem Zeitpunkt bereits vollkommen wirr im Kopf, und Mrs Leis, die ihr Bestes tat, um für ihn zu sorgen. Mr Leis starb einen Monat später, und, zur allgemeinen Überraschung, weil sie immer so gesund schien, folgte Mrs Leis ihm ein halbes Jahr danach. Mich überraschte es nicht besonders, denn Mrs Leis war ohne Mr Leis nirgends gerne hingegangen. Daddy war auf der Party, aber wegen der Nachricht vom tragischen Ende Mamas und dem Tod seines Sohnes noch immer hohläugig und mit gequältem Blick in den Augen.

Natürlich war auch MayJune da. Sie trauerte um Joey, lächelte aber, war freundlich, bescheiden und weise wie immer. Sie plauderte mit Miss Bettina. Wie zwei Spatzen auf einer Stromleitung, hatte ich damals auf Wills Geburtstagsparty gedacht.

Babs und Jimmy waren auf der Party. Babs sah traurig aus, fast so gequält wie Daddy. Im Februar war sie zurück in die Schule gekommen, nachdem sie lange Zeit bei ihren Großeltern in Virginia verbracht hatte, um sich von einer »Lungenentzündung« zu erholen, die in Cincinnati behandelt worden war. Jimmy und ich sprachen und lachten miteinander, waren jetzt Freunde und damit zufrieden.

Mr Cahill war natürlich nicht da, doch irgendwie hatte er von meiner Abschlussfeier erfahren (vermutlich hatten MayJune und Miss Bettina die Finger im Spiel). Er schickte mir einen weiteren Brief, beglückwünschte mich und gab mir schließlich seine Adresse und Telefonnummer mit der Aufforderung, ihn zu kontaktieren, sobald ich in New York sei. Was ich dann auch tat. Ich ging sogar zur Eröffnung der Ausstellung »Das Mädchen und die Persimone«. Im Stillen lächelte ich darüber, die Inspiration zu seinen abstrakten Drucken gewesen zu sein, die weder mir noch einem anderen Mädchen ähnelten, aber von der Kritik hoch gelobt wurden. Inzwischen sind wir gute Freunde.

Seit meinem Weggang war ich zweimal in Groverton,

einmal nach etwa einem Jahr, zur Hochzeit von Daddy und Miss Bettina. In meiner Erinnerung war es das erste Mal, dass er glücklich aussah. Miss Bettina – die immer wieder sagt, ich solle sie Bettina nennen, aber irgendwie kann ich das »Miss« nicht weglassen – strahlte. Grandma machte natürlich ein saures Gesicht, besonders weil MayJune Miss Bettinas Trauzeugin und ich ihre Brautjungfer war. (»Wer braucht schon beides?«, nörgelte sie.) Aber niemand scherte sich darum.

Zu Grandmas Beerdigung ein paar Jahre später war ich nicht nach Hause gekommen, was Daddy und Miss Bettina verstanden. Doch vor ein paar Monaten war ich auf May-Junes Beerdigung. Sie starb im Alter von einhundertzwei Jahren im Bett. Sie hatte zuletzt bei Daddy und Miss Bettina in unserem kleinen Haus in Elmwood gewohnt, das Miss Bettina vollständig renoviert und nach ihrem Geschmack neu möbliert hatte, was mich sehr freute.

Während ich dort war, besuchte ich auch Babs. Sie hatte zwei Jahre lang das Kenyon College besucht und dann einen älteren Mann geheiratet, der seine Arztpraxis ihretwegen nach Groverton verlegte. Sie sagt, sie ist glücklich in ihrem schönen Zuhause, mit ihrem Mann und den drei Kindern, doch Josie Martins freudiges Strahlen konnte ich bei ihr nicht entdecken. Wir sprachen über Jimmy, wie immer, wenn eine von uns Neuigkeiten hatte. Er ist glücklich verheiratet, arbeitet in Washington D.C. als Rechtsanwalt bei einer gemeinnützigen Organisation, wo er sich hauptsächlich mit Arbeitnehmerrechten befasst.

Nach dieser Reise in die Vergangenheit nehme ich schließlich die beiden Weingläser und gehe zurück ins Schlafzimmer. Adam ist in unserem winzigen Bad; ich höre Rasiergeräusche und ein Summen, und das macht mich glücklich. Ich stelle die Weingläser auf die Kommode, streife die Pumps ab und ziehe die oberste Schublade auf, um eine frische Bluse herauszunehmen … und dann sagt eine kleine Stimme in mir: *Jetzt … jetzt ist der richtige Zeitpunkt. Ihr könnt zu spät zum Dinner erscheinen … aber jetzt ist die Zeit gekommen.*

Ich schiebe die Schublade wieder zu, gehe in die Hocke und ziehe die untere Schublade auf. Wie in Groverton ist das die mit der Unterwäsche und den Dingen darunter, die mir am Herzen liegen. Ich schiebe BHs und Schlüpfer beiseite, die Holzfigur von Trusty und ein Duftsäckchen mit Chanel No. 5, ein Geschenk von Adam. Mit zittriger Hand hole ich die gerahmte Urkunde heraus, setze mich auf den Bettrand und betrachte die kaum noch lesbaren Unterschriften von Austin Perkins, dem Mann vom Grundbuchamt, der die Besitzurkunde von Will auf mich überschrieben hatte, die von Ray Martin, unserem Zeugen, und unsere beiden eigenen.

Und einen Moment lang bin ich zurück an dem Ort, wo Will und ich niedergekniet hatten, uns plötzlich umklammerten und auf das gefrorene, fünf Quadratzentimeter große Stück Land in der Wildnis von Alaska starren. Wir hatten das Unmögliche geschafft und diesen Ort erreicht. Wir wussten, dass unsere kleine Zahnstocherfahne bloß ein paar Tage überdauern und schließlich von Schnee und Wind hinweggefegt würde. Aber dann sehe ich auch, so wie in Träumen und Erinnerungen Szenerien wechseln, sich verwandeln, verblassen und ineinanderfließen, wie wir den Kopf heben, als hätte jemand mit sanfter Hand unser Kinn hochgehoben, um unseren Blick auf die Nordlichter am Himmel zu lenken. Wir bestaunen einen prachtvollen, himmlischen Tanz von Streifen in Orangerot, Azurblau und Aquamarin, wie ein Schleier zwischen unserem erdgebundenen Selbst und allem, was möglich und grenzenlos ist, plätschernd und fließend und sich wiegend, so dass wir, nur für Sekunden, ein Stück vom Jenseits fühlen, das uns alle erwartet.

»Donna?«

Ich sehe auf. Adam kommt aus dem Bad, mit nacktem Oberkörper, und mein Herz schlägt heftig vor Liebe und Begehren für diesen Mann, mit dem ich den Rest meines Lebens verbringen werde. Er setzt sich neben mich und wartet. Schließlich drehe ich mich so, dass er das gerahmte Stück Papier in meiner Hand besser sehen kann, und ich beginne.

»Das hier«, sage ich, »ist meine Besitzurkunde. Mein kleines Stück Alaska.«

Dank

Während ich diesen Roman schrieb, haben mich viele Einzelpersonen und Organisationen sowohl praktisch wie emotional unterstützt.

Zuallererst möchte ich meinem wundervollen Ehemann, David, und unseren schönen Töchtern, Katherine und Gwen, danken, dass sie mit unendlicher Geduld auf meine immer wieder gestellte Frage: »Glaubt ihr wirklich, dass ich das schaffe?«, ohne zu zögern mit: »Natürlich!« geantwortet haben. Ich kann gar nicht oft genug sagen, wie sehr mir all die langen Diskussionen über den Roman sowie eure Kommentare – vor allem im frühen Stadium, bevor ich es wagte, meine Arbeit anderen zu zeigen – geholfen haben. Meine Liebe und mein ewiger Dank ist euch dreien sicher.

Ich danke ebenfalls meinen wunderbaren Buchclub-Damen, den Göttinnen, insbesondere den »Obergöttinen« Barbara Heckart, Lee Huntington, Judy DaPolito und Mary Ann Schenk. Sie werden überrascht sein, zu lesen, dass die Idee zu diesem Buch während einer Buchclubdiskussion in Mary Anns schönem Zuhause geboren wurde: Als wir aus irgendeinem Grund (der aber nichts mit dem Buch, das wir gerade besprachen, zu tun hatte) auf die Besitzurkunden für ein Stück Alaska in Cornflakes-Schachteln in den 50er Jahren zu sprechen kamen. Doch wer weiß, vielleicht sind die Göttinnen in ihrer großen Weisheit auch kein bisschen überrascht.

Mein Dank gilt dem Montgomery County Arts and Cultural District für das Literaturstipendium im Jahr 2011 sowie dem Ohio Arts Council für den Individual Excellence Award in 2012. Beide Auszeichnungen basierten zum Teil auf frühen Kapiteln dieses Romans und ermöglichten es mir, mich ganz auf meine Arbeit als Autorin zu konzentrieren. Ich fühle mich geehrt, diese beiden Auszeichnungen erhalten zu haben, und bin stolz darauf, in einer Region und in einem Staat zu leben, der die Künste fördert und feiert und versteht, dass Kunst seine Bürger bereichert und anregt.

Ich danke dem Antioch Writers' Workshop, dass sie mir die Rolle als Leiterin, die ich gegenwärtig innehabe, anvertraut haben und dass sie so vielen Autoren, mich eingeschlossen, seit Jahren mit Anleitungen und Inspiration zur Seite stehen.

Auch Peggy Coale und Laurel Kerr, zwei Freundinnen von einem anderen Buchclub, dem Socrates Café und Liebhaberinnen von Büchern aller Art, möchte ich für ihre Kommentare und Anregungen zu diesem Buch danken.

Ich danke Dr. Gary Nicholson für die wertvollen Einblicke in Krebsbehandlungsmethoden der 1950er Jahre.

Ein Danke auch an all die wunderbaren Schriftsteller und Verlags-Profis, die ich mich glücklich schätze, zu meinen Freunden zählen zu können: Ron Rollins, der mir das Empfehlungsschreiben für ein Stipendium des Montgomery County geschrieben hat; Jeffrey Marks, Nancy Martin, Marcia Talley und Charlaine Harris, die mich hervorragend bei der Suche nach Literaturagenten beraten haben; Carrie Bebris, Trudy Krisher, Judy Clemens und Sarah Durand McGuigan sowohl für ihren Rat und als auch dafür, dass sie die ersten Kapitel schon in einem frühen Stadium gelesen haben. Ganz besonders zu Dank verpflichtet bin ich Katrina Kittle, Kristina McBride, Becky Morean, Marti Moody und Heather Webber dafür, dass sie mir über den Kopf gestrichen und den Schweiß von der Stirn gewischt haben, als ich die emotionale Unterstützung von nahestehenden Schriftstellerfreunden brauchte, aber auch, weil sie nicht nur eine … sondern mindestens zwei Versionen des vollständigen Manuskripts gelesen und mir wertvolle Tipps gegeben haben. Ein Extra-Dankeschön an Katrina für das Empfehlungsschreiben für ein Stipendium sowie an Marti, dass er mich mit der Agentur zusammengebracht hat, für die ich mich am Ende entschieden habe.

Die Literaturagentur … Ich danke Elisabeth Weed und Stephanie Sun, die nicht nur an die Geschichte geglaubt haben, sondern mir auch wertvolle Hinweise gaben, die das Buch tiefgründiger und besser gemacht haben. Danke auch, dass ihr mit der Jenny Meyer Literary Agency zusammenarbeitet, die für mich einen Verlag in Deutschland gefunden hat. Ich danke Denise Roy, die meinen Roman mit der intellektuellen Präzision einer Chirurgin und dem Herzen einer Frau, die das Geschichtenerzählen liebt und versteht, hervorragend lektoriert hat. Ich bin glücklich und dankbar, mit so klugen, versierten und engagierten Verlagsmitarbeitern arbeiten zu dürfen.

Schließlich danke ich noch allen Lesern, die meine Arbeit über die Jahre verfolgt haben und mir nun auf dieser neuen literarischen Unternehmung folgen, und allen neuen Lesern natürlich auch! Ich fühle mich geehrt, dass sie mich bei dem Abenteuer von Donna und Will begleiten.

Graeme Simsion
Das Rosie-Projekt
Aus dem Englischen von Annette Hahn
352 Seiten. Gebunden

Der Bestseller aus Australien: jetzt endlich auf Deutsch! Don Tillman will heiraten. Allerdings findet er menschliche Beziehungen oft höchst verwirrend und irrational. Was tun? Don entwickelt ein Projekt: Mit einem 16-seitigen Fragebogen will er auf wissenschaftlich exakte Weise die ideale Frau finden. Also keine, die raucht, trinkt, unpünktlich oder Veganerin ist. Und dann kommt Rosie. Unpünktlich, Barkeeperin, Raucherin. Offensichtlich ungeeignet. Aber Rosie verfolgt ihr eigenes Projekt: Sie sucht ihren biologischen Vater. Dafür braucht sie Dons Kenntnisse als Genetiker. Ohne recht zu verstehen, wie ihm geschieht, lernt Don staunend die Welt jenseits beweisbarer Fakten kennen und stellt fest: Gefühle haben ihre eigene Logik.

»Achtung, Herzensbrecher!
Eine Steilvorlage für das nächste große Ding
am Himmel der romantischen Kino-Komödien.«
Brigitte

fi 2-1951 / 1

Lori Nelson Spielman

Morgen kommt ein neuer Himmel

Roman

368 Seiten. Klappenbroschur

Ein berührender Roman über die eine Liebe, die uns ein Leben lang nicht verlässt.

Elizabeth weiß, dass sie sterben wird. Und sie weiß auch, dass ihre 34-jährige Tochter Brett nicht glücklich ist – trotz Freund, Wohnung und Job. In ihrem Testament fordert Elizabeth ihre Tochter dazu auf, ihr Leben komplett zu ändern und hinterlässt ihr mehrere Briefe. Brett ist fassungslos: Wie kann ihre Mutter sich derart in ihr Leben einmischen? Wütend liest Brett den ersten Brief – und ist überwältigt von der liebevollen und fürsorglichen Nachricht ihrer Mutter.

»Eine wunderschöne, berührende Geschichte.«
Cecelia Ahern

Das gesamte Programm gibt es unter www.fischerverlage.de

fi 2-1330 / 1

Seré Prince Halverson

Die andere Seite des Glücks

Roman

Aus dem Amerikanischen
von Helga Augustin

Band 19378

»Ein Frauenroman bester Art«
SWR

Ella Beene führt mit ihrem Ehemann Joe und seinen kleinen Kindern ein gutes Leben im traumhaft schönen Nordkalifornien. Doch eines Tages verschlingt eine Ozeanwelle ihren Mann und nimmt auch seine Geheimnisse mit sich. Bei Joes Beerdigung erscheint plötzlich seine Exfrau, die ihn und die Kinder verlassen hatte. Für Ella geht es jetzt um alles: die Suche nach der Wahrheit und die Zukunft ihrer Familie.

fi 19378 / 1